Obsidienne

Du même auteur
aux Éditions J'ai lu

JEU DE PATIENCE

JENNIFER L. ARMENTROUT

LUX-1

Obsidienne

Traduit de l'anglais (États-Unis) par Cécile Tasson

J'AI LU

Titre original :
OBSIDIAN
A LUX NOVEL

Éditeur original :
Entangled Publishing, LLC.

À mes amis, à ma famille.
Je vous aime autant qu'un bon gâteau.

Chapitre premier

Les cartons s'empilaient dans ma nouvelle chambre et Internet n'était toujours pas opérationnel. Depuis mon arrivée ici, je n'avais pas pu mettre à jour mon blog littéraire. J'avais l'impression d'avoir été amputée d'un membre. À en croire ma mère, je passais beaucoup trop de temps à m'occuper des « Khroniques de Katy ». Ça me tenait à cœur, c'est vrai, mais elle exagérait un peu. Elle n'avait pas le même rapport aux livres que moi.

Je soupirai. Nous étions arrivées ici deux jours plus tôt et il nous restait des montagnes d'affaires à déballer. Je détestais vivre entourée de cartons. Ça me déplaisait encore plus que le fait d'avoir déménagé en Virginie-Occidentale (le coin le plus puritain des États-Unis).

Depuis notre arrivée, j'avais fait des progrès : je ne sursautais plus au moindre grincement. Ce n'était pas ma faute... Cette maison semblait tout droit sortie d'un film d'horreur. Il y avait même une tour ! C'était plus fort que moi.

Ketterman ne faisait partie d'aucune municipalité. Autrement dit, ce n'était pas une vraie ville. La bourgade la plus proche était Petersburg, où il n'y avait sûrement pas plus de deux ou trois feux rouges, et encore moins de *Starbucks*. Nous ne pouvions pas recevoir le courrier directement chez nous. Il fallait se rendre à Petersburg pour le récupérer.

C'était inhumain.

La réalité me frappa alors en plein visage. Je n'étais plus en Floride. Nous avions déménagé à des centaines de kilomètres parce que ma mère était pressée de recommencer sa vie ailleurs. Gainesville ne me manquait pas particulièrement. Mon ancienne école et notre appartement non plus… Je m'adossai contre le mur et me frottai le front.

Mon père me manquait.

La Floride me rattachait à lui. Il y était né, il y avait rencontré ma mère et la vie avait été parfaite… jusqu'à ce que tout s'écroule. Mes yeux me brûlaient, mais je ne voulais pas pleurer. Ça ne servait à rien. Et puis, mon père n'aurait pas voulu que je continue de me lamenter sur son sort après trois ans.

Ma mère me manquait elle aussi. Celle que j'avais avant la mort de papa. Celle qui s'installait confortablement dans le canapé près de moi pour lire un roman à l'eau de rose. J'avais l'impression qu'une éternité s'était écoulée depuis. En tout cas, cette mère-là semblait être restée à l'autre bout du pays.

Après le décès de mon père, ma mère s'était réfugiée dans le travail. Elle qui, auparavant, passait le plus de temps possible à la maison avait soudain choisi de s'en éloigner. Quand elle s'en était rendu compte, elle avait décidé qu'on devait partir le plus loin possible. Au moins, depuis qu'on était arrivées ici, même si elle se tuait encore à la tâche, elle était déterminée à profiter davantage de moi.

Dans tous les cas, j'avais choisi de faire taire mon côté maniaque pour la journée et de laisser les cartons dans leur coin, quand une odeur familière me chatouilla les narines. Ma mère était en train de cuisiner. Ça n'augurait rien de bon.

Je me précipitai au rez-de-chaussée.

Elle était debout devant la cuisinière, vêtue de sa blouse de travail à pois. Ce genre de vêtements ne pouvait aller qu'à elle. Elle avait de très beaux cheveux blonds raides comme des baguettes et des yeux noisette pétillants. Même habillée comme ça, à côté d'elle je paraissais bien fade avec mes iris gris et mes cheveux marron banals.

J'étais également plus... ronde qu'elle. J'avais de bonnes hanches, des lèvres charnues et de grands yeux que ma mère adorait mais qui me faisaient ressembler à un Teletubbie sous acide.

Se retournant, elle brandit une spatule en bois vers moi. De l'œuf à moitié cuit gicla sur le plan de travail.

— Bonjour, ma chérie !

J'observai les dégâts et essayai d'échafauder un plan pour la remplacer sans qu'elle le prenne mal. Après tout, elle essayait seulement de se comporter comme une vraie mère. On faisait d'énormes progrès.

— Tu rentres tôt.

— J'ai presque fait une garde double entre la nuit dernière et aujourd'hui. Je travaille du mercredi au samedi de 23 heures à 9 heures. Ça me laisse trois jours de repos. Je réfléchis à la possibilité de me faire engager dans une clinique du coin ou peut-être à Winchester.

Elle gratta la poêle pour remplir deux assiettes et plaça des œufs à moitié brûlés devant moi.

Miam. Trop tard pour intervenir. Je farfouillai donc dans un carton posé tout au bout du plan de travail, revêtu de l'inscription « couverts et autres ».

— Tu sais que je n'aime pas me tourner les pouces. Je ne vais pas tarder à les contacter.

Ça, oui, je le savais.

La plupart des parents se seraient coupé un bras plutôt que de laisser leur fille seule à la maison. Pas elle. Elle me faisait confiance. Je ne lui avais jamais donné de raison de ne pas le faire. Ce n'était pas faute d'essayer pourtant. Bon, OK, peut-être un peu.

J'étais plutôt ennuyeuse comme fille.

En Floride, je n'avais pas été la plus sage de mon groupe d'amis, mais je n'avais jamais séché un cours, j'avais toujours eu une très bonne moyenne... Bref. J'étais une élève sérieuse. Ce n'était pas que j'avais peur de me dévergonder ; je n'avais simplement aucune envie d'allonger la liste de ses soucis. À ce moment-là.

Saisissant deux verres, je les remplis du jus d'orange que ma mère avait sans doute acheté sur le chemin du retour.

— Tu veux que j'aille faire les courses aujourd'hui ? On n'a rien à manger.

Elle hocha la tête et me répondit la bouche pleine.

— Tu penses toujours à tout. Ce serait bien, en effet. (Elle attrapa son sac posé sur la table et en sortit quelques billets.) Ça devrait suffire.

Je rangeai l'argent dans la poche de mon jean sans le compter. Elle m'en donnait toujours trop.

— Merci, marmonnai-je.

Tout à coup, elle se pencha en avant, les yeux pétillants de malice.

— Ce matin... J'ai vu quelque chose de très intéressant.

C'était toujours difficile de savoir ce qui se passait dans sa tête. Je souris.

— Quoi ?

— Tu as remarqué qu'il y avait deux ados de ton âge dans la maison à côté ?

Mon labrador intérieur se réveilla et dressa les oreilles.

— C'est vrai ?

— Tu n'es toujours pas sortie, c'est ça ? J'aurais pourtant cru que tu ne manquerais pas l'occasion d'arranger cet affreux massif de fleurs.

— J'en ai bien l'intention, mais les cartons ne vont pas se défaire tout seuls. (Je lui adressai un regard appuyé. Je l'adorais, mais elle n'avait vraiment pas la notion des priorités.) Bref. Dis-m'en plus au sujet des voisins.

— Eh bien, il y a une fille qui a l'air d'avoir ton âge et aussi un garçon. (Elle se leva, tout sourire.) Il est plutôt craquant.

Je m'étouffai avec un morceau d'omelette. Entendre ma mère parler des garçons de mon âge était répugnant.

— Craquant ? Maman, arrête de dire des trucs pareils !

Elle ramassa son assiette sur la table et se dirigea vers l'évier.

— Je suis peut-être vieille, ma puce, mais mes yeux sont en parfait état de marche. Et crois-moi, ils ont marché, tout à l'heure.

Je tressaillis. Non, mais quelle horreur.

— Tu ne vas pas devenir une cougar ? Tu nous fais ta crise de la quarantaine, c'est ça ? Il faut que je m'inquiète ?

Après avoir fait sa vaisselle, elle jeta un coup d'œil par-dessus son épaule.

— Katy, j'espère que tu feras l'effort de les rencontrer. Ce serait bien que tu te fasses des amis avant la rentrée des classes. (Elle s'arrêta pour bâiller.) Ils pourraient te faire visiter.

Je ne voulais surtout pas penser à l'école et à l'idée de me retrouver avec des gens que je ne connaissais pas. Je jetai le reste de mes œufs à la poubelle.

— Oui, ce serait sympa. Mais je n'ai pas envie d'aller frapper à leur porte pour les supplier d'être mes amis.

— Ce ne serait pas supplier si tu mettais une de ces jolies robes d'été que tu portais en Floride, à la place de ça. (Elle tira sur mon tee-shirt.) Ce serait flirter.

Je baissai la tête vers les inscriptions : « Mon blog est mieux que ton vlog. » Je ne comprenais pas ce qu'elle lui reprochait.

— Et si j'y allais carrément en sous-vêtements ?

Elle se tapota le menton d'un air pensif.

— Ça marquerait forcément les esprits.

— Maman ! (J'éclatai de rire.) Tu es censée me crier dessus et me dire que ce n'est pas une bonne idée !

— Je ne m'inquiète pas pour toi, mon cœur. Je sais que tu ne feras rien de stupide. Mais je suis sérieuse : fais un effort.

Je ne voyais pas du tout ce qu'elle voulait dire par là.

Elle bâilla de nouveau.

— Bon, ma chérie, je vais aller dormir un peu.

— D'accord. J'achèterai des bonnes choses à manger. Et peut-être quelques plantes et du terreau. Le lit de fleurs devant la maison était vraiment une catastrophe.

— Katy ?

Ma mère s'était arrêtée devant la porte. Elle avait les sourcils froncés.

— Oui ?

Une ombre passa devant son visage, obscurcissant son regard.

— Je sais que ce déménagement est difficile pour toi, en particulier avant ta dernière année de lycée, mais c'était la meilleure chose à faire. Rester là-bas, dans cet appartement, sans lui… Il était temps qu'on recommence à vivre. C'est ce que ton père aurait voulu.

La boule que j'avais cru avoir laissée en Floride était de retour dans ma gorge.

— Je sais, Maman. Ça va.

— Tu es sûre ?

Elle serra les poings. La lumière du soleil qui se déversait à travers la fenêtre faisait briller l'anneau doré à son annulaire.

Je hochai rapidement la tête pour la rassurer.

— Je vais bien. J'irai voir les voisins tout à l'heure. Ils pourront peut-être m'indiquer où se trouve le supermarché. Tu sais, histoire de faire un effort.

— Super ! Si tu as besoin de quoi que ce soit, appelle-moi, d'accord ? (Un nouveau long bâillement lui fit monter des larmes.) Je t'aime, ma puce.

J'allais lui répondre, mais elle disparut dans l'escalier avant que les mots ne franchissent mes lèvres.

Au moins, elle essayait de changer. De mon côté, j'étais déterminée à m'intégrer ici et à ne pas passer mes journées sur mon ordinateur comme le craignait ma mère. Toutefois, aborder des gens que je ne connaissais pas n'était pas mon truc. Je préférais lire un bon bouquin en attendant que quelqu'un me laisse un commentaire sur mon blog.

Je me mordis les lèvres. Je pouvais encore entendre mon père m'encourager avec sa devise préférée : « Allez, Kittycat, ne reste pas sur le bord de la route. » Je redressai les épaules. Mon père, lui, avait toujours été acteur de sa vie...

Demander aux voisins où se trouvait le supermarché le plus proche était une excuse valable pour me présenter à eux. Si ma mère avait raison et qu'ils aient mon âge, ce ne serait pas si terrible que ça. Il fallait que je le fasse. D'un pas décidé, je traversai la pelouse, puis l'allée, avant de me dégonfler.

Je gravis les marches du perron et fis pivoter la moustiquaire pour frapper à la porte. Après avoir fait un pas en arrière, je lissai mon tee-shirt. *Je suis calme. Tout va bien se passer*. Il n'y avait rien d'étrange à demander son chemin.

De lourds bruits de pas résonnèrent de l'autre côté. Puis, la porte s'ouvrit sur un torse large, bronzé et musclé. Un torse nu. Quand je baissai les yeux... j'en eus le souffle coupé. Il portait un jean taille basse qui révélait une fine toison partant de sous son nombril et disparaissant sous son pantalon.

Son ventre était plat. Parfait. Je mourais d'envie de le toucher. Ce n'était pas le genre de ventre que je m'étais attendu à voir sur un garçon de dix-sept ans, l'âge que je lui donnais, mais je n'avais pas l'intention de me plaindre. Aucun son ne sortait de ma bouche. Je le dévorais des yeux.

Lorsque mon regard remonta vers son visage, je vis que de longs cils charbonneux effleuraient le haut de ses joues, me cachant la couleur de ses iris tandis qu'il m'observait. Il fallait que je sache de quelle couleur étaient ses yeux.

— Je peux t'aider ?

Ses lèvres pulpeuses qui appelaient au baiser reflétaient son agacement.

Sa voix était grave et ferme. On aurait dit qu'il avait l'habitude qu'on lui obéisse sans poser de questions. Ses paupières s'ouvrirent davantage, révélant des prunelles d'un vert si intense qu'elles paraissaient irréelles. Leur teinte émeraude contrastait violemment avec sa peau hâlée.

— Allô ? dit-il en posant une main contre le cadre de la porte pour se pencher en avant. Tu sais parler ?

Je pris une grande inspiration en rougissant d'embarras.

Il leva le bras pour repousser une mèche bouclée qui lui tombait sur le front, puis jeta un coup d'œil par-dessus mon épaule avant de reporter son attention sur moi.

— À trois, je referme. Un...

J'avais envie de mourir de honte. Heureusement, je retrouvai rapidement l'usage de la parole.

— Je... je me demandais si tu savais où se trouvait le supermarché le plus proche. Je m'appelle Katy. Je viens d'emménager à côté. (Je lui montrai ma maison en bafouillant comme une idiote.) Il y a deux jours.

— Je sais.

D'accord...

— Donc j'espérais que quelqu'un connaîtrait le chemin le plus court jusqu'au supermarché et aussi un magasin où on vend des plantes.

— Des plantes ?

Ça ne ressemblait pas vraiment à une question, mais je me dépêchai de répondre quand même.

— Oui, tu vois, il y a un parterre de fleurs juste devant chez moi…

Il ne dit rien. Il se contenta de hausser un sourcil d'un air méprisant.

— OK.

Ma gêne commença à se dissiper, remplacée petit à petit par une colère grandissante.

— Donc, il faut que j'aille acheter des plantes…

— Pour tes plates-bandes. J'ai bien compris.

Il appuya sa hanche contre le cadre de la porte et croisa les bras. Il y avait un éclat particulier dans ses yeux. Ce n'était pas de l'impatience.

J'inspirai profondément. Si ce mec m'interrompait encore une fois… Je pris la même intonation que celle dont ma mère se servait lorsque j'étais enfant et que je jouais avec des objets tranchants.

— J'aimerais trouver un magasin où je peux acheter à manger et des plantes.

— Tu as conscience que cette ville n'a qu'un feu rouge, pas vrai ?

Ses sourcils se confondaient à présent avec l'implantation de ses cheveux, comme s'il se demandait comment je pouvais être aussi stupide. Je compris alors ce que signifiait son expression. Il se moquait de moi. Il me regardait avec une énorme dose de condescendance.

Pendant un instant, je ne fis que le dévisager. Il était sûrement le mec le plus canon que j'aie jamais vu… pourtant c'était un vrai crétin. Logique, quoi.

— Tu sais, je te demandais juste mon chemin. Mais je tombe sûrement à un mauvais moment.

Il eut un sourire en coin.

— Si c'est toi qui frappes à ma porte, ce ne sera jamais le bon moment, gamine.

— Gamine ? répétai-je, les yeux écarquillés.

Il haussa de nouveau un sourcil sombre et moqueur. Je commençais à détester cette mimique.

— Je ne suis pas une gamine. J'ai dix-sept ans.

— Ah oui ? (Il cligna les paupières.) Tu as l'air d'en avoir douze. Non, peut-être treize. Ma sœur a une poupée qui te ressemble un peu. Avec de grands yeux vides.

Je lui faisais penser à *une poupée* ? *Avec des yeux vides* ? Une onde de chaleur me brûla la poitrine et remonta le long de ma gorge.

— Waouh. Excuse-moi de t'avoir dérangé. Je ne viendrai plus jamais frapper à ta porte, promis.

Je me retournai pour ne pas céder à l'envie de lui mettre mon poing dans la figure. Ou à celle de pleurer.

— Hé ! me rappela-t-il.

Je m'arrêtai sur la dernière marche, mais refusai de lui faire face. Je ne voulais pas qu'il voie à quel point j'étais bouleversée.

— Quoi ?

— Prends la route numéro 2 et tourne sur l'U.S. 220 vers le nord, pas le sud. Elle te mènera jusqu'à Petersburg. (Il soupira, agacé, comme s'il me rendait un service colossal.) Le supermarché est au centre-ville. Tu ne peux pas le rater. Enfin si, tu en es peut-être capable. Je crois qu'il y a un magasin de bricolage juste à côté. Tu pourras sans doute y trouver des choses à mettre en terre.

— Merci, marmonnai-je avant d'ajouter le plus bas possible : Crétin.

Il éclata d'un rire rauque.

— Ce n'est pas très distingué, Kittycat.

Je me retournai vivement.

— Ne m'appelle pas comme ça, rétorquai-je.

— C'est mieux que de traiter quelqu'un de crétin, non ? (Il s'éloigna de la porte.) C'était une visite intéressante. J'en garderai un bon souvenir.

OK. Ça suffisait.

— Tu sais quoi ? Tu as raison. Je n'aurais jamais dû t'appeler comme ça. « Crétin », c'est encore trop gentil pour toi, dis-je avec un sourire angélique. Tu es un connard.

— Un connard ? répéta-t-il. Comme c'est charmant.

Je lui fis un doigt d'honneur.

Il rit encore et baissa la tête. Ses cheveux bouclés tombèrent en avant, dissimulant presque entièrement ses yeux.

— Quelle politesse, Kitten ! Je suis sûr que tu as toute une panoplie de surnoms et de gestes en réserve, mais ça ne m'intéresse pas.

Effectivement, j'aurais pu dire et faire beaucoup plus de choses, mais je rassemblai ma dignité et retournai chez moi d'un pas lourd, sans lui faire le plaisir de lui montrer à quel point il m'avait énervée. Jusqu'à présent, je m'étais toujours appliquée à éviter les confrontations. Mais ce type me tapait sur le système comme personne. Une fois arrivée à ma voiture, j'ouvris vivement la portière.

— À plus, Kitten ! s'esclaffa-t-il avant de claquer la porte.

Des larmes de colère et de honte me brûlaient les yeux. Je mis le contact et passai la marche arrière. « Fais un effort », m'avait dit ma mère. Ça n'en avait vraiment pas valu la peine.

Chapitre 2

Il me fallut tout le trajet jusqu'à Petersburg pour me calmer. Toutefois, un mélange de colère et d'humiliation continuait de se consumer en moi. Qu'est-ce qui n'allait pas chez lui ? Je croyais que les gens des petites villes étaient censés être gentils, pas agir comme des suppôts de Satan.

Je trouvai Main Street sans aucun problème. Comme son nom l'indiquait, il s'agissait de la rue principale. La bibliothèque, elle, se trouvait sur Mount View Street. Il fallait que je m'y inscrive. Le choix de supermarchés était limité. *Foodland,* auquel il manquait un *d* et se lisait donc « Foo land », était pile à l'endroit où ce crétin me l'avait indiqué.

Sur les vitrines était placardée la photo d'une jeune fille portée disparue. Elle avait mon âge, des cheveux longs et des yeux pleins de vie. Les renseignements en dessous disaient qu'elle n'avait plus été vue depuis plus d'un an. On offrait une récompense, mais après tout ce temps, je doutais que quelqu'un la réclame un jour. Attristée par cette pensée, je pénétrai dans le magasin.

J'avais l'habitude de faire mes courses très vite. Je ne perdais jamais de temps dans les allées. En remplissant mon Caddie, je me rendis compte que j'avais besoin de plus de choses que je ne l'avais pensé. À la maison, nous n'avions que le strict nécessaire. Mon chariot fut bientôt plein à ras bord.

— Katy ?

Perdue dans mes pensées, je sursautai en entendant une voix douce appeler mon nom et fis tomber une boîte d'œufs sur le sol.

— Mince.

— Oh, excuse-moi ! Je t'ai fait peur. Ça m'arrive souvent.

Une jeune femme tendit des bras hâlés vers moi et ramassa la boîte en carton pour la reposer en rayon. Elle en attrapa une autre, avant de me la tendre de ses mains fines.

— Ceux-là ne sont pas cassés.

Lorsque je relevai les yeux du massacre de jaunes d'œuf bien vifs qui coulaient lentement sur le linoléum, je restai un instant sans voix. Ma première réaction fut de me dire que cette fille était bien trop belle pour se trouver dans un supermarché avec une boîte d'œufs à la main.

Elle sortait du lot, comme un tournesol dans un champ de blé.

À côté d'elle, tout le monde paraissait bien fade. Ses cheveux bruns étaient ondulés et plus longs que les miens. Ils lui arrivaient à la taille. Elle était grande, élancée, et ses traits presque parfaits reflétaient une certaine innocence. Elle me rappelait quelqu'un. Elle avait les mêmes yeux verts éclatants que lui. Je serrai les dents. Quelle coïncidence !

Elle me sourit.

— Je suis la sœur de Daemon. Je m'appelle Dee. (Elle posa la boîte intacte dans mon chariot.) Des œufs entiers !

— Daemon ?

Dee me désigna un sac rose à l'avant de son Caddie. Un téléphone portable était posé dessus.

— Tu lui as parlé il y a environ une demi-heure. Tu es passée… demander ton chemin ?

Alors comme ça, le connard avait un nom. Daemon. Ça lui allait plutôt bien. Évidemment, sa sœur était aussi belle que lui. Je voyais le tableau d'ici : « Bienvenue en Virginie-Occidentale, terre des mannequins égarés. » Je commençais à douter de pouvoir m'intégrer.

— Désolée. Je ne m'attendais pas à entendre mon nom. (Je m'interrompis.) Il t'a appelée ?

— Oui. (Elle poussa son chariot avec dextérité pour l'éloigner du chemin d'un enfant qui faisait le fou entre les rayons étroits.) Je vous ai vues emménager, l'autre jour. J'avais l'intention de passer vous voir. Alors quand il m'a appris que tu étais ici, j'étais tellement excitée à l'idée de te rencontrer que je me suis précipitée vers toi. Il m'a dit à quoi tu ressemblais.

Je me doutais que sa description n'avait rien eu de flatteur.

Visiblement curieuse, elle me dévisagea avec intensité.

— Pour être franche, tu ne ressembles pas du tout à ce qu'il m'a dit, mais j'ai tout de suite su qui tu étais. Ce n'est pas difficile : tout le monde se connaît dans le coin.

J'observai un enfant crasseux escalader le rayon boulangerie.

— Je ne crois pas que ton frère m'aime beaucoup.

Elle fronça les sourcils.

— Hein ?

— Ton frère : je ne crois pas qu'il m'apprécie. (Je me retournai vers mon Caddie pour y poser de la viande.) Il n'a pas été très... aimable.

— Oh non ! s'exclama-t-elle en riant. (Je reportai vivement mon attention vers elle.) Je suis désolée. Il est lunatique, c'est tout.

Pas possible.

— À mon avis, ce n'était pas qu'une question d'humeur.

Elle secoua la tête.

— Tu es tombée sur un de ses mauvais jours. Il est pire qu'une fille, crois-moi. Il ne te déteste pas. On est jumeaux et pourtant j'ai tout le temps envie de le tuer, moi aussi. Daemon est un peu brut de décoffrage. Il n'est pas très doué pour les… relations humaines.

J'éclatai de rire.

— Ah oui, tu crois ?

— En tout cas, je suis contente de t'avoir croisée ici, s'exclama-t-elle en changeant de nouveau de sujet. J'avais peur de vous déranger en passant à l'improviste, puisque vous étiez en train de vous installer.

— Non, ça ne nous aurait pas gênées.

J'essayai de suivre la conversation. Elle passait sans arrêt du coq à l'âne, comme un malade en manque de Prozac.

— Tu aurais dû me voir quand Daemon m'a dit que tu avais notre âge ! J'ai presque couru jusqu'à chez nous pour le prendre dans mes bras. (Elle gesticulait avec enthousiasme.) Si j'avais su qu'il t'avait manqué de respect, je l'aurais frappé.

— Je comprends. (Je souris.) J'en ai eu envie, moi aussi.

— Imagine ce que ça fait d'être la seule fille du voisinage et d'être coincée avec son casse-pieds de frère la plupart du temps.

Elle jeta un coup d'œil derrière elle, fronçant ses sourcils délicats.

Je suivis son regard. Un petit garçon tenait une brique de lait dans chaque main. Ça me fit penser que j'en avais besoin, moi aussi.

— Je reviens tout de suite, dis-je en me dirigeant vers le rayon frais.

La mère de l'enfant apparut au bout de l'allée en criant :

— Timothy Roberts ! Repose ça tout de suite ! Qu'est-ce que tu… ?

Le gamin lui tira la langue. Passer du temps avec des enfants suffisait souvent à convaincre des mérites de l'abstinence. En même temps, ce n'était pas comme si j'étais hyperactive dans le domaine... Je rapportai mon carton de lait à l'endroit où Dee m'attendait, les yeux rivés au sol. Elle avait agrippé le chariot si fort que ses doigts avaient perdu toute leur couleur.

— Timothy ! Reviens ici tout de suite !

La mère attrapa le bras potelé de son fils. Des mèches de cheveux s'étaient échappées de son chignon sévère.

— Qu'est-ce que je t'ai déjà dit ? le réprimanda-t-elle. Ne t'approche pas d'*eux*.

Qui ça, « eux » ? Je m'attendais à voir quelqu'un d'autre, mais il n'y avait que Dee et... moi. Perplexe, je reportai mon attention sur la femme. Ses yeux sombres étaient emplis de dégoût, d'une répugnance intense. Derrière cette façade, à la façon dont ses lèvres pincées tremblaient, je compris qu'elle avait peur.

C'était Dee qu'elle regardait comme ça.

Puis elle souleva le garçon qui se débattait et disparut en laissant son chariot au beau milieu de l'allée.

Je me tournai vers Dee.

— Qu'est-ce qui s'est passé, là ?

Elle sourit sans aucune conviction.

— C'est une petite ville. Les gens sont bizarres dans le coin. Ne fais pas attention. Mais dis-moi, tu dois t'ennuyer ferme entre les cartons et les courses ! Il n'y a rien de pire. Ça pourrait être une punition en enfer. Tu imagines une éternité à ne faire que ça ?

Je ne pus m'empêcher de sourire en essayant de suivre le bavardage incessant de Dee. D'habitude, les gens comme elle me fatiguaient en cinq secondes, mais son enthousiasme et la façon dont elle trépignait étaient contagieux.

— Tu as d'autres choses à acheter ? me demanda-t-elle. Moi, j'ai fini. Je suis juste venue te chercher et j'ai été happée par le rayon des glaces. Elles m'ont fait de l'œil.

Je ris en examinant mon Caddie plein.

— Oui, je crois que j'ai tout ce qu'il me faut.

— Alors, viens. On passe à la caisse ensemble.

Tandis qu'on attendait notre tour, Dee continua de parler, si bien que j'oubliai l'incident qui s'était produit dans le rayon du lait. Elle pensait que Petersburg avait besoin d'un autre supermarché parce que celui-ci ne vendait pas de produits biologiques et qu'elle voulait du poulet bio pour le plat qu'elle comptait demander à Daemon de lui préparer pour le dîner. Au bout de quelques minutes, je passai outre à la difficulté à la suivre et finis par me détendre. Elle n'était pas exubérante. Elle était seulement… pleine de vie. Avec un peu de chance, elle déteindrait sur moi.

La queue avançait plus vite que dans les grandes villes. Une fois dehors, Dee s'arrêta près d'une Volkswagen flambant neuve et en ouvrit le coffre.

— Jolie voiture, commentai-je.

Visiblement, ils avaient de l'argent. Ou alors, Dee travaillait.

— Je l'adore. (Elle en caressa le pare-chocs.) C'est mon bébé.

Je fourrai mes achats à l'arrière de ma propre voiture.

— Katy ?

— Oui ?

Je fis tourner les clés autour de mon doigt. Même si son frère était un crétin, j'espérais qu'elle accepte de me revoir plus tard dans la journée. Je ne savais jamais combien de temps ma mère allait dormir.

— Je devrais m'excuser de la part de mon frère. Le connaissant, il n'a pas dû être très sympa.

Je la plaignais de faire partie de la même famille qu'un abruti pareil.

— Tu n'y es pour rien.

Ses doigts se crispèrent autour de ses clés et elle releva la tête pour croiser mon regard.

— Il a tendance à me surprotéger. Il n'aime pas trop les inconnus.

Comme un chien de garde ? Je faillis sourire, mais je me retins. Elle avait l'air d'avoir sincèrement peur que je ne puisse pas lui pardonner. Avoir un frère comme le sien ne devait pas être facile.

— Ce n'est pas si grave que ça. Il était sûrement dans un jour sans.

— Peut-être.

Son sourire parut forcé.

— Je suis sérieuse. Il n'y a pas de souci. Je ne t'en veux pas, lui assurai-je.

— Merci ! Je ne cherche pas à te harceler, je le jure. (Elle me fit un clin d'œil.) Mais j'adorerais qu'on se voie cet après-midi. Tu as quelque chose de prévu ?

— Pour tout te dire, j'avais l'intention de m'occuper des plates-bandes envahies par les mauvaises herbes devant la maison. Tu veux m'aider ?

Avoir de la compagnie pourrait être amusant.

— Oh, super ! Laisse-moi juste porter les courses à la maison et j'arrive, dit-elle. J'ai hâte de jardiner ! Ce sera une première pour moi.

Avant que j'aie eu le temps de lui demander comment elle avait pu échapper au plant de tomate obligatoire quand elle était petite, elle avait déjà sauté dans sa voiture et était sortie du parking. Je refermai mon coffre, me dirigeai vers le côté conducteur et ouvris la portière. J'étais sur le point de m'asseoir quand le sentiment qu'on m'observait m'assaillit.

Je jetai un coup d'œil autour de moi : il n'y avait qu'un homme en costume et lunettes noirs qui examinait la photo de la fille disparue sur un panneau d'informations. La première chose qui me vint à l'esprit fut : *Men in Black*.

Il ne lui manquait que le petit outil pour effacer la mémoire des gens et un chien qui parlait. J'aurais voulu en rire, mais cet homme n'avait rien de drôle... surtout maintenant qu'il regardait dans ma direction.

Peu après 13 heures, Dee frappa à notre porte. Quand je sortis, je la trouvai debout, près des marches, se balançant sur ses sandales à talons compensés. Ce n'était pas vraiment mon idée de la tenue de jardin idéale. La lumière du soleil formait un halo autour de sa tête et elle arborait une moue espiègle. Elle me faisait penser à une princesse féerique. Ou plutôt, vu son énergie, à une fée clochette surexcitée.

— J'espère que je n'ai pas réveillé ta maman, murmura-t-elle.

Je secouai la tête.

— Mais non. Elle continuerait de dormir même s'il y avait une tornade. Pour tout te dire, c'est déjà arrivé.

Dee sourit en s'installant sur la balancelle. Elle croisa les bras d'un air timide.

— Dès que je suis rentrée à la maison avec les courses, Daemon a dévoré la moitié de mon sachet de chips, deux de mes barres chocolatées et la moitié du pot de beurre de cacahuète.

J'éclatai de rire.

— Eh bien ! Comment fait-il pour rester aussi... (*canon*) en forme ?

— C'est incroyable. (Elle releva les jambes et passa les bras autour pour les serrer contre sa poitrine.) Il mange tellement que je dois aller au supermarché deux à trois fois par semaine. (Elle m'adressa un regard malicieux.) Bon, c'est vrai que je mange pour quinze moi aussi, des fois. Je suis mal placée pour critiquer.

La jalousie que je ressentis fut presque douloureuse. Je n'avais pas été dotée d'un métabolisme rapide. Mes hanches et mes fesses en étaient la preuve. Je n'étais pas en surpoids, mais je détestais entendre ma mère dire que j'étais « pulpeuse ».

— Ce n'est pas juste ! Quand je mange un paquet de chips, je prends deux kilos.

— On a de la chance. (Son sourire s'était fait un peu crispé.) En tout cas, il faut que tu me racontes tout ce que tu sais sur la Floride. Je n'y suis jamais allée.

Je me hissai sur la balustrade du perron.

— C'est une succession infinie de centres commerciaux et de parkings. Oh, mais il y a aussi la plage. Je suppose que rien que pour ça, ça vaut le coup.

J'adorais sentir la chaleur du soleil sur ma peau, la sensation du sable mouillé entre mes orteils.

— Waouh, fit Dee en jetant un coup d'œil à la maison voisine comme si elle attendait quelqu'un. Tu vas mettre du temps à t'habituer à la vie ici. S'adapter est… difficile quand on n'est pas dans son élément.

Je haussai les épaules.

— Je ne sais pas. Cette ville ne m'a pas l'air si mal que ça. Bon, c'est vrai, quand j'ai appris que je venais vivre ici, j'ai cru que ma mère me faisait une mauvaise blague… Je ne savais même pas que cet endroit existait.

Dee rit.

— Oui, c'est le cas de beaucoup de gens. On a été choqués en arrivant ici.

— Oh, vous n'êtes pas du coin, vous non plus ?

Son rire mourut et elle détourna le regard.

— Non. On n'est pas d'ici.

— Vos parents ont été mutés dans le secteur ? demandai-je sans avoir la moindre idée du genre de boulot qu'on pouvait trouver dans les parages.

— Oui, ils travaillent en ville. On ne les voit pas beaucoup.

J'eus la conviction qu'elle ne me disait pas tout.

— Ça doit être difficile... même si ça vous laisse énormément de liberté, je suppose. Ma mère n'est pas souvent à la maison, elle non plus.

— Alors, tu sais ce que c'est. (Un étrange voile de tristesse apparut dans ses yeux.) On se débrouille tout seuls.

— On aurait pu croire que ce serait beaucoup plus excitant que ça, pas vrai ?

Elle parut soudain nostalgique.

— Tu as déjà entendu l'expression « Méfiez-vous de vos rêves, ils pourraient devenir réalité » ? C'en est l'illustration parfaite.

Elle se balança en gardant un pied par terre. Aucune de nous n'était pressée de meubler le silence qui était retombé. Je comprenais parfaitement ce qu'elle voulait dire. J'avais perdu le compte du nombre de nuits blanches pendant lesquelles j'avais souhaité que ma mère se prenne en main et passe à autre chose... et avant que j'aie eu le temps de dire « ouf », on s'était retrouvées en Virginie-Occidentale.

Des nuages noirs apparurent soudain et plongèrent le jardin dans l'obscurité. Dee fronça les sourcils.

— Oh non ! On dirait qu'on va avoir droit à l'un de nos fameux déluges de l'après-midi. Ils durent généralement plusieurs heures.

— Dommage. On ferait mieux de reporter la séance de jardinage à demain, alors. Tu es libre ?

— Bien sûr !

Dee frissonna tandis que l'air se rafraîchissait.

— Je me demande d'où vient cet orage. Il est apparu d'un seul coup, pas vrai ? demandai-je.

Dee sauta de la balancelle et s'essuya les mains sur son pantalon.

— On dirait bien. Je crois que ta mère est debout. Moi, il faut que j'aille réveiller Daemon.

— Il dort ? Il est un peu tard pour ça, non ?

— Il est bizarre, répondit Dee. Je reviens demain. On ira faire un tour au magasin de jardinage ensemble.

Je me laissai glisser de la balustrade en riant.

— Avec plaisir.

— Super ! (Elle descendit les marches et tourna sur elle-même.) Je dirai à Daemon que tu lui passes le bonjour !

Je sentis mes joues s'empourprer.

— Euh, ce n'est vraiment pas la peine.

— Oh si, crois-moi !

Avec un gloussement, elle se précipita vers chez elle. *Génial.*

Ma mère était dans la cuisine avec une tasse de café à la main. Quand elle se tourna vers moi, du liquide marron fumant se déversa sur le plan de travail. Le regard innocent qu'elle m'adressa la trahit.

J'attrapai un torchon avant de me diriger vers elle.

— Elle habite à côté, elle s'appelle Dee, je l'ai rencontrée au supermarché. (J'essuyai la tache de café.) Elle a un frère, Daemon. Ils sont jumeaux.

— Des jumeaux ? Intéressants. (Elle sourit.) Dee est gentille, ma chérie ?

Je soupirai.

— Oui, Maman. Elle est très sympa.

— Je suis tellement contente ! Il est grand temps que tu te débarrasses de ta carapace.

Je ne m'étais pas rendu compte que j'en avais une.

Ma mère souffla sur sa tasse avant d'en prendre une gorgée. Elle me dévisagea.

— Vous avez prévu quelque chose demain ?

— Tu le sais très bien. Tu as tout entendu.

— Évidemment. (Elle me fit un clin d'œil.) Je suis ta mère. C'est mon rôle.

— Quoi ? Écouter aux portes ?

— Oui. Sinon, comment veux-tu que je sache ce qui se passe ? me demanda-t-elle en toute innocence.

Levant les yeux au ciel, je lui tournai le dos pour regagner le salon.

— Je n'ai qu'un mot à dire : intimité, Maman, intimité.

— Voyons, ma chérie, répondit-elle depuis la cuisine, c'est un concept qui n'existe pas.

Chapitre 3

Le jour où Internet fut installé à la maison, je fus encore plus contente que si un mec canon m'avait demandé mon numéro de téléphone après avoir maté mes fesses. Comme on était mercredi, je rédigeai rapidement un article pour ma rubrique « Les Merveilles du mercredi » sur un roman pour ados à propos d'un joli garçon qui tuait les gens rien qu'en les touchant, sachant qu'il plairait à la majorité. Je m'excusai également pour mon absence prolongée, répondis à plusieurs commentaires et visitai quelques-uns de mes blogs préférés. J'avais l'impression d'être de retour à la maison.

— Katy ? m'appela ma mère dans l'escalier. Ton amie Dee est là.

— J'arrive ! criai-je en refermant mon ordinateur portable.

Je descendis les marches deux à deux pour rejoindre Dee, puis, ensemble, on se rendit au magasin de bricolage. Soit dit en passant, il ne se trouvait pas du tout à l'endroit que Daemon m'avait indiqué. Ils avaient tout le matériel nécessaire pour me permettre d'arranger le parterre de fleurs à l'abandon devant chez nous.

Une fois de retour à la maison, on attrapa chacune un sac pour les sortir du coffre. Ils étaient si lourds qu'on ne tarda pas à être couvertes de sueur.

— Tu veux aller boire quelque chose avant de tirer ces sacs jusqu'au parterre de fleurs ? lui proposai-je.

J'avais mal au bras. Elle se frotta les mains l'une contre l'autre en hochant la tête.

— Il faut que je fasse des haltères. J'ai toujours du mal à soulever du poids.

On entra dans la maison et on se servit du thé glacé.

— Fais-moi penser à t'accompagner à la salle de gym, plaisantai-je en tâtant mes maigres muscles.

Dee éclata de rire et décolla de sa nuque ses cheveux trempés de sueur. Malgré la fatigue et la rougeur de ses joues, elle était toujours aussi belle. Moi, par contre, je ressemblais probablement à un *serial killer*… trop fatigué pour tuer qui que ce soit.

— Hmm. On est à Ketterman. Notre conception de la gym, c'est de tirer sa poubelle jusqu'au bout du chemin de terre ou de soulever des bottes de foin.

Je lui tendis un élastique en me plaignant parce que la vie dans une petite ville n'était vraiment pas cool. On n'était restées à l'intérieur qu'une dizaine de minutes, pourtant, quand on ressortit, les sacs de terreau et d'engrais étaient entassés près du perron.

Surprise, je relevai la tête vers Dee.

— Comment sont-ils arrivés là ?

Tombant à genoux, elle se mit à retirer les mauvaises herbes.

— Sûrement grâce à mon frère.

— Daemon ?

Elle hocha la tête.

— Il joue toujours au héros de l'ombre.

— Tu parles, marmonnai-je.

J'en doutais. Je préférais encore croire que les sacs s'étaient déplacés tout seuls.

Nous nous attaquâmes aux mauvaises herbes avec beaucoup plus d'énergie que je ne nous en serais crues capables. Pour moi, le désherbage avait toujours été un moyen d'évacuer mes tensions. Alors, à en croire les mouvements vifs de Dee, elle devait être très nerveuse. Avec un frère comme le sien, ça n'avait rien de surprenant.

Un peu plus tard, Dee examina son vernis écaillé.

— Ma manucure est foutue.

Je souris.

— Je t'avais dit de mettre des gants.

— Mais tu n'en as pas non plus, me fit-elle remarquer.

En levant mes mains pleines de terre, je grimaçai. La vérité, c'était que mes ongles étaient toujours dans cet état.

— Oui, mais j'y suis habituée.

Dee haussa les épaules et alla chercher un râteau. Elle me faisait rire avec sa jupe et ses sandales à talons compensés. D'après elle, c'était le summum de la haute couture de jardinage. Elle tira l'outil vers moi.

— En tout cas, je m'amuse bien.

— Plus que si tu avais fait du shopping ? lui demandai-je d'un air taquin.

Elle sembla réfléchir sérieusement à la question, le nez froncé.

— Oui. C'est plus... relaxant.

— C'est vrai. Quand je fais ce genre de choses, je ne pense plus à rien d'autre.

— C'est ce qui me plaît. (Elle se mit à étendre le terreau.) Tu jardines pour éviter de trop réfléchir ?

Je m'assis pour ouvrir un autre sac de terreau. Je ne savais pas comment répondre à cette question.

— Mon père... il adorait travailler la terre. Il avait la main verte. Dans notre ancien appartement, nous n'avions pas de jardin, seulement un balcon, et pourtant nous y avons créé un jardin ensemble.

— Que lui est-il arrivé ? Tes parents ont divorcé ?

Je pinçai les lèvres. Je ne parlais pas souvent de lui. Voire jamais. Il avait été un homme bien, un bon père. Il n'avait pas mérité ce qui lui était arrivé.

Dee se reprit.

— Je suis désolée. Ce ne sont pas mes affaires.

— Non, ce n'est pas grave.

Je me redressai et époussetai la terre de mon teeshirt. Lorsque je relevai la tête, je la vis appuyée sur le râteau, contre le perron. Son bras gauche était flou. Je pouvais voir la rambarde blanche au travers. Je clignai les yeux. Je ne rêvais pas.

— Katy ? Tout va bien ?

Le cœur battant, je me forçai à quitter des yeux son bras transparent pour observer son visage, puis à redescendre de nouveau. Il était entier. Parfait. Je secouai la tête.

— Oui, ça va. Euh... Mon père est tombé malade. Il a eu un cancer. Au cerveau. On n'a rien pu faire. Il avait mal à la tête et il avait des hallucinations. (Je détournai le regard, la gorge serrée. Des hallucinations, comme les miennes ?) Mais à part ça, jusqu'au diagnostic, il allait très bien. Ils ont commencé la chimio et la radio, mais tout... s'est emballé rapidement. Il est mort en deux mois.

— Oh, mon Dieu, Katy. Je suis vraiment désolée. (Son visage était blême, sa voix douce.) C'est terrible.

— Ça va. (Je me forçai à sourire alors que je n'en avais pas la moindre envie.) C'était il y a trois ans. C'est pour ça que ma mère voulait déménager, pour commencer une nouvelle vie et tout le tralala.

Ses yeux se mirent à briller dans la lumière du soleil.

— Je peux comprendre. Quand on perd quelqu'un, on ne s'en remet jamais vraiment, hein ?

— Non.

Visiblement, elle connaissait bien le sujet, mais avant que j'aie pu lui poser la question, la porte de sa maison s'ouvrit. Je sentis une boule se former dans mon estomac.

— Oh non, murmurai-je.

Dee se retourna en soupirant.

— Regarde qui est là.

Il était plus de 13 heures, pourtant Daemon avait l'air de sortir du lit. Son jean était froissé et il avait les cheveux en bataille. Il était au téléphone. Il parlait tout en se frottant la mâchoire.

Et il était torse nu.

— Il n'a pas de tee-shirt ? demandai-je en attrapant une bêche.

— Malheureusement, je ne crois pas. Il se promène toujours à moitié nu, même en hiver. (Elle grogna.) C'est agaçant de toujours voir autant de... peau. Beurk.

Écœurant pour elle, peut-être. Moi, je trouvais ça plutôt sexy. Je me mis à creuser des trous dans la terre à des endroits stratégiques. J'avais la gorge sèche. Beau visage. Corps parfait. Caractère de cochon. C'était un peu la sainte trinité du mec canon.

Daemon resta au téléphone pendant une trentaine de minutes. Sa présence accaparait toute mon attention. Je ne pouvais pas l'ignorer. Même quand je lui tournais le dos, je sentais ses yeux sur moi. Mes omoplates me chatouillaient sous l'effet de son regard appuyé. Lorsque je reportai mon attention vers lui, il avait disparu. Il revint quelques secondes plus tard avec un tee-shirt sur le dos. Mince. La vue me manquait.

J'étais en train d'aplanir la terre lorsqu'il s'approcha d'un air nonchalant et posa lourdement un bras sur les épaules de sa sœur. Elle essaya de se dégager, mais il la serra un peu plus contre lui.

— Salut, sœurette.

Elle leva les yeux au ciel, mais elle souriait. Elle le regardait comme s'il était son héros.

— Merci d'avoir déplacé les sacs pour nous.

— Moi ? Je n'ai rien fait.

Dee eut l'air exaspéré.

— Si tu le dis, tête de mule.

— Ce n'est pas très gentil.

Il l'attira à lui en souriant. Sincèrement. Ça lui allait bien. Il aurait dû essayer plus souvent. Puis, il jeta un coup d'œil dans ma direction et plissa les yeux, comme s'il venait de se rendre compte de ma présence, dans mon propre jardin. Son sourire avait complètement disparu.

— Qu'est-ce que tu fais ?

J'observai ma tenue. Ce que je faisais était plutôt clair étant donné que j'étais couverte de terre et que j'avais des morceaux de plantes accrochés à moi.

— Je m'occupe du...

— Je ne m'adressais pas à toi. (Il se tourna vers sa sœur, qui s'était soudain empourprée.) Qu'est-ce que tu fais ?

Il était hors de question que je laisse son attitude m'atteindre encore une fois. Haussant les épaules, j'attrapai une plante et la sortis de son pot. Je tirai tellement fort dessus que je lui arrachai ses racines au passage.

— Je l'aide avec son parterre de fleurs. Alors, sois gentil. (Dee le frappa au ventre avant de se libérer.) Regarde ce qu'on a fait ! Je crois que j'ai un talent caché.

Daemon observa notre œuvre. Si je devais choisir le travail de mes rêves, il aurait sûrement un rapport avec le paysagisme et l'extérieur. J'étais à la ramasse en pleine nature, mais le moment où je me sentais le mieux, c'était quand j'avais les mains dans la terre. J'adorais ça : la sensation de calme que ça m'apportait, l'odeur puissante de la terre et l'idée qu'un peu d'eau et de terre fraîche puisse redonner vie à un organisme flétri et à moitié mort.

En plus, j'étais plutôt douée. Je regardais toutes les émissions sur le sujet à la télévision. Je savais où placer les plantes qui avaient besoin de soleil et celles qui se développaient dans l'ombre. Tout était dans l'agencement : les plus touffues et les plus grandes au fond, les fleurs à l'avant. Il suffisait simplement d'ajouter du terreau et voilà !

Daemon haussa un sourcil.

Je me crispai.

— Quoi ?

Il haussa les épaules.

— C'est pas mal, je suppose.

— Pas mal ? (Dee paraissait aussi offensée que moi.) C'est mieux que ça. On a cassé la baraque. Enfin, Katy, surtout. Moi, je lui ai juste tendu le matériel.

— C'est ce que tu fais quand tu as du temps libre ? me demanda-t-il sans prêter attention à ce que disait sa sœur.

— Pardon ? Tu as décidé de me parler, maintenant ?

Avec un sourire forcé, j'attrapai une poignée de terreau et la jetai par terre. J'aplanis le tout et recommençai.

— Oui. On peut appeler ça un hobby. C'est quoi, le tien ? Martyriser les bébés chiens ?

— Je ne suis pas sûr de pouvoir le révéler devant ma sœur, rétorqua-t-il avec un regard de tombeur.

— Je ne veux pas le savoir ! s'exclama Dee en grimaçant.

Les images qui me traversèrent l'esprit auraient été interdites aux moins de dix-huit ans. Et à son expression, il était clair qu'il le savait. J'attrapai une poignée de terreau.

— C'est moins ennuyeux que ça, ajouta-t-il.

Je me figeai. Des morceaux de cèdre rouge tombèrent de mes doigts.

— Pourquoi est-ce que ce serait ennuyeux ?

Il m'adressa un regard qui signifiait clairement : « Je dois vraiment te l'expliquer ? » OK, le jardinage n'était pas ce qu'on pouvait qualifier de cool. Je le savais. Mais ce n'était pas ennuyeux. Comme j'aimais bien Dee, je me tus et étalai le terreau.

Dee poussa son frère, mais il ne bougea pas.

— Ne sois pas désagréable, s'il te plaît.

— Je n'ai rien fait, s'offusqua-t-il.

Je haussai les sourcils.

— Quoi ? demanda Daemon. Tu as quelque chose à dire, Kitten ?

— À part que j'aimerais que tu arrêtes de m'appeler Kitten ? Non.

J'aplanis le terreau avant de me lever pour admirer notre travail. Tout sourire, je jetai un coup d'œil à Dee.

— Je crois qu'on s'est bien débrouillées.

— Oui.

Elle poussa de nouveau son frère en direction de leur maison. Il ne bougea pas d'un millimètre.

— Ennuyeux ou pas, on a fait du bon boulot. Alors, tu sais quoi ? Ça me plaît d'être ennuyeuse.

Daemon examina les fleurs fraîchement plantées comme s'il les disséquait pour une expérience scientifique.

— Et je crois qu'il faut que j'étende cet ennui jusqu'au parterre devant chez nous, poursuivit-elle, avec une lueur enthousiaste dans les prunelles. On pourrait retourner au magasin pour acheter du matériel et tu...

— Elle n'est pas la bienvenue chez nous, intervint Daemon d'une voix cassante en se tournant vers sa sœur. Je ne rigole pas.

Surprise par le venin qui transparaissait dans ses paroles, j'eus un pas de recul.

Dee, en revanche, tint sa position, les poings serrés.

— Je parlais de s'occuper du massif de fleurs qui est devant la maison, pas dedans. Du moins, la dernière fois que j'ai vérifié.

— Je m'en moque. Je ne veux pas qu'elle vienne.

— Daemon, ne fais pas ça, murmura-t-elle, les larmes aux yeux. Je t'en prie. Je l'aime bien.

L'impossible se produisit alors. L'expression de Daemon se radoucit.

— Dee...

— S'il te plaît ! répéta-t-elle en sautillant comme une petite fille qui réclame son jouet préféré.

Vu sa taille, ça faisait un effet plutôt étrange. J'avais envie de frapper Daemon pour laisser sa sœur souffrir d'un tel manque affectif.

Jurant dans sa barbe, il croisa les bras.

— Dee, tu as déjà des amis.

— Ce n'est pas la même chose et tu le sais parfaitement. (Elle imita sa posture.) C'est différent.

Daemon regarda dans ma direction en retroussant les lèvres. Si j'avais eu la bêche entre les mains, je la lui aurais probablement jetée à la tête.

— Ce sont tes amis, Dee. Ils sont comme toi. Tu n'as pas besoin de te lier d'amitié avec... quelqu'un comme elle.

J'étais restée silencieuse jusqu'à présent parce que je n'avais pas la moindre idée de ce qui se passait et que je ne voulais rien dire qui aurait pu blesser Dee. Ce connard était son frère, après tout. Mais cette fois, il avait dépassé les bornes.

— Qu'est-ce que ça veut dire, quelqu'un comme moi ?

Il pencha la tête sur le côté et soupira longuement.

Sa sœur nous observa l'un après l'autre d'un air nerveux.

— Il ne voulait rien dire en particulier.

— N'importe quoi, marmonna-t-il.

Je serrai les poings.

— C'est quoi, ton problème, au juste ?

Daemon me fit face. Il avait une drôle d'expression.

— Toi.

— Je suis ton problème ? (Je fis un pas en avant.) Je ne te connais même pas. Tu ne sais rien de moi.

— Vous êtes tous les mêmes. (Les muscles de ses joues se crispèrent.) Je n'ai pas besoin d'apprendre à te connaître. Et je n'en ai pas la moindre envie.

Je levai les mains en l'air d'énervement.

— Alors c'est parfait, mon gros, parce que je n'ai pas envie d'en apprendre plus sur toi non plus.

— Daemon, intervint Dee en le prenant par le bras. Ça suffit.

Il me dévisagea avec un sourire mauvais.

— Je n'aime pas l'idée que tu sois amie avec ma sœur.

Je dis alors la première chose qui me passa par l'esprit. Ce n'était sûrement pas la repartie la plus intelligente, en général je ne répliquais même pas, mais ce type avait le chic pour me faire sortir de mes gonds.

— Et moi, je me fous complètement de ce que tu aimes.

Tout à coup, il se retrouva en face de moi. Je veux dire : juste devant moi. Comment s'était-il déplacé si vite ? C'était physiquement impossible. Pourtant, il était bien là, en train de me regarder de haut, comme s'il avait disparu d'un endroit pour réapparaître ailleurs.

— Comment… as-tu bougé… ?

Je reculai. Les mots me manquaient. L'intensité de son regard me donnait la chair de poule. *Oh merde…*

— Écoute-moi bien, dit-il en faisant un pas vers moi.

Je reculai de nouveau et il me suivit jusqu'à ce que mon dos rencontre un tronc d'arbre. Daemon baissa la tête. Ses yeux d'un vert irréel emplirent mon champ de vision. Mon corps était en feu.

— Je ne me répéterai pas. S'il arrive quoi que ce soit à ma sœur…

Il s'arrêta. Je pris une grande inspiration tandis que son regard se posait sur mes lèvres entrouvertes. J'en eus le souffle coupé. Quelque chose passa dans ses yeux. Pourtant, il reprit aussitôt sa moue agacée, comme si de rien n'était.

Des images avaient recommencé à affluer dans mon esprit. Nous deux. En sueur. Je me mordis les lèvres et fis de mon mieux pour ne pas laisser transparaître mon embarras. Malheureusement, à son air suffisant, je compris qu'il savait à quoi je pensais.

— Tu es une petite cochonne, Kitten.

Je clignai des paupières. *Nie en bloc. Nie en bloc.*

— Qu'est-ce que tu as dit ?

— Une cochonne, murmura-t-il d'une voix si basse que Dee ne pouvait pas l'avoir entendue. Tu es couverte de terre. Qu'est-ce que tu croyais que je voulais dire ?

— Rien, répondis-je en souhaitant de tout mon cœur qu'il recule. (Avoir Daemon aussi proche n'était pas vraiment rassurant.) Je suis en train de jardiner. On se salit forcément quand on fait ça.

Il eut un semblant de sourire.

— Il y a des manières beaucoup plus agréables de... se salir. Enfin, ce n'est pas comme si je comptais te les montrer un jour.

J'avais le sentiment qu'il avait de l'expérience en la matière. Mes joues s'empourprèrent, leur rougeur s'étendant à ma gorge.

— Je préférerais me rouler dans le purin plutôt que coucher avec toi.

Daemon haussa un sourcil avant de se retourner d'un coup.

— Il faut que tu rappelles Matthew, dit-il à sa sœur. Tout de suite. Ça ne peut pas attendre.

Je restai figée contre l'arbre, les yeux écarquillés, jusqu'à ce qu'il disparaisse à l'intérieur de leur maison et que la porte claque derrière lui. La gorge serrée, j'observai Dee qui avait l'air bouleversé.

— Bon, fis-je. Ce fut... intense.

Dee se laissa tomber sur les marches et se prit la tête entre les mains.

— Je l'aime vraiment. C'est mon frère. Le seul... (Elle s'interrompit et releva la tête.) Mais il se comporte comme un goujat. Je le sais. Il n'a pas toujours été comme ça.

Je la dévisageai, sans voix. Mon cœur battait toujours la chamade, faisant circuler mon sang à toute vitesse. Quand je finis par m'éloigner de l'arbre pour me diriger vers elle, je fus incapable de déterminer si c'était la peur ou l'adrénaline qui me faisait tourner la tête. Et si je n'avais pas peur, j'aurais peut-être dû.

— C'est difficile de me faire des amis avec lui, murmura-t-elle en contemplant fixement ses mains. Il les fait tous fuir.

— Pas possible ! Je me demande bien pourquoi ?

La vérité, c'était que je me posais réellement la question. Son côté possessif me paraissait excessif. J'avais toujours des frissons plein les bras alors qu'il était parti. Je le sentais toujours contre moi. Sa chaleur était toujours là. L'expérience avait été... excitante. À mon grand regret.

— Je suis vraiment désolée. (Elle sauta à terre, en ouvrant et refermant les poings.) Il est juste surprotecteur.

— J'avais bien compris, mais ce n'est pas comme si j'étais un mec qui risquait de te violer.

Elle eut un léger sourire.

— Je sais, mais il s'inquiète pour un rien. Je suis persuadée qu'il... se calmera quand il aura appris à te connaître.

Personnellement, j'en doutais.

— Je t'en prie, dis-moi qu'il ne t'a pas fait fuir, toi aussi. (Elle se plaça devant moi, les sourcils froncés.) Je sais que tu penses sûrement qu'être amie avec moi ne vaut pas la peine de...

— Non, ne t'en fais pas. (Je me passai la main dans les cheveux.) Il n'a pas réussi à me faire fuir et il n'y arrivera pas.

Elle semblait tellement rassurée que j'eus l'impression qu'elle allait s'évanouir.

— Super. Il faut que je file, mais je vais arranger les choses. Je te le promets.

Je haussai les épaules.

— Il n'y a rien à arranger. Ce n'est pas ton problème.

Une expression étrange glissa sur son visage.

— Si, justement. À plus tard, d'accord ?

Hochant la tête, je l'observai rentrer chez elle, puis je ramassai les sacs vides. Que venait-il de se passer ? C'était la première fois que quelqu'un me haïssait avec une telle force. Et comment avait-il fait pour se déplacer si vite ? Secouant le chef, je jetai les ordures à la poubelle.

Daemon était sexy, mais c'était un abruti. Un vrai tyran. Je pensais ce que j'avais dit à Dee. Il ne réussirait pas à m'empêcher d'être amie avec sa sœur. Il allait devoir se faire une raison. Car je ne comptais pas reculer.

Chapitre 4

Le lundi suivant, contrairement à mes habitudes, je n'écrivis pas d'article sur mon blog. C'était le jour où je parlais de mes lectures en cours et, en ce moment, je ne lisais rien du tout. En revanche, ma voiture, elle, avait besoin d'un bon récurage. Ma mère serait fière de voir que je ne passais pas mon été derrière mon ordinateur. À part pour le jardinage, j'étais une vraie casanière.

Le ciel était bleu. L'air charriait une légère odeur de musc et de pin chaud. Je nettoyai d'abord l'habitacle. J'y trouvai un nombre de stylos et d'élastiques à cheveux impressionnant. Je grimaçai en apercevant mon sac de cours posé sur la banquette arrière. Dans deux semaines, j'allais faire ma rentrée dans une nouvelle école où Dee serait entourée de tous ses amis. Des amis que Daemon acceptait, alors que moi, il me traitait comme une dealeuse de crack.

Après avoir attrapé un seau et le tuyau d'arrosage, je savonnai la quasi-totalité de la voiture... sauf le toit. Peu importait de quel côté je m'y prenais : ça ne marchait pas. J'étais trempée et l'éponge n'arrêtait pas de tomber.

Je retirai en jurant les morceaux de gravier et d'herbe collés dessus. J'avais envie de la balancer dans la forêt. Faute de mieux, je la jetai dans le seau.

— On dirait que tu as besoin d'aide.

Je sursautai. Daemon se tenait à quelques mètres de moi, les mains enfoncées dans les poches de son jean délavé. Ses yeux étincelaient dans la lumière du soleil.

Son apparition soudaine m'avait prise par surprise. Je ne l'avais pas entendu arriver. Comment quelqu'un d'aussi imposant pouvait-il se déplacer aussi silencieusement ? Pour une fois, il portait un tee-shirt. Je ne savais pas si ce que je ressentais était du soulagement ou de la déception. Après tout, quand il n'ouvrait pas la bouche, il était à tomber. Je sortis de mes pensées et me préparai pour l'inévitable joute verbale.

Il ne souriait pas mais, au moins, il n'avait pas l'air de vouloir me tuer. Il semblait avoir accepté ma présence à contrecœur. C'était sûrement le genre de tête que je faisais quand je devais écrire une mauvaise critique pour un livre que j'avais attendu avec impatience.

— Tu avais l'air d'avoir envie de la balancer encore une fois. (Il désigna le seau où l'éponge flottait dans la mousse.) Alors, je me suis dit que j'allais faire ma BA de la journée et intervenir avant qu'une innocente éponge y perde la vie.

Incapable de répondre, je repoussai quelques mèches humides qui me tombaient devant la figure.

Daemon se baissa sans attendre pour attraper l'éponge et la pressa pour en retirer l'excès d'eau.

— C'est toi qui as pris un bain ou ta voiture ? Je n'aurais jamais cru que nettoyer une bagnole pouvait être aussi laborieux. Mais après t'avoir observée pendant un quart d'heure, je suis convaincu qu'on devrait en faire une discipline olympique.

— Tu m'observais ?

C'était un peu inquiétant. Et excitant. *Qu'est-ce que tu racontes ? C'est pas excitant du tout !*

Il haussa les épaules.

— Tu aurais très bien pu l'emmener au lavage automatique. Ça aurait été plus simple.

— C'est une perte d'argent.

— Je suis d'accord, répondit-il lentement.

Il s'agenouilla pour nettoyer une tache que j'avais manquée sur le pare-chocs, puis s'occupa du toit.

— Il faut que tu changes tes pneus. Ils sont presque lisses et on a des hivers de dingue, ici.

Je me moquais de mes pneus. Je n'arrivais pas à comprendre ce qu'il faisait là, ni pourquoi il m'adressait la parole. La dernière fois qu'il m'avait parlé, j'avais eu l'impression d'être l'Antéchrist et il m'avait coincée contre un arbre en m'expliquant qu'il y avait des façons de se salir plus agréables que d'autres. Non, mais pourquoi ne m'étais-je pas brossé les cheveux, ce matin ?

— En tout cas, je suis content de t'avoir vue dehors.

Il termina de nettoyer le toit en un temps record et attrapa le tuyau d'arrosage. Pendant qu'il rinçait le tout, il m'adressa un semblant de sourire. La mousse se déversa sur les côtés comme si elle débordait d'une tasse.

— Je crois que je suis censé m'excuser.

— Tu crois ?

Daemon se tourna vers moi. Il avait les yeux plissés à cause de la lumière du soleil. Il tira le tuyau d'arrosage de l'autre côté de la voiture. J'évitai le jet d'eau de justesse.

— Ouais. Dee m'a demandé de venir te voir pour faire la paix. Apparemment, je serais en train de gâcher ses chances de se faire une amie « normale ».

— Une amie normale ? Comment sont ses autres amis, au juste ?

— Pas normaux, répondit-il.

C'était ce qu'il voulait pour sa sœur ?

— Demander pardon sans vraiment le penser va à l'encontre du principe même de l'excuse, tu sais ?

Il émit un grognement comme pour acquiescer.

— C'est vrai.

Je le dévisageai.

— Tu es sérieux ?

— Ouais, répondit-il d'une voix traînante. (Il longea la voiture pour continuer de retirer les traces de savon.) Pour tout te dire, je n'ai pas le choix. Je suis obligé de faire la paix avec toi.

— Tu n'as pas l'air d'être le genre de mec qui se laisse commander, pourtant.

— Non, pas en règle générale, c'est vrai. (Il arriva au coffre.) Mais ma sœur refuse de me rendre mes clés de voiture tant que je n'aurai pas arrangé les choses avec toi. Et je n'ai pas envie de m'embêter à refaire faire des doubles.

Malgré toute ma bonne volonté, je fus incapable de m'empêcher d'éclater de rire.

— Elle t'a confisqué tes clés ?

Il revint vers moi avec un air renfrogné.

— Ce n'est pas drôle.

— Non, tu as raison. (Je ris.) C'est hilarant.

Daemon me lorgna de travers.

Je croisai les bras.

— Désolée. Je n'accepte pas tes excuses. Elles ne sont pas sincères.

— Je viens de laver ta voiture, je te signale !

— Eh oui. (Je souris en le voyant plisser les paupières.) Tu ne reverras peut-être jamais la couleur de tes clés.

— Mince, mon plan tombe à l'eau. (Ses lèvres s'étirèrent en un sourire taquin.) Je m'étais dit que même si le cœur n'y était pas, je pouvais au moins essayer de me racheter.

Une partie de moi était agacée, l'autre trouvait la situation très amusante... ce que je n'aurais jamais admis à voix haute.

— Tu es toujours aussi agréable avec les gens ?

Il passa devant moi pour aller fermer l'arrivée d'eau.

— Toujours. Et toi, tu reluques toujours les mecs auxquels tu demandes ton chemin ?

— Tu ouvres toujours ta porte à moitié nu ?

— Toujours. Et tu n'as pas répondu à ma question. Tu reluques toujours les mecs comme ça ?

Je sentis mes joues s'échauffer.

— Je ne t'ai pas reluqué.

— Ah bon ? (Le semblant de sourire était de retour, laissant imaginer la naissance de ses fossettes.) Si tu veux tout savoir, tu m'as réveillé. Je ne suis pas du matin.

— Il n'était pas si tôt que ça, lui fis-je remarquer.

— Je faisais la grasse matinée. C'est les vacances d'été. Ça ne t'arrive jamais ?

Je repoussai une mèche de cheveux qui s'était échappée de ma queue de cheval.

— Non. J'ai l'habitude de me lever tôt.

Il grogna.

— On dirait ma sœur. Ça ne m'étonne pas qu'elle se soit aussi vite attachée à toi.

— Dee a bon goût… contrairement à d'autres, lui dis-je. (Ses lèvres se retroussèrent.) C'est une fille super. Je l'aime beaucoup. Alors si tu es venu pour jouer au méchant grand frère, tu peux arrêter tout de suite.

— Je ne suis pas là pour ça.

Il ramassa le seau et les divers produits d'entretien posés par terre. J'aurais sûrement dû l'aider, mais le regarder prendre en charge le nettoyage de ma voiture avait quelque chose de fascinant. Même s'il m'adressait un sourire de temps en temps, il était évident que la situation le mettait mal à l'aise. Parfait.

— Alors pourquoi tu es là, si ce n'est pas pour me faire des excuses bidon ?

Je ne pouvais m'empêcher d'observer sa bouche tandis qu'il parlait. J'étais certaine qu'il embrassait bien.

Ses baisers étaient sûrement parfaits, ni trop humides, ni écœurants, le genre qui donnait des frissons partout.

Il fallait vraiment que j'arrête de le regarder.

Daemon déposa tout le matériel sur les marches du perron et se redressa. Quand il étira ses bras au-dessus de sa tête, son tee-shirt se souleva, révélant des muscles appétissants. Ses yeux s'attardèrent sur mon visage. Je sentis une douce chaleur s'insinuer dans mon ventre.

— Peut-être parce que je me demande pourquoi elle s'est aussi vite attachée à toi. Dee se méfie des étrangers, d'habitude. Comme nous tous.

— Je vois. J'avais un chien qui n'aimait pas les inconnus, lui non plus.

Daemon me dévisagea un instant avant d'éclater de rire. C'était un rire rauque et puissant. Agréable. Sexy. Oh, mon Dieu. Je détournai la tête. C'était le genre de mec qui devait briser des cœurs à la pelle. Il ne m'apporterait que des ennuis. Même si c'était tentant, je ne devais pas oublier qu'il était un connard. Et je ne sortais pas avec les types de son espèce. Je ne sortais pas avec qui que ce soit...

Je m'éclaircis la voix.

— Eh bien, merci pour la voiture.

Il se matérialisa soudain devant moi. Il était si proche que ses pieds touchaient presque les miens. Je pris une profonde inspiration. Mon instinct me criait de reculer. Il fallait qu'il arrête de me surprendre comme ça.

— Comment tu fais pour te déplacer si vite ?

Il ne prit pas la peine de répondre à ma question.

— Ma petite sœur semble t'apprécier, dit-il comme s'il n'arrivait pas à comprendre pourquoi.

Agacée, je relevai la tête, mais fixai obstinément son épaule.

— Ta petite sœur ? Vous êtes jumeaux !

— Sache que je suis né exactement quatre minutes et trente secondes avant elle, se vanta-t-il en me regardant dans les yeux. Alors, techniquement, c'est ma petite sœur.

J'avais la gorge sèche.

— C'est le bébé de la famille ?

— Exactement. C'est pour ça que je cherche à tout prix à me faire remarquer.

— Ça explique ton sale caractère, rétorquai-je.

— Peut-être, mais la plupart des gens me trouvent charmant.

Alors que je m'apprêtais à lui répondre, je fis l'erreur de croiser son regard. La couleur extraordinaire de ses yeux m'interpella aussitôt. Elle me rappelait la beauté de la nature dans les parties les plus reculées du parc des Everglades.

— J'ai… du mal à le croire.

— Tu ne devrais pas, Kat. (Il enroula autour de son doigt l'une de mes mèches rebelles.) C'est quelle couleur ? Ce n'est ni brun ni blond.

Les joues en feu, je m'éloignai pour me libérer.

— On appelle ça châtain.

— Si tu le dis, fit-il en hochant la tête. Il faut qu'on se mette d'accord, tous les deux.

Je fis un pas de côté pour mettre de la distance entre nous et inspirai profondément. Mon cœur battait à tout rompre.

— D'accord sur quoi ?

Daemon s'assit sur les marches, étira ses longues jambes et s'appuya sur ses coudes.

— Ça va ? Tu es à l'aise ? demandai-je d'un ton sec.

— Très. Donc, je disais… (Je restai debout.) Tu te souviens quand je t'ai dit que j'étais venu ici pour faire la paix ? Et pour récupérer mes clés de voiture ? (Il croisa les jambes au niveau de ses chevilles et se tourna vers les arbres.) Je compte bien y arriver.

— Il va falloir que tu m'expliques un peu mieux, parce que je ne comprends rien.

— Bien sûr. (Il soupira.) Dee a caché mes clés. Elle est très douée pour ce genre de choses. J'ai déjà mis la maison sens dessus dessous, sans succès.

— Alors, demande-lui de te dire où elles sont.

Dieu merci, je n'avais pas de frères et sœurs !

— C'est ce que je ferais si elle était là, mais elle a quitté la ville et elle ne sera pas de retour avant dimanche.

— Quoi ?

Elle ne m'en avait pas parlé. J'ignorais qu'elle avait de la famille dans les environs.

— Je ne le savais pas.

— Ça s'est décidé à la dernière minute. (Il décroisa les jambes et se mit à taper du pied en rythme.) Et pour qu'elle me dise où les clés sont cachées, il va falloir que je gagne des bons points. Ma sœur adore ça. Elle fait une fixation là-dessus depuis l'école primaire.

Je retrouvai le sourire.

— OK… ?

— Il faut donc que je gagne des points, expliqua-t-il. Et la seule façon d'y arriver, c'est de faire quelque chose de gentil pour toi.

J'éclatai de rire. Son expression valait le coup d'œil.

— Je suis désolée, mais tu dois avouer que c'est hilarant.

Daemon soupira d'un air écœuré.

— Ouais, très drôle.

Je me renfrognai.

— Qu'est-ce que tu dois faire, alors ?

— Je suis censé t'emmener nager demain. Si je m'exécute, ma sœur me dira où sont cachées mes clés. Bien sûr, il faut que je me montre sympa avec toi.

Au départ, je crus qu'il plaisantait. Puis, à mesure que je l'observais, je me rendis compte qu'il était parfaitement sérieux. Je le dévisageai, bouche bée.

— Si je comprends bien, la seule façon pour toi de récupérer tes clés est de m'emmener me baigner et de te montrer gentil avec moi ?

— Waouh ! Tu piges vite.

Je ris de nouveau.

— Tu peux dire adieu à tes clés.

Il parut sincèrement surpris.

— Pourquoi ?

— Parce que je n'irai nulle part en ta compagnie, répondis-je.

— On n'a pas vraiment le choix.

— Faux. *Tu* n'as pas le choix. Moi si. (Je jetai un coup d'œil à la porte derrière lui en me demandant si ma mère écoutait secrètement.) Ce ne sont pas mes clés qui ont disparu.

Daemon me dévisagea un instant avant de me décocher un grand sourire.

— Tu ne veux pas te retrouver seule avec moi, c'est ça ?

— Euh. Non.

— Pourquoi pas ?

Je levai les yeux au ciel.

— Pour commencer, tu es un crétin.

Il hocha la tête.

— Ça m'arrive.

— Et je refuse de passer du temps avec un mec parce que sa sœur l'y force. Je ne suis pas si désespérée que ça.

— Ah bon ?

Une vague de colère me submergea. Je fis un pas en avant.

— Dégage de chez moi.

Il sembla y réfléchir un instant.

— Non.

— Quoi ? bafouillai-je. Comment ça, « non » ?

— Je ne partirai pas avant que tu aies accepté de venir te baigner avec moi.

À présent, de la fumée sortait sûrement de mes oreilles.

— Comme tu veux, mais je te préviens : tu risques d'attendre longtemps. Je préférerais avaler des éclats de verre plutôt que de passer du temps avec toi.

Il rit.

— C'est plutôt radical.

— Je ne trouve pas, rétorquai-je en montant les marches.

Daemon se retourna et m'attrapa par la cheville. Il ne me serrait pas vraiment, mais sa main était incroyablement chaude. Je baissai la tête vers lui. Il me sourit d'un air innocent.

— Je resterai ici toute la journée et toute la nuit. Je camperai sous ton porche s'il le faut, mais je ne partirai pas. J'ai toute la semaine, Kitten. Si tu n'acceptes pas de faire ça demain, je ne te lâcherai pas tant que tu n'auras pas accepté. Et tu ne pourras plus sortir de chez toi.

Je le regardai, bouche bée.

— Tu plaisantes ?

— Pas du tout.

— Dis-lui qu'on y est allés et qu'on s'est bien amusés. (J'essayai de libérer mon pied, en vain.) Mens.

— Elle s'en rendra tout de suite compte. On est jumeaux. On ne peut rien se cacher. (Il marqua une pause.) À moins que tu ne sois trop timide pour venir nager avec moi ? L'idée de te retrouver à moitié nue devant moi te met mal à l'aise, c'est ça ?

Je pris appui sur la rambarde pour tirer ma jambe. La prise de ce salaud était légère, et pourtant je n'arrivais pas à me dégager.

— J'ai grandi en Floride, idiot. J'ai passé la moitié de ma vie en maillot de bain.

— Alors, quel est le problème ?

— Je ne t'aime pas.

J'arrêtai de me débattre. J'avais l'impression que sa peau vibrait contre la mienne. C'était la sensation la plus étrange qui soit.

— Lâche-moi.

Il souleva chaque doigt très lentement en soutenant mon regard.

— Je ne partirai pas, Kitten. Que tu le veuilles ou non, on ira.

Au moment où j'allais répondre, la porte s'ouvrit derrière nous. L'estomac dans les talons, je me retournai et vis ma mère qui se tenait là, vêtue d'un pyjama à lapins. *Et merde.*

Elle nous observa tour à tour, interprétant la situation de travers. La joie que je lis sur son visage me donna envie de vomir sur Daemon.

— Tu es le voisin d'à côté ?

Daemon lui fit face et lui sourit. Il avait des dents blanches parfaites.

— Je m'appelle Daemon Black.

Ma mère lui rendit son sourire.

— Kellie Swartz. Ravie de te rencontrer. (Elle jeta un coup d'œil dans ma direction.) Vous pouvez entrer, si vous voulez. Vous n'êtes pas obligés de rester en plein soleil.

— C'est très gentil à vous de me le proposer. (Il se leva et me décocha un coup de coude au passage.) On devrait rentrer pour terminer de planifier notre petite sortie.

— Non, rétorquai-je avec un regard noir. Ce n'est pas la peine.

— Quelle sortie ? demanda ma mère, tout sourire. Je suis pour les sorties.

— J'essaie de convaincre votre charmante fille de venir se baigner avec moi demain, mais je crois qu'elle a peur que vous n'approuviez pas. (Quand il me donna une tape sur l'épaule, je faillis tomber contre la rambarde.) Je pense qu'elle fait sa timide.

— Quoi ? (Ma mère secoua la tête.) Ça ne me dérange pas qu'elle aille nager avec toi. Au contraire, c'est une très bonne idée. Je n'arrête pas de lui répéter qu'il faut qu'elle s'amuse. Sortir avec ta sœur, c'est bien, mais...

— Maman. (Je fronçai les sourcils.) Ce n'est pas...

— C'est exactement ce que j'étais en train de dire à Katy ! (Daemon me passa le bras autour des épaules.) Ma sœur est partie pour une semaine, alors je me suis dit qu'on pouvait aller se promener tous les deux.

Ma mère sourit, visiblement ravie.

— Comme c'est gentil de ta part !

J'étreignis sa taille étroite pour le pincer discrètement.

— Oui, c'est vraiment très gentil de ta part, Daemon.

Il prit une grande inspiration et souffla lentement.

— Oh vous savez, entre voisins...

— Je sais surtout que Katy n'a rien de prévu demain.

Quand elle se tourna vers moi, je compris qu'elle s'imaginait déjà grand-mère. Il fallait vraiment qu'elle aille se faire soigner.

— Elle est libre d'aller se baigner.

Résignée, je m'éloignai de Daemon.

— Maman...

— Ça ne me dérange pas, ma chérie. (Elle fit mine de rentrer avant de faire un clin d'œil à Daemon.) C'était un plaisir de te rencontrer enfin.

Il sourit.

— Pareillement.

Dès que ma mère referma la porte derrière elle, je me retournai vivement et tentai de repousser Daemon. Autant essayer de faire bouger un mur.

— Tu es vraiment un connard.

Le sourire aux lèvres, il descendit les marches.

— Je te vois à midi, Kitten.

— Je te déteste, crachai-je.

— Idem. (Il jeta un coup d'œil par-dessus son épaule.) Je te parie vingt dollars que tu portes un maillot une pièce.

Il était vraiment insupportable.

Chapitre 5

Lorsque les premiers rayons du soleil filtrèrent à travers la fenêtre, je roulai sur le côté, encore à moitié endormie.

Je grognai.

J'allais devoir supporter Daemon aujourd'hui. J'avais passé la nuit à me tourner et me retourner dans mon lit en rêvant d'un garçon aux yeux d'un vert détonnant et d'un bikini qui n'arrêtait pas de se défaire. J'attrapai le dernier roman dont je voulais faire la critique sur la table de chevet et passai la matinée à lire, en essayant désespérément de penser à autre chose qu'à notre petite sortie.

Lorsque le soleil eut presque atteint son zénith, je posai le livre, soulevai les couvertures et me dirigeai vers la salle de bains.

Quelques minutes plus tard, enroulée dans une serviette, je passai en revue les différents maillots à ma disposition. Une sensation d'horreur m'envahit. Daemon avait raison. La seule idée de me retrouver à moitié nue devant lui me donnait envie de vomir. Je ne supportais pas ce mec. C'était sans doute la première personne que je détestais vraiment... Pourtant, physiquement, c'était un *dieu*. Qui sait quel genre de filles il avait l'habitude de voir en maillot de bain.

Même si je ne l'aurais pas touché pour tout l'or du monde, j'étais assez mature pour admettre qu'une part de moi désirait qu'il me trouve attirante.

Seuls trois de mes maillots auraient pu faire l'affaire : un maillot une pièce, tout ce qu'il y avait de plus banal, un deux-pièces avec un short et un simple bikini rouge.

Quoi que je choisisse, je savais que j'allais être gênée.

Après avoir rangé le premier dans mon placard, j'attrapai les deux autres. J'observai attentivement mon reflet dans le miroir, un maillot de chaque côté. Mes cheveux châtains m'arrivaient au milieu du dos. J'avais toujours eu peur de les couper. Mes yeux étaient gris. Ils n'avaient rien de magnétique ou de séduisant comme ceux de Dee. Et mes lèvres étaient pulpeuses, sans être aussi expressives que celles de ma mère.

Je jetai un coup d'œil au bikini rouge. J'avais toujours été réservée et prudente. Ce maillot était tout le contraire : aguicheur et sexy. Ce n'était pas moi. Ça me perturbait. La Katy timide et pragmatique avait un côté rassurant. C'était ma personnalité. Ma mère me laissait seule à la maison parce qu'elle avait une confiance aveugle en moi.

Je faisais sûrement partie de ces filles que Daemon pensait pouvoir contrôler et intimider. Il s'attendait probablement à ce que je porte un maillot une pièce et à ce que je refuse de retirer mon tee-shirt et mon short à cause de ses taquineries. Que m'avait-il dit lors de notre première rencontre ? Que j'avais l'air d'avoir treize ans ?

Cette pensée me mit hors de moi.

Qu'il aille se faire foutre.

J'avais envie d'oser et de m'amuser. Je voulais peut-être même surprendre Daemon et lui montrer qu'il avait tort. Sans y réfléchir à deux fois, je posai le maillot le plus simple dans un coin et étalai le bikini rouge sur mon petit bureau.

J'avais pris ma décision.

J'enfilai les bouts de tissu en un temps record puis passai un short en jean et un joli top à fleurs pour masquer mon audace. Après avoir trouvé mes baskets, j'attrapai une serviette et descendis au rez-de-chaussée.

Ma mère était dans la cuisine, son éternelle tasse de café à la main.

— Tu te lèves tard. Tu as bien dormi ? s'enquit-elle d'un air inquiet.

Parfois, je me demandais si ma mère ne lisait pas dans mes pensées. Haussant les épaules, je la dépassai pour prendre la bouteille de jus d'orange. Pendant que je me concentrais pour faire griller mes toasts, elle continua de fixer mon dos.

— J'étais en train de lire.

— Katy ? fit-elle au bout d'un moment qui me parut une éternité.

Mes mains tremblaient légèrement tandis que je beurrais mes tartines.

— Oui ?

— Tout... se passe bien ici pour toi ? Ça te plaît ?

Je hochai la tête.

— Oui, c'est sympa.

— Parfait. (Elle prit une grande inspiration.) Tu es excitée pour aujourd'hui ?

En me tournant vers elle, je sentis mon estomac se serrer. Une partie de moi aurait voulu m'énerver contre elle parce qu'elle m'avait forcée à rentrer dans les combines de Daemon... mais elle n'en avait pas conscience. Elle craignait que je ne la déteste pour avoir insisté d'emménager ici, loin de tout ce que j'aimais.

— Oui, je suppose, mentis-je.

— Je suis sûre que tu vas bien t'amuser, dit-elle. Fais attention, c'est tout.

Je lui adressai un regard entendu.

— Je doute qu'il m'arrivera grand-chose en allant me baigner.

— Où est-ce que vous allez ?

— Aucune idée. Il ne me l'a pas dit. Sûrement pas très loin.

Ma mère se dirigea vers la porte.

— Tu as très bien compris ce que je voulais dire. Il est très mignon.

Avant de partir, elle m'adressa un regard qui signifiait clairement « je suis déjà passée par là, alors pas d'entourloupe ».

Soupirant de soulagement, je nettoyai sa tasse. Je n'avais vraiment pas envie qu'elle m'explique comment on faisait les bébés. Surtout pas maintenant. La première fois m'avait suffisamment traumatisée.

Ce simple souvenir me fit frissonner.

J'étais tellement absorbé par ce terrifiant moment entre mère et fille que je sursautai en entendant un coup sur la porte. Je regardai l'heure. Mon cœur s'emballa.

11 h 46.

J'inspirai profondément pour me calmer, puis me précipitai pour ouvrir. Daemon se tenait là, une serviette négligemment posée sur son épaule.

— Je suis un peu en avance.

— Je vois ça, répondis-je d'une voix monocorde. Tu n'as pas changé d'avis ? Il n'est pas encore trop tard pour inventer un bobard.

Il haussa un sourcil.

— Je ne suis pas un menteur.

Je le dévisageai.

— Accorde-moi une seconde. Je vais chercher mes affaires.

Sans attendre sa réponse, je lui refermai la porte au nez. C'était une réaction de gamine, mais j'avais l'impression d'avoir remporté une petite victoire. Je me dirigeai vers la cuisine et attrapai mes baskets avant de retourner dehors.

Daemon n'avait pas bougé de l'endroit où je l'avais laissé.

Un mélange d'excitation et de nervosité m'envahit tandis que je verrouillais la porte d'entrée et suivais Daemon le long de l'allée.

— Bon. Où est-ce que tu m'emmènes ?

— Si je te le dis, ce n'est pas drôle, rétorqua-t-il. Ça gâchera la surprise.

— Je viens d'arriver en ville, tu sais ? Tout sera nouveau pour moi.

— Alors pourquoi est-ce que tu me poses la question ? demanda-t-il d'un air suffisant.

Je levai les yeux au ciel.

— On n'y va pas en voiture ?

Il rit.

— Non, on ne peut pas y accéder en voiture. Ce n'est pas un endroit très connu. Peu de gens du coin y sont déjà allés.

— Oh, je suis spéciale, alors.

— Tu sais ce que je crois, Kat ?

Je jetai un coup d'œil dans sa direction. Il me regardait avec un tel sérieux que je rougis aussitôt.

— Je ne suis pas certaine de vouloir le savoir.

— Je crois que ma sœur, elle, te trouve spéciale. Je commence sérieusement à me demander si elle ne se drogue pas.

J'eus un sourire moqueur.

— « Spéciale », ça veut dire beaucoup de choses, pas vrai, Daemon ?

Le fait que j'utilise son prénom sembla le surprendre. Au bout d'un moment, son regard perdit de son intensité et il me guida jusqu'à la route que l'on traversa. Quand on pénétra dans la forêt dense de l'autre côté de la rue, je sentis ma curiosité se réveiller.

— Tu essaies de me perdre dans les bois ? demandai-je, en plaisantant à moitié.

Il tourna la tête. Ses longs cils cachaient ses yeux.

— Et qu'est-ce que je pourrais bien te faire ici, Kitten ?

Je frissonnai.

— Les possibilités sont infinies.

— N'est-ce pas ?

Il avançait avec agilité parmi les buissons et les ronces enchevêtrés les uns aux autres, alors que moi, je me démenais pour ne pas trébucher sur les racines et les pierres couvertes de mousse et me briser la nuque.

— On ne peut pas faire semblant d'y être allés ?

— Crois-moi. Je préférerais être ailleurs, moi aussi. (Il sauta par-dessus un arbre abattu.) Mais se plaindre ne rendra pas les choses plus faciles.

— C'est toujours un plaisir de discuter avec toi.

Il se retourna et me tendit la main.

Pendant un instant, j'hésitai à la prendre, mais je finis par accepter. Un courant électrique me traversa. Je me mordis les lèvres. Il m'aida à enjamber le tronc avant de me libérer.

— Merci.

Daemon se remit en chemin.

— Tu as hâte de reprendre les cours ?

Ce n'était pas comme s'il s'en souciait vraiment.

— Ce n'est jamais agréable d'être la petite nouvelle. Tu sais, d'être celle que tout le monde remarque. Ça devient fatigant, au bout d'un moment.

— Je comprends.

— Ah bon ?

— Oui. On est bientôt arrivés.

J'aurais voulu lui poser davantage de questions, mais je savais que mes efforts seraient vains. Il continuerait de me répondre vaguement ou avec des sous-entendus.

— Bientôt ? On marche depuis combien de temps ?

— Une vingtaine de minutes. Peut-être un peu plus. Je t'ai dit que c'était un endroit caché.

Après avoir escaladé un deuxième arbre déraciné, j'aperçus une clairière devant nous.

— Bienvenue dans notre petit coin de paradis.

Il y avait quelque chose de moqueur dans sa voix. J'avançai sans lui prêter la moindre attention. J'étais impressionnée.

— Waouh. Cet endroit est vraiment magnifique.

— Oui, c'est vrai.

Il se plaça près de moi et mit sa main en visière pour observer le rayonnement du soleil sur la surface lisse de l'eau.

En voyant ses épaules tendues, je compris que cet endroit était spécial pour lui. Cette idée fit naître des papillons dans mon ventre. Je posai une main sur son bras. Il se tourna vers moi.

— Merci de m'avoir amenée ici.

Sans lui laisser le temps d'ouvrir la bouche et de gâcher le moment, je me dégageai et regardai ailleurs.

La clairière était séparée en deux par un ruisseau qui se jetait dans un petit lac naturel. La légère brise faisait onduler sa surface. Des rochers plats qui paraissaient doux au toucher en sortaient et la terre formait un cercle parfait tout autour. L'herbe et les fleurs étaient baignées de lumière. C'était paisible.

Je m'approchai de l'eau.

— C'est profond ?

— Environ trois mètres, mais ça tombe à six de l'autre côté des rochers.

Il se trouvait juste derrière moi. Je ne l'avais encore pas entendu avancer. C'était effrayant.

— Dee adore venir ici. Avant ton arrivée, elle passait presque tout son temps ici.

Pour Daemon, le jour de mon emménagement semblait avoir marqué le début de la fin. L'apocalypse. Kat-mageddon.

— Tu sais, je ne compte pas causer des ennuis à ta sœur.

— On verra bien.

— Je ne suis pas une mauvaise fréquentation, continuai-je. (Les choses seraient plus simples si on arrivait à s'entendre.) Je n'ai jamais trempé dans des trucs louches.

Il se glissa sur le côté, les yeux rivés sur l'eau.

— Elle n'a pas besoin d'une amie comme toi.

— Je ne vois pas ce qui cloche chez moi, rétorquai-je. Tu sais quoi ? Oublie ce que je viens de te dire.

Il soupira.

— Pourquoi est-ce que tu jardines ?

Surprise, je serrai les poings.

— Quoi ?

— Pourquoi est-ce que tu jardines ? répéta-t-il sans quitter le lac des yeux. Dee m'a expliqué que ça te permettait de te vider la tête. À quoi est-ce que tu ne veux pas penser ?

C'était le moment où on se confiait l'un à l'autre, c'est ça ?

— Ça ne te regarde pas.

Daemon haussa les épaules.

— Alors, on n'a qu'à aller se baigner.

Nager était la dernière chose dont j'avais envie. Le noyer, en revanche, je n'étais pas contre. Il retira ses baskets et son jean. Il portait un caleçon de bain dessous. D'un geste vif, il enleva également son tee-shirt. *Waouh*. J'avais déjà vu des mecs torse nu avant. Après tout, j'avais habité en Floride où les hommes passaient leur temps à moitié à poil, alors ça n'aurait pas dû être un tel choc… Surtout que, lui aussi, je l'avais déjà aperçu sans tee-shirt.

Eh bien, j'avais tort.

Il était bien bâti. Il n'était pas bodybuildé, mais il avait quand même plus de muscles que l'adolescent moyen. Daemon avança vers l'eau avec grâce, contractant et détendant ses muscles à chaque pas.

J'ignore combien de temps je passai à l'observer ainsi avant qu'il plonge dans l'eau. J'avais le feu aux joues. Exhalant, je me rendis compte que j'avais retenu mon souffle. Il fallait que je me reprenne. Ou que je coure chercher une caméra pour immortaliser ce moment. J'aurais pu me faire beaucoup d'argent en vendant une vidéo de lui. Je pouvais devenir millionnaire... du moment qu'il n'ouvrait pas la bouche.

Daemon réapparut à la surface de l'eau, à deux mètres de l'endroit où il avait sauté. De l'eau scintillait dans ses cheveux et au bout de ses cils. Ses cheveux noirs rejetés en arrière faisaient ressortir ses yeux verts si singuliers.

— Tu viens ?

En me souvenant du bikini rouge que j'avais choisi de porter, je voulus soudain m'enfuir loin d'ici. Ma confiance en moi s'était évaporée. J'ôtai lentement mes chaussures en faisant semblant d'admirer le paysage, alors qu'en réalité mon cœur essayait de s'échapper de ma poitrine.

Curieux, il m'observa pendant un long moment.

— Tu es vraiment timide, hein, Kitten ?

Je me figeai.

— Pourquoi est-ce que tu m'appelles comme ça ?

— Parce que ça te hérisse le poil, comme les chats.

Daemon se moquait de moi. Quand il se laissa aller en arrière, l'eau vint caresser son torse.

— Alors, tu viens ?

Mon Dieu. Il ne comptait même pas se retourner. Pire : il soutenait mon regard comme s'il s'attendait à ce que je me défile. Peut-être était-ce ce qu'il avait souhaité depuis le début. Il ne faisait aucun doute qu'il savait l'effet qu'il produisait sur les filles.

La Katy réservée et pragmatique serait entrée dans l'eau tout habillée.

Je ne voulais pas lui ressembler. C'est pour ça que j'avais choisi le maillot rouge. Je voulais prouver à

Daemon qu'il ne m'intimidait pas. J'étais déterminée à gagner cette bataille.

Dans l'eau, Daemon avait l'air de s'ennuyer.

— Je te donne une minute pour me rejoindre.

Inspirant profondément, je résistai à l'envie de lui faire un doigt d'honneur. Après tout, ce n'était pas comme si je me déshabillais entièrement. Pas tout à fait.

— Sinon, quoi ?

Il se rapprocha de la rive.

— Sinon, je viens te chercher.

Je grimaçai.

— Tu peux toujours essayer.

— Quarante secondes.

Il m'observa d'un regard intense et perçant en se rapprochant de moi.

Je me passai la main sur le visage et soupirai.

— Trente secondes, s'exclama-t-il de plus en plus proche.

— C'est pas vrai, marmonnai-je en soulevant vivement mon haut.

Je mourais d'envie de le lui jeter à la figure. Tandis qu'il égrenait les secondes, je me dépêchai de retirer mon short.

Les mains sur les hanches, je me postai au bord de l'eau.

— Content ?

En m'examinant, Daemon perdit son sourire.

— Je ne suis jamais content de te voir.

— Qu'est-ce que tu as dit ?

Son expression dénuée d'émotions me fit plisser les yeux. Il n'avait pas pu dire ce que je pensais avoir entendu !

— Rien. Tu ferais mieux d'entrer dans l'eau avant de rougir jusqu'aux orteils.

Son regard sur moi ne fit rien pour calmer le feu de mes joues. Je me tournai et me dirigeai du côté le moins profond du lac. L'eau me fit le plus grand bien. Elle apaisa la sensation désagréable de la chaleur sur ma peau.

Tout en avançant, je cherchais désespérément quelque chose à dire.

— C'est vraiment joli dans les parages.

Daemon m'étudia un instant avant de s'immerger complètement. Lorsqu'il refit surface, de l'eau coula le long de son visage. Comme j'avais besoin de me rafraîchir les idées, je plongeai à mon tour. La fraîcheur qui m'envahit me revigora, remit de l'ordre dans mes pensées. Quand je sortis la tête de l'eau, je repoussai les mèches humides qui me tombaient devant les yeux.

Non loin de là, Daemon m'observait, le nez au ras de l'eau. De temps en temps, son souffle formait des bulles à la surface. Il y avait quelque chose dans son regard qui m'incitait à le rejoindre.

— Quoi ? demandai-je pour briser le silence.

— Pourquoi tu ne viens pas plus près ?

Il était hors de question que je m'approche de lui. Il aurait très bien pu m'appâter avec un cookie, ça n'aurait rien changé. Je ne lui faisais pas confiance. Me retournant, je me mis à nager en direction des rochers que j'avais vus au milieu du lac.

Je les atteignis en quelques brassées et sortis de l'eau pour me hisser sur leur surface dure et chaude. J'essorai mes cheveux. Daemon se mit à décrire des cercles au milieu du lac.

— On dirait que tu es déçu.

Il ne répondit pas. Il avait l'air curieux, presque perplexe.

— Voilà qui est étonnant... marmonna-t-il.

Je me trempai les pieds en grimaçant.

— Qu'est-ce que tu racontes, encore ?

— Rien du tout.

Il se rapprocha.

— Tu as dit quelque chose.

— Oui, sûrement.

— Tu es bizarre.

— Tu n'es pas celle que j'avais imaginée, murmura-t-il.

— Qu'est-ce que tu veux dire par là ? demandai-je tandis qu'il essayait de m'attraper la cheville. (J'éloignai la jambe pour l'en empêcher.) Que je ne suis pas assez bien pour être l'amie de ta sœur ?

— Tu n'as rien en commun avec elle.

— Comment tu le sais ?

On recommença le même manège avec mon autre pied.

— Je le sais, c'est tout.

— On a beaucoup de choses en commun. Et je l'aime bien. Elle est gentille. Je m'amuse énormément avec elle. (Je reculai pour être complètement hors de sa portée.) Tu devrais arrêter de te conduire comme ça et de faire fuir tous ses amis.

Daemon resta un instant silencieux avant d'éclater de rire.

— Tu n'es vraiment pas comme eux.

— Comme qui ?

Un long moment passa. Lorsqu'il se laissa aller en arrière, l'eau qui lui caressait les épaules se mit à onduler contre son torse.

Secouant la tête, je le regardai disparaître de nouveau sous l'eau. Puis, je m'allongeai et fermai les paupières. La chaleur du soleil sur mon visage orienté vers le ciel et celle des rochers qui s'insinuait dans ma peau me rappelaient les journées que j'avais passées à lézarder sur la plage. Si Daemon n'avait pas été là, tout aurait été parfait.

J'ignorais ce que cela signifiait quand il disait que je n'étais pas comme eux et que Dee n'avait pas besoin d'une amie comme moi, mais il y avait sûrement une autre explication que son côté frère surprotecteur un peu psychopathe sur les bords. Quand je me redressai, je m'attendais à l'apercevoir en train de flotter sur le dos, mais il avait disparu. Je ne le voyais nulle part. Je me levai, en prenant garde à ne pas glisser sur les rochers, et inspectai la surface du lac, à la recherche de ses cheveux noirs ondulés.

Je fis une deuxième fois le tour du rocher. Un sentiment de malaise commençait à s'éveiller en moi. M'avait-il abandonnée ici pour rire ? Ne l'aurais-je pas entendu partir ?

J'attendis, espérant le voir sortir de l'eau pour reprendre sa respiration. Mais les secondes se transformèrent en minutes. De plus en plus inquiète, je continuai de sonder la surface paisible, en quête d'un signe de Daemon.

Je recoiffai mes cheveux derrière mes oreilles et posai la main sur mon front pour me protéger de la luminosité. Personne ne pouvait retenir sa respiration aussi longtemps. C'était impossible.

J'avais du mal à respirer. Une sensation de froid envahit ma poitrine comprimée. Quelque chose clochait. Je me mis à quatre pattes sur le rocher pour observer les profondeurs du lac.

S'était-il blessé ?

— Daemon ! criai-je.

Je ne reçus aucune réponse.

Chapitre 6

— Daemon !

Des centaines de pensées différentes me passèrent par la tête. Combien de temps était-il resté sous l'eau ? Où l'avais-je vu pour la dernière fois ? À quelle vitesse pouvais-je rameuter les secours ? Je n'aimais pas Daemon et j'avais peut-être songé à le noyer, mais je ne souhaitais pas réellement sa mort.

— Oh, mon Dieu, murmurai-je. Ce n'est pas possible.

Je n'avais pas le temps de réfléchir. Il fallait que j'agisse. Au moment où j'allais plonger, des remous se formèrent à la surface de l'eau, et Daemon réapparut. Un sentiment de surprise et de soulagement m'envahit aussitôt, suivi par une énorme envie de vomir. Il méritait que je le frappe.

Il se hissa sur le rocher, ses muscles se contractant sous l'effort.

— Ça va ? Tu sembles un peu paniquée.

Me reprenant, je posai les mains sur ses épaules mouillées pour m'assurer qu'il était bien vivant et que le manque d'oxygène ne lui était pas monté au cerveau.

— Tu vas bien ? Que s'est-il passé ? (Je lui balançai un grand coup sur le bras.) Ne me fais plus jamais ça.

Daemon leva les mains au ciel.

— Hé ! C'est quoi ton problème ?

— Tu es resté sous l'eau tellement longtemps que j'ai cru que tu t'étais noyé ! Pourquoi est-ce que tu as fait ça ? Pourquoi est-ce que tu m'as fait peur ? (Je me relevai en inspirant profondément.) Ça m'a paru une éternité.

Il fronça les sourcils.

— Je ne suis pas resté là-dessous très longtemps. Je nageais.

— Si, Daemon. Ça a duré au moins dix minutes. Je t'ai cherché. Je t'ai appelé. J'ai cru... J'ai cru que tu étais mort.

Il se mit debout à son tour.

— Dix minutes ? Ce n'est pas possible. Personne ne peut retenir sa respiration aussi longtemps.

Je déglutis difficilement.

— Toi si, apparemment.

Les yeux de Daemon sondèrent les miens.

— Tu étais vraiment inquiète.

— Non, tu crois ? Qu'est-ce que tu n'as pas compris quand je t'ai dit que j'avais cru que tu t'étais noyé ?

Je commençais à trembler.

— Kat, je suis remonté à la surface. Tu n'as pas dû me voir. Je suis redescendu aussitôt.

Il mentait. Je le sentais de tout mon être. Était-il simplement capable de retenir sa respiration aussi longtemps ? Et si c'était le cas, pourquoi ne l'admettait-il pas ?

— Est-ce que ça t'arrive souvent ? me demanda-t-il.

Je relevai la tête vers lui.

— Quoi ?

— D'imaginer des choses. (Il fit un geste de la main.) Ou est-ce que tu as un problème avec les durées ?

— Je n'ai rien imaginé du tout ! Et je sais lire l'heure, abruti.

— Alors je ne sais pas quoi te dire.

Il fit un pas avant. Vu la taille du rocher, il ne pouvait pas aller bien loin.

— Ce n'est pas moi qui prétends être resté sous l'eau dix minutes alors que ça n'a pas pu durer plus de deux. Tu sais quoi ? Je t'achèterai une montre la prochaine fois que j'irai en ville, quand j'aurai récupéré mes clés.

Pour une raison qui m'échappait, j'avais oublié le véritable motif de notre présence ici. J'avais sans doute perdu la tête entre le moment où je l'avais vu à moitié nu et celui où je l'avais cru mort.

— Ne t'inquiète pas, je dirai à Dee qu'on a passé un merveilleux après-midi et elle te rendra tes satanées clés, lui dis-je en le fusillant du regard. Comme ça, on ne sera pas obligés de réitérer l'expérience.

Il eut un sourire satisfait.

— La balle est dans ton camp, Kitten. Je suis sûr qu'elle t'appellera tout à l'heure pour t'interroger.

— Tu les auras, tes clés. On peut...

Mon pied glissa sur la pierre humide. Pour compenser la perte d'équilibre, je me mis à battre des bras.

Bougeant à la vitesse de l'éclair, il m'attrapa par la main et m'attira vers lui. Sans comprendre ce qui se passait, je me retrouvai pressée contre son torse mouillé et chaud, avec son bras autour de ma taille.

— Attention, Kitten. Dee m'en voudrait si tu t'ouvrais le crâne et que tu te noies.

Compréhensible. Elle penserait sûrement qu'il l'avait fait exprès. J'aurais voulu lui répondre, mais j'en étais incapable. Il y avait très peu de vêtements entre nous. Mon sang circulait bien trop vite dans mes veines. C'était sûrement à cause du fait que j'avais failli me noyer.

Une étrange nervosité m'envahit tandis qu'on se dévisageait. Une légère brise soufflait sur ma peau qui n'était pas collée à la sienne, amplifiant la sensation de chaleur.

Aucun de nous ne parlait.

Son torse se soulevait contre ma poitrine. La teinte verte de ses yeux s'était intensifiée. Une décharge électrique me traversa, comme pour répondre à quelque chose en lui.

C'était étrange, un peu fou, illogique. Il me détestait.

Daemon me lâcha et fit un pas en arrière en se raclant la gorge.

— Je crois qu'on ferait mieux de rentrer, dit-il d'une voix rauque.

Déçue, je hochai la tête. Je ne savais même pas pourquoi je ressentais tout ça. Ses changements d'humeur me faisaient l'effet de montagnes russes interminables, mais... il y avait quelque chose chez lui qui m'attirait.

On se sécha et s'habilla en silence avant de rentrer à la maison. Aucun de nous deux ne semblait avoir quoi que ce soit à dire. C'était mieux ainsi. Je le préférais muet.

Quand on arriva dans l'allée devant chez lui, il se mit à jurer dans sa barbe. L'air sembla se glacer autour de nous. Je suivis son regard courroucé. Il y avait une voiture que je ne connaissais pas garée devant sa maison, une de ces Audi qui coûtent le salaire annuel de ma mère. Je me demandai soudain s'il s'agissait de ses parents et si j'allais encore me faire traiter de Kat-mageddon.

Daemon serra la mâchoire.

— Kat, je...

Tout à coup, une porte s'ouvrit et se referma sur le côté de la maison et un homme d'une trentaine d'années apparut sous le porche. Ses cheveux châtains ne ressemblaient en rien aux boucles brunes de Daemon et de Dee. J'ignorais qui il était, mais il était très beau et bien habillé.

Il avait également l'air très en colère.

L'homme descendit les marches deux à deux. Il ne m'adressa pas le moindre regard.

— Qu'est-ce qui se passe ici ?

— Absolument rien. (Daemon croisa les bras.) Puisque ma sœur n'est pas là, je suis curieux de savoir ce que tu fous chez moi.

Bon, d'accord. Il ne faisait pas partie de la famille.

— Je me suis permis d'entrer, rétorqua-t-il. Je ne pensais pas que ça te dérangerait.

— Eh bien si, Matthew.

Matthew. Je me souvenais de ce prénom. C'était à lui que Dee devait parler au téléphone. Quand l'homme finit par se tourner vers moi, ses yeux s'agrandirent légèrement. Ils étaient d'un bleu clair intense. Il m'examina de la tête aux pieds avec une moue méprisante.

— Étant donné la situation, j'aurais cru que tu te montrerais plus prudent que n'importe qui, Daemon.

C'était reparti ! Je commençais à me demander si j'avais le mot « anormal » tatoué sur le front. De la tension crépitait dans l'air, tout ça à cause de moi. Ça n'avait aucun sens. Je ne connaissais même pas ce type.

Daemon plissa les yeux.

— Matthew, si tu tiens à partir d'ici sur tes deux jambes, je te déconseille d'aborder le sujet.

Mal à l'aise, je fis un pas de côté pour m'éloigner d'eux.

— Je crois que je ferais mieux de rentrer.

— Et moi, je pense que c'est à Matthew de partir, rétorqua Daemon en se plaçant devant moi. Sauf s'il est là pour autre chose que pour mettre son nez dans ce qui ne le regarde pas.

Malgré le corps de Daemon qui m'obstruait la vue, je remarquai tout de même le dégoût dans le regard de l'autre homme.

— Je suis désolée, dis-je d'une voix tremblante, mais je ne comprends pas ce qui se passe ici. On s'est baignés, c'est tout.

Matthew reporta son attention sur Daemon qui carra les épaules.

— Ce n'est pas ce que tu crois. Je ne suis pas aussi stupide que ça. Dee a caché mes clés pour me forcer à l'emmener quelque part.

Je me sentis une nouvelle fois rougir. Était-il obligé de dire à ce type qu'il sortait avec moi par pitié ?

L'homme éclata de rire.

— Alors c'est elle, l'amie de Dee.

— Oui, c'est moi, rétorquai-je en croisant les bras.

— Je croyais que tu avais la situation sous contrôle, dit-il en me désignant d'un geste de la main. (On aurait dit qu'il parlait d'un clown psychopathe.) Que tu allais faire entendre raison à ta sœur.

— Pourquoi est-ce que tu n'essaies pas toi-même ? répondit Daemon. Pour l'instant, je n'ai pas encore réussi.

— Vous êtes pourtant mieux placés que n'importe qui pour savoir que ça ne marche pas comme ça, fit Matthew, les lèvres pincées.

Tandis qu'ils se jaugeaient du regard, un grondement de tonnerre retentit. Je sursautai. Un éclair fendit le ciel au-dessus de nous, m'aveuglant un instant, avant de laisser place à d'énormes nuages noirs. De l'énergie crépita autour de moi et se répandit sur ma peau.

Puis, Matthew se retourna, jeta un dernier coup d'œil assassin dans ma direction et se dirigea vers la maison de Daemon. Lorsque la porte se referma derrière lui, les nuages se dispersèrent. Bouche bée, je dévisageai Daemon.

— Que… Qu'est-ce que c'était ? demandai-je.

Mais il s'éloignait déjà. Le claquement de la porte résonna comme un coup de feu. Je restai immobile, sans comprendre ce qui venait de se passer. Quand je levai la tête vers le ciel dégagé, il n'y avait plus aucune trace d'un orage violent. J'avais déjà vu ce genre de choses en Floride, mais l'atmosphère avait été différente. En repensant à l'épisode du lac, je me rendis compte que je ne comprenais pas non plus ce qui s'y était passé. Tout ce que je savais, c'était que Daemon était resté bien trop longtemps sous l'eau. J'étais persuadée que quelque chose clochait chez lui.

Chez eux, en général.

Chapitre 7

Dee m'appela ce soir-là. Même si j'aurais voulu lui avouer que les heures que j'avais passées avec Daemon n'avaient pas été roses, je me surpris à mentir. Je lui racontai qu'on s'était bien amusés et qu'il avait largement mérité qu'on lui rende ses clés. La vérité, c'était que j'avais peur qu'elle ne le force à sortir encore une fois avec moi.

Je faillis me sentir coupable de lui avoir menti en l'entendant si heureuse.

La semaine suivante passa très lentement. J'eus tout le loisir de me morfondre sur le fait que la rentrée approchait à grands pas. Dee n'était toujours pas revenue de l'endroit où elle se trouvait. Livrée à moi-même, je m'ennuyais à mourir. Je m'étais donc intimement rapprochée de ma connexion Internet.

Le samedi suivant, il était encore tôt dans la soirée quand Daemon sonna à ma porte, les mains fourrées dans les poches de son jean. Il me tournait le dos, la tête levée vers le ciel bleu. Quelques étoiles commençaient à apparaître, mais le soleil ne se coucherait pas avant deux heures.

Surprise de le voir ici, je sortis. Il tourna la tête si vite qu'il faillit se faire un claquage.

— Qu'est-ce que tu fais ? demandai-je.

Il regarda par terre. Plusieurs secondes s'écoulèrent avant que ses lèvres ne se retroussent en coin. Il s'éclaircit alors la voix.

— J'adore observer le ciel. C'est fascinant. (Il leva de nouveau les yeux.) C'est le symbole de l'infini, tu sais ?

Allons, bon : Daemon disait presque des choses profondes.

— Est-ce qu'un dingue va encore sortir de chez toi et te crier dessus parce que tu es en train de me parler ?

— Pas pour l'instant, mais le risque existe.

Je n'arrivais pas à déterminer s'il était sérieux.

— Je préférerais éviter.

— Je comprends. Tu es occupée ?

— Pas vraiment. Je m'amuse sur mon blog.

— Tu as un blog ?

Il se tourna pour me faire face et s'appuya contre le pilier. Son expression s'était faite moqueuse.

Il avait prononcé le mot « blog » comme si je prenais de la drogue.

— Oui, j'ai un blog.

— Il s'appelle comment ?

— Ça ne te regarde pas, répondis-je avec un sourire innocent.

— C'est marrant, comme nom. (Il me fit un sourire en coin.) Alors, de quoi est-ce que tu parles ? De tricot ? De puzzles ? De ce que ça fait de ne pas avoir d'amis ?

— Ha ha, trop drôle. (Je soupirai.) Je critique des livres.

— Et tu es payée pour ça ?

J'éclatai de rire.

— Non. Pas du tout.

Daemon eut l'air perplexe.

— Si je comprends bien, tu conseilles des livres aux gens, mais s'ils les achètent, tu ne touches rien ?

— Je ne fais pas ça pour l'argent. (Même si ça m'aurait bien arrangée. Ça me rappelait qu'il fallait que je m'inscrive à la bibliothèque.) J'adore ça, c'est tout. J'aime lire et parler lectures.

— Quel genre est-ce que tu préfères ?

— Peu importe. (Je m'appuyai contre le pilier en face de lui et étirai la nuque pour le regarder dans les yeux.) Mais j'aime bien tout ce qui a trait au paranormal.

— Les vampires et les loups-garous ?

Combien de questions comptait-il me poser ?

— C'est ça.

— Les fantômes et les extraterrestres ?

— Les histoires de fantômes sont plutôt cool, par contre, je ne sais pas trop pour les extraterrestres. *E.T.* ne me fait pas beaucoup d'effet, ni aux autres lecteurs, d'ailleurs.

Il haussa un sourcil.

— Et qu'est-ce qui te fait de l'effet, au juste ?

— Je ne sais pas. Pas des créatures vertes et gluantes de l'espace en tout cas, rétorquai-je. Sinon, j'aime aussi les bandes dessinées, les bouquins d'histoire...

— Tu lis des BD ? (Son ton s'était fait incrédule.) Tu es sérieuse ?

Je hochai la tête.

— Et alors ? Les filles ne sont pas censées aimer les BD et les comics, c'est ça ?

Il me dévisagea un long moment avant de désigner la forêt d'un signe de la tête.

— Ça te dit d'aller faire de la rando ?

— Euh, tu sais que je ne suis pas très douée pour ça, lui rappelai-je.

Un sourire apparut sur son visage. Il avait quelque chose de caustique, de sexy.

— Je ne compte pas t'emmener en pleine montagne, juste sur une piste sans danger. Je suis sûr que tu en es capable.

— Dee ne t'a pas dit où elle avait caché tes clés ? demandai-je, méfiante.

— Si.

— Alors qu'est-ce que tu viens faire ici ?

Daemon soupira.

— Aucune raison en particulier. J'avais simplement envie de passer, mais si tu commences à remettre en question tous mes faits et gestes, je peux partir.

En le voyant descendre les marches, je me mordis les lèvres. C'était ridicule. Je mourais d'ennui depuis des jours. Levant les yeux au ciel, je le rappelai.

— D'accord, allons-y.

— Tu es sûre ?

J'acquiesçai, non sans ressentir une certaine excitation.

— Pourquoi est-ce qu'on va derrière chez moi ? lui demandai-je quand je compris où il m'emmenait. Seneca Rocks, c'est de l'autre côté. Je croyais que toutes les pistes commençaient là-bas.

Je désignai l'avant de la maison où les gigantesques roches en grès dominaient toute la vallée.

— C'est vrai, mais il y en a d'autres de ce côté et elles sont plus rapides, expliqua-t-il. La plupart des gens connaissent les chemins principaux qui sont toujours noirs de monde. J'ai passé beaucoup de temps à m'ennuyer ici, du coup j'en ai découvert quelques-uns en dehors des sentiers battus.

Je grimaçai.

— En dehors à quel point ?

Il rit.

— Pas tant que ça.

— Alors c'est une randonnée pour débutants ? Tu vas t'ennuyer.

— Du moment que je marche, ça me va. Et puis, ce n'est pas comme si on allait jusqu'à Smoke Hole Canyon. C'est bien trop loin. Ne t'inquiète pas.

— D'accord. Je te suis.

On s'arrêta chez Daemon pour qu'il prenne deux bouteilles d'eau et on se mit en route. On marcha quelques minutes en silence avant qu'il reprenne la parole.

— Tu n'es pas très farouche, Kitten.

— Arrête de m'appeler comme ça.

J'avais du mal à suivre ses longues enjambées, alors je restais légèrement en retrait.

Il tourna la tête vers moi sans trébucher une seule fois.

— Personne ne t'a jamais appelée comme ça ?

Je contournai un buisson touffu plein d'épines.

— Si, ça m'arrive souvent. Mais dans ta bouche, ça a l'air...

Il haussa les sourcils.

— L'air de quoi ?

— Je ne sais pas. On dirait une insulte. (Il avait ralenti et nous marchions à présent côte à côte.) Ou un truc sexuel.

Il se détourna en riant. Je me crispai.

— Pourquoi est-ce que tu te moques toujours de moi ?

Il secoua la tête et me sourit.

— Je ne sais pas. Tu me fais rire, c'est tout.

Je donnai un coup de pied dans une pierre.

— Si tu le dis. Qu'est-ce que voulait ce Matthew, au fait ? J'ai l'impression qu'il me déteste.

— Il ne te déteste pas. Il ne te fait pas confiance, c'est différent.

Il marmonna ces derniers mots.

Je secouai le chef d'un air ahuri.

— Il a peur de quoi ? Que je te vole ta vertu ?

Daemon éclata de rire. Il lui fallut un moment pour se reprendre et me répondre.

— Ouais. Il n'est pas très fan des jolies filles qui me tournent autour.

— Quoi ?

Je trébuchai sur une racine. Daemon me rattrapa sans effort. Dès que je retrouvai mon équilibre, il m'aida à me remettre sur mes pieds. Ce bref contact, même à travers mes vêtements, me fit frissonner. Sa main s'attarda quelques secondes sur ma hanche avant de me libérer.

— Tu plaisantes, pas vrai ?

— À propos de quoi ? demanda-t-il.

— De tout !

— Pitié, ne me dis pas que tu ne sais pas que tu es jolie. (Il interpréta mon silence.) Aucun garçon ne te l'a jamais dit ?

Il n'était pas la première personne qui me faisait un compliment. Je suppose que, jusqu'à présent, ça ne m'avait simplement pas touchée. Mes petits amis précédents m'avaient dit que je leur plaisais, mais je ne voyais pas en quoi ça me rendait détestable. Je détournai la tête en haussant les épaules.

— Si, bien sûr.

— À moins que tu n'en sois pas consciente ?

Je fixai les troncs des arbres anciens sans lui répondre. J'étais sur le point de revenir sur ce qu'il avait dit d'autre – je ne lui tournais pas autour –, lorsqu'il reprit la parole.

— Tu sais ce que je pense ? demanda-t-il d'une voix douce.

Nous nous trouvions toujours sur le sentier. Seul le chant des oiseaux résonnait autour de nous.

— Non ?

La brise légère sembla emporter ma voix au loin.

— Je suis persuadé que les personnes les plus belles, aussi bien à l'extérieur qu'à l'intérieur, sont celles qui n'ont pas la moindre idée de leur charme.

Ses yeux cherchèrent les miens avec intensité. Pendant un instant, on resta ainsi, face à face.

— Ceux qui montrent leur beauté à tout le monde, qui gâchent ce qu'ils ont… leur beauté est superficielle. Ce n'est qu'une enveloppe vide.

Je fis alors la chose la plus inappropriée qui soit. J'éclatai de rire.

— Excuse-moi, mais c'est la réflexion la plus philosophique que je t'ai entendu avoir. Où est le vaisseau extraterrestre qui a enlevé le Daemon que je connais ? Je peux leur demander de le garder ?

Il se renfrogna.

— J'étais sincère.

— Je sais. Mais c'était… waouh.

Et voilà. Je venais de gâcher la plus belle remarque qu'il ne me ferait jamais.

Il haussa les épaules et reprit sa route.

— On ne va pas aller trop loin, dit-il au bout de quelques minutes. Alors comme ça, tu t'intéresses à l'histoire ?

— Oui. Je sais, ça fait de moi une intello.

Je lui étais reconnaissant d'avoir changé de sujet.

Je le vis grimacer légèrement.

— Tu savais qu'autrefois, ces terres étaient traversées par les Senecas ?

Je frissonnai.

— Pitié, ne me dis pas qu'on est en train de marcher sur un cimetière indien !

— Eh bien… il doit effectivement y avoir des gens enterrés quelque part. Ils n'ont fait que passer ici, mais il n'est pas impossible que certains d'entre eux soient morts en chemin…

— Daemon. Je n'ai pas besoin de savoir tout ça.

Je lui donnai un léger coup sur le bras.

Il m'adressa un regard impénétrable avant de secouer la tête.

— D'accord. Je vais te raconter l'histoire, sans les faits naturels les plus effrayants.

Une longue branche barrait la route. Daemon la souleva pour que je puisse me glisser dessous. Mon épaule toucha son torse au passage. Puis, il reprit la tête de l'expédition.

— Quelle histoire ?

— Tu verras. Maintenant écoute-moi bien... Il y a très longtemps, ce territoire n'était constitué que de forêts et de montagnes. Ça n'a pas beaucoup changé aujourd'hui. Il y a très peu de villes et elles sont petites. (Ses doigts frôlaient les branches au-dessus de nous à mesure que l'on avançait et il poussait les plus basses pour moi.) Imagine donc un endroit beaucoup moins peuplé que maintenant, où tu pouvais avancer des jours, voire des semaines sans rencontrer âme qui vive.

Je frissonnai.

— On devait se sentir seul.

— Il faut que tu comprennes que c'était comme ça qu'on vivait il y a des centaines d'années. Les fermiers et les hommes des montagnes habitaient à des kilomètres les uns des autres, et ils ne voyageaient qu'à pied ou à cheval. Ce n'était pas un moyen de transport très sûr.

— J'imagine bien, répondis-je d'une voix faible.

— La tribu des Senecas se déplaçait dans l'est des États-Unis. À un moment donné, ils ont emprunté ce chemin où nous nous trouvons pour se rendre à Seneca Rocks. (Il me regarda dans les yeux.) Tu savais que ce petit sentier derrière chez toi menait au pied des montagnes ?

— Non. Elles paraissent tellement éloignées que je n'ai jamais cru qu'elles pouvaient être si proches, en réalité.

— Si tu suis ce chemin pendant trois ou quatre kilomètres, tu arrives juste en dessous. C'est un terrain rocailleux que même les alpinistes les plus expérimentés s'efforcent d'éviter. Seneca Rocks s'étend du comté de Grant à celui de Pendleton. Ses sommets les plus hauts sont Spruce Knob et un affleurement près de Seneca appelé Champe Rocks. Ils sont difficiles à atteindre étant donné que, pour y accéder, il faut traverser des propriétés privées, mais rien que pour la vue qu'on a de là-haut, ça vaut le coup, termina-t-il d'un air rêveur.

— Ça a l'air sympa.

Ou pas. Comme je n'arrivais pas à dissimuler le sarcasme dans ma voix, je me forçai à sourire légèrement. Je ne voulais pas gâcher l'ambiance. C'était sans doute la première fois que l'on discutait aussi longtemps sans qu'il fasse un commentaire qui me donne envie de lui adresser un doigt d'honneur.

— Ça l'est, si tu n'as pas peur de glisser. (Il se moqua de mon expression.) Bref. Seneca Rocks est constitué de quartzite et de grès. C'est pour ça que ses pierres ont parfois une teinte rosée. Le quartzite est considéré comme un bêta-quartz. Les gens qui croient aux... pouvoirs paranormaux ou aux pouvoirs de... la nature, comme de nombreuses tribus indiennes de l'époque, pensent que toutes les formes de bêta-quartz permettaient de stocker l'énergie, de la transformer et même de la manipuler. Il peut dérégler les systèmes électroniques ou cacher certaines choses.

— OK...

Comme il m'adressa un regard agacé, je décidai de ne plus l'interrompre.

— C'est donc peut-être le bêta-quartz qui a attiré la tribu des Senecas ici. Personne ne le sait réellement puisqu'ils n'étaient pas natifs de Virginie-Occidentale. On ignore également combien de temps ils sont restés ici, pour faire du commerce ou livrer bataille. (Il s'arrêta un instant, examinant le territoire comme s'il pouvait voir les Indiens autour de nous, les ombres du passé.) Mais ils nous ont laissé une légende très romantique.

— Romantique ? demandai-je tandis qu'il me menait par-delà un petit cours d'eau.

J'étais incapable d'associer une idée romantique à quelque chose qui s'élevait à des centaines de mètres dans le ciel.

— Il y avait une très belle princesse indienne appelée Oiseau des Neiges. Elle a demandé à sept des guerriers les plus forts de sa tribu de prouver leur amour pour elle en accomplissant un exploit dont elle seule avait jusqu'alors été capable. De nombreux hommes désiraient être à ses côtés pour sa beauté et son rang. Mais elle cherchait son égal.

» Lorsque vint le jour où elle dut choisir un mari, elle imagina une épreuve pour que seul le guerrier le plus courageux et le plus dévoué gagne sa main. Elle demanda à ses prétendants d'escalader le sommet le plus haut avec elle, poursuivit-il d'une voix douce. (Il ralentit pour qu'on puisse marcher côte à côte sur le sentier étroit.) Ils partirent tous ensemble mais, à mesure que les difficultés apparurent, trois rebroussèrent chemin. Un quatrième se lassa et un cinquième s'évanouit d'épuisement. Seuls deux restèrent en compétition. La belle Oiseau des Neiges continuait d'avancer. Quand elle atteignit enfin le sommet le plus haut, elle se retourna pour voir qui était le plus brave et le plus fort de tous les guerriers. Un seul avait réussi à la suivre et se trouvait à quelques mètres derrière elle. Mais sous ses yeux, il se mit à glisser.

Je m'étais laissé prendre par l'histoire. L'idée de demander à sept hommes de se battre et de risquer leur vie pour obtenir sa main était quelque chose d'inimaginable pour moi.

— Oiseau des Neiges réfléchit un instant. Ce guerrier était visiblement le plus fort, mais il n'était pas son égal. Elle avait le choix entre le sauver ou le regarder glisser. Même s'il était courageux, il n'avait pas réussi à atteindre le point le plus élevé, comme elle.

— Mais il était juste derrière elle ! Pourquoi est-ce qu'elle l'aurait laissé tomber ?

Je décidai que si Oiseau des Neiges n'avait rien fait pour l'aider, cette histoire était vraiment nulle.

— Qu'est-ce que tu aurais fait à sa place ? me demanda-t-il, curieux.

— Je n'aurais jamais demandé à un groupe d'hommes de me prouver leur amour en faisant quelque chose d'aussi dangereux et stupide, mais si je me trouvais dans cette situation... même si ça ne risque pas d'arriver...

— Kat, me réprimanda-t-il.

— J'aurais tendu la main et je l'aurais sauvé, bien sûr. Je n'aurais pas pu le laisser mourir.

— Il n'a pas prouvé qu'il était le plus fort, pourtant.

— Ça n'a aucune importance, rétorquai-je. Il était juste derrière elle. Comment peut-on être belle si on condamne un homme parce qu'il a simplement glissé ? Comment peut-on être capable de ressentir de l'amour et de le mériter ?

Il hocha la tête.

— Oiseau des Neiges a pensé la même chose que toi.

Rassurée, je souris. Si ça n'avait pas été le cas, l'histoire d'amour n'aurait pas été intéressante du tout.

— C'est bien.

— Oiseau des Neiges a considéré que le guerrier était son égal et, grâce à ça, elle a pu prendre une décision. Elle a rattrapé l'homme avant qu'il tombe. Quand ils rejoignirent le chef, celui-ci fut satisfait du choix de sa fille. Il bénit leur mariage et fit du guerrier son successeur.

— Alors c'est pour ça que ces montagnes s'appellent Seneca Rocks ? À cause des Indiens et d'Oiseau des Neiges ?

Il hocha la tête.

— C'est ce que dit la légende.

— C'est une très belle histoire, mais je trouve qu'escalader plusieurs centaines de mètres juste pour prouver son amour est un peu excessif.

Il ricana.

— Je te rejoins là-dessus.

— J'espère bien, parce que sinon, de nos jours, tu te retrouverais à faire des rodéos sur l'autoroute.

À l'instant où les mots s'échappèrent de mes lèvres, je voulus me mordre la langue. J'espérais qu'il ne croirait pas que je parlais pour moi.

Il m'adressa un regard sévère.

— Je ne pense pas que ça arrivera.

— Est-ce qu'on peut rejoindre l'endroit où les Indiens ont commencé leur ascension d'ici ? demandai-je, curieuse.

Il secoua la tête.

— On peut aller jusqu'au canyon, mais c'est une randonnée difficile. Je ne te conseille pas d'y aller seule.

Cette idée m'amusa.

— Ne t'inquiète pas pour ça. Ça ne risque pas. Je me demande pourquoi les Indiens sont venus ici. Est-ce qu'ils cherchaient quelque chose ? (Je contournai un gros rocher.) J'ai du mal à croire que c'est de la vulgaire pierre qui les a attirés ici.

— Tu n'en sais rien. (Les lèvres pincées, il resta silencieux un long moment.) On a tendance à considérer les croyances des anciens peuples comme primitives ou stupides, mais plus le temps passe et plus on se rend compte qu'ils avaient raison sur beaucoup de points.

Je jetai un coup d'œil dans sa direction pour m'assurer qu'il était sérieux. Il avait l'air bien plus mature que les autres garçons de notre âge.

— Rappelle-moi pourquoi les rochers étaient importants ?

Il baissa la tête vers moi.

— C'est à cause de la pierre… (Ses yeux s'agrandirent soudain.) Kitten ?

— Tu veux bien arrêter de m'appeler comme ça ?

— Chut, fit-il sans quitter du regard un point derrière moi. (Il posa la main sur mon bras.) Promets-moi de ne pas paniquer.

— Pourquoi est-ce que je paniquerais ? murmurai-je.

Il me surprit en m'attirant d'un coup contre lui. Je posai les mains sur son torse pour ne pas tomber. Sa peau semblait vibrer sous mes doigts.

— Tu as déjà vu un ours ?

La peur fit voler mon calme apparent en éclats.

— Quoi ? Il y a un ours ?

Je me libérai de son étreinte pour me retourner.

Ah oui. Il y avait bien un ours.

À moins de cinq mètres de nous, un grand ours noir reniflait l'air avec son long museau à moustaches. Ses oreilles bougeaient tandis qu'il écoutait notre respiration. Pendant un moment, je fus incapable de bouger. Je n'avais jamais vu un ours en vrai. La créature avait quelque chose de majestueux : la façon dont ses muscles roulaient sous son épais manteau, son regard sombre qui examinait tous nos faits et gestes en même temps qu'on le surveillait…

L'animal s'approcha, avançant dans le rai de lumière qui perçait à travers les hautes branches. Sous le soleil, sa fourrure noire étincelait.

— Ne cours pas, murmura-t-il.

Ce n'était pas comme si je pouvais bouger.

L'ours émit un grognement en se dressant sur ses pattes arrière. Debout, il mesurait au moins deux mètres de haut. Puis, il poussa un véritable rugissement qui me donna des frissons.

Ça n'augurait rien de bon.

Daemon se mit à crier et à bouger les bras dans tous les sens, mais ça ne sembla pas le faire fuir. L'animal se remit à quatre pattes. Ses énormes membres tremblèrent.

Et il fonça sur nous.

La gorge serrée par la peur, incapable de respirer, je fermai les yeux. Je ne voulais pas me faire dévorer vivante par un ours. J'entendis Daemon jurer, puis, derrière mes paupières closes, je vis un éclat de lumière aveuglant. Il s'ensuivit une explosion de chaleur qui repoussa mes cheveux vers l'arrière, et un nouvel éclair. Mais cette fois, ce fut l'obscurité qui l'emporta et m'avala tout entière.

Chapitre 8

Lorsque je revins à moi, j'avais un étrange goût métallique dans la bouche. La pluie battait contre le toit et le tonnerre grondait. Non loin de là, un éclair fendit le ciel, emplissant l'air d'électricité statique. Quand avait-il commencé à pleuvoir ? Dans mes souvenirs, il avait fait si beau, sans le moindre nuage, un temps parfait.

Un peu perdue, je pris une légère inspiration.

Mon épaule était pressée contre une surface dure et chaude. Quand je tournai la tête, elle se gonfla, puis se baissa de nouveau, tout doucement. Il me fallut une seconde pour comprendre que ma joue était posée contre un torse. Nous étions sur la balancelle. Daemon avait passé un bras autour de ma taille pour m'empêcher de glisser.

Je n'osais pas bouger.

La moindre parcelle de mon corps se réveilla sous l'effet de sa proximité. Sa cuisse était collée à la mienne. Sa respiration profonde et régulière soulevait son ventre sous ma main. Son pouce dessinait des cercles apaisants au bas de mon tee-shirt. Avec chaque mouvement, le tissu remontait davantage, m'exposant toujours un peu plus, jusqu'à ce que ses doigts rencontrent ma taille nue. Peau contre peau. J'avais chaud. Je frissonnais. Ce n'était pas une sensation qui m'était familière.

Ses mains se figèrent.

Je m'écartai légèrement de lui pour plonger mon regard dans ses yeux verts saisissants.

— Que… s'est-il passé ?

— Tu t'es évanouie, répondit-il en retirant son bras de ma taille.

— C'est vrai ?

Je m'éloignai, mettant de la distance entre nous, et recoiffai les cheveux emmêlés qui me tombaient devant le visage. J'avais toujours un goût métallique dans la bouche.

Il hocha la tête.

— Je suppose que l'ours t'a fait peur. Il a fallu que je te porte jusqu'ici.

— De là-bas ? (Mince, j'avais raté ça !) Que… que s'est-il passé avec l'ours ?

— L'orage l'a effrayé. Les éclairs, je pense. (Il fronça les sourcils tout en m'examinant.) Comment tu te sens ?

Un violent éclat de lumière nous aveugla soudain et, quelques instants plus tard, un grand coup de tonnerre résonna, étouffant le son de la pluie. Quand le visage de Daemon fut de nouveau plongé dans le noir, je secouai la tête.

— L'ours a eu peur de l'orage ?

— Je crois, oui.

— Alors, on a eu de la chance, murmurai-je en baissant le front.

J'étais trempée. Daemon aussi. La pluie tombait de plus en plus fort, à tel point qu'il était difficile de voir à plus de quelques mètres au-delà du perron. J'avais l'impression qu'on était dans notre petit monde.

— Il pleut comme en Floride, ici.

Je ne savais pas quoi dire d'autre. J'avais l'impression que mon cerveau avait grillé.

Daemon effleura mon genou du sien.

— Je crois que tu es coincée avec moi encore quelques minutes.

— Je suis sûre que je ressemble à un chat trempé.

— Mais non, tu es très bien. L'effet mouillé te va comme un gant.

Je grimaçai.

— Là, je sais que tu mens.

Je le sentis bouger près de moi. Sans un mot, il posa les doigts sous mon menton et souleva mon visage vers lui. Un léger sourire étirait ses lèvres.

— Je ne mens jamais sur ce genre de choses.

J'aurais adoré trouver une repartie, peut-être même flirter avec lui, mais son regard intense fit voler en éclats toute pensée cohérente que j'aurais pu formuler.

Quand il se pencha en avant, les lèvres entrouvertes, je lus de la confusion dans ses yeux.

— Je crois que je commence à comprendre.

— À comprendre quoi ? chuchotai-je.

— J'aime te voir rougir, répondit-il d'une voix pas plus forte qu'un murmure en me caressant la joue du pouce.

Il baissa la tête et posa son front contre le mien. On resta ainsi, tous les deux immobiles, rattrapés par une émotion qui n'avait pas été là jusqu'à présent. Je pense que j'arrêtai même de respirer. Mon cœur sembla s'emballer, avant de se figer. L'excitation m'emplissait tout entière, menaçait de déborder d'une minute à l'autre.

Le pire, c'était que je ne l'aimais pas. Et vice versa. C'était dingue, pourtant l'attirance était bien là.

La foudre tomba de nouveau, beaucoup plus près cette fois. Le grondement du tonnerre qui s'ensuivit ne nous surprit même pas. Nous étions dans notre propre monde. Toute trace de sourire quitta son visage. Son regard, perplexe et désespéré, semblait sonder le mien.

Le temps parut ralentir, les secondes s'éterniser, comme un véritable supplice. J'attendis, en essayant de lui montrer que je souhaitais la même chose. Le vert de ses yeux s'obscurcit. Il avait le visage tendu, comme s'il menait une bataille intérieure. Quelque chose dans son regard me déstabilisait.

Lorsqu'il prit sa décision, je le compris immédiatement. Il inspira profondément et ferma les paupières. Je sentis son souffle contre ma joue, puis sur mes lèvres. Je savais que j'aurais dû me dégager. Ce mec ne m'apporterait rien de bon. Mais je n'arrivais plus à respirer. Ses lèvres étaient si proches des miennes que je n'avais qu'une envie : me pencher à mon tour et les embrasser pour savoir si elles étaient aussi douces qu'elles en avaient l'air.

— Hé, vous deux ! s'écria Dee.

Daemon recula vivement, mettant un espace plus normal entre nous.

Surprise et déçue à la fois, je pris une grande inspiration. Je ressentais un picotement, comme si mon corps avait été privé d'oxygène. Nous avions été tellement captivés l'un par l'autre qu'aucun de nous ne s'était rendu compte que la pluie avait cessé.

Dee monta les marches du perron. En nous voyant de plus près, son sourire s'estompa. Elle plissa les yeux. J'étais sûrement rouge comme une tomate. Il était évident qu'elle avait interrompu quelque chose. Toutefois, elle se contenta d'examiner son frère, les lèvres ouvertes en un « O » parfait.

Il lui sourit, de cette façon qui donnait l'impression qu'il riait intérieurement.

— Salut, sœurette. Quoi de neuf ?

— Rien, répondit-elle d'un air circonspect. Et toi, qu'est-ce que tu étais en train de faire ?

— Rien du tout, rétorqua-t-il à son tour en sautant de la balancelle. (Il me jeta un coup d'œil par-dessus ses larges épaules.) Je gagne des bons points.

À ces mots, l'atmosphère agréable dans laquelle je m'étais trouvée fut réduite en miettes. Daemon bondit dans le jardin et rentra chez lui. Même si je mourais d'envie de lui courir après et de lui botter les fesses, je me tournai vers Dee.

— Essayer de m'embrasser faisait aussi partie du contrat pour qu'il récupère ses clés ? demandai-je d'un air guindé.

J'avais mal partout.

Dee s'assit près de moi sur la balancelle.

— Non. On n'avait pas parlé de ça. (Elle cligna doucement les paupières.) Il était sur le point de t'embrasser ?

Mes joues s'enflammèrent de plus belle.

— Je ne sais pas.

— Waouh, murmura-t-elle, les yeux écarquillés. Je ne m'attendais pas du tout à ça.

C'était gênant. Je n'avais pas la moindre envie d'imaginer ce qui se serait passé si elle n'était pas arrivée… et encore moins avec elle à côté.

— Alors, tu es allée voir ta famille ?

— Oui. Je devais m'y coller avant la rentrée. Désolée de ne pas t'en avoir parlé. Ça s'est décidé à la dernière minute. (Dee marqua une pause.) Qu'est-ce que vous avez fait, Daemon et toi… avant qu'il essaie de t'embrasser ?

— On s'est promenés. C'est tout.

— C'est bizarre, poursuivit-elle en me dévisageant. Je lui avais volé ses clés, mais il les a récupérées entretemps.

Je grimaçai.

— Ouais, merci beaucoup, d'ailleurs. Il n'y a rien de mieux que de forcer un garçon à sortir avec une fille pour booster son estime.

— Oh non ! Ce n'est pas ce que je voulais faire. J'ai juste pensé qu'il avait besoin… qu'on le motive un peu pour qu'il se montre plus gentil.

— Sa voiture doit vraiment compter beaucoup pour lui, marmonnai-je.

— Ah ça... Oui. Il a passé beaucoup de temps avec toi en mon absence ?

— Pas vraiment. On est allés au lac la dernière fois et puis on s'est vus aujourd'hui. C'est tout.

Une expression étrange passa sur son visage, puis elle sourit.

— Vous vous êtes bien amusés ?

Comme je ne savais pas quoi répondre, je haussai les épaules.

— Ouais. Il s'est montré plutôt sympa. Enfin, le naturel est revenu au galop, mais il n'a pas été si terrible que ça.

Si l'on passait outre au fait qu'on l'avait obligé à être en ma compagnie et qu'il avait failli m'embrasser pour marquer des points en plus...

— Daemon peut être très gentil quand il veut. (Dee fit bouger la balancelle en gardant un pied par terre.) Où est-ce que vous êtes allés vous promener ?

— On a commencé à suivre un sentier de randonnée et on a beaucoup discuté, mais on est tombés sur un ours.

— Un ours ? (Ses yeux s'agrandirent.) Mon Dieu. Qu'est-ce que vous avez fait ?

— Euh... Je me suis évanouie ou quelque chose comme ça.

Dee m'examina.

— Tu t'es évanouie ?

Je rougis.

— Oui. Daemon m'a portée jusqu'ici et... bref.

Curieuse, elle me dévisagea de nouveau. Puis, elle secoua la tête. Changeant de sujet, elle me demanda si elle avait raté quoi que ce soit pendant son absence. Je lui répondis, mais mon esprit était complètement ailleurs. Avant de partir, Dee me proposa de regarder un film ensemble, plus tard dans la soirée. Je crois que j'acceptai.

Après être rentrée et avoir enfilé un vieux jogging, je me posais toujours autant de questions sur le comportement de Daemon. Il m'avait presque paru aimable durant notre randonnée, mais il avait fallu qu'il se retransforme en Super Connard. Frustrée, le rouge aux joues, je m'effondrai sur mon lit et fixai le plafond.

Le plâtre était strié de minuscules fissures. Je les suivis du regard tout en repensant aux événements qui avaient précédé le baiser manqué. Mon estomac eut un soubresaut lorsque je repensai à la proximité de ses lèvres contre les miennes. Le pire dans tout ça, c'était que j'avais eu envie qu'il m'embrasse. Visiblement, l'amour et le désir n'avaient absolument rien à voir.

— Si j'ai bien compris...

Dee fronça les sourcils. Elle était perchée sur un vieux fauteuil qui aurait bien eu besoin qu'on le rembourre.

— ... tu ne sais pas dans quelle fac tu veux aller ?

Je grognai.

— Arrête, on dirait ma mère.

— Eh bien, tu entres en dernière année de lycée, il faut dire. (Dee s'interrompit un instant.) Vous n'êtes pas censés faire vos demandes d'inscription dès la rentrée ?

Dee et moi étions dans le salon en train de feuilleter des magazines quand ma mère était discrètement venue déposer une pile de brochures d'universités sur la table basse. Merci, maman.

— Et toi, alors ? Ça te concerne aussi, non ?

L'éclat d'intérêt que j'avais vu briller dans ses yeux s'estompa.

— Oui, mais on parle de toi, là.

Je levai les yeux au ciel en riant.

— Je n'ai pas encore décidé de ce que je voulais faire. Alors, je ne ressens pas le besoin de choisir une école.

— Toutes les facs proposent la même chose, de toute façon. Tu pourrais juste choisir l'endroit où tu veux aller : la Californie, New York, le Colorado... Tu pourrais même étudier à l'étranger ! Ce serait génial. C'est ce que je ferais, moi. J'irais quelque part en Angleterre.

— Tu peux, lui rappelai-je.

Dee baissa les yeux. Elle haussa les épaules.

— Non, c'est impossible.

— Pourquoi ?

Je relevai les jambes et m'assis en tailleur. L'argent n'était sûrement pas un problème pour eux : il n'y avait qu'à regarder leurs voitures et leurs vêtements. Quand je lui avais demandé si elle avait un job, elle m'avait répondu que c'était son argent de poche qui lui permettait de s'acheter tout ça. Ses parents se sentaient sûrement coupables de travailler en ville et de les laisser seuls. Ce n'était pas une mauvaise contrepartie.

Ma mère me donnait de l'argent quand j'en avais besoin, mais je doutais sincèrement qu'elle accepterait de payer trois cents dollars tous les mois pour une jolie voiture flambant neuve. Non. J'allais devoir continuer à chérir mon vieux tas de ferraille rouillé. Chaque chose en son temps, me rappelai-je.

— Tu peux aller où tu veux, toi aussi, Dee.

Une pointe de tristesse émanait de son sourire.

— Je resterai sûrement ici après le lycée. Je m'inscrirai peut-être à l'une de ces universités en ligne.

Au départ, je crus qu'elle plaisantait.

— Tu es sérieuse ?

— Oui. Je suis plus ou moins coincée ici.

L'idée que l'on puisse être retenu quelque part contre son gré m'intriguait.

— Pourquoi ?

— Ma famille est ici, répondit-elle d'une voix douce avant de relever la tête. Bref. Tu sais, le film qu'on a regardé hier m'a donné des cauchemars. Imaginer une maison hantée pleine de fantômes qui te regardent dormir me donne des frissons.

Son changement de sujet ne m'abusa pas.

— Oui, ce film était assez flippant.

Elle grimaça.

— Ça me rappelle Daemon. Avant, il s'amusait à se pencher sur moi quand je dormais parce qu'il trouvait ça drôle. (Ses épaules délicates tremblèrent.) Si tu savais à quel point ça m'énervait ! J'avais beau être dans un sommeil profond, je sentais quand même sa présence et je me réveillais. Il partait dans de ces fous rires !

Je souris en imaginant Daemon, petit garçon, en train de taquiner sa jumelle. Cette image fut remplacée par le même qui avait bien grandi. Frustrée, je soupirai et refermai le magazine.

Je ne lui avais plus parlé depuis la fameuse soirée sous mon porche et on n'était que lundi. Passer deux jours sans le croiser n'avait rien d'inhabituel. Et ce n'était pas comme si j'avais envie de le voir.

Levant la tête, j'observai Dee tourner les pages de sa revue jusqu'à la fin. Elle faisait toujours ça pour lire l'horoscope. Elle posa sa main droite contre son menton et se tapota les lèvres d'un ongle peint en violet.

Son doigt me parut alors flou, comme s'il disparaissait. Autour d'elle, l'air semblait vibrer.

Je clignai les yeux. Le doigt était de nouveau intact. Génial, je recommençais à avoir des hallucinations. Je repoussai vivement mon magazine.

— Il faut que j'aille à la bibliothèque. J'ai besoin de nouveaux livres.

— On pourrait planifier une virée shopping, si tu veux. (Retrouvant son enthousiasme, elle sauta sur son fauteuil.) J'aimerais trouver le livre dont tu as fait la critique sur ton blog la semaine avant d'arriver ici. Celui avec les gamins qui ont des superpouvoirs.

Intérieurement, je fis la danse de la joie. Elle avait lu mon blog ! Je ne me souvenais même pas de lui avoir donné l'adresse.

— Avec plaisir. Mais je pensais aller à la bibliothèque ce soir. Je préfère quand c'est gratuit. Tu veux m'accompagner ?

— Ce soir ? me demanda-t-elle, en écarquillant les yeux. Je ne peux pas. Par contre, demain, il n'y a aucun problème.

— Ce n'est pas grave, ne t'en fais pas. Ça fait plusieurs jours que j'essaie de me motiver pour y aller, mais je reporte toujours au lendemain. J'ai besoin de lire des choses qui me plaisent avant de devoir avaler les bouquins pour l'école.

Ses cheveux noirs ondulèrent autour de son visage espiègle quand elle secoua la tête.

— Non, non, ça ne me dérange pas de venir avec toi. Je ne peux pas ce soir. J'ai déjà quelque chose de prévu. Sinon, je viendrais.

— Ne t'en fais pas, Dee. Je peux aller à la bibliothèque toute seule et on ira faire du shopping plus tard ensemble. Je sais me repérer en ville maintenant. Je ne vais pas me perdre. C'est à combien… cinq pâtés de maisons ?

Je m'interrompis et lui demandai ce qu'elle comptait faire durant la soirée, histoire de changer de sujet.

— Rien, répondit-elle du bout des lèvres. Des amis sont de retour en ville, c'est tout.

Ma question innocente l'avait visiblement mise mal à l'aise. Elle semblait gênée de m'avouer ce qu'elle avait prévu. Elle s'agita sur son siège en examinant ses ongles. J'avais l'impression de me mêler de ce qui ne me regardait pas, alors que je n'avais rien dit de mal. Il y avait aussi une partie de moi qui était blessée et déçue de ne pas avoir été invitée.

— J'espère que vous allez vous amuser, dis-je.

Ce n'était pas vraiment un mensonge. Du moins, pas entièrement. Je n'étais pas très fière de moi, mais c'était pourtant le cas. Je me sentais mise à l'écart.

Elle se tortilla en m'observant. Elle plissa les yeux comme elle l'avait fait sous le porche, ce soir-là.

— Je pense que tu devrais attendre que je t'accompagne. Plusieurs filles ont disparu ces derniers temps.

Aller à la bibliothèque n'était pas comme entrer dans une boutique qui vendait des amphétamines, mais je me souvins de l'affiche que j'avais vue un peu plus tôt. Je haussai les épaules.

— OK. Je vais y réfléchir.

Dee me tint compagnie jusqu'à ce qu'il soit presque l'heure pour ma mère de partir travailler. En sortant, elle s'arrêta sur les marches du perron.

— Je t'assure : si tu attends jusqu'à demain, je viendrai avec toi à la bibliothèque.

J'acquiesçai encore une fois et la serrai brièvement dans mes bras. Sa présence me manqua aussitôt. La maison était trop silencieuse sans elle.

Chapitre 9

Je sortis après avoir dîné avec ma mère. Il ne me fallut pas longtemps pour rejoindre la ville et retrouver la bibliothèque. Les rues d'habitude animées étaient à présent désertes. Pendant le trajet, le ciel avait commencé à se couvrir, créant une ambiance fantomatique.

Malgré l'étrange tournure qu'avait prise ma vie et la déception insidieuse que je ressentais pour avoir été mise à l'écart par Dee et ses amis, je souris en entrant dans la bibliothèque. Toute pensée liée aux jumeaux s'évapora aussitôt. Le silence des lieux me pénétra lorsque j'aperçus les rangées de livres qui tapissaient les murs. Comme le jardinage, le calme des bibliothèques m'apaisait.

En m'arrêtant devant une table vide, je laissai échapper un soupir de plaisir. J'avais toujours réussi à oublier mes soucis à travers la lecture. Les livres étaient ma façon de m'évader et je m'y plongeai volontiers, la tête la première.

Cette fois encore, le temps passa sans que je m'en rende compte. Bientôt, l'atmosphère de la bibliothèque se fit lugubre. Ce genre de lieu était toujours très sombre quand le soleil se couchait, mais la lumière particulière que renvoyait le ciel ajoutait quelque chose d'inquiétant. Je ne savais pas qu'il était si tard jusqu'à ce que la bibliothécaire éteigne les lumières.

J'eus du mal à trouver mon chemin jusqu'à l'accueil. J'avais hâte de sortir du bâtiment plein de courants d'air et de bruits inquiétants.

Un éclair illumina soudain les étagères et le tonnerre gronda derrière les fenêtres. J'espérais pouvoir arriver à ma voiture avant qu'il se mette à pleuvoir. Les livres que je voulais emprunter serrés contre ma poitrine, je me dépêchai d'atteindre la sortie, puis m'occupai des formalités en un temps record. J'eus à peine le temps de remercier la bibliothécaire qu'elle s'était déjà retournée pour fermer.

— OK... marmonnai-je dans ma barbe.

L'orage qui s'annonçait avait précipité la tombée de la nuit. On aurait dit qu'il était bien plus tard qu'il n'était réellement. Les rues étaient toujours aussi vides. Je jetai un coup d'œil derrière moi, pensant rester ici jusqu'à ce que la pluie s'arrête, mais la dernière lumière dans la bibliothèque s'éteignit aussi.

Serrant les dents, je fourrai les livres dans mon sac à dos avant de m'aventurer dehors. Au moment où je posai le pied sur le bitume, une pluie torrentielle s'abattit sur moi, me trempant en quelques secondes. Je fis de mon mieux pour protéger mon sac tandis que je cherchais mes clés en sautillant d'un pied sur l'autre. L'eau était glacée !

— Excusez-moi, mademoiselle, m'interrompit une voix rocailleuse. J'espérais que vous pourriez m'aider...

J'avais été tellement concentrée sur la portière à ouvrir et les livres à protéger que je n'avais pas entendu qui que ce soit approcher. Jetant mon sac à dos dans l'habitacle, je resserrai ma prise sur mon sac à main avant de me retourner. Un homme sortit de l'ombre et se posta dans la lumière d'un lampadaire. La pluie coulait sur ses cheveux clairs, plaquant les longues mèches contre sa tête. Ses lunettes à monture métallique avaient glissé sur le bout de son nez de travers et il tremblait légèrement, les bras croisés pour se protéger du froid.

— Ma voiture est là-bas, dit-il en faisant signe derrière lui. (Il criait pour se faire entendre par-dessus le bruit des gouttes qui tapaient contre la carrosserie.) Elle a un pneu à plat. Je me demandais si vous aviez un cric.

J'en avais un… sauf que toutes les cellules de mon corps m'enjoignaient de répondre le contraire. L'homme ne semblait pas avoir assez de force pour lancer ne serait-ce qu'un vulgaire caillou, mais je me méfiais.

— Je ne sais pas.

J'avais parlé beaucoup plus faiblement que je ne l'avais voulu. Repoussant mes cheveux mouillés, je m'éclaircis la voix avant de crier à mon tour.

— Je ne suis pas sûre d'en avoir un.

Son sourire se fit las.

— Le moment est mal choisi, n'est-ce pas ?

— Effectivement.

Je me balançai d'un pied sur l'autre.

Une partie de moi-même aurait voulu l'abandonner ici avec une excuse, mais l'autre, majoritaire, ne savait pas dire non aux gens. Plantée devant ma portière entrouverte, je me mordillai la lèvre inférieure. Je ne pouvais pas le laisser sous la pluie. Le pauvre homme semblait sur le point de s'effondrer. La pitié que je ressentis à son égard repoussa ma peur de l'inconnu.

J'aurais été incapable de le laisser bloqué ici alors que je pouvais l'aider. Au moins, la pluie commençait à se calmer.

Ma décision était prise. Je lui adressai un léger sourire.

— Je peux regarder. J'en ai peut-être un.

L'homme eut l'air rassuré.

— Vous me sauveriez la vie.

Pourtant, il ne bougea pas. Il avait sûrement senti ma méfiance.

— La pluie commence à se calmer, mais il y a des nuages encore plus noirs qui arrivent. J'ai bien peur qu'on ne subisse un sacré orage.

Après avoir refermé ma portière, je me dirigeai vers l'arrière de ma voiture. J'ouvris alors le coffre et fis courir mes doigts sur le fond tapissé à la recherche de l'encoche pour le soulever.

— Pour être franche, je crois bien en avoir un.

Je venais à peine de tourner le dos à l'inconnu lorsqu'un courant d'air froid me fit dresser les cheveux sur la tête. L'adrénaline se mit à courir dans mes veines, faisant battre mon cœur plus fort dans ma poitrine. Sous l'effet de la peur, mon ventre se serra douloureusement.

— Les humains sont tellement stupides et naïfs.

Sa voix était aussi glaciale que le vent contre ma nuque.

Avant que mon cerveau ait pu enregistrer ses paroles, une main mouillée et glacée se referma violemment sur la mienne. Sa respiration était lourde et poisseuse contre mon cou. Je n'eus même pas le temps de répondre.

Il m'attrapa par le poignet pour me retourner. Un cri s'échappa de ma gorge tandis qu'une flèche de douleur remontait le long de mon bras. J'étais face à lui à présent. Il n'avait plus l'air aussi inoffensif qu'avant. Il semblait même plus grand, plus large.

— Si c'est de l'argent que vous voulez, vous pouvez prendre tout ce que j'ai sur moi.

J'avais envie de lui jeter mon sac à la figure et de m'enfuir.

L'inconnu sourit avant de me pousser. Très fort. L'impact contre le bitume me coupa le souffle et je me tordis le poignet dans ma chute. De mon autre bras, j'attrapai mon sac et le lui lançai.

— Je vous en prie, le suppliai-je. Prenez-le. Je ne dirai rien. Vous pouvez partir. Je vous le promets.

Mon agresseur s'accroupit devant moi. Lorsqu'il ramassa mon sac, ses lèvres s'étirèrent en un sourire moqueur. Derrière ses lunettes, ses yeux semblèrent changer de couleur.

— De l'argent ? Ce n'est pas ton argent que je veux.

Il jeta la besace de côté.

Je le dévisageai en haletant. Je n'arrivais pas à croire que c'était en train de m'arriver. Si ce n'était pas un voleur, que voulait-il ? Un cri de terreur résonna alors dans mon esprit : *Non. Non. Non.*

La vague d'images et de pensées qui m'envahissait m'empêchait de réfléchir correctement, mais mon corps, lui, bougeait. Je m'éloignai de lui, me cognant au trottoir. La peur me submergeait. Je savais que j'avais besoin d'appeler à l'aide. Je sentais le hurlement se former dans ma gorge. J'ouvris la bouche.

— Ne crie pas, m'ordonna-t-il d'une voix menaçante.

Les muscles de mes jambes se contractèrent. Je me tournai sur le côté et levai les genoux, prête à courir. Je pouvais y arriver. Il ne s'y attendait pas. Je pouvais y arriver. Maintenant !

Malheureusement, il tendit aussitôt les bras vers moi, m'attrapa par les cuisses et tira dessus. Mon bras gauche, puis mon visage rencontrèrent le sol. Le goudron rugueux me déchira la peau. En quelques secondes, mon œil se mit à gonfler et du sang chaud coula le long de mon bras. J'eus un haut-le-cœur. J'essayai de me libérer, en vain, puis de lui donner des coups. Il grogna mais tint bon.

— Je vous en prie ! Laissez-moi partir.

Je tentai encore de lui faire lâcher prise. Le bitume me râpait les bras. La douleur redoubla, et une nouvelle émotion vint s'y ajouter.

La colère m'envahissait. Elle chassa la peur, l'écrasant presque. Leur association me força à agir. Je me débattis, le frappai, le poussai, le tirai… mais rien ne semblait le déstabiliser, ni le faire bouger du moindre millimètre.

— Lâchez-moi !

Cette fois, je hurlai. Le son me déchira la gorge, la laissant à vif.

Il se déplaça si rapidement que son visage disparut, comme la main de Dee un peu plus tôt dans la journée. Puis, il s'allongea sur moi, la main contre ma bouche. Lui qui m'avait paru si petit, tellement inoffensif, pesait à présent une tonne. J'étais incapable de respirer ou de remuer le petit doigt. Savoir ce qui allait se passer me rendait dingue.

Je ne pouvais qu'espérer que quelqu'un m'ait entendue. C'était ma dernière chance.

Il baissa la tête pour renifler mes cheveux. Un frisson de dégoût me parcourut.

— J'avais raison, cracha-t-il. Tu portes sa trace. (Il retira sa main de ma bouche et me saisit par les épaules.) Où sont-ils ?

— Je… Je ne comprends pas, hoquetai-je.

— Bien sûr que non. (Il eut une grimace de dégoût.) Tu n'es qu'un mammifère stupide. Tu n'as aucune valeur.

Je fermai les yeux le plus fort possible. Je ne voulais pas le regarder. Je ne voulais pas voir son visage. Je voulais juste rentrer chez moi. *Pitié…*

— Regarde-moi !

Quand je n'obéis pas, il me secoua de nouveau. Mon crâne percuta le sol. Le nouvel élan de douleur me prit par surprise et j'ouvris mon œil non blessé sans m'en rendre compte. Il saisit mon menton de sa main glacée. Mes prunelles balayèrent son visage avant de se concentrer sur ses yeux. Ils étaient grands et vides. Je n'avais jamais rien vu de tel.

Toutefois, j'y lus quelque chose de bien pire. Pire que d'être détroussée, agressée ou même violée. J'y vis la mort, la mienne, sans le moindre remords de sa part.

— Dis-moi où ils sont.

Il articulait chaque mot, pourtant sa voix était en sourdine, comme si elle résonnait sous l'eau… à moins que ça ne vienne de moi. J'étais peut-être en train de me noyer.

— Bon, cracha-t-il, tu as sans doute besoin d'un peu d'encouragement.

En un clin d'œil, il avait passé ses mains autour de ma gorge pour m'étrangler. Il ne m'avait même pas laissé le temps de prendre une dernière inspiration. La panique s'empara de moi. J'essayai de retirer ses doigts de mon cou et de lui donner des coups de pied pour me libérer, en vain. Il resserra sa prise sur ma trachée fragile.

— Tu es prête à me répondre, maintenant ? me demanda-t-il. Oui ou non ?

Je ne savais pas de quoi il parlait. Mon poignet ne me faisait plus mal ; la chair déchirée de mes bras et de mon visage n'était plus aussi douloureuse non plus. De nouvelles sources de souffrance remplaçaient les anciennes. Je ne recevais plus d'air, plus du tout. Mon cœur battait à tout rompre dans ma poitrine, réclamait de l'oxygène. Ma tête menaçait d'exploser sous la pression qui s'y était accumulée. Je ne sentais pratiquement plus mes jambes. Et de petites lumières apparaissaient devant mes yeux.

J'allais mourir.

Je ne reverrais plus jamais ma mère. Mon Dieu, ça allait l'anéantir. Je ne pouvais pas mourir ainsi, sans raison. Je me mis à prier en silence, à supplier pour que quelqu'un me trouve avant qu'il soit trop tard, mais je ne voyais déjà presque plus rien. Je sombrais dans un abysse ténébreux. La pression s'était un peu relâchée. Ma gorge à vif me faisait moins mal. La douleur me quittait. Je partais, je me fondais dans l'obscurité.

Puis, tout à coup, les mains disparurent et j'entendis un corps tomber sur le bitume un peu plus loin. J'avais l'impression de me trouver au fond d'un puits et de percevoir des bruits depuis la surface.

Au moins, je pouvais de nouveau respirer. J'avalais avidement chaque bouffée d'air, faisant glisser le précieux oxygène à l'intérieur de ma gorge blessée pour nourrir mes organes affamés. J'eus une quinte de toux.

Quelqu'un cria dans une langue douce et musicale que je n'avais jamais entendue. Puis, on jura et des coups de poing furent échangés. Un corps atterrit près de moi. Je roulai sur le côté. La douleur me fit tressaillir, mais cela m'était égal. Ça voulait dire que j'étais vivante.

On se battait dans la nuit. L'un d'eux, un homme, souleva l'autre et le maintint dans l'air au-dessus de lui. Sa force était étonnante, brutale. Surhumaine. Impossible.

Lorsque je me redressai, une nouvelle quinte de toux me secoua. Je me penchai, m'appuyant sur mon poignet, et criai de douleur.

— Et merde ! explosa une voix puissante.

Tout à coup, il y eut un éclat de lumière rouge et jaune intense. Les lampadaires qui bordaient les rues explosèrent, plongeant tout le quartier dans l'obscurité. Je me pliai en deux pour vomir. Puis, le gravier crissa et des chaussures de randonnée apparurent dans mon champ de vision. Je levai les bras pour me protéger.

— C'est fini. Il est parti. Tu vas bien ?

Une main douce se posa sur mon épaule pour m'aider à garder l'équilibre. Quelque part, au fond de mon esprit, il me sembla que cette voix m'était familière.

— Ne bouge pas.

J'essayai de relever la tête, mais les vertiges qui me parcouraient manquèrent me couper le souffle. Ma vue devint floue avant de s'éclaircir. Mon œil gauche était tuméfié. Je ne pouvais plus l'ouvrir. Une douleur lancinante palpitait en rythme avec les battements de mon cœur.

— Tout va bien, maintenant.

Une agréable chaleur se répandit dans mon épaule, se déversant dans mon bras, jusque dans mon poignet avant de détendre mes muscles endoloris et de se diffuser au plus profond de mon être. Ça me rappela l'époque où je prenais le soleil, allongée sur les plages de sable blanc.

— Merci pour...

Je m'interrompis en apercevant enfin le visage de mon sauveur. De hautes pommettes, un nez droit et des lèvres pulpeuses apparurent devant moi, un visage si beau mais si froid qu'il ne pouvait pas avoir de lien avec la chaleur qui envahissait petit à petit mon corps. Des yeux d'un vert rare et intense rencontrèrent les miens.

— Kat, dit Daemon, visiblement inquiet. Tu es toujours avec moi ?

— Toi, murmurai-je.

Ma tête bascula sur le côté. Je remarquai vaguement que la pluie s'était arrêtée.

Il haussa un sourcil noir charbon.

— Oui, c'est moi.

Sonnée, je baissai la tête vers mon poignet qu'il tenait toujours. Je n'avais plus mal. À son contact, je ressentais quelque chose de différent. Surprise, je libérai vivement mon bras.

— Je peux t'aider, insista-t-il en tendant de nouveau la main.

— Non ! m'écriai-je.

Ma gorge me fit souffrir. Il resta un instant ainsi avant de se redresser, les yeux rivés sur mon poignet.

— Comme tu veux. J'appelle la police.

J'essayai de ne pas l'écouter pendant qu'il parlait au téléphone. Au bout d'un moment, je réussis à retrouver mon souffle.

— M... merci.

Ma voix était rocailleuse. Parler était douloureux.

— Ne me remercie pas. (Il se passa la main dans les cheveux.) Putain, tout est ma faute.

Comment aurait-il pu être en cause ? Mon cerveau n'avait sans doute pas encore retrouvé toutes ses capacités parce que je ne comprenais pas ce qu'il racontait. Me rallongeant avec soin, je levai la tête, très haut, vers lui. Je regrettai aussitôt de l'avoir fait. Il avait l'air furieux. Protecteur.

— Tu as vu quelque chose qui te plaisait, Kitten ?

Je baissai les yeux... jusqu'à ses poings serrés. Ses doigts n'avaient pas la moindre égratignure.

— De la lumière. J'ai vu de la lumière.

— Tu sais ce qu'on dit : on voit toujours de la lumière au bout du tunnel.

Je tressaillis en me souvenant que j'avais failli mourir.

Daemon s'accroupit près de moi.

— Merde, je suis désolé. Je n'ai pas réfléchi avant de parler. Où est-ce que tu es blessée ?

— Ma gorge... elle me fait mal. (Quand il la toucha doucement, je frissonnai.) Mon poignet aussi. Je crois... qu'il est cassé.

Je soulevai mon bras avec précaution. Il était gonflé et prenait déjà une magnifique teinte bleu violacé.

— Mais il y a eu un éclat... de lumière.

Il examina mon bras.

— Il est peut-être cassé ou foulé. C'est tout ?

— C'est tout ? Cet homme... il a essayé de me tuer.

Il plissa les yeux.

— J'avais bien compris. J'espérais simplement qu'il n'avait rien cassé d'important. (Il s'interrompit un instant pour réfléchir.) Comme ton crâne, par exemple ?

— Non… Je ne crois pas.

Il laissa échapper un soupir de soulagement.

— OK. Génial. (Il se releva et jeta un coup d'œil aux alentours.) Qu'est-ce que tu fabriquais dans le coin, au juste ?

— Je… j'étais à la bibliothèque. (J'attendis que la douleur s'estompe au niveau de ma gorge.) Il n'était pas très… tard. Et ce n'est pas comme si… on était dans une ville… dangereuse. Il m'a dit qu'il avait besoin d'aide… que son pneu était à plat.

Ses yeux s'agrandirent sous le coup de l'incrédulité.

— Un inconnu t'approche dans un parking la nuit, et toi, tu l'aides ? C'est sûrement la chose la plus stupide que j'aie entendue depuis très longtemps. (Il croisa les bras et me dévisagea.) Je suppose que tu as réfléchi avant. Tu acceptes des bonbons de la part des inconnus et tu rentres dans les vans avec marqué « chatons à donner » dessus ?

Je hoquetai d'indignation.

Il se mit à faire les cent pas.

— Je n'aurais pas pu t'aider si je n'étais pas passé par là par hasard !

Je ne relevai pas.

— Qu'est-ce que tu fais ici, d'ailleurs ?

Ma gorge commençait à aller mieux. Elle me faisait encore mal, mais je n'avais plus l'impression d'être traînée sur le bitume à chaque mot.

Daemon se figea et posa la main sur son cœur.

— Rien de particulier.

— Mince, moi qui croyais que vous étiez censés être gentils et charmants.

Il fronça les sourcils.

— Qui ça, « vous » ?

— Tu sais bien, les princes charmants qui sauvent les damoiselles en détresse.

Je m'interrompis. J'avais dû recevoir un coup sur la tête.

— Je ne suis pas ton prince.

— OK... murmurai-je.

Je relevai lentement les jambes pour poser ma tête sur mes genoux. J'avais mal partout, mais ce n'était rien par rapport au moment où l'homme avait eu ses mains autour de mon cou. À cette pensée, je frissonnai.

— Où est-il passé ?

— Il s'est enfui. Il est loin, maintenant, me rassura-t-il. Kat... ?

Je levai la tête. Sa silhouette imposante se dressait devant moi. Son regard était perçant, déstabilisant. Je ne savais pas quoi dire. La façon dont son corps cachait le clair de lune me déplaisait. Je fis mine de me déplacer.

— Je ne crois pas que tu devrais te mettre debout. (Il s'agenouilla près de moi.) L'ambulance et la police ne vont plus tarder. Je ne veux pas que tu t'évanouisses.

— Je ne vais pas... m'évanouir, niai-je en entendant les sirènes au loin.

— Très bien, parce que je n'ai pas la moindre envie de te rattraper. (Il examina ses ongles un instant.) Est-ce qu'il... t'a dit quoi que ce soit ?

J'avais une terrible envie de déglutir, mais c'était trop douloureux.

— Il a dit que... j'avais une trace sur moi. Et il n'a pas arrêté de me demander... où *ils* étaient. Je ne sais pas pourquoi.

Daemon prit une grande inspiration et détourna vivement les yeux.

— Sûrement un malade.

— Oui, mais... à qui en voulait-il ?

Daemon me fit de nouveau face. Il grimaçait.

— Peut-être à une fille suffisamment stupide pour l'aider avec son pneu ?

— Tu es vraiment un connard, rétorquai-je, les lèvres pincées. On te l'a déjà dit ?

Cette fois, il m'adressa un sourire sincèrement amusé.

— Tous les jours, Kitten, et j'en suis fier !

Je le dévisageai, incrédule.

— Je ne sais même pas quoi répondre à ça...

— Étant donné que tu m'as déjà remercié, je crois qu'il n'y a plus rien à ajouter. (Il se leva avec grâce.) Tout ce que je te demande, c'est de ne pas bouger. Reste tranquille et essaie de ne pas causer davantage de dégâts.

Je fronçai les sourcils. Ça aussi, ça me faisait mal. Mon prince, pas si charmant que ça, se posta devant moi, les jambes écartées, les mains posées sur les hanches, comme s'il était prêt à me protéger encore une fois. Et si mon agresseur revenait ? C'était sans doute ce qui inquiétait Daemon.

Mes épaules se mirent à trembler. Mes dents les imitèrent rapidement. Daemon retira son tee-shirt et m'aida à enfiler le coton chaud en veillant à ce que le tissu n'effleure pas mon visage contusionné. Son odeur m'enveloppa. Pour la première fois depuis mon agression, je me sentis en sécurité. Grâce à Daemon. Allez comprendre.

Mon corps semblait s'être rendu compte que la bataille était terminée. Je me mis à chanceler sur le côté. J'allais avoir un deuxième œil au beurre noir lorsque ma tête toucherait le sol. C'était la deuxième fois que je m'évanouissais en quelques jours. Je me demandai brièvement si j'étais maudite. Daemon était là à chaque fois que je tombais dans les pommes...

Je m'effondrai comme une masse.

Chapitre 10

Ce n'était pas dans mes habitudes de fréquenter les hôpitaux. Je les détestais autant que la musique country. Pour moi, ils empestaient la mort et le désinfectant. Ils me rappelaient mon père, le cancer qui lui avait creusé les yeux et la chimio qui avait déformé son corps.

Cet établissement n'était pas différent, mais ma visite était plus complexe que d'habitude.

Elle impliquait la police, une mère paniquée et mon sauveur bourru aux cheveux noirs qui se trouvait encore dans la petite chambre dans laquelle on m'avait fourrée. Même si c'était malpoli et ingrat de ma part, je faisais de mon mieux pour faire comme s'il n'existait pas.

Ma mère, qui travaillait lorsque l'ambulance m'avait amenée ici, escortée par la police, n'arrêtait pas maintenant de me toucher le bras ou le visage, du côté où je n'avais pas mal. Ce geste semblait la rassurer sur le fait que je n'étais pas morte, seulement blessée. Ça commençait à m'agacer.

J'avais envie d'envoyer tout le monde se faire voir.

Ma tête et mon dos me faisaient souffrir, mais la douleur au niveau de mon poignet et de mon bras était pire. J'avais passé de nombreux examens et radios. Rien n'était cassé. Mon poignet était foulé, un tendon s'était déchiré dans mon bras et, bien sûr, j'avais des tonnes de bleus et d'égratignures. On m'avait déjà posé une attelle pour maintenir ma main gauche et mon avant-bras.

Pourtant, la prescription d'antidouleur commençait à se faire désirer.

Les policiers étaient gentils, mais un peu brusques. Ils m'avaient posé toutes les questions imaginables. J'avais conscience qu'il était important que je leur dise tout ce dont je me souvenais, mais mon état de choc commençait à se dissiper et l'adrénaline m'avait quittée depuis longtemps. Je n'avais envie que d'une chose : rentrer à la maison.

Avant que je leur explique que mon agresseur ne m'avait pas demandé d'argent, ils avaient tous cru à un vol qui avait mal tourné. Ils en conclurent alors qu'il s'agissait d'un malade mental ou d'un drogué en manque.

Quand ils eurent fini de m'interroger, ils se tournèrent vers Daemon. Ils semblaient bien le connaître. L'un d'eux lui donna une tape sur l'épaule et sourit. Ils étaient potes. Comme c'était mignon. Je n'eus pas l'occasion d'entendre ce qu'ils se disaient car ma mère se mit à me poser d'autres questions.

Je voulais que ça s'arrête et qu'ils me laissent tranquille.

— Mademoiselle Swartz ?

Surprise par l'appel de mon nom de famille, je sortis de mes pensées. L'un des plus jeunes officiers s'était rapproché de mon lit. Je ne me rappelais plus son nom et j'étais trop fatiguée pour jeter un coup d'œil à son badge.

— Oui ?

— Je pense que nous en avons terminé pour ce soir. Si quelque chose vous revient, appelez-nous immédiatement.

Je hochai la tête et regrettai aussitôt mon geste. La douleur me fit grimacer.

— Ça va, chérie ? me demanda ma mère d'une voix rendue aiguë par l'inquiétude.

— Ma tête. J'ai mal.

Elle se leva.

— Je vais chercher le docteur. Il te donnera des médicaments. (Elle me sourit doucement.) Tu ne sentiras plus rien.

C'était ce dont j'avais besoin, envie... ce dont je rêvais.

Le policier se retourna pour partir avant de s'arrêter.

— Je ne pense pas que vous ayez du souci à vous faire. Je...

Les crépitements de sa radio l'interrompirent. La voix d'un agent retentit au milieu des parasites.

— Appel à toutes les unités. Code 18 sur Well Springs Road. Victime de sexe féminin. Environ seize ou dix-sept ans. Peut-être déjà morte. L'ambulance est déjà sur place.

Waouh. Les probabilités que deux adolescentes soient attaquées le même soir dans une si petite ville étaient infimes. Drôle de coïncidence. Je jetai un coup d'œil à Daemon. Il plissait les yeux. Il avait entendu l'appel, lui aussi.

— Mon Dieu, dit l'officier avant d'appuyer sur un bouton du talkie-walkie. Unité 414. On quitte l'hôpital et on se met en route.

Il se retourna tout en parlant et partit.

Ma chambre était presque vide. Il ne restait plus que Daemon, appuyé contre le mur, près des rideaux. Il haussa un sourcil interrogateur. Me mordant la lèvre, je détournai la tête. Une nouvelle onde de douleur me traversa. Je restai ainsi jusqu'à ce que ma mère revienne avec le docteur.

— Chérie, le Dr Michaels a de bonnes nouvelles.

— Comme tu le sais déjà, tu n'as rien de cassé et apparemment, tu n'as pas non plus de commotion cérébrale. Tu pourras bientôt rentrer chez toi pour te reposer, dit-il en frottant un point près de sa tempe et de ses cheveux poivre et sel. (Il jeta un coup d'œil à Daemon avant de se concentrer de nouveau sur moi.) Si tu ne te sens pas bien, si tu as des nausées, des visions ou une perte de mémoire, je veux que tu reviennes me voir immédiatement.

— D'accord, répondis-je, les yeux rivés sur les anti-douleur.

À ce stade-là, j'aurais accepté n'importe quoi.

Quand le docteur fut parti, ma mère me tendit un petit gobelet en plastique et des pilules. Je les avalai rapidement. Je me moquai de ce dont il s'agissait.

Au bord des larmes, j'étais sur le point de prendre la main de ma mère, mais une voix agitée résonna dans le couloir et m'interrompit.

Dee se précipita dans la chambre. Elle paraissait très pâle et inquiète.

— Oh non, Katy. Tu vas bien ?

— Ouais. Juste un peu secouée.

Je soulevai mon bras et lui souris faiblement.

— Je n'arrive pas à y croire. (Elle se tourna vers son frère.) Comment est-ce que ça a pu se produire ? Je croyais que tu...

— Dee, l'interrompit Daemon.

S'éloignant de lui, elle vint se poster de l'autre côté de mon lit.

— Je suis vraiment désolée.

— Ce n'est pas ta faute.

Elle hocha la tête, mais il était évident qu'elle s'en voulait.

Tout à coup, on appela ma mère au micro. Grimaçant, elle s'excusa et me promit de revenir aussitôt.

— Tu pourras bientôt sortir ? me demanda Dee.

Je reportai mon attention vers elle.

— Je crois. (Je marquai une pause.) Du moment que ma mère vient avec moi.

Elle hocha la tête.

— Est-ce que… tu as vu celui qui t'a attaquée ?

— Oui. Il m'a dit des choses bizarres.

Je fermai les yeux. Je mis plus de temps que d'habitude à les rouvrir.

— Il voulait savoir où « *ils* étaient » ou quelque chose comme ça. Je ne sais pas.

Je changeai de position sur le matelas dur. Mes blessures ne me faisaient plus aussi mal.

— Étrange, en tout cas.

Dee pâlit.

— J'espère que tu pourras sortir bientôt. Je déteste les hôpitaux.

— Moi aussi.

Elle fronça le nez.

— Il y a toujours… une odeur bizarre.

— C'est ce que j'ai toujours dit à ma mère, mais elle pense que je fabule.

Elle secoua la tête.

— Non, ce n'est pas que toi. Ils ont une odeur de… moisi.

Quand mes paupières se rouvrirent enfin, j'observai Daemon. La tête appuyée contre le mur, il avait fermé les yeux, mais je savais qu'il écoutait toute notre conversation. Dee me proposa de me ramener à la maison si ma mère ne pouvait pas partir. Une fois encore, l'apparence des jumeaux me frappa. Daemon et Dee n'avaient pas leur place ici. Moi oui. Je me fondais facilement parmi les murs blancs et les rideaux vert pâle. J'étais aussi fade que le linoléum. Eux semblaient illuminer la pièce avec leur beauté parfaite et leur présence imposante.

Ah, les médicaments commençaient à faire effet. Je devenais poétique. Je me sentais bien. Heureuse.

Dee alla se placer devant Daemon. Je sentis la panique m'envahir. Je bougeai frénétiquement pour le voir de nouveau. Lorsque mon regard se posa sur son corps immobile, mon pouls se calma aussitôt. Il se la jouait détendu, adossé au mur comme ça, avec les paupières fermées, mais il avait la mâchoire serrée. Je savais qu'il vibrait d'énergie, prêt à bondir pour me protéger.

— Tu le prends bien. Moi, j'aurais sûrement perdu les pédales et je me serais roulée en boule dans un coin.

Dee sourit.

— Oh, ne t'inquiète pas, ça va venir, murmurai-je.

J'ignorais combien de temps s'était écoulé lorsque ma mère revint me voir avec une expression inquiète sur son joli visage.

— Je suis désolée de devoir te laisser, ma chérie, dit-elle rapidement. Il y a eu un grave accident. Ils amènent plusieurs victimes. Tu vas devoir rester ici un peu plus longtemps. Je ne peux pas partir tant qu'on n'aura pas déterminé s'il faut les transférer dans un hôpital plus grand. Certaines infirmières sont en congé et cet établissement n'est pas conçu pour gérer ce genre de problèmes.

J'étais abasourdie. Je sentis ma mauvaise humeur gagner du terrain. Les autres pouvaient aller se faire voir. J'avais failli mourir ce soir et je voulais ma maman.

— On peut la ramener, madame Swartz, proposa Dee. Je suis sûre qu'elle a envie de rentrer. Je sais que ce serait mon cas. Et puis, ça ne nous dérange pas.

Je suppliai ma mère du regard de me raccompagner elle-même.

— Je serai plus rassurée si elle reste ici, au cas où elle aurait une commotion cérébrale. Et puis, je ne veux pas qu'il se passe encore quelque chose.

— Il ne lui arrivera rien. (Dee semblait sûre d'elle.) On la ramènera directement chez vous et on restera avec elle. Je vous le promets.

Il était évident que ma mère luttait intérieurement entre le besoin de me garder près d'elle et sa responsabilité par rapport aux blessés de l'accident. Je m'en voulais de l'obliger à choisir. Je savais que me voir dans un lit d'hôpital devait lui rappeler douloureusement mon père. Lorsque je posai les yeux sur Daemon, ma mauvaise humeur s'envola. J'adressai un faible sourire à ma mère.

— Ne t'inquiète pas, maman. Je me sens déjà beaucoup mieux. Je suis sûre que je n'ai rien d'autre. Je ne veux pas rester ici.

Ma mère soupira en se tortillant les doigts.

— Je n'arrive pas à croire que ça arrive ce soir !

On l'appela de nouveau au micro. Elle fit alors quelque chose qui ne lui ressemblait vraiment pas : elle jura.

— Et merde !

Dee se leva d'un bond.

— Ce n'est pas un problème pour nous, madame Swartz.

Ma mère me regarda avant de jeter un œil vers le couloir.

— D'accord, mais si elle se met à agir étrangement... (Elle se tourna vers moi.) Ou si ta douleur à la tête empire, appelez-moi immédiatement. Non ! Appelez les secours.

— Je te le promets, la rassurai-je.

Elle se pencha pour m'embrasser brièvement sur la joue.

— Repose-toi bien, ma chérie. Je t'aime.

Puis, elle se précipita dans le couloir.

Dee eut un sourire espiègle.

— Merci, lui dis-je. Mais tu n'es pas obligée de rester avec moi.

Elle fronça les sourcils.

— Bien sûr que si. Et ce n'est pas la peine de discuter. (Elle s'éloigna d'un pas rapide.) Je vais voir ce que je peux faire pour te sortir d'ici.

En un clin d'œil, elle était partie. Daemon, lui, s'était rapproché. Il paraissait stoïque, debout, au pied de mon lit. Je fermai les paupières.

— Tu comptes encore m'insulter ? Parce que je ne suis pas en condition pour te répandre.

— Tu veux sans doute dire « répondre ».

— Répandre, répondre, c'est pareil.

Quand je rouvris les yeux, je me rendis compte qu'il me dévisageait.

— Tu es sûre que ça va ?

— Mais oui. (Je bâillai bruyamment.) Ta sœur agit comme si c'était sa faute.

— Elle n'aime pas voir les gens souffrir, murmura-t-il. Et les gens ont tendance à se blesser autour de nous.

Je sentis mon sang se glacer. Même si son expression était restée neutre, ses mots charriaient une véritable douleur.

— Qu'est-ce que tu veux dire par là ?

Il ne répondit pas.

Dee choisit ce moment pour réapparaître, le sourire aux lèvres.

— On peut y aller. Le docteur a donné son accord.

— Allez, viens, on te ramène chez toi.

Daemon s'approcha du lit et, à ma grande surprise, il m'aida à m'asseoir, puis à me lever.

Je trébuchai au bout de seulement quelques pas et m'arrêtai.

— Waouh. J'ai l'impression d'être bourrée.

Dee m'adressa un regard compatissant.

— Je pense que les médicaments commencent à faire effet.

— Est-ce que j'ai du mal à articuler ? demandai-je.

— Pas du tout.

Dee éclata de rire.

Je soupirai. J'étais tellement fatiguée que j'étais sur le point de m'effondrer. Daemon me souleva et me pressa contre son torse puissant avant de me poser dans un fauteuil roulant.

— C'est la règle, ici, expliqua-t-il en me poussant.

On s'arrêta quelques secondes à l'accueil pour que je signe plusieurs papiers, puis on se dirigea vers le parking.

Il m'aida de nouveau en me portant pour m'installer sur la banquette arrière de la voiture de Dee, tout en veillant à ne pas toucher mon attelle.

— Je peux marcher, tu sais.

— Je sais.

Il fit le tour de la voiture pour se glisser près de moi.

J'essayai de rester de mon côté et de garder la tête droite parce que je doutais qu'il apprécie que je m'allonge sur lui, mais dès qu'il s'assit près de moi, je tombai contre son torse. Daemon se crispa un instant, avant de me passer un bras sur les épaules. Sa chaleur s'insinua aussitôt dans mon corps. Me blottir contre lui me parut la chose la plus naturelle au monde. Je me sentais en sécurité. Ça me rappelait l'énergie brûlante qui s'était échappée de ses mains un peu plus tôt dans la journée.

Lorsque je frottai mon visage contre le doux tissu de son tee-shirt, j'eus l'impression qu'il me serrait davantage contre lui, mais c'était peut-être un effet secondaire dû aux médicaments. La voiture avait à peine démarré que le sommeil m'envahissait déjà. Chaque pensée se heurtait à la suivante sans la moindre cohérence.

Lorsque j'entendis Dee parler, je ne savais pas si je rêvais. Sa voix paraissait lointaine, en sourdine.

— Je lui ai dit de ne pas y aller seule. Je m'en souviens très bien.

— Je sais. (Il y eut une pause.) Ne t'inquiète pas. Je ne laisserai pas la même chose arriver deux fois. Je te le promets.

Le silence retomba, suivi par des chuchotements.

— Tu as fait quelque chose, pas vrai ? demanda-t-elle. C'est plus fort qu'avant.

— Je… n'en avais pas l'intention. (Daemon bougea légèrement, repoussant les cheveux qui tombaient devant mon visage.) C'est arrivé comme ça. Putain.

Un long moment passa pendant lequel je m'efforçai de rester éveillée. Mais les événements de la soirée commençaient à me rattraper. Finalement, la chaleur de Daemon et le silence bienheureux eurent raison de moi.

Lorsque je rouvris les yeux, la lumière du soleil perçait à travers les lourds rideaux du salon, illuminant les petites particules de poussière qui flottaient doucement au-dessus de la tête immobile de Dee. Elle se trouvait à quelques mètres de moi, roulée en boule dans le fauteuil, profondément endormie. Ses petites mains étaient soigneusement pliées sous sa joue et ses lèvres étaient légèrement entrouvertes. Elle ressemblait davantage à une poupée en porcelaine qu'à une vraie personne.

Je souris et tressaillis aussitôt.

L'éclair de douleur dissipa la brume qui s'était accumulée dans mon esprit. La peur que j'avais ressentie la veille me glaça le sang. Je restai allongée de longues minutes, respirant profondément pour me calmer, pour reprendre le contrôle de mes émotions. J'étais en vie, grâce à Daemon… qui me servait apparemment de coussin.

J'avais la tête sur ses genoux. L'une de ses mains était posée au creux de ma taille. Mon cœur s'emballa. Ça n'avait pas dû être agréable de rester assis ainsi toute la nuit.

Daemon se réveilla.

— Ça va, Kitten ?

— Daemon ? murmurai-je, luttant contre le flot de mes émotions. Je… suis désolée. Je n'avais pas l'intention de dormir sur toi.

— Ce n'est pas grave.

Il m'aida à me redresser. La pièce tourna autour de moi.

— Tu vas bien ? me demanda-t-il encore une fois.

— Oui. Tu es resté ici toute la nuit ?

— Ouais, me répondit-il simplement.

Je me souvenais que Dee s'était portée volontaire pour me raccompagner, mais pas lui. Je ne m'étais pas du tout attendue à me réveiller la tête sur ses genoux.

— Tu te rappelles quoi que ce soit ? s'enquit-il d'une voix douce.

Ma poitrine se serra. Me préparant à la douleur, je hochai la tête. Heureusement, elle fut moins importante que je ne l'avais craint.

— On m'a agressée hier soir.

— Quelqu'un a voulu te voler ton sac, dit-il.

Non, ce n'était pas la vérité. Je me rappelais qu'un homme avait attrapé mon sac, que j'étais tombée, mais ce n'était pas mon argent qu'il cherchait.

— Ce n'était pas un voleur.

— Kat...

— Non. (J'essayai de me lever, mais il passa un bras autour de ma taille pour m'en empêcher, comme une barre de fer que je ne pouvais déloger.) Il n'en avait pas après mon argent, Daemon. Il les voulait, *eux*.

Il se crispa.

— C'est absurde.

— Non, tu crois ?

Fronçant les sourcils, j'essayai de bouger le bras. L'attelle était lourde.

— Pourtant, il n'a pas arrêté de me demander où *ils* se trouvaient. Il a aussi parlé d'une *trace*.

— Ce type était cinglé, dit-il à voix basse. Tu le sais, pas vrai ? Il y avait quelque chose qui ne tournait pas rond chez lui. Ce qu'il t'a dit n'a aucun sens.

— Je ne sais pas. Il n'avait pas l'air fou.

— Tabasser une gamine, ce n'est pas assez dingue pour toi ? (Il haussa un sourcil.) Je suis curieux de savoir ce qui rentre dans cette catégorie, alors.

— Ce n'est pas ce que je voulais dire.

— Qu'est-ce que tu voulais dire, alors ?

Il changea de position en prenant garde à ne pas me secouer. Son attention me surprit.

— C'était un fou, tout ce qu'il y a de plus banal, mais tu as l'intention d'exagérer les choses, c'est ça ?

— Je n'exagère rien. (Je pris une grande inspiration pour me calmer.) Daemon. Ce n'était pas un simple fou.

— Oh, tu es une experte en la matière, maintenant ?

— Après avoir passé un mois en ta compagnie, j'ai l'impression d'avoir un doctorat sur le sujet, rétorquai-je.

Je m'écartai en lui décochant un regard noir. Je fus aussitôt prise de vertiges.

— Ça ne va pas ? (Il posa une main sur mon bras valide.) Kat ?

Je me libérai.

— Si, ça va.

Les épaules raides, il fixa un point droit devant lui.

— Je sais que tu es chamboulée après ce qui s'est passé hier, mais ne déforme pas la réalité.

— Daemon…

— Je ne veux pas que Dee s'inquiète parce qu'un taré se balade dans la nature en attaquant les filles. (Son regard s'était fait sévère.) Tu comprends ?

Mes lèvres tremblèrent. Une partie de moi aurait voulu fondre en larme, l'autre lui crier dessus. S'était-il occupé de moi simplement pour faire plaisir à sa sœur ? J'avais été idiote de le croire sincère. Nos regards se rencontrèrent. Le sien débordait d'intensité, comme s'il me suppliait de comprendre son point de vue.

Dee bâilla bruyamment.

Je m'écartai vivement, rompant le contact en premier. Un point pour Daemon.

— Bonjour ! s'exclama Dee en posant les deux pieds par terre. (Elle faisait énormément de bruit pour quelqu'un d'aussi fin qu'elle.) Vous êtes réveillés depuis longtemps ?

Un autre soupir, plus fort et plus agacé que le premier, franchit les lèvres pincées de Daemon.

— Non, Dee. On vient de se réveiller. On discutait. Tu ronflais tellement fort qu'on n'a pas pu continuer de dormir.

Dee ricana.

— Permets-moi d'en douter. Katy, tu... vas bien, ce matin ?

— Oui. J'ai pas mal de courbatures, mais dans l'ensemble, ça va.

Elle sourit. Ses yeux reflétaient toujours la culpabilité qu'elle ressentait. Ça n'avait aucun sens. Elle essaya de coiffer ses cheveux, mais dès qu'elle les lâcha, ils s'emmêlèrent de nouveau.

— Je crois que je vais aller préparer ton petit déjeuner.

Sans me laisser le temps de répondre, elle se précipita dans la cuisine. Plusieurs portes s'ouvrirent puis se refermèrent, les casseroles et les poêles s'entrechoquèrent.

— OK.

Daemon se leva et s'étira. Les muscles de son dos se tendirent sous son tee-shirt. Je détournai la tête.

— Je tiens à ma sœur plus qu'à n'importe quoi dans cet univers, murmura-t-il. (Chaque mot qu'il prononçait était sincère.) Je ferais tout pour elle, pour m'assurer qu'elle soit heureuse et en sécurité. Alors, je t'en prie, ne l'effraie pas avec tes histoires à dormir debout.

Je me sentis soudain toute petite.

— Tu es un connard, mais je ne lui dirai rien. (Quand je relevai la tête et rencontrai ses yeux étincelants, j'eus du mal à me concentrer.) C'est bon ? Tu es content ?

Quelque chose passa dans son regard. De la colère ? Du regret ?

— Pas vraiment. Pas du tout, même.

Cette fois, on resta ainsi un long moment. L'air était lourd, palpable.

— Daemon ! cria Dee depuis la cuisine. J'ai besoin de ton aide !

— On devrait aller voir ce qu'elle fait avant qu'elle mette le feu à ta maison. (Il se passa une main sur le visage.) Ce n'est pas impossible.

Je le suivis en silence dans le couloir où la lumière du soleil se déversait à travers la porte grande ouverte. La clarté me fit mal aux yeux. Je me rappelai tout à coup que je ne m'étais pas encore coiffée et que je ne m'étais pas non plus brossé les dents. Je m'éloignai de Daemon.

— Je crois que je dois... y aller.

Il haussa un sourcil.

— Aller où ?

Mes joues s'empourprèrent.

— En haut. Il faut que je prenne une douche.

Étonnamment, il ne saisit pas la perche que je lui avais involontairement tendue. Il hocha la tête avant de disparaître dans la cuisine. Arrivée en haut de l'escalier, je portai mes doigts à mes lèvres sans m'en rendre compte. Je frissonnai encore une fois. J'avais vraiment failli mourir la nuit dernière.

— Est-ce que ça va aller ? entendis-je demander Dee.

— Oui, elle s'en remettra, répondit Daemon avec patience. Ne t'inquiète pas. La situation est sous contrôle. Tout a été réglé avant qu'on revienne ici.

Je me retournai vers les marches.

— Ne me regarde pas comme ça. Il ne t'arrivera rien.

Daemon soupira. Il paraissait vraiment énervé, cette fois.

— À elle non plus. (Un autre moment de silence s'ensuivit.) On aurait dû se douter que ça se produirait.

— Tu y avais pensé ? fit Dee d'une voix aiguë. Parce que moi, j'essayais d'éviter. Je voulais juste avoir une amie, une vraie amie, sans...

Leurs voix se transformèrent en murmures, et je n'entendis plus ce qu'ils disaient. Est-ce qu'ils parlaient de moi ? Sûrement. Mais je ne comprenais rien à ce qu'ils racontaient. Je restai plantée là, en essayant de déchiffrer leur conversation.

Daemon éleva la voix.

— Qui sait, Dee ? On verra bien. (Il s'interrompit avant d'éclater de rire.) Tu es en train de martyriser ces pauvres œufs. Laisse-moi faire.

Je les écoutai se disputer comme d'habitude, avant de bouger de ma cachette. Sans prévenir, une autre conversation obscure me revint en mémoire. La veille, lorsque je luttais pour rester consciente, je les avais entendus exprimer des inquiétudes dont je n'avais pas saisi le sens.

Je ne voulais pas croire qu'ils me cachaient quelque chose. Je n'avais pas oublié la façon dont Dee avait réagi quand je lui avais dit que je comptais aller à la bibliothèque toute seule, ni l'étrange lueur que j'avais vue dehors et qui m'avait rappelé celle dans les bois quand je m'étais évanouie pour la première fois de ma vie à cause d'un ours. Et puis, il y avait aussi notre virée au lac où Daemon s'était transformé en Aquaman.

Me traînant jusqu'à la salle de bains, j'allumai la lumière du miroir, prête à examiner les dégâts. Je penchai la tête sur le côté et hoquetai de surprise. Je savais que ma joue avait été éraflée la nuit dernière. Je me souvenais de la douleur. Mon œil avait tellement gonflé que j'avais été incapable de l'ouvrir. Pourtant, à présent, je n'avais plus qu'un petit hématome et ma joue était rose. On aurait dit que ma peau s'était déjà reformée. Mon regard glissa jusqu'à mon cou. Là, les bleus avaient commencé à disparaître, comme si l'agression datait déjà de plusieurs jours.

— Comment c'est possible ? murmurai-je.

À l'exception de mon bras bandé, mes blessures étaient presque guéries... mais même lui me faisait à peine mal. Un autre souvenir enfoui me revint en mémoire : Daemon penché sur moi au milieu de la route, ses mains chaudes. M'avait-il... ? Non, c'était impossible. Je secouai la tête.

Toutefois, en me regardant dans la glace, je ne pouvais m'empêcher de penser que quelque chose clochait. Et les jumeaux savaient de quoi il s'agissait. J'étais complètement perdue.

Chapitre 11

Le dimanche avant la rentrée, Dee m'emmena en ville pour acheter des fournitures scolaires. Elle remplaça tout son matériel par du neuf. Il ne nous restait que trois jours de vacances. Heureusement, le premier jour férié allait vite arriver. J'avais déjà hâte d'y être. Avant de retourner chez nous, comme Dee avait faim, on s'arrêta à l'un de ses restaurants préférés.

— C'est... pittoresque, lui dis-je.

Dee prit un air moqueur tout en tapant du pied.

— Pittoresque ? Peut-être pour une fille de la ville comme toi, mais ici, c'est l'endroit où il faut être.

Je lançai un nouveau regard autour de moi. Le *Smoke Hole Diner* n'était pas si terrible que ça ; il était même plutôt mignon avec son ambiance familiale et campagnarde. J'aimais beaucoup l'amas de pierres et de rochers qui dépassait de sous les tables.

— C'est beaucoup plus animé le soir, après l'école, ajouta-t-elle entre deux gorgées. C'est plus difficile de trouver une place.

— Tu viens souvent ?

J'avais du mal à imaginer la jolie Dee ici en train de manger des sandwiches à la dinde et de boire des milk-shakes.

Pourtant, elle en était déjà à son deuxième sandwich et à son troisième milk-shake. Depuis que je l'avais rencontrée, je ne cessais de m'émerveiller de la quantité de nourriture qu'elle pouvait ingurgiter. C'était même assez traumatisant.

— Daemon et moi, on vient ici au moins une fois par semaine pour manger des lasagnes. Elles sont à tomber par terre !

Son regard refléta un mélange d'excitation et de gourmandise.

J'éclatai de rire.

— Tu dois vraiment adorer leur cuisine. Merci de m'avoir invitée aujourd'hui. Je suis contente d'avoir pu sortir de la maison. Ma mère est en congé et elle n'a pas arrêté de me couver.

— Elle s'inquiète.

Je hochai la tête et jouai avec ma paille.

— Surtout depuis qu'elle sait que l'autre fille qui s'est fait agresser cette nuit-là est morte. Tu la connaissais ?

Dee baissa les yeux vers son assiette en secouant la tête.

— Pas vraiment, elle avait un an de moins que nous. Mais beaucoup de monde la connaissait. C'est une petite ville, après tout. Je crois que j'ai lu quelque part qu'ils n'étaient pas sûrs que ce soit un meurtre, que ça ressemblait à une crise cardiaque...

Elle marqua une pause. Les lèvres pincées, elle jeta un coup d'œil par-dessus son épaule.

— Tiens, c'est bizarre.

— Quoi ? demandai-je.

Je me retournai pour voir ce qui se passait, puis lui refis face le plus vite possible. C'était Daemon.

Dee pencha la tête sur le côté. Ses cheveux bruns tombèrent négligemment autour d'elle.

— Je ne savais pas qu'il serait là, lui dis-je.

— Celui dont on ne doit pas prononcer le nom ! se moqua-t-elle.

Dee éclata de rire, attirant l'attention de tout le restaurant.

— Ah, ah, très drôle !

Je me fis toute petite sur mon siège. Daemon s'était mis à m'éviter depuis le matin où sa sœur et lui m'avaient préparé mon petit déjeuner. C'était aussi bien comme ça. J'avais voulu le remercier, sincèrement, sans que ça se termine par une dispute, mais les seules fois où j'avais réussi à le croiser, il m'avait adressé un regard qui signifiait que je n'avais pas intérêt à m'approcher.

Physiquement, Daemon était l'homme parfait. N'importe quel artiste se serait damné pour l'avoir comme modèle. Il n'avait pas de mauvais profil. En contrepartie, il avait un caractère de cochon.

— Il ne va pas venir nous voir, hein ? murmurai-je à Dee, qui semblait très amusée.

— Salut, sœurette.

En entendant sa voix rauque, je pris une profonde inspiration. Je glissai mon bras bandé sous la table. Le voir lui rappellerait sans doute que j'étais une gêne pour eux.

— Salut, répondit Dee en appuyant son menton contre sa main. Qu'est-ce que tu fais ici ?

— J'avais faim, répondit-il d'une voix sèche. Ce n'est pas ici qu'on vient pour manger ?

Je fixai intensément le demi-hamburger et les frites qu'il me restait et les poussai dans mon assiette. Avec un peu de chance, j'arriverais à me fondre dans le décor rustique jusqu'à ce qu'il parte. En attendant, je me forçai à penser à autre chose : livres, émissions TV, films, Daemon, l'herbe au-dehors…

— Enfin sauf toi qui viens sûrement ici pour jouer avec ta nourriture.

Et merde. Je plaquai le plus grand sourire possible sur mon visage et me préparai à encaisser. Toutefois, à l'instant où je croisai son regard, je sentis mes résolutions vaciller. Il y avait une lueur d'espoir dans ses prunelles. On aurait dit qu'il savait à quoi j'étais en train de penser et qu'il me demandait de rentrer dans son jeu.

— Ouais, d'habitude ma mère m'emmène manger un Happy Meal, alors je suis un peu triste. Je n'ai pas eu ma surprise.

Dee ricana et leva la tête vers son frère.

— Elle est géniale, hein ?

— Merveilleuse, répliqua-t-il d'un ton plus sec que jamais. Comment va ton bras ?

Sa question me prit au dépourvu. Pour être franche, il allait beaucoup mieux. J'aurais voulu retirer mon attelle, mais ma mère n'acceptait même pas que je l'enlève pour prendre une douche.

— Ça va. Merci...

— Il n'y a pas de quoi, m'interrompit-il en passant sa main dans ses boucles noires. Ton visage s'est bien arrangé, au fait.

Inconsciemment, je portai une main à ma joue.

— Euh... Merci, je crois.

Incrédule, je me tournai vers Dee et articulai les mots « mon visage ».

Elle m'adressa un regard amusé avant de se tourner vers son frère.

— Tu voulais te joindre à nous ? On a bientôt fini.

Cette fois, ce fut au tour de Daemon de rire.

— Non, merci.

Je recommençai à pousser ma nourriture dans mon assiette. À l'entendre, on aurait dit que l'idée de manger avec nous était la chose la plus ridicule qui soit.

— Tant pis.

Dee ne s'en formalisa pas.

— Daemon ! Tu es déjà là ! s'exclama soudain une voix féminine.

Je relevai la tête. Une petite blonde très jolie lui faisait signe depuis l'entrée du restaurant. Daemon lui rendit son geste, l'enthousiasme en moins. J'observai la jeune fille accourir vers notre table. Lorsqu'elle arriva près de Daemon, elle se mit sur la pointe des pieds pour lui déposer un baiser sur la joue, puis lui saisit le bras d'un geste possessif.

Une sensation de colère et d'horreur me prit soudain au ventre. Il avait une copine ? Je jetai un coup d'œil à Dee. Elle ne semblait pas ravie.

La fille finit par baisser la tête vers nous.

— Salut, Dee ! Comment ça va ?

Dee lui adressa un sourire forcé.

— Super, Ash. Et toi ?

— Très, très bien.

Elle décocha un coup de coude à Daemon, comme s'il s'agissait d'une blague qu'eux seuls pouvaient comprendre.

J'avais du mal à respirer.

— Je croyais que tu repartais ? demanda Dee. (Ses yeux d'habitude si chaleureux s'étaient faits méfiants.) Avec tes frères. Et que vous ne reveniez pas avant la rentrée ?

— J'ai changé d'avis.

Elle leva la tête vers Daemon qui commençait à avoir l'air mal à l'aise.

— Intéressant, rétorqua Dee. (Son expression ressemblait de plus en plus à celle d'un chat.) Mais j'oublie toutes mes manières. Ash, je te présente Katy. (Elle fit un geste dans ma direction.) Elle vient d'arriver dans notre charmant patelin.

Je me forçai à lui sourire. Je n'avais aucune raison de ressentir de la jalousie, ni de me soucier de ce qu'elle pensait... mais elle était vraiment jolie.

Le visage d'Ash s'assombrit. Elle fit un pas en arrière.

— C'est elle ?

Je jetai un coup d'œil à Dee.

— Je ne peux pas faire ça, Daemon. Peut-être que ça ne vous dérange pas, mais moi si. (Ash passa une de ses mains hâlées dans ses cheveux.) C'est mal.

Daemon soupira.

— Ash…

Elle pressa ses lèvres pulpeuses.

— Non.

— Ash, tu ne la connais même pas. (Dee se leva.) C'est ridicule.

Dans le restaurant, tout le monde se figea pour nous observer.

Je sentis une vague de chaleur, un mélange de honte et de colère, me monter au visage tandis que j'observais Ash.

— Excuse-moi, mais est-ce que j'ai fait quelque chose de mal ?

Les yeux incroyablement bleus d'Ash se posèrent sur moi.

— Oui. À commencer par respirer.

— Pardon ? dis-je.

— Tu m'as très bien entendue, rétorqua-t-elle. (Elle reporta son attention sur Daemon.) C'est pour ça que tout part en vrille ? Que mes frères courent à travers le pays ?

— Ça suffit. (Il attrapa Ash par le bras.) Il y a un *MacDonald's* au bas de la rue. Je vais t'acheter un Happy Meal. Ça te consolera peut-être.

— Qu'est-ce qui part en vrille ? demandai-je.

Je mourais d'envie de me lever et de lui tirer les cheveux pour qu'elle arrête d'agir comme si je n'existais pas.

Ash me fusilla du regard. On aurait dit qu'elle avait des lasers à la place des yeux.

— Tout.

— Bon, ça m'a fait plaisir de vous voir. (Daemon haussa un sourcil à l'intention de sa sœur.) On se retrouve à la maison.

Folle de rage, je les regardai partir. Plus qu'énervée, je me sentais blessée.

Dee se laissa tomber sur son siège.

— Oh, mon Dieu, je suis désolée. C'est une vraie garce.

Je la dévisageai. J'avais les mains qui tremblaient.

— Pourquoi est-ce qu'elle m'a dit des choses pareilles ?

— Je ne sais pas. Elle est peut-être jalouse. (Elle joua avec sa paille, le regard fuyant.) Ash a toujours eu le béguin pour Daemon. Ils sortaient ensemble, avant.

Mon cerveau s'arrêta au mot « avant ».

— Elle a appris qu'il t'avait sauvée l'autre soir. Alors, bien sûr qu'elle te déteste !

— Tu plaisantes ? (J'avais du mal à le croire.) Tout ça parce que Daemon ne m'a pas laissée me faire tuer ?

Énervée, je tapai du poing sur la table en oubliant mon attelle. Je tressaillis.

— Daemon se comporte comme si j'étais une terroriste. C'est n'importe quoi.

— Il ne te déteste pas, dit-elle d'une voix posée. Même si, pour être franche, je crois qu'il aimerait bien. C'est pour ça qu'il se comporte ainsi.

Ça n'avait aucun sens.

— Pourquoi voudrait-il me détester ? Moi, je n'ai pas envie de le haïr, mais il ne m'aide pas beaucoup.

Dee leva la tête vers moi. Ses yeux étaient emplis de larmes.

— Je suis désolée, Kat. Ma famille est un peu bizarre. Cette ville aussi. Quant à Ash. Sa famille est… amie avec la nôtre. Nous avons beaucoup de choses en commun.

Je la dévisageai. J'attendais qu'elle m'explique le lien avec le comportement d'Ash.

— Ce sont des triplés, tu sais ? (Dee se laissa aller en arrière, en fixant son assiette.) Elle a deux frères : Adam et Andrew.

— Attends une minute. (Je n'en croyais pas mes oreilles.) Tu es en train de me dire qu'il y a aussi des triplés, en plus de vous qui êtes jumeaux ?

Elle hocha la tête en grimaçant.

— Dans une ville de quoi… cinq cents habitants ?

— Je sais que c'est bizarre, dit-elle en redressant le menton. Mais on a beaucoup de choses en commun. Du coup, on est tous très proches. Dans les petites villes, on n'aime pas trop ce qui sort de l'ordinaire. Oh et… Adam est plus ou moins mon copain.

Je l'observai, bouche bée.

— Tu as un copain ? (Lorsqu'elle acquiesça, je secouai la tête.) Tu ne me l'as jamais dit.

Elle haussa les épaules, avant de fuir mon regard.

— Je n'y ai pas pensé. On ne se voit pas souvent.

Je restai coite. Quel genre de fille ne parlait pas de son petit ami ? Si j'en avais eu un, j'aurais mentionné son nom au moins une fois. Ou deux. J'examinai Dee avec des yeux nouveaux. Que me cachait-elle d'autre ? En m'appuyant contre mon dossier, je me mis à observer la salle autour de moi. J'avais l'impression d'y voir plus clair, comme si on avait appuyé sur un interrupteur.

Je commençais à remarquer certaines choses. Des détails.

La façon dont la serveuse rousse avec un stylo dans les cheveux n'arrêtait pas de se tourner vers moi et de frotter une pierre noire brillante autour de son cou, par exemple. Il y avait aussi un vieil homme assis au bar qui n'avait pas touché son assiette et qui nous dévisageait en marmonnant dans sa barbe. Il avait l'air un peu fou. Mes yeux balayèrent la salle. Une dame en tailleur rencontra mon regard. Elle afficha une expression dédaigneuse avant de se tourner vers son compagnon. Quand il jeta un coup d'œil par-dessus son épaule, je le vis pâlir d'un coup.

Je reportai aussitôt mon attention vers Dee. Elle ne semblait pas remarquer l'effet que nous avions sur les autres. Ou peut-être essayait-elle de faire comme si de rien n'était. L'atmosphère était chargée de tension. On aurait dit que j'avais franchi une barrière invisible. Je sentais des dizaines de regards braqués sur moi. De tous émanait la même méfiance ainsi qu'une émotion bien plus inquiétante.

De la peur.

Je n'avais pas la moindre envie de porter mon attelle pour le premier jour d'école, mais ma mère avait insisté pour que j'attende mon rendez-vous chez le médecin le lendemain après les cours pour l'enlever. J'allais encore plus attirer les regards que si j'avais été simplement la petite nouvelle : « Oh regarde, c'est la nouvelle qui s'est fait agresser ! »

Ça ne rata pas : dès l'instant où je posai les pieds dans le hall, tout le monde me dévisagea comme si j'étais une extraterrestre. Je ne savais pas si je devais me sentir comme une célébrité ou une folle échappée de l'asile. Personne ne m'adressa la parole.

Heureusement, il était facile de se repérer dans ce lycée et de trouver les différentes classes. J'avais l'habitude des établissements sur trois étages avec plusieurs bâtiments et un campus. Celui-ci n'était que sur deux niveaux.

Je trouvai facilement la salle de permanence et m'assis parmi mes camarades curieux. Je ne vis mes voisins que durant la deuxième heure. Daemon arriva quelques secondes avant la sonnerie, avec un sourire détendu. Presque tout le monde s'arrêta de parler. Autour de moi, plusieurs filles cessèrent d'écrire dans leurs cahiers.

Avec sa démarche sexy, Daemon ressemblait à une rock star. Il accaparait l'attention. Il lança son livre de trigonométrie d'une main à l'autre avant de passer ses doigts dans ses boucles épaisses, les laissant retomber sur son front. Son jean était taille basse. Lorsqu'il leva le bras, il dévoila une bande de peau dorée qui rendit aussitôt le cours de maths bien plus intéressant.

Une fille aux cheveux roux soupira à côté de moi et murmura :

— Mon Dieu, je donnerais n'importe quoi pour y goûter. Pourquoi est-ce qu'il n'y a pas de sandwich au Daemon à la cantine ?

Une autre élève gloussa.

— C'est nul.

— Et les jumeaux Thompson en accompagnement, continua la rousse en rougissant lorsqu'il se rapprocha.

— Lesa, petite dévergondée ! rétorqua la brune en riant.

Je baissai vivement les yeux vers mon cahier, mais je savais qu'il s'était assis derrière moi. Mon dos me picotait de haut en bas. Une seconde plus tard, je sentis quelque chose me frapper par-derrière. Me mordant la lèvre, je jetai un coup d'œil par-dessus mon épaule.

Il avait un sourire en coin.

— Comment va ton bras, Kittykat ?

Un mélange d'excitation et de méfiance m'envahit. Avait-il écrit sur mon dos ? Ça ne m'aurait pas étonné. L'éclat que je vis dans ses yeux me fit rougir.

— Ça va, répondis-je en replaçant une mèche derrière mon oreille. On me retire l'attelle demain, normalement.

Daemon tapota son stylo sur le bord du bureau.

— Ça arrangera sûrement les choses.

— Quelles choses ?

Il décrivit un cercle dans l'air, désignant visiblement mon sens de la mode.

— Ton allure.

Je plissai les yeux. Je ne comprenais pas où il voulait en venir. Mon jean et mon tee-shirt étaient très bien. J'étais habillée comme les autres, à l'exception de ceux qui rentraient leur haut dans leur pantalon. Je n'avais pas encore vu de chapeau de cow-boy, ni de cheveux crêpés. Les élèves ressemblaient à ceux de Floride, le risque de cancer de la peau en moins.

Lesa et son amie avaient cessé de parler et nous observaient, Daemon et moi, bouche bée. Si Daemon racontait quoi que ce soit de compromettant, je ne me gênerais pas pour le frapper devant tout le monde. Avec une attelle pareille, je pouvais faire des dégâts.

Lorsqu'il se pencha en avant, son souffle chaud dansa contre ma joue.

— Je veux simplement dire que les gens te regarderont moins.

Je ne le croyais pas une seconde. Surtout qu'à cause de notre proximité, on avait attiré l'attention de tout le monde. Aucun de nous deux ne voulait détourner le regard. On cherchait à tout prix à ce que l'autre baisse les yeux en premier. Je refusais de perdre. Quelque chose passa entre nous, me rappelant l'étrange électricité statique que j'avais déjà ressentie en sa présence.

Un garçon assis de l'autre côté de Daemon siffla doucement.

— Ash va te botter les fesses, Daemon.

Le sourire de Daemon s'agrandit.

— Non, elle les aime trop pour ça.

Le garçon ricana.

Les yeux rivés sur moi, Daemon se pencha un peu plus sur son bureau.

— Devine quoi ?

— Quoi ?

— Je suis allé voir ton blog.

Oh, mon Dieu ! Comment l'avait-il trouvé ? Attendez une minute. Le plus important, c'était qu'il était tombé dessus. Mon blog apparaissait dans les recherches Google ? C'était absolument génial. Mieux que ça, même.

— C'est pire que du harcèlement sexuel. Est-ce que je dois porter plainte ?

— Dans tes rêves, Kitten. (Il eut un sourire suffisant.) Ah non, j'y suis déjà, pas vrai ?

Je levai les yeux au ciel.

— Dans mes cauchemars, Daemon. Mes cauchemars.

Il sourit, les yeux pétillants de malice. Je faillis l'imiter, mais heureusement le professeur commença l'appel, mettant un terme à... ce qui venait de se passer. Je me retournai sur mon siège en soufflant.

Daemon rit doucement.

Quand la cloche retentit, signalant la fin du cours, je me précipitai hors de la salle. Je ne me retournai même pas pour voir ce que faisait Daemon. S'il était assis derrière moi tous les jours, les maths allaient être encore pires que d'habitude.

Dans le couloir, Lesa et son amie m'approchèrent.

— Tu es nouvelle, dit la brune.

Bien observé.

Lesa leva les yeux au ciel.

— Pas possible, Carissa ?

Sans lui prêter la moindre attention, Carissa remonta ses lunettes à monture carrée sur son nez et s'écarta du passage d'un idiot qui courait parmi la foule.

— Comment ça se fait que tu connaisses aussi bien Daemon Black ?

Le fait que la première personne qui vienne me parler le fasse parce qu'elle m'avait vue en compagnie de Daemon ne m'enchantait guère.

— J'ai emménagé à côté de chez eux mi-juillet.

— Oh, je suis trop jalouse, fit Lesa, la moue boudeuse. La moitié de la population de cette école adorerait échanger sa place avec la tienne.

Aucun problème.

— Au fait, je m'appelle Carissa. Et elle, c'est Lesa, si tu ne l'avais pas encore compris. On habite ici depuis qu'on est nées, dit-elle.

— Je m'appelle Katy Swartz. Je viens de Floride.

Étonnamment, elles n'avaient pas le fort accent auquel je m'étais attendu.

— Tu as quitté la Floride pour t'installer en Virginie-Occidentale ? (Lesa écarquilla les yeux.) Tu es folle ?

Je souris.

— Non, mais ma mère, oui.

— Qu'est-ce que tu as au bras ? me demanda Carissa tandis qu'elles me suivaient dans l'escalier bondé.

Il y avait tellement de monde autour de nous que je ne me sentais pas à l'aise pour raconter ce qui m'était arrivé. Toutefois, Lesa semblait déjà être au courant.

— Elle a été agressée par un voleur, rappelle-toi ! (Elle donna un coup de hanche à Carissa.) La nuit où Sarah Butler est morte.

— Ah oui, répondit son amie en fronçant les sourcils. Ils vont lui rendre hommage demain avant le match. C'est tellement triste.

Comme je ne savais pas quoi dire, je hochai la tête.

Quand on arriva au premier étage, Lesa me sourit. J'avais un cours d'anglais au bout du couloir et j'étais certaine que Dee y serait aussi.

— Ça nous a fait très plaisir de te rencontrer en tout cas. On ne croise pas souvent de nouvelles têtes dans le coin.

— C'est vrai, confirma Carissa, il n'y a pas eu de nouveaux depuis les triplés, en première année.

— Tu veux parler d'Ash et de ses frères ? demandai-je, un peu perdue.

— Et des Black, répondit Lesa. Ils sont arrivés tous les six à quelques jours d'intervalle. Le lycée était en effervescence.

— Attends une minute. (Je m'arrêtai en plein milieu du couloir, récoltant un regard mauvais de la part de ceux que je ralentissais.) Comment ça, tous les *six* ? Et ils sont tous apparus en même temps ?

— Plus ou moins, dit Carissa en remontant ses lunettes. Lesa ne plaisante pas. Les mois suivants ont été du délire. Tu ne peux pas vraiment nous en vouloir, non ?

Les sourcils froncés, Lesa s'arrêta devant une classe.

— Oh, tu ne savais pas qu'il y avait trois Black ?

De plus en plus perplexe, je secouai la tête.

— Non. Il n'y a que Daemon et Dee, pas vrai ?

La sonnerie retentit. Lesa et Carissa jetèrent un coup d'œil dans la salle qui se remplissait. Ce fut la première qui m'expliqua la situation.

— C'étaient des triplés, eux aussi. Dee et ses deux frères, Daemon et Dawson. Ils étaient complètement identiques, comme les Thompson. Il était impossible de les différencier.

Raide comme un piquet, je les dévisageai sans comprendre.

Carissa eut un sourire triste.

— C'est vraiment terrible. Leur frère, Dawson, a disparu il y a un an. Tout le monde pense qu'il est mort.

Chapitre 12

Je n'eus pas le temps d'interroger Dee sur son autre frère en cours d'anglais parce que j'arrivai en retard. De toute façon, je me sentais encore trop blessée pour aborder le sujet. Je n'arrivais pas à croire qu'ils ne m'aient pas parlé de leur frère. Ni de leurs parents d'ailleurs, ou de leurs petits amis, ou de ce qu'ils faisaient quand ils partaient plusieurs jours.

Dawson avait disparu... Il était peut-être même mort. Même s'ils n'avaient pas jugé utile de m'en informer, je ressentais leur douleur. Je savais ce que ça faisait de perdre quelqu'un. Et puis, deux familles de triplés qui emménageaient en même temps dans une si petite ville soulevaient forcément des questions. Dee m'avait dit que les Thompson étaient des amis. Ils avaient peut-être décidé de venir habiter ici tous ensemble.

Après le cours, Dee fut accaparée par Ash et un garçon blond qui aurait très bien pu être mannequin. Il ne me fallut pas longtemps pour en conclure qu'il s'agissait de l'un de ses frères. Quand ils partirent, Dee me promit de me retrouver pour déjeuner et on se précipita vers nos classes respectives.

Pour moi, la matière suivante était la biologie. Lesa s'y trouvait aussi. Elle s'assit au bureau devant moi en souriant.

— Comment se passe ton premier jour ?

— Bien. Normalement. (À l'exception de ce que j'avais appris.) Et toi ?

— Je m'ennuie déjà, répondit-elle. J'ai hâte que l'année se termine. Il est temps que je me casse de Dodge et que j'emménage dans une ville normale.

— Une ville normale ? répétai-je en riant.

Lesa se pencha vers moi et posa les bras sur ma table.

— Ils se passent des choses très bizarres ici. Certaines personnes… Disons qu'elles se comportent étrangement.

L'image d'un bûcheron à trois doigts me vint à l'esprit, mais elle ne parlait sans doute pas de ce genre de choses.

— Dee m'a dit que les gens n'étaient pas toujours très sympas.

Elle ricana.

— Ça ne m'étonne pas.

Je fronçai les sourcils.

— Pardon ?

Elle écarquilla les yeux avant de secouer la tête.

— Je ne veux pas être méchante, mais un grand nombre d'élèves et d'habitants de la ville ne sont pas très amicaux avec elle et les siens.

— Les siens ? demandai-je doucement. Je ne suis pas sûre de comprendre.

— Moi non plus. (Lesa haussa les épaules.) Comme je te l'ai dit, les gens sont bizarres, ici. La ville aussi. On raconte que des hommes en noir se baladent dans le coin, avec de vrais tenues de *Men in Black*. Je ne te parle pas des acteurs. Je pense qu'ils font partie du gouvernement. Personnellement, je n'en ai jamais vu. Et puis, il y a ceux qui affirment avoir aperçu d'autres choses.

Je me souvins tout à coup du type au supermarché.

— Comme quoi ?

Tout sourire, Lesa jeta un coup d'œil à l'avant de la classe. Le professeur n'était pas encore arrivé. Elle se rapprocha et se mit à chuchoter :

— Bon, ça va te paraître dingue et que les choses soient claires : je ne crois pas à ces conneries, OK ?

Voilà qui s'annonçait croustillant.

— D'accord.

Ses yeux foncés pétillèrent.

— Certaines personnes disent qu'elles ont aperçu des formes lumineuses près des Seneca Rocks. Comme... un genre de peuple de lumière. Ils pensent que ce sont des fantômes ou des extraterrestres.

— Des extraterrestres ? (J'éclatai de rire, attirant l'attention de nombre de nos camarades.) Désolée, mais c'est sérieux ?

— Très, répondit-elle en souriant. Je n'y crois pas non plus, mais il y a plein de touristes qui viennent chercher des preuves de leur existence dans le coin. Je ne plaisante pas. C'est un peu comme Point Pleasant, ici.

— Euh, je ne suis pas sûre de connaître.

— Tu as déjà entendu parler de l'Homme Papillon ? (Elle rit en voyant mon expression.) C'est encore une croyance débile, une libellule géante qui préviendrait les hommes qu'une catastrophe est sur le point de se produire. Elle serait apparue à Point Pleasant juste avant qu'un pont s'effondre et cause de nombreuses morts. Quelques jours avant, des hommes en costumes noirs se seraient promenés en ville.

Quand j'ouvris la bouche pour répondre, notre professeur entra. Je ne le reconnus pas tout de suite. Ses cheveux châtains avaient été coiffés en arrière. Son polo était parfaitement repassé. Rien à voir avec le tee-shirt et le jean usés qu'il portait la dernière fois que je l'avais vu.

M. Garrison, mon professeur de biologie, était Matthew, le type qui avait attendu Daemon chez lui lorsqu'on était rentrés du lac.

Il ramassa des papiers sur son bureau avant de lever la tête pour examiner la classe. Lorsque ses yeux se posèrent sur moi, je me sentis pâlir.

— Ça va ? murmura Lesa.

M. Garrison soutint mon regard un instant de plus, puis se détourna. Je recommençai à respirer normalement.

— Oui, chuchotai-je, la gorge serrée. Ça va.

Tandis que le cours commençait, je m'assis convenablement et regardai droit devant moi. Il nous dressa l'inventaire du matériel dont on aurait besoin et des expériences auxquelles on allait participer. Parmi elles, il y avait la dissection obligatoire. Je détestais ça. L'idée d'éventrer un animal, même mort, me donnait la chair de poule.

Mais pas autant que M. Garrison. Je sentis son regard sur moi pendant toute l'heure. On aurait dit qu'il voyait à travers moi. Que se passait-il ici, à la fin ?

La cantine se trouvait près du gymnase. C'était un long bâtiment rectangulaire qui sentait la nourriture trop cuite et le désinfectant. *Miam, miam !* Des tables blanches étaient disposées dans la salle. À mon arrivée, la plupart d'entre elles étaient déjà occupées. Dans la queue, je reconnus Carissa.

Elle se tourna vers moi et me sourit.

— Il y a des spaghettis aujourd'hui. Ou du moins, l'idée qu'ils se font des spaghettis.

Je grimaçai en posant une assiette sur mon plateau.

— Ça n'a pas l'air si mauvais que ça.

— C'est sûr qu'après le pain de viande, tu peux tout manger. (Elle prit des pâtes ainsi qu'une salade avant de choisir une boisson.) Je sais... Le chocolat au lait et les spaghettis, ça ne va pas ensemble.

— Non. Pas du tout. (Je gloussai en attrapant une bouteille d'eau.) Ils autorisent ceux qui ne sont pas demi-pensionnaires à manger ici ?

— Pas vraiment, mais ils ne nous empêchent pas de le faire. (Carissa tendit quelques dollars à la dame de la cantine, puis se tourna vers moi.) Tu as quelqu'un avec qui t'asseoir ?

Payant à mon tour, je hochai la tête.

— Oui, je dois rejoindre Dee. Et toi ?

— Pardon ? fit-elle.

Je levai les yeux vers elle. Carissa me dévisageait, bouche bée.

— Je mange avec Dee. Je suis sûre que tu peux...

— Non.

Carissa m'attrapa par le bras pour m'éloigner de la file.

Je haussai un sourcil.

— Ah bon ? Et pourquoi pas ? C'est une histoire de rang social, c'est ça ?

Elle releva ses lunettes sur son nez tout en levant les yeux au ciel.

— Non, ils sont super sympas, mais la dernière fois qu'une fille a mangé avec eux, elle a... disparu.

La boule au ventre, je laissai échapper un rire nerveux.

— Tu plaisantes, hein ?

— Pas du tout, répondit-elle d'un air très sérieux. Elle a disparu à peu près en même temps que leur frère.

Je n'arrivais pas à y croire. Après les extraterrestres, les hommes en noir et l'Homme Papillon, qu'allait-elle encore m'apprendre ? Que le Père Noël existait ?

Carissa jeta un coup d'œil à une table où était assis un groupe d'amis. Plusieurs sièges étaient vacants.

— Elle s'appelait Bethany Williams. Elle a emménagé ici un peu après eux. (Elle désigna le fond de la cantine.) Elle sortait avec Dawson. Ils ont disparu tous les deux au début de l'année dernière.

Pourquoi le nom me paraissait-il familier ? Était-ce important ? Il y avait tant de choses que j'ignorais à propos de Dee.

— Bref. Tu veux t'installer avec nous ? me demanda Carissa.

Je secouai la tête, gênée de refuser son offre.

— J'ai promis à Dee de manger avec elle.

Carissa m'adressa un sourire triste.

— Alors demain, peut-être ?

— OK. (Je lui rendis son sourire.) C'est noté.

Remettant en place mon sac de cours, j'attrapai mon plateau et me dirigeai vers le fond de la salle. Je repérai tout de suite Dee. Elle discutait avec un frère Thompson tout en jouant avec une mèche de ses cheveux noirs comme la nuit. En face du dieu aux cheveux d'or, un autre me tournait le dos, à moitié assis sur la table. Je me demandai lequel était son soi-disant petit ami. Il ne restait que deux chaises libres. À part Dee, il n'y avait que des garçons.

Du moins, c'était ce que je pensais jusqu'à ce que j'aperçoive la chevelure blonde étincelante d'Ash derrière le garçon sur la table. Étrangement, elle était assise plus haut que les autres. Je compris pourquoi un instant plus tard.

Elle était installée sur les genoux de Daemon, les bras autour de son cou. Je la vis se serrer un peu plus contre lui, en souriant à ce qu'il venait de dire.

N'avait-il pas essayé de m'embrasser sous le porche, la dernière fois ? J'étais certaine de ne pas l'avoir imaginé. Daemon était vraiment un connard de première.

— Katy ! s'exclama Dee.

Tous les occupants de la table dressèrent la tête. Même le jumeau se retourna. Ses yeux bleu ciel s'élargirent en se posant sur moi. Son frère se laissa aller en arrière, les bras croisés. Sa grimace était une véritable œuvre d'art.

— Assieds-toi ! s'exclama Dee en désignant la place en face d'elle. On était en train de parler de...

— Attends une minute, intervint Ash. (Ses lèvres rouges se déformèrent en une moue boudeuse.) Tu ne l'as quand même pas invitée à manger avec nous ?

Je sentis mon ventre se nouer, me rendant muette.

— La ferme, Ash, marmonna le jumeau qui s'était retourné. Tu vas te faire remarquer.

— Je ne peux pas la laisser faire ça. (Elle resserra sa prise autour du cou de Daemon.) Il est hors de question qu'elle s'asseye avec nous.

Dee soupira.

— Ash, arrête tes conneries. Elle n'essaie pas de te piquer Daemon.

Les joues en feu, je restai là, sans savoir quoi faire. Des ondes de colère émanaient d'Ash et traversaient la table pour venir me frapper.

— Ce n'est pas ça qui m'inquiète, rétorqua-t-elle d'un air dédaigneux. (Elle m'examina de la tête aux pieds avec un sourire mauvais.) Mais alors pas du tout.

Plus je restais là, plus je me sentais stupide. Je regardai Dee, puis Daemon, mais il semblait fixer un point par-dessus l'épaule d'Ash.

— Assieds-toi, répéta Dee en me faisant signe de m'approcher. Elle s'en remettra.

Je posai mon plateau.

Daemon murmura quelque chose à l'oreille d'Ash qui le frappa au bras. Ce n'était pas une petite claque. Quand il posa sa joue contre son cou, je ressentis de nouveau ce sentiment obscur et gênant.

Tournant la tête, je me concentrai sur Dee.

— Je ne sais pas si c'est une bonne idée.

— Pas du tout, rétorqua Ash.

— La ferme ! fit Dee. Je suis désolée de traîner avec une telle garce, ajouta-t-elle d'une voix douce.

Je faillis sourire, mais ma poitrine me brûlait. La sensation se répandait dans ma gorge et le long de mon dos.

— Tu es sûre ? m'entendis-je demander.

Daemon leva la tête du cou d'Ash suffisamment longtemps pour m'adresser un long regard déroutant.

— Pourtant, c'est plutôt clair que tu n'es pas la bienvenue.

— Daemon, cracha Dee, le rouge aux joues. (Quand elle se tourna vers moi, elle avait les larmes aux yeux.) Il ne le pense pas.

— Tu es sérieux, Daemon ? demanda Ash en se tournant sur ses genoux, la tête penchée sur le côté.

Mon cœur s'emballa dans ma poitrine. Il me regarda dans les yeux. Les siens étaient voilés.

— Oui. (Il se pencha sur la table et battit ses longs cils dans ma direction.) On ne veut pas de toi ici.

Dee reprit la parole, mais je ne l'écoutais plus. J'avais le visage en feu. Autour de nous, les gens s'étaient mis à nous écouter. L'un des frères Thompson avait un sourire mauvais alors que le deuxième semblait vouloir se cacher sous la table à ma place. Les autres avaient les yeux rivés sur leur assiette. J'entendis l'un d'eux ricaner.

Je n'avais jamais été aussi humiliée de toute ma vie.

Puis, Daemon se détourna et fixa de nouveau un point au-dessus de l'épaule d'Ash.

— Allez, du balai ! fit la blonde en agitant ses longs doigts fins vers moi.

Les visages tournés vers moi reflétaient un mélange de pitié et de honte par procuration. Ils me ramenèrent trois ans en arrière, le jour où j'étais retournée à l'école après la mort de mon père. J'avais fondu en larmes en cours d'anglais quand j'avais appris qu'on allait lire *Le Conte de deux cités*, son roman préféré.

Tout le monde m'avait dévisagée. Certains étaient tristes pour moi. D'autres étaient gênés.

Ça me rappelait les regards que m'avaient adressés les policiers et les infirmières la nuit où j'avais été agressée, ainsi que mon état d'impuissance.

À l'époque, j'avais détesté cette sensation.

Et je la détestais toujours. Je n'eus aucune excuse pour ce qui se passa ensuite, à part que je voulais, que j'avais besoin de...

Mes mains se crispèrent sur mon plateau en plastique. Je me penchai par-dessus la table et le renversai sur la tête de Daemon et Ash. Les spaghettis et la sauce tomate s'écoulèrent. Le liquide rouge se déversa presque entièrement sur Ash, tandis que les pâtes recouvrirent les épaules carrées de Daemon. Un long spaghetti s'accrocha à son oreille et y resta suspendu.

Un hoquet de surprise se répandit à travers les tables alentour.

Les yeux écarquillés, Dee plaqua une main contre sa bouche. Elle semblait avoir du mal à se retenir de rire.

Ash se leva d'un bond des genoux de Daemon, les bras le long du corps, les paumes tendues vers le ciel. À son expression horrifiée, on aurait pu croire que je lui avais jeté du sang dessus.

— Toi... toi... bégaya-t-elle en passant une main sur sa joue couverte de sauce.

Daemon retira la pâte sur son oreille et l'inspecta avant de la laisser tomber sur la table. Alors, il eut une réaction improbable.

Il éclata de rire.

Un rire franc, venant du fond du cœur, qui se refléta dans ses yeux menthe à l'eau et les réchauffa, leur donnant le même éclat que ceux de sa sœur.

Ash baissa les bras et serra les poings.

— Tu es morte.

Daemon se leva et passa un bras autour de la taille fine de la jeune fille. L'amusement qu'il avait ressenti semblait s'être envolé.

— Calme-toi, lui ordonna-t-il d'une voix douce. Je ne plaisante pas. Calme-toi.

Elle essaya de se dégager sans beaucoup de succès.

— Je jure devant les étoiles et les soleils que je te détruirai.

— Pardon ? On t'a déjà dit que tu regardais trop de dessins animés ?

J'en avais par-dessus la tête de cette garce. Je soupesai mon attelle. C'était la première fois de ma vie que j'envisageais sérieusement de frapper quelqu'un.

Pendant une seconde, j'eus l'impression que ses iris avaient pris une teinte dorée. Puis, tout à coup, M. Garrison apparut au bout de la table.

— Je crois que vous en avez assez fait pour aujourd'hui.

Ash se rassit sur son siège comme si on avait appuyé sur un interrupteur. Sa colère se dissipa. Sans me quitter des yeux, elle attrapa une poignée de serviettes.

Daemon retira les spaghettis de son épaule et les posa dans son assiette sans rien dire. J'avais cru qu'il aurait explosé de colère, pourtant, comme sa sœur, il semblait se retenir de rire.

— Tu devrais trouver un autre endroit où manger, dit M. Garrison à voix basse pour que seuls les occupants de notre table l'entendent. Dépêche-toi.

Abasourdie, j'attrapai mon sac de cours. J'attendais qu'il m'envoie chez le principal ou qu'un autre professeur intervienne, mais ce ne fut pas le cas. M. Garrison me dévisageait d'un air impatient. C'est alors que je compris. Il voulait que je parte. Comme les autres.

Hochant vaguement la tête, je me retournai et sortis de la cantine. Je sentais les regards sur moi, mais je restais digne. Je ne fondis pas en larmes lorsque Dee appela mon prénom, ni quand je dépassai Lesa et Carissa qui semblaient stupéfaites.

Je ne comptais plus me laisser faire. C'était fini. J'en avais marre d'être traitée comme de la merde par la copine, ou peu importe ce qu'elle était, de Daemon. Je n'avais pas mérité qu'elle me traite ainsi.

Le règne de Katy la faible était révolu.

Chapitre 13

À la fin de la journée, on m'avait affublée d'un nouveau surnom. J'étais la fille qui avait renversé mon plateau sur *eux*. Je m'attendais à des représailles en croisant les frères Thompson en cours d'histoire ou Ash avec des vêtements propres qui boudait devant son casier.

Elles ne vinrent jamais.

Avant que le cours de gym commence, Dee se confondit en excuses, puis me prit dans ses bras pour me remercier de ce que j'avais fait. Elle essaya de me parler pendant qu'on formait les équipes de volley, mais j'étais... amorphe. Il ne faisait aucun doute qu'Ash me détestait. Pourquoi ? Ça ne pouvait pas être à cause de Daemon. Il y avait autre chose. J'ignorais de quoi il s'agissait.

Après les cours, je rentrai chez moi en voiture en essayant de me remémorer ce qui s'était passé depuis mon arrivée. Le premier jour, j'avais senti quelque chose d'étrange sous le porche et dans la maison. La fois où on était allés se baigner, Daemon s'était transformé en poisson. L'éclair de lumière qui avait fait peur à l'ours et celui devant la bibliothèque avaient sûrement été les mêmes. Et après, il y avait aussi toutes les bêtises que Lesa m'avait racontées.

Heureusement, une fois chez moi, quand je vis plusieurs colis posés devant la porte, tous mes soucis s'envolèrent. Certains d'entre eux avaient des sourires imprimés dessus. Je les ramassai en poussant un cri de joie. Ils contenaient des livres, de nouvelles parutions que j'avais précommandées plusieurs semaines auparavant.

Je me précipitai dans ma chambre et allumai mon ordinateur. Je jetai un coup d'œil à l'article que j'avais écrit la nuit précédente. Aucun commentaire. Les gens étaient vraiment nuls. Par contre, cinq personnes de plus me suivaient. Les gens étaient formidables. Je fermai la page avant que l'envie de changer le design me prenne, puis, je tapai « peuple de lumière » dans Google. Comme les premiers résultats ne parlaient que de groupes qui étudiaient la Bible, je cherchai : « Homme Papillon ».

Oh, mon Dieu.

Les habitants de Virginie-Occidentale étaient de grands malades. De temps en temps, en Floride, quelqu'un affirmait avoir vu le Big Foot dans les Glades ou le Chupacabra, mais il n'était jamais question d'un machin volant. On aurait dit un énorme papillon satanique.

Et pourquoi est-ce que je cherchais ce genre de choses ?

C'était n'importe quoi. Je m'arrêtai avant de me mettre à traquer des traces d'extraterrestres dans la région. Dès que je redescendis au rez-de-chaussée, quelqu'un frappa à la porte. C'était Dee.

— Coucou, fit-elle. On peut discuter ?

— Bien sûr. (Je fermai la porte derrière moi et sortis.) Ma mère dort encore.

Elle hocha la tête tandis que je m'asseyais sur la balancelle.

— Katy, je suis vraiment, vraiment désolée pour aujourd'hui. Ash se comporte comme une garce, parfois.

— Ce n'est pas ta faute, répondis-je aussitôt. (Je le pensais.) En revanche, je ne comprends pas pourquoi Daemon et elle ont agi comme ça.

Je m'interrompis en sentant ma gorge me brûler. Je ne voulais pas me mettre à pleurer devant elle.

— Je n'aurais pas dû renverser mon assiette sur eux, mais je ne me suis jamais sentie aussi humiliée de toute ma vie.

Dee s'installa près de moi, les jambes croisées au niveau des chevilles.

— Personnellement, j'ai trouvé ça drôle. Enfin, ce que tu as fait, pas eux. Si j'avais su qu'ils seraient si méchants, je les aurais mis en garde.

Ce qui n'aurait absolument servi à rien, devinai-je.

Elle inspira profondément.

— Ash n'est pas la copine de Daemon. Elle voudrait l'être, mais elle ne l'est pas.

— Ce n'est pas ce que j'ai vu.

— Eh bien, ils... se voient de temps en temps.

— Il l'utilise ? (Dégoûtée, je secouai la tête.) Quel salaud.

— Je crois que les torts sont partagés. Pour tout te dire, ils sont sortis ensemble l'année dernière, mais ça s'est vite terminé. Aujourd'hui, c'était la première fois depuis des mois que je le voyais s'intéresser autant à elle.

— Elle me déteste, dis-je au bout de quelques secondes de silence. (Je soupirai.) Bon, pour le moment, je m'en moque. Je voulais te demander quelque chose.

— Je t'écoute.

Je me mordis les lèvres.

— On est amies, pas vrai ?

— Bien sûr ! (Elle me regarda avec de grands yeux.) Je ne te mens pas quand je te dis que Daemon fait fuir tout le monde. C'est toi qui as duré le plus longtemps. Je crois que tu es ma meilleure amie.

J'étais rassurée d'entendre ça. Sauf pour l'histoire de durer le plus longtemps. C'était trop bizarre. On aurait dit qu'ils cassaient leurs amis ou quelque chose dans le genre.

— Je ressens la même chose.

Elle eut un grand sourire.

— Cool. Je me serais sentie stupide si tu avais soudain décidé de ne plus me voir.

La sincérité qui émanait de sa voix me toucha. Je n'étais plus vraiment sûre de vouloir la questionner. Peut-être qu'elle n'avait pas envie d'en parler parce que ça la faisait souffrir. Nous nous étions énormément rapprochées en peu de temps et je ne voulais pas lui faire de mal.

— Pourquoi tu me poses cette question ? s'enquit-elle.

Les yeux rivés au sol, je me passai une main dans les cheveux.

— Pourquoi ne m'as-tu jamais parlé de Dawson ?

Elle se figea. J'eus l'impression qu'elle avait même arrêté de respirer. Elle se frotta le bras de haut en bas en déglutissant bruyamment.

— Je suppose que quelqu'un t'a mise au courant au lycée ?

— Oui. On m'a dit qu'il avait disparu avec une fille.

Les lèvres pincées, elle hocha la tête.

— Tu dois trouver bizarre que je n'aie jamais mentionné son nom. La vérité, c'est que je n'aime pas parler de lui. J'essaie de ne pas y penser. (Quand elle se tourna vers moi, ses yeux étaient brillants de larmes.) Est-ce que ça fait de moi une mauvaise personne ?

— Non, répondis-je avec conviction. Moi non plus, je n'aime pas penser à mon père parce que ça me fait trop mal.

— On était très proches, Dawson et moi. (Elle s'essuya les joues.) Daemon a toujours été le plus réservé de nous trois, celui qui faisait les choses dans son coin. Dawson et moi, on était comme deux doigts de la main. On faisait tout ensemble. Il était bien plus qu'un frère pour moi. Il était mon meilleur ami.

Je ne savais pas quoi dire. En tout cas, ça expliquait l'énorme besoin d'affection de Dee et le sentiment que l'on avait reconnu l'une chez l'autre : la solitude.

— Je suis désolée. Je n'aurais pas dû te poser la question. Je n'avais pas compris...

J'avais vraiment le chic pour me mêler de ce qui ne me concernait pas.

— Non, ce n'est pas grave. (Elle se tourna vers moi.) Je serais curieuse moi aussi, si j'étais dans ta position. Je comprends. J'aurais dû t'en parler. Je suis une si mauvaise amie que tu as dû apprendre l'existence de mon frère de la bouche d'autres élèves.

— Je ne savais pas quoi penser. Il y a eu tellement... (Je m'interrompis et secouai la tête.) Aucune importance. Quand tu auras envie d'en discuter, je serai là. D'accord ?

Dee hocha la tête.

— Qu'est-ce que tu allais dire ?

Lui avouer les bizarreries qu'on m'avait apprises n'était pas une bonne idée. Et j'avais promis à Daemon de ne rien lui dire à propos de mon agression. Je me forçai à sourire.

— Rien du tout. Bon, tu crois qu'il faut que je surveille mes arrières maintenant ? Que je demande une garde rapprochée auprès de la police ?

Elle laissa échapper un rire nerveux.

— Si j'étais à ta place, je n'essaierais pas d'approcher Ash tout de suite.

Je m'en doutais un peu.

— Et Daemon ?

— Bonne question, répondit-elle en détournant les yeux. Je n'ai aucune idée de ce qu'il compte faire.

Le jour suivant, je redoutai la deuxième heure. J'avais une boule au ventre. J'avais été incapable de manger mon petit déjeuner tant l'envie de vomir était prégnante. Dans mon esprit, il ne faisait aucun doute que Daemon croyait que la vengeance était un plat qu'il devrait me jeter au visage.

Dès que Lesa et Carissa entrèrent dans la classe, elles exigèrent de savoir quelle mouche m'avait piquée pour renverser une assiette de spaghettis sur la tête d'Ash et Daemon.

Je haussai les épaules.

— Ash m'a tapé sur les nerfs.

J'étais certaine d'avoir l'air bien plus sûre de moi que je ne l'étais vraiment. En réalité, j'aurais préféré tout effacer. Bien sûr, Ash avait été désagréable avec moi et m'avait ridiculisée, mais n'avais-je pas fait la même chose ? Après tout, c'était moi qui leur avais renversé des pâtes dessus. Être celle qui les avait reçues devait être encore plus humiliant.

J'avais honte de moi. Je n'avais jamais fait de mal à quelqu'un intentionnellement. On aurait dit que la personnalité détestable de Daemon déteignait sur moi. Je n'aimais pas ça du tout. Il valait sûrement mieux pour tout le monde que je me tienne éloignée de lui à partir de maintenant.

Les yeux écarquillés, Lesa se pencha dans la rangée.

— Et Daemon ?

— Il se conduit toujours comme un imbécile, répondis-je.

Carissa retira ses lunettes en gloussant.

— Si j'avais su que tu ferais ça, j'aurais tout filmé !

Je frissonnai en imaginant la vidéo sur YouTube. Je surveillai la porte.

— Les bruits de couloir disent que Daemon et toi êtes sortis ensemble cet été.

Lesa semblait attendre que je confirme la rumeur. Pas question.

— Les gens disent n'importe quoi.

Je soutins leurs regards jusqu'à ce que Carissa s'éclaircisse la gorge.

— Tu viens manger avec nous, aujourd'hui ?

Elle remit ses lunettes et les remonta du bout du doigt.

Surprise, je clignai les yeux.

— Vous voulez quand même de moi à votre table après ce qui s'est passé hier ?

J'avais craint de devoir prendre tous mes repas de midi dans les toilettes pour le reste de l'année scolaire.

Lesa hocha la tête.

— Tu rigoles ? On te trouve trop cool. On n'a aucun problème avec eux, mais de nombreux élèves auraient rêvé d'être à ta place.

— Et c'était plutôt courageux de ta part, ajouta Carissa, tout sourire. On aurait dit le ninja des spaghettis.

Rassurée, j'éclatai de rire.

— J'aurais adoré, mais je pars à midi, aujourd'hui. On m'enlève mon attelle.

— Oh non, tu vas rater la préparation au match ! s'exclama Lesa. C'est bête. Tu viens ce soir ?

— Non. Le football américain, ce n'est pas mon truc.

— Nous non plus, mais tu devrais venir quand même. (Lesa s'assit à son bureau. Ses boucles rebondirent de chaque côté de son visage en forme de cœur.) Carissa et moi, on y va histoire de sortir un peu. Il n'y a pas grand-chose à faire dans le coin.

— Et puis, il y a la fête dans les champs après le match. (Carissa repoussa une mèche de cheveux qui tombait devant ses lunettes.) Lesa me force toujours à y aller.

L'intéressée leva les yeux au ciel.

— Carissa ne boit pas.

— Et alors ? rétorqua-t-elle.

— Et elle ne fume pas, ne couche pas, et ne fait jamais rien d'intéressant.

Lesa évita le coup de son amie et fit semblant de bâiller.

— Excuse-moi d'avoir une morale. (Elle plissa les yeux.) Contrairement à d'autres.

— Oh, j'ai une morale. (Lesa se tourna vers moi avec un grand sourire.) Mais par ici, on est obligés de revoir ses critères à la baisse.

J'éclatai de rire.

Daemon entra alors dans la salle. Je me fis toute petite sur mon siège et me mordis les lèvres.

— Oh, mon Dieu.

Les deux filles s'arrêtèrent judicieusement de parler. J'attrapai mon stylo et fis semblant de relire les notes que j'avais prises la veille. Le problème, c'était que je n'avais rien écrit. Alors, j'entrepris de marquer la date du jour très lentement.

Quand Daemon s'installa derrière moi, mon estomac faillit me remonter dans la gorge. J'allais vomir. Ici, en plein cours, devant...

Il me donna un coup de stylo dans le dos.

Je me figeai. Lui et son satané stylo. Il recommença. Avec plus de force cette fois. Je me retournai en fronçant les sourcils.

— Quoi ?

Daemon sourit.

Tout le monde nous regardait. J'avais l'impression d'être retournée à la cantine. J'étais sûre qu'ils se demandaient si j'allais lui jeter mon sac à dos à la figure. Selon ce qu'il me dirait, il y avait de fortes chances pour que ça se produise. Cependant, cette fois, je doutais de m'en sortir aussi facilement.

Baissant légèrement le menton, il m'observa à travers ses cils extraordinairement longs.

— Tu me dois un tee-shirt.

Je crus que ma mâchoire allait tomber sur le dossier de ma chaise.

— Je me suis aperçu, poursuivit-il à voix basse, que la sauce tomate ne part pas forcément au lavage.

Je finis par retrouver l'usage de la parole.

— Je suis sûre que tu en as d'autres.

— Oui, mais c'était mon préféré.

— Tu as un tee-shirt préféré ? demandai-je, sceptique.

— Et tu as aussi foutu en l'air celui d'Ash.

Quand il sourit de plus belle, une fossette se creusa sur l'une de ses joues.

— Oh, je suis sûre que tu trouveras un moyen de la réconforter suite à cet accident dramatique.

— Je ne crois pas qu'elle s'en remettra, rétorqua-t-il.

Je levai les yeux au ciel. Je savais que j'aurais dû m'excuser, mais j'en étais incapable. J'étais en train de devenir une très mauvaise personne. Je fis mine de me retourner.

— Tu m'es redevable. Encore une fois.

Je le dévisageai pendant un long moment. La sonnerie retentit, mais elle semblait très loin. Ma poitrine se serra.

— Je ne te dois rien du tout, murmurai-je de façon à ce qu'il soit le seul à l'entendre.

— Permets-moi de te contredire.

En se penchant, il fit basculer son bureau sur deux pieds. Nos lèvres n'étaient plus qu'à quelques centimètres les unes des autres. C'était complètement déplacé : on était en cours et il avait eu une autre fille sur les genoux la veille.

— Tu n'es vraiment pas celle que je pensais.

— Et à quoi est-ce que tu t'attendais, au juste ?

Savoir que je l'avais surpris me faisait plaisir. Bizarre. Mon regard glissa jusqu'à sa bouche magnifiquement dessinée. C'était vraiment du gâchis.

— Il faut qu'on parle, toi et moi.

— On n'a rien à se dire.

Il baissa également les yeux. L'atmosphère se réchauffa d'un coup. C'était presque insupportable.

— Si, dit-il d'une voix rauque. Ce soir.

Une partie de moi aurait voulu lui dire d'aller se faire voir, mais je serrai les dents et hochai la tête. On avait réellement besoin de discuter, même si c'était pour lui annoncer que je ne lui adresserais plus la parole. Je voulais retrouver la gentille Katy qu'il avait muselée et cachée dans un coin.

Le professeur se racla la gorge. Je clignai les yeux. La classe entière semblait hypnotisée. Le visage en feu, je me retournai et m'agrippai aux bords de mon bureau.

Le cours commença, mais il faisait toujours aussi chaud. Je transpirais d'excitation. Je sentais Daemon derrière moi, son regard dans mon dos. Je n'osais pas bouger. Du moins, jusqu'à ce que Lesa s'étire à côté de moi et jette un morceau de papier plié sur mon cahier.

J'ouvris le mot avant que le professeur s'en aperçoive et le glissai sous mon livre. Je profitai qu'il soit tourné vers le tableau pour le lire.

C'est ce que j'appelle de l'alchimie, Batman !

Je me tournai vers elle en secouant la tête. Pourtant, mon cœur continuait de palpiter et, malgré tout, j'avais du mal à respirer. Je ne l'aimais pas. C'était un imbécile. Lunatique, qui plus est. Durant les moments que j'avais passés avec lui, l'espace d'une nanoseconde, j'avais cru apercevoir le vrai Daemon, ou du moins, une meilleure facette de sa personnalité. Ça avait attisé ma curiosité. Son caractère de cochon, en revanche, ne me faisait pas le même effet.

Il m'excitait.

Chapitre 14

Malgré toutes mes bonnes intentions pour suivre les cours, mes pensées n'arrêtaient pas de dériver vers Daemon et ce dont il pouvait bien vouloir me parler. Heureusement, je n'eus que la moitié de la journée à tirer avant d'aller me faire enlever mon attelle.

Comme je le pensais, mon bras était guéri.

Sur le chemin du retour, je m'arrêtai à la poste. Il y avait des tonnes de publicités dans notre boîte aux lettres, mais également quelques enveloppes jaunes qui me firent sourire jusqu'aux dents. Le mot « Presse » était tamponné dessus. Rassemblant mes trésors, je rentrai à la maison. Je ne tenais pas en place. Une énergie fébrile courait dans mes veines, comme si j'avais ingurgité une de ces boissons énergétiques bas de gamme.

Je me changeai plusieurs fois. Après avoir mis mon armoire sens dessus dessous sans rien trouver à me mettre, je me décidai pour une petite robe d'été. Ça ne me calma pas pour autant.

De quoi Daemon voulait-il discuter ?

Pour passer le temps, je finis par retoucher entièrement l'architecture de mon blog et ça m'énerva encore plus, parce que j'étais certaine d'avoir raté ma bannière et le bas de ma page. Ce n'est que lorsque le compte à rebours pour la sortie d'un livre disparut complètement, perdu dans les méandres d'Internet, que je me forçai à m'éloigner de l'ordinateur.

Il s'avéra qu'il me restait beaucoup de temps à attendre. Il était 20 heures passées lorsque Daemon frappa à ma porte. Ma mère venait à peine de partir pour Winchester. Comme d'habitude, il était appuyé contre la rambarde et contemplait le ciel. Avec le clair de lune qui illuminait seulement la moitié de son visage, il semblait presque irréel.

Il pivota pour m'examiner de la tête aux pieds. Il eut l'air de vouloir dire quelque chose, puis se ravisa.

Rassemblant mon courage, je m'approchai et m'arrêtai à côté de lui.

— Dee est à la maison ?

— Non. (Il reporta son attention sur le ciel noir ; des milliers d'étoiles y scintillaient.) Elle est allée au match avec Ash. Mais je doute qu'elle y reste très longtemps. (Daemon s'interrompit et jeta un coup d'œil dans ma direction.) Je lui ai dit que je passais te voir. Je pense qu'elle viendra s'assurer qu'on ne s'est pas entre-tués.

Je me détournai pour dissimuler mon sourire.

— Si tu ne me tues pas, je suis sûre qu'Ash s'en fera un plaisir.

— À cause de l'histoire des spaghettis ou d'autre chose ? demanda-t-il.

Je le regardai en coin.

— Ça n'avait pas l'air de te déranger qu'elle s'asseye sur tes genoux, hier.

— Oh je vois ! (Il s'éloigna de la rambarde pour venir se poster près de moi.) Je comprends mieux, maintenant.

— Ah bon ?

Je refusais de reculer.

Ses yeux étincelaient dans la nuit.

— Tu es jalouse.

— N'importe quoi ! (J'eus un rire forcé.) Pourquoi est-ce que je serais jalouse ?

Daemon me suivit en bas des marches jusque dans l'allée.

— Parce qu'on a passé du temps ensemble.

— Passer du temps ensemble n'est pas une raison suffisante pour être jalouse, surtout quand on sait qu'on t'a forcé à le faire. (Le pire, je crois, c'était qu'il avait raison. *Putain*.) C'est de ça que tu voulais parler ?

Il haussa les épaules.

— Suis-moi. Allons marcher un peu.

Je l'observai avant de considérer ma robe.

— Il est un peu tard, tu ne crois pas ?

— Je réfléchis et je m'exprime plus clairement quand je marche. (Il me tendit la main.) Sinon, je me transforme en super salaud et je sais que tu n'aimes pas beaucoup cette facette de ma personnalité.

— Ah, ah.

J'examinai sa main tendue. Mon cœur s'était subitement emballé.

— En tout cas, je ne te prendrai pas la main.

— Pourquoi pas ?

— On ne va pas se tenir par la main alors que je ne t'apprécie même pas.

— Aïe. (Il se toucha la poitrine en grimaçant.) Tu me blesses.

Mouais. Il fallait qu'il prenne des cours de comédie.

— Rassure-moi, tu ne comptes pas m'abandonner dans les bois ?

— Ça serait la vengeance parfaite, mais je ne ferais jamais ça. Je doute que tu survivrais très longtemps sans quelqu'un pour venir te sauver.

— Merci pour la confiance, ça fait plaisir.

Il m'adressa un bref sourire, puis on avança en silence pendant quelques minutes. On traversa la route principale. Comparé au moment où j'avais enfilé ma robe, l'air s'était considérablement rafraîchi. Je commençais à regretter de ne pas avoir mis de collants. L'automne arrivait à grands pas.

On pénétra bientôt dans les bois où le clair de lune peinait à filtrer au travers des branches épaisses. Daemon sortit de la poche arrière de son pantalon une fine lampe torche qui éclairait étonnamment bien. Tandis qu'on progressait dans l'obscurité et que le rai de lumière montait et descendait à chacun de ses pas, la moindre parcelle de mon être semblait consciente de sa proximité. J'avais l'impression d'être trahie par mon propre corps.

— Ash n'est pas ma copine, dit-il au bout d'un moment. On est sortis ensemble, mais on est amis, maintenant. Et avant que tu me poses la question : non, pas ce genre d'amis non plus, même si elle était assise sur mes genoux. Je ne comprends pas pourquoi elle a fait ça.

— Pourquoi l'as-tu laissée faire ? demandai-je.

J'eus envie de me frapper. Ce n'étaient pas mes affaires. Je m'en moquais.

— Je n'en ai pas la moindre idée. Le fait d'être un mec n'est pas une excuse suffisante ?

— Pas vraiment, répondis-je en fixant le sol.

Je distinguais à peine mes pieds.

— C'est bien ce que je pensais, fit-il.

Je ne voyais pas son expression, alors que ça m'aurait sans doute aidée. Je ne savais jamais ce qu'il pensait et, parfois, son regard contredisait ses paroles.

— Bref, dans tous les cas, je... je suis désolé pour ce qui s'est passé à la cantine.

Surprise par ses excuses, je trébuchai sur une pierre. Il me rattrapa sans aucune difficulté. Je sentis son souffle chaud contre ma joue avant qu'il ne recule. Ma peau me picotait. Je me redressai à mon tour. Entendre Daemon s'excuser pour le fiasco de la cantine m'avait fait l'effet d'une douche froide. Je ne savais pas ce qui était le pire : qu'il n'ait pas conscience qu'il s'était comporté en salaud ou qu'il sache pertinemment l'effet qu'il avait sur moi.

— Kat ? fit-il d'une voix douce.

Je jetai un coup d'œil dans sa direction.

— Tu m'as humiliée.

— Je sais...

— Non, je ne crois pas que tu comprennes vraiment. (Je croisai les bras.) Tu m'as énervée. Je n'arrive pas à te cerner. Une minute, tu n'es pas si mal que ça et l'autre tu es le pire connard de la planète.

— Mais j'ai gagné des bons points ! (Il me rejoignit, pointant la lampe suffisamment loin devant moi pour que je voie les racines et les pierres sur le chemin.) Pas vrai ? J'ai gagné des points pour le lac et notre balade ? Et pour t'avoir sauvée l'autre soir, ça compte ?

— Tu as gagné des points auprès de ta sœur ! (Je secouai la tête.) Pas auprès de moi. Et même si c'était le cas, tu les aurais pratiquement tous perdus.

Il resta silencieux un moment.

— Ça fait mal. Très mal, même.

Je m'arrêtai.

— Pourquoi est-ce qu'on discute, au juste ?

— Écoute, je suis vraiment désolé. Je te le jure. (Il soupira.) Tu ne méritais pas qu'on te traite de cette façon.

Je ne savais pas quoi répondre. Il avait l'air sincère, presque triste, mais ce n'était pas comme s'il n'était pas conscient de ses actes. Je décidai de mettre sur le tapis quelque chose qui n'allait pas lui faire plaisir.

— Et moi, je suis désolée pour ton frère, Daemon.

Il se figea, presque entièrement caché dans l'ombre. Il resta silencieux si longtemps que je commençais à douter qu'il reprendrait la parole.

— Tu n'as pas la moindre idée de ce qui lui est arrivé.

Une boule se forma dans mon estomac.

— Tout ce que je sais, c'est qu'il a disparu...

Le poing de Daemon se serra et se desserra contre son flanc. Son autre main tenait toujours la lampe torche.

— C'était il y a longtemps.

— L'année dernière, c'est ça ? demandai-je d'une voix douce.

— Oh oui, tu as raison. J'ai l'impression que ça fait plus longtemps que ça. (Quand il tourna la tête, la moitié de son visage sortit des ténèbres.) Qui t'a parlé de lui ?

L'air glacial me fit frissonner.

— Des élèves, au lycée. Je me suis demandé pourquoi vous n'aviez jamais mentionné son nom ou celui de sa copine devant moi.

— On aurait dû ? s'étonna-t-il.

J'essayai de jauger son expression, mais il faisait trop sombre.

— Je ne sais pas. C'est une histoire tellement grave que je pensais que je l'aurais entendue plus tôt.

Daemon se remit à marcher.

— On n'aime pas vraiment en parler, Kat.

C'était compréhensible. J'avais du mal à ne pas me laisser distancer.

— Je n'avais pas l'intention de...

— Ah bon ? dit-il d'une voix tendue. (Ses mouvements étaient raides.) Mon frère n'est plus là. Une famille ne reverra plus jamais sa fille, et toi, tu veux savoir pourquoi personne n'a pris la peine de t'en parler à toi ?

Je me mordis les lèvres. Tout à coup, j'avais vraiment l'impression d'être insensible.

— Pardon. C'est juste que tout est si... étrange. Je ne sais rien de votre famille, par exemple. Je n'ai jamais vu tes parents, Daemon. Et Ash me déteste alors que je ne lui ai rien fait. Pourquoi deux familles avec des triplés auraient-elles emménagé ici en même temps ? Je t'ai renversé de la nourriture sur la tête hier et je n'ai pas été punie. Tu dois admettre que c'est bizarre. Dee a un copain, mais elle ne m'en a jamais parlé. Toute la ville se conduit étrangement. Les gens regardent ta sœur comme si elle était une princesse ou comme s'ils avaient peur d'elle. Et ils me dévisagent, moi aussi. Et...

— Tu dis ça comme si tout était lié.

Je courais presque derrière lui, à présent. On s'enfonçait de plus en plus loin dans les bois. On était pratiquement arrivés au lac.

— Ça ne l'est pas ?

— Pourquoi ce serait le cas ? (Sa voix était rauque, agacée.) Peut-être que tu es un peu parano. Je le serais aussi si j'avais été agressé après avoir emménagé dans une nouvelle ville.

— Tu vois ! Tu recommences ! m'exclamai-je. Tu te renfermes sur toi-même parce que je t'ai posé une simple question. Dee fait la même chose.

— Tu ne crois pas que c'est parce qu'on a beaucoup souffert et qu'on ne veut pas en rajouter, tout simplement ?

— Qu'est-ce que tu veux dire par là ?

Il ralentit.

— Je ne sais pas. Mais il ne faut pas que ça se produise.

Je secouai la tête. Lorsqu'il arriva au bord du lac, il éteignit la lampe torche. Dans l'obscurité, l'eau étincelait comme une pierre d'onyx polie. Des centaines d'étoiles se reflétaient sur sa surface paisible, recréant un ciel nocturne miniature. J'avais l'impression de pouvoir les toucher en tendant la main.

— Quand on est allés se baigner, la dernière fois... commença Daemon au bout d'un moment. Il y a eu quelques minutes où je me suis amusé.

À ces mots, j'eus soudain du mal à respirer. Moi aussi, j'avais apprécié ces instants. Je recoiffai mes cheveux en arrière.

— Avant que tu te transformes en Aquaman ?

Daemon était silencieux. Ses épaules étaient étrangement tendues.

— C'est le stress. Ça te fait inventer des choses.

Le clair de lune pâle donnait un aspect irréel à son beau visage. Ses yeux éclatants, la courbe de sa mâchoire… tous ses traits paraissaient plus nets. Daemon observait le ciel nocturne avec un air pensif et sombre.

— Non, ce n'est pas ça, répondis-je. Il se passe quelque chose… de bizarre ici.

— À part ton arrivée, tu veux dire ? rétorqua-t-il.

J'eus tout de suite plusieurs reparties sur le bout de la langue, mais je les ravalai. Me disputer avec lui dans les bois en pleine nuit n'était pas une bonne idée.

— De quoi voulais-tu qu'on discute, Daemon ?

Il posa la main sur sa nuque.

— Ce qui s'est passé à la cantine hier n'est que le début. Tu ne peux pas être amie avec Dee, pas de la façon dont tu le voudrais.

Je sentis une chaleur se répandre dans mes joues et descendre jusque dans mon cou.

— Tu plaisantes ?

Il baissa le bras.

— Je ne suis pas en train de dire que tu dois arrêter de la fréquenter, mais éloigne-toi un peu d'elle. Tu peux toujours être sympa, discuter avec elle à l'école, mais n'en fais pas trop. Ça ne fera que vous rendre les choses plus difficiles à toutes les deux.

J'en eus la chair de poule.

— Serais-tu en train de me menacer, Daemon ?

Il me regarda dans les yeux. Les siens étaient pleins de… *hein ?* de regret ?

— Non. Je t'explique simplement ce qui risque de se passer. On ferait mieux de rentrer.

— Pas question, rétorquai-je en le dévisageant. Pourquoi ? Donne-moi une seule bonne raison de ne pas être amie avec ta sœur !

Une seconde s'écoula. Sa mâchoire se crispa.

— Tu ne devrais pas être ici avec moi.

Les yeux grands ouverts, il inspira longuement et fit un pas en avant. Un vent chaud se leva tout à coup, soulevant les feuilles mortes et rabattant mes cheveux en arrière. Le souffle semblait venir de derrière Daemon, comme s'il était nourri par sa colère grandissante.

— Tu n'es pas comme nous. Tu n'as rien à voir avec nous. Dee mérite mieux que toi. Elle mérite des gens comme elle. Alors lâche-moi et laisse ma famille tranquille.

J'eus l'impression de me prendre une claque en pleine figure... en mille fois pire. Je m'étais attendu à encaisser, mais là, c'était le pompon. Ma respiration se bloqua dans ma gorge serrée. Reculant d'un pas, je refoulai mes larmes de déception.

Daemon ne me quitta pas des yeux.

— Tu voulais savoir pourquoi. Maintenant, tu as ta raison.

J'avais du mal à déglutir.

— Pourquoi... Pourquoi est-ce que tu me détestes autant ?

L'espace d'une seconde, la façade qu'il avait érigée sembla se craqueler et sa douleur transparut sur son visage. Ce fut tellement rapide que je crus l'avoir rêvé. Il ne répondit pas.

Les larmes qui s'accumulaient dans mes yeux menaçaient de me couler sur les joues. Je refusais de pleurer devant lui, de lui donner cette satisfaction.

— Tu sais quoi ? Va te faire voir, Daemon.

Il détourna la tête.

— Kat, tu ne peux pas...

— La ferme ! crachai-je. Tais-toi.

Je le contournai et repris le chemin en sens inverse. J'avais chaud et froid à la fois. Le feu et la glace semblaient me brûler de l'intérieur. Je n'allais pas tarder à pleurer. Je le savais. Je reconnaissais la sensation au fond de ma gorge, comme si j'allais m'étouffer.

— Kat ! m'appela Daemon. S'il te plaît, attends-moi.

J'accélérai jusqu'à presque courir.

— Je t'en prie, Kat. Ne t'éloigne pas tant. Tu vas te perdre. Prends au moins la lampe de poche !

Comme si ça lui aurait fait quelque chose. Je voulais m'éloigner de lui avant de perdre mes moyens. Il y avait de grandes chances pour que je le frappe. Ou que je fonde en larmes. Que je l'apprécie ou non, ses paroles m'avaient blessée. À l'entendre, on aurait dit que je n'étais pas normale.

Je trébuchai à plusieurs reprises sur des branches et des cailloux que je ne voyais pas, mais je savais que je pouvais retrouver mon chemin jusqu'à la route. Je l'entendais marcher derrière moi, écraser des brindilles tout en essayant de ne pas me perdre.

Une douleur intense se diffusa dans ma poitrine. J'accélérai encore. Il fallait que je rentre à la maison et que j'appelle ma mère pour la convaincre de déménager une nouvelle fois, d'ici à demain.

Fuis.

Je serrai les poings. Pourquoi devais-je fuir, au juste ? Je n'avais rien fait de mal. En colère, dégoûtée par mon propre comportement, je me pris les pieds dans une racine qui dépassait de terre et manquai tomber tête la première. Je grognai.

— Kat ! s'écria Daemon derrière moi.

Je me relevai et me remis aussitôt en chemin. En voyant la route devant moi, je fus tellement rassurée que je faillis prendre mes jambes à mon cou. J'entendais les pas de Daemon qui résonnaient au loin. Une fois arrivée sur la route plongée dans l'obscurité, je me passai les mains sur le visage. Merde. Je pleurais vraiment.

Daemon cria, mais je n'entendis pas sa voix. Toute mon attention était concentrée sur les phares d'un camion lancé à toute allure à moins de quinze mètres de moi. J'étais trop choquée pour bouger.

Il allait me renverser.

Chapitre 15

Un coup de tonnerre, beaucoup plus fort que d'habitude, retentit dans la vallée. On aurait dit une déflagration qui m'avait touchée au plus profond de mon être. Le chauffeur n'avait pas le temps de me voir et de s'arrêter. Je levai les bras devant mon visage, comme s'ils pouvaient me protéger. Le grondement sourd du camion emplissait mes oreilles. En me préparant à l'impact mortel, je pensai à ma mère et à ce qu'elle allait ressentir en voyant mon corps mutilé. Mais le choc ne se produisit jamais.

J'étais à deux doigts d'embrasser le pare-chocs. Mes mains ne se trouvaient qu'à quelques centimètres de la calandre. Je relevai lentement la tête. Le chauffeur était immobile derrière son volant, les yeux grands ouverts et vides. Il ne bougeait pas. Il ne cillait pas. Je n'étais même pas sûre qu'il respirait.

Dans sa main droite, il tenait une tasse de café, à mi-chemin vers sa bouche. Elle était figée. Tout s'était figé.

Un goût métallique apparut sur ma langue. Mon esprit marchait à cent à l'heure.

Le moteur continuait de tourner, rugissant devant moi.

Je me détournai du chauffeur inerte pour observer Daemon. Il semblait concentré. Il respirait fort et ses poings étaient serrés contre ses flancs.

Son beau regard n'était pas comme d'habitude. Quelque chose clochait. Je fis un pas en arrière pour sortir de la trajectoire du camion et plaçai les mains devant moi comme pour empêcher Daemon de s'approcher de moi.

— Oh, mon Dieu... murmurai-je.

Mon cœur affolé manqua un battement.

Les yeux de Daemon luisaient. Ils semblaient illuminés de l'intérieur. Leur éclat se faisait de plus en plus intense. Ses poings se mirent à trembler. Des frissons remontèrent le long de ses bras jusqu'à ce que tout son être soit parcouru de minuscules ondes de choc.

Puis, Daemon se mit à disparaître. Son corps et ses vêtements se dissipèrent, remplacés par une intense lumière d'un jaune parsemé de rouge qui le dévora tout entier.

Un peuple de lumière.

Oh merde...

Le temps sembla s'arrêter. Non, il s'était arrêté pour de bon.

Daemon avait empêché le camion de me renverser. Il avait stoppé un poids lourd avant qu'il ne me brise les os grâce à quoi... ? Un simple mot ? Une pensée ?

Une telle puissance...

Autour de nous, l'air frémissait de façon anormale. Le sol vibrait sous sa force exceptionnelle. Je savais que si j'essayais de me pencher, je pourrais le sentir trembler.

J'entendis la voix de Dee qui nous appelait au loin. Elle paraissait inquiète. Comment nous avait-elle retrouvés ?

Question bête. Daemon illuminait toute la rue. Il était aussi brillant que ça.

En regardant le camion, je me rendis compte qu'il frissonnait. Son conducteur aussi. Il essayait de franchir la barrière invisible qui semblait l'avoir figé dans le temps. Le monstre de métal frémit. Le moteur hurla. Le pied du chauffeur était toujours appuyé sur la pédale de l'accélérateur.

Je me mis alors à courir. Pas seulement de l'autre côté de la route. Encore plus loin. J'entendis vaguement le poids lourd passer derrière moi. Je me précipitai vers le chemin sinueux qui menait à nos maisons respectives, nichées au milieu de nulle part. Du coin de l'œil, j'aperçus Dee qui avançait vers moi. Je l'évitai. Elle était comme lui, je le savais.

Mais qu'étaient-ils au juste ? Ils n'étaient pas humains. Ce que j'avais vu relevait de l'impossible. Aucun homme n'en aurait été capable.

Les humains ne pouvaient pas arrêter un camion sur commande, rester sous l'eau pendant plusieurs minutes ou disparaître et réapparaître à leur guise. Les choses étranges que j'avais remarquées commençaient à s'expliquer.

Je continuai de courir, dépassant l'allée qui menait chez moi. Je ne savais pas où je fuyais, ni pourquoi. Mon cerveau ne fonctionnait plus. L'instinct avait pris le dessus. Des branches s'accrochaient à mes cheveux, à la jolie robe que je portais. Quand je trébuchai sur une grosse pierre, je me relevai aussitôt pour reprendre ma course.

Tout à coup, des bruits de pas résonnèrent derrière moi. Quelqu'un m'appela, mais je ne m'arrêtai pas. Je m'enfonçai plus profondément dans la forêt sombre qui s'ouvrait devant moi. Je ne réfléchissais plus. Il fallait seulement que je m'éloigne le plus loin possible.

Un juron s'éleva dans mon dos, puis un corps puissant me renversa. Je tombai alors, enveloppée dans une douce chaleur. Daemon réussit à amortir ma chute en échangeant nos positions en vol avant de se placer sur moi pour m'empêcher de bouger.

Je posai les mains sur son torse pour le repousser. J'essayai de le frapper. En vain. Je fermai les paupières. Je redoutais de voir ses iris luisants.

— Dégage !

Daemon m'attrapa par les épaules pour me secouer doucement.

— Ça suffit !

— Éloigne-toi de moi ! hurlai-je en tentant de m'échapper.

Il tint bon.

— Kat, arrête ! cria-t-il encore une fois. Je ne te ferai aucun mal !

Comment aurais-je pu lui faire confiance ? La partie de mon cerveau qui fonctionnait encore me rappela qu'il m'avait sauvé la vie. J'arrêtai de me débattre.

Daemon se figea au-dessus de moi.

— Je ne te ferai aucun mal, Kat.

Son ton s'était radouci, mais sa colère était toujours là. On aurait dit qu'il essayait de me maîtriser sans faire de dégâts.

— Je ne pourrais jamais te blesser.

Ses paroles me firent frissonner. À l'intérieur de moi, quelque chose y répondit, y crut, alors même que mon esprit désapprouvait l'idée. J'ignorais quelle partie de moi était aussi stupide, mais elle semblait gagner la bataille. Malgré mon souffle erratique, je tentai de me calmer. Daemon desserra sa prise, mais il resta allongé sur moi. Il haletait contre ma joue.

Relevant la tête, il posa un doigt sous mon menton pour me forcer à me tourner vers lui.

— Regarde-moi, Kat. Il faut que tu me regardes.

Je gardai mes paupières closes. Je ne voulais pas savoir si ses yeux faisaient encore peur. Je le sentis se mouvoir. Ses mains quittèrent mes épaules pour se poser sur mes joues. J'aurais dû tenter de m'échapper à ce moment-là, mais à l'instant où sa peau brûlante entra en contact avec la mienne, je me retrouvai incapable de bouger. Il caressa mon visage avec délicatesse.

— Je t'en prie.

Plus aucune trace de colère ne transparaissait dans sa voix.

Le souffle court, j'ouvris lentement les paupières. Son regard plongea dans le mien. Ses yeux avaient toujours une teinte verte intense et mystérieuse, mais ils étaient redevenus normaux. Ils n'avaient plus rien à voir avec ceux que j'avais aperçus quelques minutes plus tôt. Le clair de lune filtrait à travers les arbres autour de nous, glissant doucement sur ses pommettes et ses lèvres entrouvertes.

— Je ne te ferai aucun mal, répéta-t-il dans un murmure. Je veux seulement te parler. Il faut qu'on discute, tu comprends ?

Je hochai la tête. Mes cordes vocales n'étaient pas en état de marche.

Il ferma brièvement les yeux en poussant un soupir déchirant.

— OK. Je vais t'aider à te relever, mais il faut que tu me promettes de ne pas t'enfuir. Je n'ai pas la moindre envie de te courir après. Mon petit tour de passe-passe m'a vidé de presque toute mon énergie. (Il s'interrompit pour que je lui réponde ; effectivement, son visage reflétait une certaine fatigue.) Dis-le, Kat. Promets-moi que tu ne t'enfuiras pas. Je ne peux pas te laisser te perdre dans la nature. Tu comprends ?

— Oui, croassai-je.

— Bien.

Il me lâcha lentement avant de s'écarter. Sa main gauche m'effleura la joue en un geste de tendresse qu'il ne sembla pas remarquer. Je restai figée par terre jusqu'à ce qu'il s'accroupisse près de moi.

Sous son regard las, je m'éloignai le plus possible jusqu'à ce que mon dos rencontre un arbre. Rassuré sur le fait que je n'allais pas m'échapper, il s'assit par terre.

— Qu'est-ce qui t'a pris de te jeter sous les roues d'un camion ? demanda-t-il. (Il poursuivit sans attendre ma réponse.) J'ai tout fait pour que tu restes en dehors de ça, mais il a fallu que tu viennes tout gâcher.

— Je n'ai pas fait exprès.

Je portai une main tremblante à mon front.

— Pourtant, le résultat est le même. (Il secoua la tête.) Pourquoi est-ce que tu es venue ici, Kat ? Pourquoi ? On s'en sortait très bien tout seuls. Il a suffi que tu arrives pour que tout dégénère. Et tu n'en as même pas la moindre idée. Merde. J'ai cru qu'on aurait de la chance et que tu finirais par partir.

— Désolée d'être restée.

Je relevai les jambes pour les serrer contre ma poitrine.

— Je ne fais qu'aggraver les choses. (Il secoua la tête. On aurait dit qu'il allait se mettre à jurer.) On est différents. Je pense que tu l'as compris.

Je posai mon front contre mes genoux. Il me fallut un moment pour rassembler le peu de pensées cohérentes qui me restait et relever la tête.

— Qu'est-ce que vous êtes, Daemon ?

Il eut un sourire triste, avant de se gratter le crâne.

— C'est difficile à expliquer.

— Je t'en prie, dis-le-moi. Il faut que je sache, sinon, je vais encore péter un câble, l'avertis-je.

Je ne plaisantais pas. Le contrôle que j'avais réussi à exercer sur moi-même commençait à faiblir face à son silence.

Le regard de Daemon se fit intense.

— Je ne crois pas que tu veuilles vraiment le savoir, Kat.

Son expression et sa voix paraissaient tellement sincères qu'elles m'emplirent d'une crainte intense. Je savais que ce qu'il était sur le point de me révéler allait changer ma vie pour toujours. Une fois que j'aurais appris ce qu'étaient sa famille et lui, je ne pourrais plus jamais l'oublier, ni revenir en arrière. J'aurais moi-même changé. Toutefois, même si j'étais consciente de tout ça, j'avais déjà atteint le point de non-retour. L'ancienne Katy se serait enfuie à toutes jambes. J'en étais persuadée. Elle aurait préféré prétendre qu'il ne s'était rien passé. Mais ce n'était plus moi. Il fallait que je sache.

— Êtes-vous... humains ?

Daemon eut un rire sans humour.

— On n'est pas du coin.

— Pas possible...

Il haussa les sourcils.

— OK, je suppose que tu l'avais compris toute seule.

Je pris une inspiration vacillante.

— J'espérais me tromper.

Il rit encore, mais son ton n'était pas à la plaisanterie.

— Non. On vient de très, très loin.

Mon estomac tomba dans mes talons. Je resserrai mes bras autour de mes jambes.

— Qu'est-ce que tu veux dire par « très, très loin » ? J'ai l'impression d'entendre le générique de *Star Wars*.

Daemon me regarda droit dans les yeux.

— On n'est pas de cette planète.

Bon, voilà. Il venait de confirmer ce que j'avais déduit toute seule, mais au final, il ne m'avait rien appris de plus.

— Qu'est-ce que tu es, alors ? Un vampire ?

Il leva les yeux au ciel.

— Tu es sérieuse ?

— Quoi ? (Un sentiment de frustration m'envahit.) Tu m'as dit que tu n'étais pas humain. Ça limite vachement les possibilités ! Tu as arrêté un camion sans le toucher !

— Tu lis beaucoup trop de romans. (Daemon inspira lentement.) On n'est pas des loups-garous, ni des sorcières, ni des zombies...

— Tu me rassures, pour les zombies. Je suis contente de savoir que ce qui me reste de cerveau n'est pas en danger immédiat, marmonnai-je. Et je ne lis pas *trop*. On ne peut pas trop lire, c'est impossible. Et les extraterrestres, ça n'existe pas non plus.

Daemon se pencha vers moi et posa ses mains sur mes genoux pliés. Je me figeai. Son contact me brûlait et me glaçait à la fois. Son regard me transperçait, m'empêchait de bouger.

— Dans cet univers infini, tu crois vraiment que la Terre, l'endroit où nous nous trouvons, est la seule planète où la vie s'est développée ?

— Non, bégayai-je. Alors, ce genre de choses... est normal pour... Comment vous vous appelez, au juste ?

Les secondes passèrent. Il pencha la tête en arrière. Tandis que j'attendais sa réponse, je sentis mon cœur s'emballer. Il semblait réfléchir à ce qu'il pouvait me dire ou non. Dans tous les cas, j'étais certaine que je n'allais pas aimer ce que j'allais entendre...

Chapitre 16

C'était l'un de ces moments de ma vie où je ne savais pas si je devais rire, pleurer ou m'enfuir le plus vite possible.

Daemon eut un sourire crispé.

— Je sais à quoi tu penses. Je ne peux pas lire dans ton esprit, mais c'est écrit sur ton visage. Tu crois que je suis dangereux.

Et con... et très sexy. Mais il était hors de question que je l'admette. Une forme de vie extraterrestre ? Je secouai la tête.

— C'est une histoire à dormir debout. Je n'ai pas peur de toi.

— Non ?

— Non. (J'éclatai d'un rire hystérique qui ne devait pas être très convaincant.) Tu ne ressembles pas à un extraterrestre !

Il me paraissait important de le lui faire remarquer.

Il haussa un sourcil.

— Et à quoi ressemblent les extraterrestres, au juste ?

— Pas à toi, bafouillai-je. Pour commencer, ils ne sont pas craquants...

— Tu trouves que je suis craquant ?

Il sourit.

Je lui adressai un regard noir.

— La ferme. Comme si tu ne savais pas que les habitants de cette planète te trouvent tous à tomber par terre. (Je grimaçai, choquée d'avoir une telle conversation avec lui.) Les extraterrestres, s'ils existent, sont de petits hommes verts avec de grands yeux et de longs bras fins… ou des insectes géants ou des créatures bossues.

Daemon éclata de rire.

— Comme E.T. ?

— Exactement ! Comme E.T., abruti. Je suis ravie que tu trouves ça si drôle et que tu veuilles me rendre encore plus dingue que vous ne l'avez déjà fait. Je commence à croire que je me suis peut-être cogné la tête quelque part, dis-je en me levant.

— Assieds-toi, Kat.

— Ne me dis pas ce que je dois faire !

Il se leva avec grâce, les bras contre son corps. Une lueur terrifiante emplit ses yeux, créant deux orbes de lumière pure.

— Assieds-toi. Tout de suite.

Je lui obéis. En lui faisant un doigt d'honneur. Même si monsieur le grand méchant extraterrestre ne me cachait plus ses pouvoirs, mon instinct me disait qu'il ne me ferait aucun mal.

— Tu veux bien me montrer ta véritable forme ? Rassure-moi : tu ne brilles pas au soleil au moins ? Pitié, dis-moi que je n'ai pas failli embrasser un insecte géant mangeur de cerveau, sinon, je te jure que je vais…

— Kat !

— Pardon, marmonnai-je.

Daemon ferma les yeux et prit une grande inspiration. Une lueur apparut au milieu de son torse. Comme sur la route, son corps tout entier se mit alors à vibrer, puis disparut pour laisser place à une forme jaune rougeâtre étincelante dans laquelle se découpa petit à petit une silhouette : deux jambes, un torse, des bras et une tête seulement constitués de lumière.

Une lumière si intense qu'elle illuminait tout l'espace autour de nous, comme si on était en plein jour.

Je me protégeai les yeux d'une main tremblante.

— Putain de merde.

Lorsque Daemon reprit la parole, il n'émit aucun son. Il parla à l'intérieur de mon esprit. *Voilà à quoi on ressemble. Nous sommes des êtres de lumière. Même sous notre forme humaine, nous pouvons la contrôler.* Il marqua une pause. *Comme tu peux le constater, je ne ressemble pas à un insecte géant. Et... je ne brille pas au soleil.*

Même dans ma tête, je perçus son air dégoûté.

— Non, murmurai-je.

Dans les livres de romance paranormale que je lisais et critiquais, personne ne luisait comme lui. Certains brillaient au soleil. D'autres avaient des ailes. Aucun n'était un putain de soleil à lui tout seul.

Ni une petite créature bossue. Je trouve ça vexant, d'ailleurs. Il tendit un bras dans ma direction. Une main apparut, la paume levée vers le haut. *Tu peux me toucher. Ça ne te fera aucun mal. Je pense même que c'est agréable pour les humains.*

Pour les humains ? Oh, mon Dieu. La gorge serrée, je m'approchai lentement. Une partie de moi n'avait pas la moindre envie d'établir le moindre contact physique, mais face à quelque chose d'aussi... surréaliste, il fallait que je le fasse. Quand mes doigts frôlèrent les siens, un courant électrique se répandit dans ma main, jusque dans mon bras. La lumière semblait murmurer contre ma peau.

J'inspirai profondément. Daemon avait raison. Ça ne faisait pas mal. Son contact était chaud, grisant. J'avais l'impression de toucher la surface du soleil sans me brûler. Lorsque je refermai mes doigts sur les siens, l'énergie s'étendit jusqu'à recouvrir entièrement ma chair. De petits filets de lumière s'échappèrent de sa main pour me lécher le poignet et l'avant-bras.

J'étais sûr que ça te plairait. Il se libéra avant de faire un pas en arrière. La lumière se dissipa lentement. Bientôt, Daemon, l'humain, réapparut. Je regrettai aussitôt la perte de sa chaleur.

— Kat, dit-il à voix haute.

Je ne pouvais m'empêcher de le dévisager. J'avais voulu connaître la vérité, mais l'entendre et la voir était deux choses complètement différentes.

Daemon sembla lire dans mon esprit car il se rassit lentement. Il avait l'air détendu, mais je savais qu'il était comme un animal sauvage aux aguets, prêt à bondir au moindre faux pas.

— Kat ?

— Tu es un extraterrestre, dis-je d'une voix faible.

— Oui. C'est ce que j'essaie de te faire comprendre depuis tout à l'heure.

— Oh… Waouh. (Je portai la main à ma poitrine. Je le regardais sans vraiment le voir.) D'où venez-vous alors ? De Mars ?

Il rit.

— De beaucoup plus loin. (Il ferma brièvement les paupières.) Si tu veux bien, je vais te raconter une petite histoire.

— Une histoire ?

Il hocha la tête avant de s'ébouriffer les cheveux.

— Tout ça va sans doute te paraître dingue, mais essaie de garder à l'esprit les événements de ce soir. Ce que tu sais. Tu m'as vu faire des choses impensables. Désormais, tu dois admettre que tout est possible. D'accord ? (Il s'interrompit, comme pour reprendre contenance.) Notre planète d'origine est située au-delà de l'Abell.

— L'Abell ?

— C'est la galaxie la plus éloignée de la vôtre, à environ treize milliards d'années-lumière d'ici. Et nous, encore dix milliards plus loin. Aucun télescope ni fusée ne sera jamais assez puissant pour arriver jusqu'à chez nous. (Baissant la tête, il fixa ses mains ouvertes.) De toute façon, ça n'a plus aucune importance. Notre terre d'origine n'existe plus. Elle a été détruite quand on était petits. C'est pour ça qu'on a dû partir et trouver une planète comparable à la nôtre en termes de nourriture et d'atmosphère. On n'a pas besoin d'assimiler d'oxygène, mais ça ne nous fait aucun mal.

Soudain, un souvenir me revint en mémoire.

— Vous n'avez pas besoin de respirer ?

— Non. Pas vraiment. (Il eut l'air embarrassé.) On le fait par habitude, mais parfois, on oublie. Comme la fois où on est allés nager.

Ça expliquait comment Daemon était resté aussi longtemps sous l'eau.

— Continue.

Il m'observa un long moment avant de hocher la tête.

— Nous étions trop jeunes pour savoir comment s'appelait notre galaxie, ou si notre peuple se souciait de mettre un nom sur ce genre de choses, mais je me souviens de notre planète. Elle s'appelait Lux, et nous, les Luxens.

— Lux, murmurai-je en me rappelant mes anciens cours. Lumière, en latin.

Il haussa les épaules.

— On est arrivés ici il y a quinze ans, en même temps qu'une pluie de météorites. D'autres sont venus avant nous, peut-être un millier d'années auparavant. Notre peuple ne s'est pas entièrement regroupé sur cette planète. Certains ont continué leur route à travers l'espace, peut-être même dans des lieux où ils n'ont pas pu survivre. Lorsqu'on a compris que la Terre était l'endroit idéal pour nous, nombre d'entre nous avons décidé de nous y installer. Tu me suis toujours ?

Je le dévisageai.

— Tu es en train de me dire que vous n'êtes pas seuls ici. Les Thompson sont… comme vous ?

Daemon hocha la tête.

— On a toujours été ensemble.

Ça expliquait un peu mieux l'attitude d'Ash.

— Combien d'entre vous habitent ici ?

— Dans le coin ? Au moins deux cents.

— Deux cents, répétai-je.

Je me remémorai les regards étranges que m'avaient lancés les clients du *Diner*… tout ça parce que j'étais en compagnie de Dee.

— Pourquoi ici ?

— On… reste en communauté. Ce n'est pas… Enfin, ce n'est pas important pour l'instant.

— Tu as dit que vous étiez arrivés en même temps qu'une pluie de météorites ? Où est votre vaisseau spatial ?

Je me sentis stupide de poser une telle question. Lorsqu'il haussa un sourcil, je reconnus le Daemon que je connaissais.

— Nous n'en avons pas besoin. Nous sommes composés de lumière. On voyage avec, un peu comme si on faisait du stop.

— Mais vous venez d'une planète à des milliards d'années-lumière d'ici ! Si vous voyagez à la vitesse de la lumière… ça vous aura pris des milliards d'années pour arriver.

Mon ancien prof de physique aurait été fier de moi.

— Non. Rappelle-toi la façon dont je t'ai sauvée du camion. On est capable de contrôler l'espace et le temps. Je ne saurais pas t'expliquer comment ça fonctionne, mais c'est comme ça. Certains d'entre nous sont plus doués que d'autres.

Ce qu'il me racontait n'avait aucun sens, mais je refusais de l'interrompre. Comme il l'avait dit, ce que j'avais vu un peu plus tôt était impossible. Je n'étais donc plus à même de juger.

— On vieillit comme les humains. Ça nous permet de nous fondre dans la masse. Quand on est arrivés ici, on a choisi notre... enveloppe corporelle. (En me voyant frissonner, il haussa les épaules.) Je ne sais pas comment le formuler sans t'effrayer. Nous ne pouvons pas tous changer d'apparence. On s'en tient à celle que l'on a choisie au départ.

— Tu as bien choisi, alors.

Le coin de ses lèvres se retroussa tandis qu'il faisait courir ses doigts sur l'herbe devant lui.

— On a copié ce qu'on a vu. Ça n'a marché qu'une fois pour la majorité d'entre nous. Quant à la façon dont on a grandi... je suppose que notre ADN a pris le relais. Si tu te poses la question, on naît par trois. Ça a toujours été comme ça. (Il s'interrompit et releva les yeux vers moi.) On n'est pas si différents des humains.

— Si on oublie que tu es une boule de lumière que je peux toucher ?

J'expirai lentement. Il tiqua.

— Oui. Et qu'on est beaucoup plus évolués que vous.

— À quel point ? demandai-je d'une voix posée.

Il sourit pour de bon, cette fois, caressant l'herbe du bout des doigts.

— Disons que si on décidait d'entrer en guerre contre vous, vous ne gagneriez pas. C'est impossible.

Mon cœur se retourna vivement. Je reculai. Je ne m'étais même pas rendu compte que je m'étais penchée vers lui.

— Qu'est-ce que tu peux faire d'autre ?

Les yeux de Daemon rencontrèrent brièvement les miens.

— Pour ta sécurité, il vaut mieux que tu en saches le moins possible.

Je secouai la tête.

— Tu ne peux pas me dire un truc pareil sans aller jusqu'au bout. Tu... me dois au moins ça.

— C'est toi qui m'es redevable ! Pour la troisième fois, en plus, rétorqua-t-il.

— Comment ça, trois fois ?

— La nuit où tu as été agressée, maintenant, et quand tu as décidé de refaire la garde-robe d'Ash avec des spaghettis. (Il compta sur ses doigts.) J'espère qu'il n'y en aura pas de quatrième.

— Tu m'as sauvé la vie avec Ash ?

— Bien sûr. Quand elle a menacé de te tuer, elle ne plaisantait pas. (Il soupira avant de rejeter la tête en arrière.) Et puis merde. Qu'est-ce que ça peut faire, après tout ? Tu en sais déjà trop. On peut tous contrôler la lumière. On peut s'en servir pour se rendre invisible. On peut effacer les ombres. On peut également utiliser la lumière en elle-même. Crois-moi, tu ne veux pas qu'on t'attaque avec ce genre de choses. Je doute qu'une humaine y survivrait.

— OK... (J'osais à peine respirer.) Attends une minute. Quand on a croisé l'ours dans la forêt, j'ai vu un éclair...

— C'était moi. Et avant que tu me poses la question : non, je n'ai pas tué l'ours. Je lui ai fait peur. Je ne sais pas pourquoi tu t'es évanouie. Tu étais peut-être trop près de ma lumière. Ça a sans doute eu un effet sur toi. Dans tous les cas, on a tous des pouvoirs de guérison, mais certains sont plus développés que d'autres, poursuivit-il en baissant le menton. Je ne me débrouille pas trop mal, mais Adam, par exemple, l'un des frères Thompson, peut guérir n'importe quoi du moment qu'il reste un semblant de vie à l'intérieur. Ah, et on est plus ou moins indestructibles. Notre seule faiblesse, c'est notre véritable apparence. Bon et je suppose que nous couper la tête sous notre forme humaine marcherait aussi.

— Oui, en général, ça fonctionne plutôt bien.

Je n'arrivais plus à réfléchir. Je ne faisais qu'encaisser ce qu'il me racontait. Une seule pensée cohérente par minute me traversait l'esprit. Je me pris la tête entre les mains.

— Tu es un extraterrestre.

— On est capables de faire beaucoup de choses, mais la majorité de nos pouvoirs apparaissent à la puberté. Au début, on a beaucoup de difficultés à les contrôler. On n'arrive pas toujours au résultat escompté.

— C'est sûrement... compliqué.

— Oui, ça l'est.

Je baissai les mains et les recroquevillai contre ma poitrine.

— Qu'est-ce que tu peux faire d'autre ?

Il m'examina tout en parlant.

— Tu me promets de ne pas t'enfuir encore une fois ?

— Oui, acquiesçai-je en me demandant pourquoi il me posait la question maintenant.

Ce n'était pas comme si quoi que ce soit pouvait encore m'étonner.

— On peut manipuler les objets. Animés ou non. Et on fait même mieux que ça. (Il attrapa une feuille morte et la brandit entre nous.) Regarde bien.

De la fumée commença aussitôt à s'en échapper. Des flammes orange étincelantes jaillirent du bout de ses doigts, s'enroulant autour de la feuille. Elle disparut en quelques secondes, mais le feu continua de crépiter dans sa main.

Je m'approchai et plaçai mes doigts près des siens. De la chaleur s'en échappait. Reculant, je le dévisageai.

— Ce n'est pas douloureux ?

— Comment est-ce que quelque chose qui fait partie de moi pourrait me blesser ?

Il dirigea les flammes vers le bas. De la braise tomba de ses doigts, mais le sol n'en fut pas affecté. Il secoua la main.

— Tu vois ? Il n'y a plus rien.

Les yeux écarquillés, je me penchai en avant.

— Quoi d'autre encore ?

Daemon sourit, puis disparut. Je reculai pour regarder autour de moi. Il était adossé à un arbre à quelques mètres.

— Comment est-ce que... Attends une seconde ! Tu l'as déjà fait plusieurs fois. Je me suis dit que c'était effrayant que tu bouges aussi silencieusement... mais en fait, c'est parce que tu es très rapide !

Sidérée, je m'installai de nouveau contre le tronc.

— Rapide comme la lumière, Kitten. (Il réapparut près de moi et s'assit lentement.) Certains d'entre nous peuvent manipuler leur propre corps, au-delà de la forme qu'ils ont choisi de revêtir. Ils sont capables de prendre l'apparence de n'importe quel être vivant.

Je le regardai dans les yeux.

— C'est pour ça que Dee disparaît, de temps en temps ?

Il eut l'air perplexe.

— Tu l'as vue ?

— Oui, mais j'ai cru que j'imaginais des choses. (J'étirai mes jambes.) Je pense qu'elle le fait sans s'en rendre compte quand elle se sent à l'aise. Sa main ou le contour de son corps s'estompent.

Daemon hocha la tête.

— Nous ne sommes pas tous très doués pour contrôler nos pouvoirs. Certains d'entre nous ont plus de difficultés que d'autres.

— Mais pas toi ?

— Je suis formidable, que veux-tu !

Je levai les yeux au ciel, puis me redressai.

— Et vos parents, alors ? Vous m'avez dit qu'ils travaillaient en ville, mais je ne les ai jamais vus.

Il baissa de nouveau la tête.

— Nos parents ne sont jamais arrivés jusqu'ici.

Je ressentis la souffrance de Dee et lui au plus profond de mon cœur.

— Je... je suis désolée.

— Ne t'inquiète pas. C'était il y a bien longtemps. On ne s'en souvient même pas.

Quelque part, c'était encore plus triste. Les souvenirs de mon père commençaient à s'éroder avec le temps, mais ils étaient précieux à mes yeux.

J'avais tellement de questions à poser à Daemon : comment avaient-ils survécu sans parents, sans quelqu'un pour s'occuper d'eux quand ils étaient petits ?

— Mon Dieu, je me sens tellement stupide. J'ai vraiment cru qu'ils travaillaient loin d'ici.

— Tu n'es pas stupide, Kat. Tu as vu ce qu'on voulait que tu voies. On est très doués pour ça. (Il soupira.) Enfin, apparemment, pas assez.

Des extraterrestres... Au final, les illuminés dont m'avait parlé Lesa avaient raison. Ils en avaient sûrement aperçu. Peut-être que l'Homme Papillon existait vraiment, lui aussi. Et que le Chupacabra suçait réellement le sang de ces pauvres chèvres.

Les yeux étranges de Daemon luisirent, puis se posèrent sur mon visage.

— Tu réagis beaucoup mieux que je ne l'aurais imaginé.

— J'aurai tout le temps de paniquer et d'avoir une minicrise de nerfs plus tard, ne t'inquiète pas. Je vais sûrement avoir l'impression d'avoir perdu la tête. (Pendant que je parlais, un détail me vint soudain à l'esprit.) Est-ce que... est-ce que vous pouvez contrôler les pensées des gens ? ou les lire ?

Il secoua la tête.

— Non. Nos pouvoirs sont ancrés dans notre forme. Si la lumière était manipulée par autre chose, peut-être. Tout est possible.

En l'observant, je sentis la fureur et l'incrédulité entrer en conflit à l'intérieur de moi.

— Pendant tout ce temps, j'ai cru devenir folle. Tu n'arrêtais pas de me dire que j'avais des hallucinations et que je fabulais. C'est comme si tu m'avais fait un lavage de cerveau. Je ne te remercie pas.

Quand il rouvrit les yeux, j'y vis un éclair de colère mêlé à quelque chose que je n'arrivais pas à déchiffrer.

— J'y étais obligé, insista-t-il. Il ne faut pas qu'on apprenne notre existence. Qui sait ce qui nous arriverait ?

— Combien... d'humains sont au courant de votre existence ? demandai-je en me forçant à laisser tomber le sujet pour l'instant.

— Certains habitants s'imaginent des choses à notre compte, répondit-il. Le ministère de la Défense sait qu'on est ici et c'est à peu près tout. Ses agents ne connaissent pas nos pouvoirs et il ne faut surtout pas qu'ils les découvrent. (Il grogna presque en me regardant dans les yeux.) Ils pensent qu'on est des erreurs de la nature, mais qu'on est complètement inoffensifs. Tant qu'on suit leurs règles, ils nous donnent de l'argent, un toit et ils nous laissent tranquilles. Alors, quand l'un de nous commence à se servir de ses pouvoirs à outrance, ce n'est jamais une bonne nouvelle. On fait de notre mieux pour ne pas les utiliser, surtout devant les humains.

— Parce que ça risquerait de révéler votre véritable identité.

— Oui, et puis... (Il se frotta la mâchoire.) Chaque fois qu'on se sert de nos pouvoirs en présence d'un humain, eh bien, on laisse une trace sur cette personne et nos semblables savent qu'il y a eu interaction. Alors, on essaie d'éviter, mais toi... Rien ne se passe jamais comme prévu, avec toi.

— Quand tu as arrêté ce camion, ça a laissé une... trace sur moi ?

Il cligna les yeux avant de détourner la tête.

— Et lorsque tu as fait peur à l'ours ? Tes semblables peuvent le voir ? (J'avalai la boule de peur qui s'était formée dans ma gorge.) Si j'ai bien compris, les Thompson et tous ceux qui sont dans le coin savent que j'ai été exposée à tes… dons d'extraterrestre ?

— Plus ou moins, répondit-il. Et ça ne leur fait pas très plaisir.

— Alors pourquoi est-ce que tu as immobilisé ce camion ? Il est clair que tu prends un gros risque en me laissant en vie.

Daemon se retourna lentement. Il avait fermé les yeux. Cette fois encore, il ne répondit pas.

Prête à m'enfuir et à me battre, je pris une longue inspiration.

— Qu'est-ce que tu comptes me faire ?

Lorsqu'il reprit la parole, sa voix vacilla.

— Comment ça ?

— Étant donné que je sais qui vous êtes, je vous mets tous en danger. Tu pourrais très bien… me mettre le feu et Dieu sait quoi d'autre.

— Pourquoi aurais-je pris le temps de tout te raconter si j'avais l'intention de te tuer ?

Il marquait un point.

— Je ne sais pas.

Il s'avança vers moi. Quand je reculai, il s'arrêta juste avant de me toucher.

— Je ne te ferai rien, je te le promets.

Je me mordis les lèvres.

— Comment peux-tu me faire confiance ?

Il se figea. Au bout d'un moment, il m'attrapa par le menton.

— Je ne sais pas. C'est une intuition. Et puis, franchement, personne ne te croirait. Si tu créais un scandale, tu ne réussirais qu'à attirer l'attention de la Défense et, crois-moi, tu n'en as pas la moindre envie.

Ils feraient n'importe quoi pour s'assurer que les humains ne découvrent pas notre existence.

Je demeurai immobile et silencieuse sous la main de Daemon. Plusieurs émotions me submergeaient. En le regardant ainsi, entourée de sa forte présence, j'aurais très bien pu sombrer dans un gouffre dont je n'aurais jamais plus refait surface. Je me dégageai.

— Alors, c'est pour ça que tu as dit toutes ces choses tout à l'heure ? Tu ne me détestes pas ?

Daemon considéra sa main toujours tendue. Il la baissa.

— Je ne te hais pas.

— Et c'est pour ça que tu ne voulais pas que je sois amie avec Dee ? Pour m'empêcher de découvrir la vérité ?

— Oui. Et aussi parce que tu es humaine. Les humains sont faibles. Ils ne nous causent que des ennuis.

Je plissai les yeux.

— On n'est pas faibles. Et c'est notre planète que tu squattes, je te signale. Un peu de respect, mon pote.

Une lueur amusée apparut dans ses yeux émeraude.

— Tu marques un point. (Il s'interrompit et sembla jauger mon expression.) Comment est-ce que tu encaisses le coup ?

— Je suis encore en train de tout assimiler alors je ne sais pas trop... mais je ne pense pas que je vais recommencer à paniquer.

Daemon se leva.

— Très bien. On ferait mieux de rentrer avant que Dee pense que je t'ai tuée.

— Pourquoi croirait-elle une chose pareille ?

Une ombre passa devant son visage.

— Je suis capable de tout, Kitten. Je ne reculerais devant rien pour protéger ma famille, mais toi, tu n'as pas à te faire de souci.

— C'est bon à savoir...

Il pencha la tête sur le côté.

— Il y a des gens en ce monde qui donneraient n'importe quoi pour s'approprier le pouvoir des Luxens, le mien en particulier. Ils sont prêts à tout.

La peur s'insinua de nouveau dans ma poitrine.

— Qu'est-ce que ça a à voir avec moi ?

Daemon s'accroupit devant moi. Il observait la forêt dense autour de nous.

— On peut se servir de la trace que j'ai laissée en arrêtant le camion pour remonter jusqu'à toi. Tu brilles comme un feu d'artifice.

Soudain, je fus incapable de respirer.

— Ils se serviront de toi pour m'atteindre.

Daemon tendit la main vers moi pour retirer une feuille qui s'était prise dans mes cheveux. Ses doigts s'attardèrent un instant sur ma joue avant de retomber vers son genou.

— S'ils t'attrapent... prie pour qu'ils te tuent.

Chapitre 17

De la lumière vive filtrait à travers les fenêtres, dissipant l'obscurité dans laquelle je m'étais si bien sentie. Grognant, j'enfouis mon visage dans l'oreiller moelleux. J'avais mal à la tête et la bouche sèche. Même si je ne me souvenais plus pourquoi, je n'avais pas envie de me réveiller tout de suite. J'avais sûrement une très bonne raison.

Malheureusement, mes muscles me faisaient souffrir. Je roulai sur le côté et ouvris les paupières. Deux grands yeux verts étincelants me fixaient. Ravalant un hurlement, je me relevai d'un bond. Dans ma précipitation, je me pris les jambes dans ma couverture légère et titubai hors du lit.

— Mon Dieu ! croassai-je.

Dee me rattrapa et m'aida à tenir debout pendant que je démêlais mes jambes.

— Désolée. Je ne voulais pas te faire peur.

Je repoussai les draps jusqu'à ce qu'ils forment une boule à mes pieds. J'avais les jambes nues et le tee-shirt trop grand que je portais n'était pas le mien. Je rougis en me rappelant que c'était Daemon qui me l'avait jeté dans la pièce. Il avait son odeur : un mélange d'épices et de plein air.

— Qu'est-ce que tu fais ici, Dee ?

Le rouge aux joues, elle s'assit sur un fauteuil à côté du grand lit.

— Je te regardais dormir.

Je grimaçai.

— Dis comme ça, c'est un peu inquiétant.

Elle eut l'air encore plus gênée.

— Je ne t'observais pas vraiment ! J'attendais que tu te réveilles. (Elle repoussa ses cheveux ébouriffés.) Je voulais te parler. Il fallait que je vienne.

Je m'assis sur le lit. Dee paraissait épuisée, comme si elle n'avait pas dormi de la nuit. De larges cernes soulignaient ses yeux et ses bras restaient ballants contre ses flancs.

— Ça m'a quand même surprise. (Je m'interrompis.) Et ça reste inquiétant.

Elle se frotta les yeux.

— Je voulais te parler...

Elle laissa sa phrase en suspens.

— Attends, je... reviens tout de suite.

Hochant la tête, elle se laissa aller en arrière contre les coussins pâles du fauteuil. Après avoir jeté un coup d'œil à leur chambre d'amis, je me dirigeai vers la salle de bains. À côté du lavabo, je trouvai ma brosse à dents et d'autres affaires personnelles que j'avais récupérées chez moi lorsque Daemon m'avait raccompagnée.

Je fis couler l'eau jusqu'à ce que son bruit couvre tous les autres autour de moi. Après m'être brossé les dents, je me nettoyai le visage. Un coup d'œil au miroir suffit à me faire comprendre que je n'avais pas l'air plus reposé que Dee. J'étais affreuse. Mes cheveux étaient emmêlés et un trait rouge marquait ma joue comme une balafre. Je plaçai mes mains sous le jet d'eau chaude et m'aspergeai le visage. L'égratignure me piqua.

C'est drôle comme une légère douleur peut faire ressortir certaines choses. Les souvenirs de la nuit précédente me revinrent en mémoire. Je me rappelais absolument tout.

Je me sentis mal.

— Oh, mon Dieu. (J'agrippai les bords froids du lavabo en marbre jusqu'à ce que mes doigts me fassent souffrir.) Ma meilleure amie est une extraterrestre.

Je me retournai vivement et ouvris la porte à la volée. Dee se tenait de l'autre côté, les mains croisées derrière le dos.

— Tu es une extraterrestre.

Elle hocha lentement la tête.

Je la dévisageai. J'aurais sûrement dû ressentir de la peur ou de la perplexité, mais ce n'était pas ce qui me préoccupait le plus. J'étais curieuse, intriguée. Je fis un pas en avant.

— Vas-y, fais-le.

— Qu'est-ce que tu veux que je fasse ?

— Le truc de l'ampoule géante extraterrestre, répondis-je.

Les lèvres de Dee s'étirèrent en un grand sourire.

— Tu n'as pas peur de moi ?

Je secouai la tête. Comment aurais-je pu être effrayée par Dee ?

— Pas du tout. Enfin, je flippe un peu, mais tu es une extraterrestre, quoi ! C'est plutôt cool. Bizarre, mais dans le sens positif du terme.

Ses lèvres se mirent à trembler. Les larmes transformèrent ses yeux en deux pierres précieuses scintillantes.

— Tu ne me détestes pas ? Je t'aime beaucoup, alors je ne veux pas que tu me haïsses ou que tu aies peur de moi.

— Je ne te déteste pas.

Dee s'élança vers moi à une telle vitesse que mes yeux humains ne la virent pas bouger. Elle me serra dans ses bras avec une force que je ne lui connaissais pas, puis recula en reniflant.

— Je me suis inquiétée toute la nuit. Daemon a refusé de me laisser te parler. Je n'ai pas arrêté de penser que j'avais perdu ma meilleure amie.

Extraterrestre ou non, elle était toujours la même.

— Tu ne m'as pas perdue. Je n'irai nulle part.

Une seconde plus tard, elle m'étreignait à me couper le souffle.

— Bon, je meurs de faim. Va te changer. Je vais préparer le petit déjeuner.

Sur ces mots, elle disparut de la pièce en un clin d'œil. Il allait falloir que je m'y habitue. J'attrapai les vêtements que j'avais récupérés à la maison après avoir annoncé à ma mère que je restais dormir chez Dee, me changeai rapidement et descendis au rez-de-chaussée.

Dee était déjà en train de préparer le petit déj tout en parlant au téléphone. Le tintement des casseroles et le doux bruit de l'eau étouffaient en grande partie ce qu'elle disait. Refermant le clapet de son portable, elle se retourna.

Elle me tira jusqu'à la table de la cuisine.

— Après tout ce qui s'est passé cette nuit, j'ai cru que tu allais croire qu'on était des monstres.

— Eh bien... commençai-je. Vous n'êtes pas tout à fait normaux.

Elle gloussa.

— C'est vrai, mais la normalité peut se révéler ennuyeuse, parfois.

Son choix de mots me fit grimacer. Alors que j'allais reculer ma chaise, celle-ci bougea de quelques centimètres sans que je la touche. Surprise, je relevai la tête.

— C'est toi ?

Dee sourit.

— C'est pratique. (Je m'assis lentement en espérant que le siège ne bougerait pas encore une fois.) Alors comme ça, tu te déplaces aussi vite que la lumière ?

— En fait, je crois qu'on est un peu plus rapides.

S'approchant de la cuisinière, Dee posa la main au-dessus de la poêle. Celle-ci se mit aussitôt à crépiter sous sa paume. Elle jeta un coup d'œil par-dessus son épaule et me sourit.

Les plaques n'étaient pas allumées, pourtant l'odeur de bacon grillé emplissait l'air.

Je me penchai en avant.

— Comment tu fais ça ?

— Avec la chaleur, expliqua-t-elle simplement. Ça ne me prend que quelques secondes.

En effet, elle m'apporta en quelques instants une assiette d'œufs et de bacon. Entre la vitesse et les mains micro-ondes, je commençais sérieusement à envier les extraterrestres.

— Alors, que t'a dit Daemon, hier soir ?

Elle s'assit devant une montagne d'œufs brouillés.

— Il m'a montré quelques-uns de vos tours de passe-passe. (La nourriture sentait très bon. Je mourais de faim.) Merci pour le petit déj, au fait.

— De rien. (Elle se fit rapidement un chignon.) Tu ne peux pas imaginer à quel point c'est difficile de faire semblant d'être quelque chose que l'on n'est pas. C'est une des raisons pour lesquelles on n'a pas d'amis proches... humains. Et c'est pourquoi Daemon a décidé que les humains n'étaient pas nos amis, ou quelque chose dans le genre.

Je jouai avec ma fourchette, pendant qu'elle dévorait la moitié de son assiette en quelques secondes.

— Eh bien, maintenant, tu n'as plus à faire semblant.

Elle leva des yeux étincelants vers moi.

— Tu veux que je te dise un truc cool ?

De sa part, je ne pouvais qu'imaginer ce dont il s'agissait.

— On peut voir des choses invisibles pour les humains. L'énergie qui vous entoure, par exemple. Je crois que les hippies appellent ça l'aura. D'autres la considèrent comme votre force vitale. Elle change en fonction de vos émotions ou de votre état de santé.

J'arrêtai ma fourchette à mi-chemin de ma bouche.

— Tu vois la mienne ?

Elle secoua la tête.

— Non, tu as une trace autour de toi, pour l'instant. Je ne peux pas voir ton énergie, mais elle était rose pâle quand je t'ai rencontrée, ce qui est plutôt normal. Elle devenait très rouge lorsque tu parlais à Daemon.

Le rouge représentait sûrement la colère. Ou le désir.

— Je ne suis pas très douée pour les lire. Certains pouvoirs sont plus innés que d'autres. Matthew est un as en ce qui concerne les énergies.

— Quoi ? (Je reposai ma fourchette.) Notre prof de bio est un extraterrestre ? Putain… J'ai l'impression d'être dans *The Faculty*.

En y repensant, ça expliquait la façon dont il avait réagi en nous voyant ensemble, Daemon et moi, et les regards étranges qu'il m'adressait en classe.

Dee s'étouffa sur son jus d'orange.

— On ne déterre pas les cadavres.

J'espérais bien que non.

— Waouh. Donc, vous avez des jobs normaux ?

— Oui. (Elle sauta hors de sa chaise et jeta un coup d'œil à la porte.) Tu veux voir ce pour quoi je suis douée ?

Quand je hochai la tête, elle s'éloigna de la table et ferma les yeux. Autour d'elle, l'air sembla se mettre à frissonner. Un instant plus tard, elle se transforma en boule de lumière, puis en loup.

— Euh. (Je m'éclaircis la voix.) Je crois que je viens de comprendre d'où venait la légende des loups-garous.

Elle s'approcha de moi pour me toucher la main avec sa truffe chaude. Comme je ne savais pas quoi faire, je caressai sa tête poilue. Le loup laissa échapper un aboiement qui ressemblait à un gloussement avant de reculer. Dee se tint de nouveau devant moi.

— Ce n'est pas tout. Regarde. (Elle secoua les bras.) N'aie pas peur.

— OK.

Mes doigts se crispèrent sur mon verre.

Lorsqu'elle ferma de nouveau les yeux, son corps disparut avant de prendre la forme d'une personne totalement différente. Des cheveux châtains tombaient sur ses épaules. Son visage était un peu plus pâle. Ses sourcils surplombaient de grands yeux de biche et ses lèvres rosées esquissaient un léger sourire. Elle était plus petite, plus banale.

— C'est moi ? m'écriai-je en me regardant.

— Salut ! dit mon double. Tu peux nous différencier ?

Le cœur battant la chamade, j'essayai de me lever, mais renonçai rapidement. Ma bouche bougea. Aucun son n'en sortit.

— C'est... très bizarre. (Je plissai les yeux.) Mon nez est vraiment comme ça ? Tourne-toi. (Elle s'exécuta. Je haussai les épaules.) Mes fesses ne sont pas si mal que ça.

Mon clone éclata de rire, avant de s'effacer. Pendant un instant, je n'aperçus que les contours d'un corps au travers duquel je pouvais voir le frigo. Un instant plus tard, Dee réapparut. Elle se rassit.

— Je peux prendre l'apparence de tout le monde, sauf de mon frère. Enfin, techniquement, je pourrais, mais ça serait vraiment bizarre. (Elle frissonna.) On peut tous changer de forme, mais moi je peux rester ainsi autant de temps que je veux. La plupart d'entre nous ne tiennent que quelques minutes.

Sa poitrine se gonfla de fierté.

— Ça vous est déjà arrivé de faire semblant d'être quelqu'un d'autre autour de moi ?

Elle secoua la tête.

— Daemon deviendrait fou s'il savait ce que je viens de faire. Ça laisse une petite trace. Mais de toute façon, tu brilles déjà comme un sapin de Noël. Ce n'est pas ça qui va y changer grand-chose.

— Alors, qu'est-ce que peut faire Daemon ? Se transformer en kangourou ?

Dee rit.

— Il peut plus ou moins faire n'importe quoi. Il est l'un des plus puissants d'entre nous. En général, on ne maîtrise vraiment qu'une ou deux techniques. Le reste est plus difficile. Lui, il les maîtrise toutes.

— Il est tellement fantastique, marmonnai-je.

— Une fois, il a réussi à bouger la maison, dit Dee en fronçant le nez. Il a cassé les fondations.

Doux Jésus…

Je pris une gorgée de mon jus de fruits.

— Le gouvernement n'est pas au courant de vos pouvoirs ?

— Non. Du moins, on ne le croit pas, répondit Dee. On leur a toujours caché ce petit détail. On a conscience que les humains se sentiraient menacés s'ils l'apprenaient. Certaines personnes chercheraient même à en tirer avantage. Alors on essaie de garder profil bas.

J'encaissai cette information, avant de me servir de nouveau à boire. J'avais l'impression que mon cerveau était à deux doigts d'exploser.

— Pourquoi êtes-vous venus ici ? Daemon m'a dit qu'il était arrivé quelque chose à votre planète d'origine.

— On peut dire ça, oui. (Dee ramassa son assiette et se dirigea vers l'évier. Le dos tendu, elle se mit à faire la vaisselle.) Elle a été détruite par les Arums.

— Les Arums. (Je compris alors.) L'obscurité, c'est ça ? Est-ce que ce sont les gens qui tentent de vous voler vos pouvoirs ?

— Oui. (Elle me jeta un coup d'œil par-dessus son épaule en hochant la tête.) Ce sont nos ennemis. Ce seraient les seuls si les humains acceptaient notre présence ici. Les Arums sont comme nous. Ils sont nos opposés. Ils viennent de la planète jumelle à la nôtre. Ils ont détruit notre maison. Quand j'étais petite, avant de m'endormir, ma mère me racontait l'histoire de la formation de l'univers. Il était rempli d'une lumière tellement pure, d'une telle intensité, que l'obscurité en était jalouse. Les Arums en sont les enfants. Ils sont envieux, déterminés à étouffer la moindre trace de lumière dans l'univers, sans prendre conscience que l'un ne peut exister sans l'autre. De nombreux Luxens pensent que chaque fois qu'un Arum est tué, une lumière s'éteint dans l'univers. C'est le seul souvenir que j'ai de ma mère.

— Tes parents sont morts durant cette guerre ? demandai-je. (Je regrettai aussitôt ma question.) Désolée.

Dee arrêta de faire la vaisselle.

— Non, ne t'inquiète pas. Tu as le droit de savoir. Mais il ne faut pas que ça t'effraie.

J'ignorais comment la mort de ses parents aurait pu me faire peur, mais je commençais à m'inquiéter de ce que j'allais apprendre.

— Des Arums sont ici. Le gouvernement pense que ce sont des Luxens. On essaie de faire en sorte que ça reste ainsi pour ne pas que la Défense apprenne l'existence de nos pouvoirs à travers eux. (Dee se tourna vers moi et posa les mains contre l'évier.) Et maintenant, à leurs yeux, tu es comme un gyrophare.

Tout appétit envolé, je repoussai mon assiette.

— Existe-t-il une façon de retirer cette trace ?

— Elle s'estompe avec le temps. (Dee m'adressa un sourire forcé.) En attendant, il va falloir que tu restes près de nous. Surtout de Daemon.

Ô joie. Remarque, ça aurait pu être pire.

— OK, donc ça disparaît… au bout d'un moment. Si c'est mon seul problème, je m'en remettrai.

— Ce n'est pas le seul, dit-elle. On doit cacher au gouvernement que tu connais la vérité. Leur boulot est de s'assurer que notre identité n'est pas dévoilée. Tu imagines ce qui se passerait si le peuple humain apprenait notre existence ?

Des scènes de révolution et de chaos me vinrent à l'esprit. C'était notre façon de réagir à tout ce qu'on ne comprenait pas.

— Ils sont prêts à tout pour taire notre secret. (Dee me regarda dans les yeux.) Tu ne peux en parler à personne, Katy.

— Bien sûr que non. Je ne ferais jamais une chose pareille, répondis-je à la hâte. Je ne vous trahirais jamais de cette manière.

J'étais sincère. Dee était comme une sœur pour moi. Et Daemon... Je ne savais pas vraiment ce qu'il représentait à mes yeux, mais je ne risquais pas de les trahir alors qu'ils m'avaient confié un tel secret.

— Je ne dirai rien à personne.

Dee s'agenouilla près de moi et posa sa main sur la mienne.

— Je te fais confiance, mais la Défense ne doit pas découvrir ce que tu as appris, sinon... ils te feront disparaître.

Chapitre 18

— Tu es vraiment très silencieuse aujourd'hui, Katy. Tu as des soucis ?

Je grimaçai. Ma mère me connaissait trop bien.

— Je suis fatiguée, c'est tout.

Je me forçai à sourire pour lui faire plaisir.

— Tu es sûre ?

La culpabilité me rongeait. Je passais rarement du temps avec elle. J'aurais aimé être plus concentrée.

— Excuse-moi, Maman. Je crois que je suis un peu ailleurs.

Elle commença à faire la vaisselle.

— Comment ça se passe avec Daemon et Dee ?

C'était la première fois de la journée qu'elle prononçait leurs noms.

— Très bien. Je vais peut-être voir un film avec eux tout à l'heure.

Elle sourit.

— Avec eux deux ?

Je fronçai les sourcils.

— Maman, pitié.

— Chérie, je suis ta mère. J'ai le droit de te poser la question.

— Pour être franche, je n'en suis pas certaine. Je ne sais même pas si je vais vraiment y aller. C'était juste une idée en l'air. (J'attrapai une pomme dans le fruitier et croquai dedans à pleines dents.) Et toi, qu'est-ce que tu fais ce soir ?

Elle essaya de prendre un air détaché.

— Je vais boire un café avec le Dr Michaels.

— Le Dr Michaels ? C'est qui ? demandai-je entre deux bouchées. Attends une minute. Ce n'est pas le docteur le plus mignon de l'hôpital ?

— Oui. Le seul et l'unique.

— C'est un rendez-vous galant ? (Je m'adossai au plan de travail en souriant derrière ma pomme.) Bravo, Maman !

Elle rougit. Je n'arrivais pas à y croire.

— On va seulement boire un café. Ce n'est pas un rendez-vous.

Ça expliquait pourquoi elle avait mis tant de temps à choisir une robe ce matin-là et pourquoi elle m'avait demandé conseil.

— Eh bien, j'espère que tu t'amuseras à ce non-rendez-vous, mais je t'assure que ça y ressemble.

Avec un sourire, elle continua de me raconter ses projets pour la soirée, puis me parla d'un patient qu'elle avait eu la veille. Avant d'aller se préparer, elle m'apporta deux robes trouvées au fond de son placard.

— Tu ne veux pas en porter une, si tu sors ce soir ? Tu serais très jolie là-dedans. Je suis un peu trop vieille pour les mettre, maintenant.

Je grimaçai.

— Maman, ce n'est pas moi qui ai rendez-vous.

Elle s'offusqua.

— Moi non plus !

— Si tu le dis ! rétorquai-je en me précipitant dans l'escalier.

Il ne lui fallut pas longtemps pour se préparer et partir. Comme il ne s'agissait pas d'un vrai rendez-vous, elle le rejoignait dans un petit resto en ville. J'espérais qu'elle allait s'amuser. Elle le méritait. Depuis la mort de mon père, je doutais qu'elle se soit jamais retournée sur un homme. Ça signifiait sûrement que ce Dr Michaels était spécial.

Dee avait proposé qu'on se voie, mais on n'avait rien prévu. J'avais remarqué que Daemon m'avait surveillée toute la journée, mais je refusais de le laisser venir rôder chez moi. Sa sœur et lui m'avaient appris que les Arums étaient plus forts la nuit et qu'ils préféraient attaquer à ce moment-là. Autrement dit, la journée, je me sentais plutôt en sécurité. Je préférais passer mon temps à lire, à écrire sur mon blog ou à profiter de ma mère.

Toutefois, continuer ma petite vie tout en connaissant un tel secret me paraissait très étrange. Que faisaient-ils ici ? Pourquoi ne pas empêcher des accidents, remédier à la faim dans le monde ou sauver des chatons coincés dans des arbres comme tout super-héros qui se respecte ?

Après avoir jeté mon trognon de pomme à la poubelle, je jouai avec l'anneau que je portais à mon doigt et observai distraitement les robes posées sur la table. Ce n'était pas demain la veille que j'allais les porter pour aller à un rendez-vous.

Un coup vif sur la porte de la cuisine me sortit de mes pensées. J'allai ouvrir. Daemon se tenait derrière. Même avec un jean banal et un simple tee-shirt blanc moulant, il restait à tomber par terre. C'était désarmant. Mais ce qui me troublait le plus, c'était la façon dont il m'examinait. Son regard de jade était intense, brûlant.

— Salut ? lui dis-je.

Il hocha la tête, sans me donner la moindre indication sur son humeur du jour.

Allons bon.

— Euh, tu veux entrer ?

Il secoua la tête.

— Non. J'ai pensé qu'on pouvait faire quelque chose.

— Quelque chose ?

Une lueur amusée s'alluma dans ses yeux.

— Oui. Sauf si tu veux mettre en ligne une critique de livre ou t'occuper du jardin.

— Très drôle.

Je fis mine de lui claquer la porte au nez.

Il leva les mains en l'air pour l'arrêter sans la toucher.

— OK. Laisse-moi réessayer. Est-ce que tu veux faire quelque chose avec moi ?

Pas spécialement, mais il avait piqué ma curiosité. Je commençais à comprendre pourquoi Daemon était si réservé. Peut-être, peut-être seulement, pouvions-nous arriver à nous entendre sans nous entre-tuer.

— À quoi tu penses ?

Daemon haussa les épaules.

— On pourrait aller au lac.

— Je regarderai bien avant de traverser, cette fois.

Acceptant sa proposition, je le rejoignis dehors sans faire attention à son air moqueur. Il avait déjà commencé à marcher. Fourrant les mains dans les poches de mon short, je décidai de ne pas tourner autour du pot.

— Rassure-moi, tu ne m'emmènes pas dans la forêt parce que tu as changé d'avis et que tu as décidé que j'étais une menace pour toi ?

Daemon éclata de rire.

— Tu es vraiment parano.

Je ricanai.

— Dit-il alors qu'il est un extraterrestre et qu'il peut visiblement m'envoyer en orbite sans me toucher.

— Tu ne t'es pas enfermée dans ta chambre ou roulée en boule pour pleurer dans un coin, au moins ?

Cela m'étonna.

— Non, Daemon, mais merci de t'inquiéter pour ma santé mentale.

— Hé, ce n'est pas ma faute ! (Il leva les mains en guise de soumission.) Je dois m'assurer que tu ne vas pas perdre les pédales et tout raconter !

— Tu n'as pas de souci à te faire pour ça, rétorquai-je sèchement.

Daemon me dévisagea intensément.

— D'après toi, combien de personnes ont été proches de nous ? Je veux dire, vraiment proches ?

Je grimaçai. Ce n'était pas difficile de comprendre où il voulait en venir. Étonnamment, je n'aimais pas beaucoup les images qui me venaient à l'esprit.

Il eut un rire rauque et grave.

— Puis, une petite fille débarque et découvre notre identité. Alors, tu peux comprendre que c'est difficile pour moi de... te faire confiance ?

— Je ne suis pas une petite fille, et si je pouvais revenir en arrière, je ne traverserais pas devant ce camion.

— C'est bon à savoir, répondit-il.

— Par contre, je ne regrette pas d'avoir appris la vérité. Ça explique beaucoup de choses. Attends une minute : est-ce que vous pouvez remonter le temps ? demandai-je avec un grand sérieux.

La possibilité ne m'était pas venue à l'idée jusqu'à présent, mais je me posais franchement la question.

Daemon soupira et secoua la tête.

— On peut manipuler le temps, c'est vrai, mais seulement vers l'avant et on évite de le faire. De toute façon, je n'ai jamais entendu parler de quelqu'un capable de changer le passé.

J'avais l'impression que mes yeux allaient sortir de leurs orbites.

— À côté de vous, Superman peut aller se rhabiller.

Il sourit et baissa profondément la tête pour éviter une branche basse.

— Peut-être, mais je ne te dirai pas ce qu'est notre kryptonite.

— Je peux te poser une question ? demandai-je au bout d'un moment tandis qu'on avançait sur le sentier couvert de feuilles mortes. (Quand il hocha la tête, je pris une grande inspiration.) Cette Bethany qui a disparu… Elle sortait avec Dawson, pas vrai ?

Il me jeta un regard en coin.

— Oui.

— Elle savait pour vous tous ?

Plusieurs secondes s'écoulèrent avant qu'il me réponde.

— Oui.

Je le dévisageai. Il regardait droit devant lui, stoïque.

— C'est pour ça qu'elle a disparu ?

Il y eut de nouveau un moment de silence.

— Oui.

Bon. Il avait décidé de ne plus me répondre que par monosyllabes. Super.

— Est-ce qu'elle en a parlé à quelqu'un ? C'est la raison pour laquelle on… l'a fait disparaître ?

Daemon soupira bruyamment.

— C'est plus compliqué que ça, Kat.

Ça pouvait signifier tout et n'importe quoi.

— Est-ce qu'elle est… morte ?

Il ne répondit pas.

Je m'arrêtai pour ôter un caillou à la forme étrange de ma sandale.

— Tu ne comptes pas me le dire ?

Il me sourit avec une aisance agaçante.

— Alors pourquoi m'as-tu demandé de t'accompagner ici ? Pour le plaisir de rester évasif ?

— Je dois avouer que j'adore regarder tes joues rougir quand tu es énervée.

Je lui décochai un regard assassin.

Daemon eut un sourire moqueur, puis reprit sa route. On marcha en silence jusqu'au lac. Il s'approcha du bord avant de jeter un coup d'œil vers moi. Je me trouvais à quelques mètres de lui.

— Mis à part le fait que j'adore te voir partir au quart de tour, je me suis dit que tu aurais peut-être des questions à me poser.

Qu'il aime me mettre en colère avait un côté malsain. Le pire, c'était que moi aussi, j'adorais le regarder bouillir.

— C'est vrai.

— Je préfère te prévenir, je ne répondrai pas à tout. (Daemon s'interrompit d'un air pensif.) Autant en finir maintenant. Au moins, après, on n'aura plus aucune raison d'en parler. Mais si tu veux des réponses, tu vas devoir les mériter.

Ne plus jamais mentionner le fait qu'ils étaient des extraterrestres ? Euh. OK.

— Qu'est-ce que je dois faire ?

— Rejoins-moi sur le rocher.

Il se tourna vers le lac et retira ses chaussures.

— Quoi ? Je n'ai pas mon maillot.

— Et alors ? (Il eut un grand sourire.) Tu pourrais te déshabiller...

— Plutôt mourir.

Je croisai les bras.

— Je m'en doutais un peu, rétorqua-t-il. Tu ne t'es jamais baignée tout habillée ?

Si. Qui ne l'avait jamais fait ? Mais l'air n'était pas si chaud que ça.

— Pourquoi est-ce qu'on est obligés d'aller nager pour que je puisse t'interroger ?

Daemon me dévisagea un instant, puis il baissa les yeux, ses longs cils venant ombrager ses joues.

— Ça n'a rien à voir avec toi. C'est pour moi. J'ai l'impression que ça va de soi. (Ses pommettes rosirent légèrement au soleil.) Tu te souviens de la fois où on est allés se baigner ?

— Oui, répondis-je en faisant un pas en avant.

Quand il releva la tête, son regard rencontra le mien. Ses pupilles vertes paraissaient agitées, lui donnaient l'air vulnérable.

— Tu as passé un bon moment ?

— Quand tu ne te conduisais pas comme un idiot et si on oublie le fait qu'on t'avait forcé à m'y emmener, alors oui.

Un sourire étira ses lèvres. Il se détourna.

— Je ne me souviens pas de m'être autant amusé que ce jour-là. Je sais que ça doit te paraître stupide, mais...

— Ce n'est pas stupide.

Mon cœur s'emballa. Tout à coup, je le comprenais un peu mieux. Malgré les apparences, il aurait voulu être comme les autres.

— D'accord. Allons-y. Évite simplement de rester sous l'eau plus de cinq minutes.

Daemon éclata de rire.

— OK.

Je retirai mes sandales pendant qu'il enlevait son tee-shirt. J'essayais de ne pas trop le fixer, surtout que lui me regardait comme s'il s'attendait à ce que je revienne sur ma décision. Avec un léger sourire, je m'approchai du bord de l'eau et y trempai les orteils.

— Oh, mon Dieu, elle est glacée !

Il me fit un clin d'œil.

— Observe.

Ses yeux se mirent à luire, son corps tout entier vibra avant de se transformer en lumière intense... Puis, il s'envola dans les airs et plongea la tête la première, illuminant le lac comme une piscine éclairée. Il fit le tour des rochers au milieu de l'eau une dizaine de fois en autant de secondes. Frimeur.

— Encore un de tes pouvoirs ? demandai-je en claquant des dents.

Ses cheveux dégoulinèrent tandis qu'il s'adossait contre le rocher. Il tendit la main vers moi.

— Viens, c'est un peu plus chaud maintenant.

Comme je m'étais préparée mentalement au froid, je fus surprise de me rendre compte que la température n'était pas si désagréable. L'eau n'était pas chaude, mais elle n'était pas non plus glaciale. M'immergeant entièrement, j'avançai vers les rochers.

— Tu as d'autres talents cachés comme celui-ci ?

— Je peux faire en sorte que tu ne me voies pas.

Je lui pris la main et il m'aida à monter sur le rocher avec mes vêtements mouillés. Puis, il me lâcha et s'écarta. Tremblante, j'appréciai la chaleur de la pierre réchauffée par le soleil.

— Comment ça ?

Il s'appuya sur ses coudes. Le froid ne semblait pas l'affecter.

— On est constitués de lumière. On peut manipuler les différents spectres autour de nous et s'en servir. C'est un peu comme si on fracturait les rayons du soleil. Je ne sais pas si tu comprends...

— Pas vraiment.

Il allait falloir que j'écoute un peu plus en cours de sciences.

— Tu m'as vu sous ma véritable forme, pas vrai ? (Quand je hochai la tête, il poursuivit :) Je vibre jusqu'à me dissoudre entièrement en petites particules de lumière. Eh bien, je peux choisir de supprimer la luminosité et donc de devenir transparent.

Je relevai les genoux contre ma poitrine.

— Je trouve ça incroyable, Daemon.

Quand il me sourit, une fossette creusa sa joue. Il s'allongea, les bras derrière la tête.

— Je sais que tu as des questions. Tu peux me les poser, vas-y.

J'en avais tellement que je ne savais pas par où commencer.

— Vous croyez en Dieu ?

— Il a l'air plutôt cool.

Je clignai les yeux. Je ne savais pas si je devais rire ou non.

— Vous avez un Dieu ?

— Je me souviens de quelque chose qui ressemblait à une église, mais c'est tout. Les anciens ne parlent pas de religion, dit-il. En même temps, ils sont plutôt rares.

— Qu'est-ce que tu veux dire par « anciens » ?

— La même chose que toi. Des personnes âgées.

Je grimaçai.

Il sourit.

— Question suivante.

— Pourquoi est-ce que tu es un connard ?

Les mots étaient sortis tous seuls.

— Tout le monde excelle dans un domaine, pas vrai ?

— Et tu fais du très bon boulot.

Il me regarda dans les yeux une seconde avant de refermer les paupières.

— Tu ne m'aimes pas, hein ?

J'hésitai.

— Ce n'est pas ça, Daemon, mais tu ne me facilites pas les choses. J'ai du mal à te cerner.

— C'est réciproque, dit-il. (Ses paupières étaient closes. Il avait l'air détendu.) Tu as accepté l'impossible. Tu es gentille avec ma sœur et avec moi alors que je me suis mal comporté. Tu aurais pu t'enfuir en courant hier et révéler notre existence au monde entier, mais tu ne l'as pas fait. Et tu n'hésites pas à me rembarrer quand je dépasse les bornes, ajouta-t-il en riant doucement. Ça me plaît bien.

Waouh. Attendez une minute...

— Tu m'apprécies ?

— Question suivante ? demanda-t-il.

— Vous avez le droit de sortir avec des gens... avec des humains ?

Il haussa les épaules.

— Ce n'est pas une question de « droit ». Est-ce que c'est déjà arrivé ? Oui. Est-ce conseillé ? Non. Rien ne nous en empêche, mais quel en serait l'intérêt ? Ce n'est pas comme si on pouvait avoir une relation durable. On doit constamment cacher notre véritable nature.

— Est-ce que vous êtes comme nous... partout ?

Daemon haussa un sourcil et se redressa en position assise.

— Pardon ?

Je me sentis rougir.

— Pour le sexe, par exemple. Vous êtes lumineux... Je ne comprends pas comment certaines choses fonctionnent...

Les lèvres de Daemon se retroussèrent. Ce fut le seul avertissement qu'il m'adressa. Bougeant incroyablement vite, il se retrouva allongé au-dessus de moi en un clin d'œil.

— Tu es en train de me demander si je suis attiré par les humaines ?

Ses cheveux noirs humides tombaient en avant. De minuscules gouttes d'eau en dégoulinèrent pour venir s'écraser sur ma joue.

— Ou si je suis attiré par toi ?

Il plia les bras pour se baisser doucement. Il n'y avait plus aucun espace entre nos deux corps. En sentant sa peau contre la mienne, toute trace d'oxygène quitta mes poumons. C'était un homme. Son corps était dur là où j'étais douce. Me retrouver si proche de lui était déstabilisant et me faisait ressentir un prisme d'émotions contradictoires. Je frissonnai, mais le froid n'avait rien à voir là-dedans. Son contact était chaud, merveilleux. Je sentais chacune de ses respirations. Quand il bougea les hanches, je hoquetai de surprise en écarquillant les yeux.

D'accord. *Certaines choses* étaient en parfait état de marche.

Daemon roula sur le côté pour s'installer de nouveau près de moi.

— Question suivante ? demanda-t-il d'une voix rauque et grave.

J'étais incapable de bouger. Les yeux grands ouverts, je fixai le ciel bleu au-dessus de moi.

— Tu aurais pu me le dire. Tu n'étais pas obligé de me le prouver.

— Ça aurait été beaucoup moins drôle ! Question suivante, Kitten ?

— Pourquoi est-ce que tu m'appelles comme ça ?

— Parce que tu me fais penser à un petit chaton qui griffe, mais qui ne mord pas.

— OK... Ça n'a aucun sens.

Il haussa les épaules.

Je me creusai l'esprit à la recherche d'une autre question. J'avais des tas de choses à lui demander, mais il m'avait complètement déstabilisée.

— Tu crois qu'il y a d'autres Arums dans le coin ?

Il ne laissa pratiquement rien transparaître. Il rejeta la tête en arrière et m'examina.

— Ils sont partout.

— Est-ce qu'ils vous traquent ?

— Ils ne vivent que pour ça. (Il reporta son attention sur le ciel.) Sans nos pouvoirs, ils sont comme... des humains. En plus vicieux et immoraux. Ils rêvent de destruction et de ce genre de chose.

Ma gorge se serra.

— Tu... en as combattu ?

— Oui. (Il appuya la tête contre sa main. Une mèche de cheveux lui tomba devant les yeux.) J'ai perdu le compte du nombre d'Arums que j'ai affrontés et tués. Et vu la façon dont tu brilles, d'autres vont rappliquer.

Mes doigts me démangeaient. J'avais envie de replacer ses cheveux en arrière.

— Alors pourquoi as-tu arrêté ce camion ?

— Tu aurais préféré que je le laisse t'aplatir ?

Je ne pris même pas la peine de répondre.

— Pourquoi ?

Sa mâchoire se crispa et son regard balaya mon visage retourné.

— Honnêtement ?

— Oui.

— Est-ce que ça me fera gagner des points ? demanda-t-il d'une voix douce.

Retenant ma respiration, je tendis la main et replaçai la mèche de cheveux derrière son oreille. Mes doigts avaient à peine effleuré sa peau, pourtant il prit une grande bouffée d'oxygène et ferma les paupières. Je m'écartai. Je ne savais pas pourquoi j'avais fait ça.

— Tout dépendra de ta réponse.

Daemon rouvrit les yeux. Ses pupilles étaient blanches, étonnamment belles. Il s'allongea de nouveau sur le dos, son bras collé au mien.

— Question suivante ?

Je posai mes mains jointes sur mon ventre.

— Pourquoi est-ce que vous laissez une trace lorsque vous utilisez vos pouvoirs ?

— Les humains sont comme des tee-shirts qui brillent dans le noir. Quand on utilise nos dons près de vous, vous absorbez automatiquement notre lumière. Au bout d'un certain temps, la marque finit par s'estomper, mais son éclat dépend de l'énergie que l'on utilise et de la fréquence à laquelle vous êtes exposés. Quand Dee disparaît, ça n'a pas beaucoup d'effet. en revanche l'incident avec le camion et celui avec l'ours ont laissé une empreinte bien visible. Les actions les plus puissantes, comme les guérisons, ont des conséquences beaucoup plus longues. La trace est faible, mais elle reste plus longtemps.

» J'aurais dû me montrer plus prudent autour de toi, poursuivit-il. Pour faire fuir l'ours, j'ai utilisé un rayon de lumière, un peu comme un laser. Ça a laissé une preuve suffisamment importante pour que l'Arum te repère.

— Tu veux parler du soir où j'ai été attaquée ? murmurai-je, la gorge sèche.

— Oui. (Il se passa une main sur le visage.) Les Arums ne viennent pas souvent ici. Ils pensent qu'il n'y a pas de Luxens dans les parages. Le bêta-quartz dissimulé dans les Seneca Rocks parasite notre signature énergétique et nous permet de nous cacher. C'est pour ça qu'on est aussi nombreux ici. L'un d'entre eux devait être de passage. Il a vu ta trace et il a compris qu'un Luxen vivait ici. C'est ma faute.

— Ce n'est pas ta faute. Ce n'est pas toi qui m'as attaquée.

— Mais je l'ai mené jusqu'à toi, rétorqua-t-il d'une voix tendue.

Je fus incapable de lui répondre. J'avais l'impression qu'on m'avait frappée en plein ventre. La sensation se répandit jusque dans mes doigts et mes orteils. Tout le sang quitta mon visage. La tête me tourna.

Tout à coup, les paroles de mon agresseur prenaient tout leur sens. *Où sont-ils ?* C'étaient eux qu'il cherchait.

— Où est-il à présent ? Est-ce qu'il est encore là ? Va-t-il revenir ? Comment...

Daemon me prit la main et la serra fort.

— Calme-toi, Kitten. Tu vas nous faire une crise cardiaque.

Je baissai la tête vers nos mains jointes. Il ne retira pas la sienne.

— Je ne vais pas faire de crise cardiaque.

— Tu en es sûre ?

— Oui.

Il laissa s'instaurer quelques secondes de silence avant de reprendre :

— Tu n'as plus à t'inquiéter à son sujet.

— Tu l'as... tué ?

— Plus ou moins.

— Plus ou moins ? Je ne savais pas qu'on pouvait plus ou moins tuer quelqu'un.

— Bon, d'accord, je l'ai tué.

Il n'y avait pas la moindre trace de remords dans sa voix, comme si assassiner quelqu'un n'avait aucun effet sur lui. J'aurais dû être terrifiée, avoir peur de lui. Daemon soupira.

— Ce sont nos ennemis, Kitten. Si je ne l'avais pas arrêté, il nous aurait tués, ma sœur et moi, pour absorber nos pouvoirs. Il aurait également attiré ses semblables ici. D'autres auraient été en danger. *Tu* aurais été en danger.

— Et le camion alors ? Je brille encore plus fort, maintenant. (Je ne fis pas attention à la boule qui s'était formée dans mon estomac.) Est-ce que je risque d'en croiser un autre ?

— Avec un peu de chance, il n'y en a plus dans les parages. De toute façon, la trace finira par s'estomper et tu seras de nouveau en sécurité.

Il caressa ma main avec son pouce, traçant des lettres imaginaires. C'était agréable, réconfortant.

— Et si ça ne se passe pas comme ça ?

— Alors, je les tuerai aussi. (Il n'hésita pas une seconde.) Tu vas devoir rester près de nous pendant un certain temps, jusqu'à ce que la marque disparaisse.

— Dee m'a dit quelque chose dans le genre, elle aussi. (Je me mordis les lèvres.) Alors, tu ne veux plus que je me tienne à distance ?

— Ce que je veux importe peu. (Il contempla nos mains.) Si ça ne tenait qu'à moi, je t'enverrais le plus loin possible.

Je me libérai.

— La prochaine fois, évite d'être honnête.

— Tu ne comprends pas, dit Daemon. Telle que tu es à présent, tu peux mener un Arum directement jusqu'à ma sœur. Il faut que je veille sur elle. Elle est la seule famille qui me reste. Je dois également protéger nos semblables. Je suis le plus fort d'entre nous. C'est mon rôle. Alors tant que tu porteras cette trace, je ne veux pas que tu te promènes avec Dee sans moi.

Je m'assis et jetai un coup d'œil vers la rive.

— Je crois qu'il est temps de rentrer.

Ses doigts se refermèrent sur mon bras. Je ressentis des picotements.

— Tu ne peux pas te balader seule. Il faut que je reste près de toi jusqu'à ce que la trace s'estompe.

— Je n'ai pas besoin d'un baby-sitter.

Je serrais tellement les dents que j'avais mal à la mâchoire. Même si ça ne me faisait pas plaisir, je comprenais ses raisons. Ça ne voulait pas dire que ça ne me blessait pas.

— Je me tiendrai éloignée de Dee jusqu'à ce que la trace disparaisse.

— Tu ne comprends toujours pas.

Il raffermit sa prise. J'avais l'impression qu'il voulait me secouer, mais je savais qu'il ne le ferait pas.

— Si un Arum met la main sur toi, il ne te tuera pas. Celui que tu as croisé à la bibliothèque… il jouait avec toi. Il voulait te faire souffrir jusqu'à ce que tu le supplies de t'épargner, avant de te forcer à le mener à l'un de nous.

J'avais la gorge serrée.

— Daemon…

— On n'a pas le choix. Pour l'instant, la trace fait de toi un risque potentiel. Tu es un danger pour ma sœur. Je ne laisserai rien lui arriver.

Son amour pour sa sœur était admirable, mais ça n'apaisait nullement la vague de fureur qui m'envahissait.

— Et quand l'empreinte sera partie, qu'est-ce qui se passera ?

— Je préférerais que tu restes le plus loin possible de nous, mais je doute que ça arrive. Et puis, ma sœur tient à toi. Tant que tu n'es pas marquée, ça ne me dérange pas que vous soyez amies.

Je serrai les poings.

— Je te remercie de me donner ton accord.

Ses yeux ne reflétaient pas son sourire en coin. C'était rarement le cas.

— J'ai déjà perdu un frère à cause de ses sentiments pour une humaine. Je ne compte pas perdre ma sœur aussi.

La colère coulait toujours dans mes veines, mais ses paroles détournèrent mon attention.

— Tu parles de Dawson et de Bethany.

Il marqua une pause.

— Mon frère est tombé amoureux d'une humaine... et ça les a tués tous les deux.

Chapitre 19

Mon agacement se dissipa aussitôt. Je ne pus que le dévisager en silence. Au fond de moi, je savais déjà ce qu'il venait de m'annoncer, mais je n'avais pas voulu l'admettre. Et même s'il se comportait souvent comme un salaud, j'étais incapable de rester en colère. Un sentiment d'incertitude m'envahit.

— Que s'est-il passé ? demandai-je.

Il fixait un point par-dessus mon épaule, parmi les arbres derrière moi.

— Dawson a rencontré Bethany. Je te jure : c'était un vrai coup de foudre. Toute sa vie s'est mise à tourner autour d'elle. Matthew... M. Garrison lui avait pourtant dit que ça ne pouvait pas marcher. Moi aussi. On ne peut pas avoir une vraie relation avec une humaine, c'est impossible.

Les lèvres pincées, il s'interrompit un instant.

— Tu ne sais pas à quel point c'est dur, Kat. On doit tout le temps se cacher. Même quand on est entre nous, on est obligés de faire attention. On doit suivre de nombreuses règles. La Défense n'aime pas qu'on fricote avec les humains. (Marquant une pause, il secoua la tête.) Comme si on était des animaux, comme s'ils étaient au-dessus de nous.

— Mais vous n'êtes pas des animaux, lui dis-je.

Ils n'étaient pas comme nous, mais ce n'était pas une raison pour les considérer comme inférieurs.

— Tu sais qu'ils sont au courant de nos moindres faits et gestes ?

Il me jeta un coup d'œil. Son regard s'était assombri. Il semblait énervé.

— Quand tu passes le permis ? Ils le savent. Si on s'inscrit dans une université ? Ils le voient tout de suite. Un mariage avec un humain ? Oublie. On doit même leur demander la permission pour déménager.

Je clignai les yeux.

— Ils ont le droit de faire ça ?

Il eut un rire sans humour.

— C'est votre planète, pas la nôtre. Tu l'as dit toi-même. Ils nous contrôlent en nous donnant de l'argent. On est obligés de se présenter à eux régulièrement, donc on est incapables de se cacher. Dès qu'ils ont vent de notre existence, on est foutus.

Comme je ne savais pas quoi dire, je restai silencieuse. Leur vie semblait entièrement sous contrôle, fichée. C'était triste et effrayant à la fois.

— Et ce n'est pas tout. On attend de nous qu'on trouve un autre Luxen et qu'on reste ici.

Un signal d'alarme retentit soudain en moi. Était-il promis à Ash ? Le moment semblait mal choisi pour lui poser la question. Mon intérêt pour la réponse était encore plus déstabilisant.

— Ce n'est pas très juste.

— Non. (Daemon se redressa dans un geste fluide et posa ses bras sur ses genoux pliés.) C'est facile de se sentir humain. Je sais que je ne le suis pas, mais je veux exactement les mêmes choses que vous. (Il s'arrêta et secoua la tête.) Bref. Dans tous les cas, quelque chose s'est produit entre Dawson et Bethany. J'ignore quoi. Il ne me l'a jamais dit. Ils sont partis en randonnée un samedi et il est rentré très tard. Ses vêtements étaient déchirés, couverts de sang. Ils se sont encore plus rapprochés. Si Matt et les Thompson ne s'étaient pas doutés de quelque chose, ils auraient compris à ce moment-là. Le week-end suivant, Dawson et Bethany sont allés au cinéma. Ils ne sont jamais revenus.

Je fermai les yeux.

— Les agents de la Défense l'ont retrouvé le lendemain à Moorefield. Son corps avait été abandonné dans un champ comme un vulgaire déchet. (Sa voix était grave, râpeuse.) Je n'ai pas pu lui dire adieu. Ils ont emmené son corps avant que je puisse le voir, de peur que quelqu'un d'autre ne le découvre. Quand on meurt ou qu'on est blessés, on retrouve notre forme originelle.

J'avais mal pour lui et Dee.

— Tu es sûr qu'il est… mort, puisque tu n'as jamais vu son corps ?

— Je sais qu'un Arum l'a attaqué. Il a absorbé ses pouvoirs et l'a tué. S'il était encore en vie, il aurait trouvé un moyen de nous contacter. Ils ont fait disparaître son corps et celui de Bethany avant que quiconque les remarque. Ses parents ne sauront jamais ce qui lui est arrivé. Tout ce qu'on peut dire, c'est qu'il a sûrement laissé une trace sur elle qui a permis à un Arum de le retrouver de cette façon. C'est la seule explication possible. Ils ne peuvent pas sentir notre présence ici. Il avait sûrement fait quelque chose de grave.

Mon cœur se serra. J'avais du mal à imaginer ce qu'ils avaient pu ressentir, Dee et lui. La mort de mon père avait été prévisible. J'avais énormément souffert. J'avais eu l'impression que sa maladie puis son décès finiraient par me tuer. Mais il n'avait pas été assassiné.

— Je suis désolée, murmurai-je. Je sais que rien de ce que je pourrai dire ne te le ramènera, mais je suis sincèrement désolée.

Il leva la tête vers le ciel. En l'espace d'une seconde, la façade qu'il élevait toujours devant lui se dissipa et le véritable Daemon apparut. C'était toujours un emmerdeur de première… mais je voyais bien qu'il souffrait. Il n'avait sans doute jamais fait preuve de vulnérabilité devant qui que ce soit. Tout à coup, je me sentis gênée d'assister à ce moment. Le fait que ce soit moi qui puisse me glisser sous les différentes couches de protection qu'il avait érigées autour de lui ne me semblait pas normal. Il aurait dû être entouré de quelqu'un qu'il aimait, quelqu'un d'important pour lui.

— Il… Il me manque, cet idiot, dit-il d'une voix rauque.

La douleur qui résonnait dans sa voix me toucha. Sans réfléchir, je me retournai et passai mes bras autour de son corps tendu. Je l'étreignis le plus fort possible… Puis, le relâchai avant qu'il me jette à l'eau.

Daemon ne bougea pas. Il m'observa, les yeux écarquillés, comme si c'était la première fois qu'on le prenait dans ses bras. Peut-être que les Luxens n'aimaient pas ça.

Je baissai le front.

— Mon père me manque aussi. Ça ne s'arrange pas avec le temps.

Son souffle se fit plus lourd.

— Dee m'a dit qu'il avait été malade, mais elle n'est pas rentrée dans les détails. Je suis navré… Toutes mes condoléances. La maladie n'est pas quelque chose qui nous est familier. Comment ça s'est passé ?

Je lui parlai du cancer de mon père. Ce fut étonnamment facile. Je lui racontai aussi des moments plus gais, ceux qu'on avait partagés ensemble avant qu'il tombe malade : le jardinage, les samedis matin au printemps passés à acheter de nouvelles plantes et fleurs.

Il me narra à son tour quelques souvenirs de Dawson : la première fois qu'ils avaient fait une randonnée dans les Seneca Rocks, celle où Dawson avait pris l'apparence de quelqu'un d'autre et avait été incapable de se retransformer… On resta ainsi, à parler de nos défunts jusqu'à ce que le soleil se mette à décliner et que le rocher perde sa chaleur. C'était agréable. Il n'y avait que lui et moi, dans le crépuscule, les yeux levés vers le ciel qui se parait d'étoiles.

Je n'avais aucune envie de rentrer, pas parce que l'eau devait désormais être froide, mais parce que je savais au plus profond de moi-même que ce petit monde que nous avions créé, un monde où nous ne nous disputions pas et ne nous détestions pas, allait disparaître. Visiblement, Daemon… avait eu besoin de se confier à quelqu'un. J'avais été là. J'avais posé les bonnes questions. C'était la même chose pour moi. Il avait été présent. Du moins, c'était ce que je préférais me dire. Car demain, rien n'aurait changé.

Il fallait retourner dans la vie réelle. Là où Daemon aurait préféré ne jamais me rencontrer.

On n'échangea pas le moindre mot jusqu'à ce qu'on arrive devant chez moi. Comme il y avait de la lumière dans le salon, je préférai chuchoter.

— Et maintenant ?

Daemon serra les poings contre son flanc et détourna la tête sans me répondre.

Il disparut en un clin d'œil.

— Quoi ? Tu n'as rien fait pendant ton jour férié ? (Lesa pointa Carissa du doigt.) Ta vie est aussi excitante que celle de Carissa.

Levant les yeux au ciel, l'intéressée remonta ses lunettes sur son nez.

— On n'a pas tous des parents qui nous emmènent en Caroline du Nord pour le week-end. On n'est pas aussi cool que toi.

Comme je ne pouvais pas leur avouer que mon week-end avait été plein de rebondissements, que j'avais failli me faire renverser par un camion et appris l'existence d'une forme de vie extraterrestre, je haussai les épaules et gribouillai sur mon cahier.

— Je suis restée à la maison.

— Je comprends. (Lesa désigna l'avant de la classe d'un geste de la tête.) Moi aussi, je resterais chez moi si je vivais à côté de ça.

— Ils se sont trompés à la naissance : tu aurais dû être un mec, fit remarquer Carissa en dissimulant son sourire.

Ces deux-là étaient la contradiction incarnée. L'une était aussi renfermée que l'autre était rentre-dedans. J'avais toujours l'impression de regarder un match de tennis entre l'ange sur mon épaule gauche et le diable sur la droite.

Pas besoin de lever la tête pour comprendre qu'elles parlaient de Daemon. Je n'avais pratiquement pas fermé l'œil de la nuit. La seule chose dont j'étais certaine, c'était que je ne devais pas changer mon comportement envers lui. J'allais continuer de l'ignorer, comme avant que je découvre qu'il venait de très, très loin d'ici.

Cela fonctionna jusqu'à ce qu'il s'asseye derrière moi et que je sente son stylo me taper dans le dos. Je posai lentement le mien et me retournai d'un air détaché.

— Oui ?

Ses cils charbonneux se baissèrent, mais pas avant que j'aperçoive son regard pétiller de malice.

— Chez moi. Après l'école.

Le hoquet de surprise de Lesa fut légèrement gênant.

J'avais conscience que je devais passer mon temps avec Daemon tant que la trace ne se serait pas estompée, mais je détestais qu'on me donne des ordres.

— J'ai déjà quelque chose de prévu.

Il pencha légèrement la tête sur le côté.

— Pardon ?

Une petite partie de moi, diabolique, se félicita de son air surpris.

— Je t'ai dit que j'avais déjà quelque chose de prévu.

Il y eut une seconde de silence, puis il sourit. Ça ne me fit pas autant d'effet qu'il l'aurait sans doute voulu, mais ce n'était pas loin.

— Tu mens.

— Comment pourrais-tu le savoir ?

— Je le sais, c'est tout.

— Eh bien, tu te trompes.

Pas du tout, en fait. Je n'avais fait aucun projet.

Il se tourna vers les filles.

— Elle sort avec l'une de vous après les cours ?

Carissa ouvrit la bouche pour répondre, mais Lesa la coupa.

— Pas du tout.

Bonjour, les amies...

— Je ne parlais peut-être pas d'elles.

Daemon se pencha en avant de son bureau pour se rapprocher de moi.

— Tu as d'autres amis à part Dee et elles ?

Je lui jetai un regard assassin.

— Bien sûr !

— OK. Cite-m'en un.

Et merde. Il avait compris que je bluffais.

— OK. Si tu veux...

Il me sourit d'un air sexy avant de se rasseoir convenablement, tapotant la table avec son stylo. Je lui adressai un regard de haine à l'état pur, puis me retournai. Non, rien n'avait changé.

Après les cours, Daemon me suivit jusque chez moi. Littéralement. Il me prit en filature avec son Infinity flambant neuve. À côté, ma vieille Camry ne faisait pas le poids avec son pot d'échappement qui fuyait et son silencieux qui ne l'était pas.

Je pilai à plusieurs reprises devant lui.

Il klaxonna à chaque fois.

Je me sentais toute chose.

Dès que je mis le pied hors de ma voiture, il m'attendait déjà derrière la portière.

— Putain ! (Je posai la main sur mon cœur.) Tu veux bien arrêter de faire ça ?

— Pourquoi ? (Il baissa la tête.) Tu es au courant, maintenant.

— Peut-être, mais ça ne veut pas dire que tu ne peux pas marcher comme un être humain. Et si ma mère t'avait vu ?

Il sourit.

— J'aurais usé de mes charmes pour la convaincre qu'elle s'était trompée.

Je le bousculai pour passer.

— Je mange avec elle, ce soir.

Quand Daemon apparut soudain à côté de moi, je hurlai. Je voulus le frapper, mais il évita aisément mon coup.

— Putain ! Tu fais ça pour m'énerver, c'est ça ?

— Qui ? Moi ? (Il arrondit les yeux d'un air innocent.) À quelle heure est-ce que vous dînez ?

— 18 heures. (Je montai les marches du perron.) Mais tu n'es pas invité.

— Comme si je voulais manger avec toi, rétorqua-t-il.

Je lui fis un doigt d'honneur sans me retourner.

— Je te laisse jusqu'à 18 h 30 pour arriver chez nous. Après, je viens te chercher.

— OK. OK.

J'entrai sans lui accorder davantage d'attention.

Ma mère se tenait près de la fenêtre du salon. Elle tenait un cadre photo qu'elle époussetait. C'était la photo de nous qu'elle préférait. Elle avait arrêté un adolescent lambda pour lui demander de nous immortaliser à la plage. Un sourire de sa part avait suffi à le faire accepter. Je me souvenais d'avoir ressenti de la gêne. J'avais l'air en colère à côté d'elle, énervée, frustrée. Je détestais cette photo.

— Tu es là depuis combien de temps ?

— Suffisamment pour t'avoir vue faire un doigt d'honneur à Daemon.

— Il le méritait, grommelai-je en laissant tomber mon sac à dos par terre. Je vais chez eux après manger.

Elle fronça le nez.

— Est-ce que je peux savoir pourquoi ?

Je soupirai.

— Absolument pas.

Quand j'arrivai chez mes voisins à 18 h 34 précises, j'eus l'impression qu'une troisième guerre mondiale avait éclaté chez eux. Étant donné que personne ne vint m'ouvrir, je me permis d'entrer.

— Je n'arrive pas à croire que tu aies mangé toute la glace, Daemon !

Grimaçant, je m'arrêtai dans la salle à manger. Pas question que je pénètre dans la cuisine.

— Je n'ai pas tout mangé.

— Oh, alors elle a disparu par magie ? demanda Dee d'une voix si forte que les chevrons du toit s'entrechoquèrent. Ou peut-être est-ce la faute de la cuillère ? Oh, attends, je sais : c'est le carton qui l'a mangée.

— Pour tout te dire, je pense que c'est le frigo, rétorqua Daemon.

Je souris en entendant le bruit de l'emballage vide frapper quelqu'un.

Je retournai dans le salon et attendis jusqu'à ce que des pas résonnent derrière moi.

Daemon s'appuya contre le chambranle de la porte qui séparait les deux pièces. Je l'observai lentement. Ses cheveux étaient en bataille. La lumière diffuse éclairait ses hautes pommettes. Il souriait en coin. Même dans une tenue aussi simple qu'un jean et un tee-shirt, il était… il n'y avait aucun mot pour le décrire.

Sa présence emplissait la pièce alors qu'il n'était même pas à l'intérieur.

Il haussa un sourcil.

— Kat ?

Je détournai les yeux en me maudissant intérieurement.

— Tu t'es fait frapper par un bac de glace ?

— Oui.

— Mince, j'ai raté ça.

— Je suis sûr que Dee se fera un plaisir de recommencer pour toi.

Sa réponse me fit sourire.

— Tu trouves ça drôle, en plus ? (Dee déboula dans le salon, ses clés de voiture à la main.) Je devrais t'obliger à aller au supermarché pour m'en acheter, mais comme j'aime bien Katy et que je me soucie de sa sécurité, je vais y retourner toute seule.

Ça signifiait que j'allais encore me retrouver en tête à tête avec… Ah non !

— Daemon ne peut pas s'en charger ?

Il me sourit.

— Non. Si l'Arum revient, il verra ta trace, expliqua Dee en attrapant son sac. Tu dois rester avec lui. Il est plus puissant que moi.

Je baissai les bras.

— Je peux rentrer chez moi ?

— Tu as conscience que la marque se voit à travers les murs ? (Daemon s'éloigna de l'encadrement de la porte.) Enfin, c'est toi qui décides si tu veux mourir ou non.

— Daemon, le rabroua Dee. Tout est ta faute. C'était *ma* glace, pas la tienne.

— Ce problème de glace a l'air super important, dis-je.

— C'est toute ma vie. (Dee jeta son sac sur Daemon qui esquiva.) Et tu me l'as prise.

Daemon leva les yeux au ciel.

— Vas-y et reviens vite.

— Oui, chef ! fit-elle en le saluant. Tu veux quelque chose ?

Je secouai la tête.

Daemon avait de nouveau bougé à la vitesse de la lumière. Il se tenait à présent devant sa sœur. Il la prit brièvement dans ses bras.

— Sois prudente.

Je n'avais aucun doute que Daemon aimait et chérissait Dee. Il aurait donné sa vie pour elle, sans hésiter. La façon dont il la protégeait était admirable. Je n'arrivais même pas à trouver les bons mots pour la décrire. Dans des moments comme ça, je regrettais d'être fille unique.

— Comme d'habitude.

Dee sourit, me fit signe de la main et passa la porte.

— Waouh. Fais-moi penser à ne jamais manger sa glace.

— Si ça t'arrive un jour, même moi, je ne serai pas capable de te sauver. (Il eut un sourire moqueur.) Bon, Kitten, si je dois jouer les baby-sitters pour la soirée, qu'est-ce que j'ai en échange ?

Mon regard s'assombrit.

— D'une, je ne t'ai jamais rien demandé. C'est toi qui m'as forcée à venir ici. Et de deux : arrête de m'appeler Kitten.

Daemon éclata de rire. Le son me fit frissonner. Je me remémorai la sensation que j'avais ressentie en me réveillant, la tête sur ses genoux.

— Tu es en forme, ce soir.

— Tu n'as encore rien vu.

En continuant de ricaner, il se tourna vers la cuisine.

— Ça ne m'étonne pas. Je ne m'ennuie jamais quand tu es là. (Il s'interrompit.) Tu viens ?

Je respirai un grand coup, puis exhalai lentement.

— Où ça ?

Il poussa la porte de la cuisine.

— J'ai faim.

— Tu ne viens pas de manger de la glace ?

— Si, mais j'ai encore faim.

— Mon Dieu, les extraterrestres sont des ventres sur pattes, m'exclamai-je sans bouger.

Daemon jeta un coup d'œil par-dessus son épaule musclée.

— Je me sens obligé de garder un œil sur toi. Alors, tu me suis.

Il attendit que j'avance. Quand je n'en fis rien, il eut un sourire diabolique.

— À moins que tu ne préfères que je te déplace de force.

J'étais plus ou moins certaine de ne pas vouloir savoir à quoi il faisait référence.

— D'accord, on y va.

Je le dépassai et me laissai tomber sur une chaise près de la table.

Daemon attrapa un plat avec des restes de poulet.

— Tu en veux ?

Je secouai la tête. Contrairement à eux, je ne mangeais pas des dizaines de repas par jour.

Il resta silencieux tandis qu'il évoluait dans la cuisine. Depuis le soir au lac, on ne s'était plus pris à la gorge. On ne s'entendait pas vraiment, mais une sorte de trêve semblait avoir été établie entre nous. Je ne savais pas quoi faire avec lui. J'avais trop l'habitude d'essayer de le mettre en colère.

La tête appuyée sur ma main, j'avais du mal à détourner les yeux de lui. Il était grand et musclé, mais il avait l'élégance d'un danseur. Chacun de ses pas était gracieux et souple. Le moindre mouvement ressemblait à une forme d'art.

Et puis, il y avait son visage.

Daemon choisit ce moment pour lever le nez de son assiette.

— Tu tiens le choc ?

Détournant les yeux, je fixai son plat déjà à moitié vide. Combien de temps s'était-il écoulé depuis que j'avais commencé à l'observer ? Ça devenait ridicule. La trace m'avait-elle transformée en hormone ambulante ?

— Ça va.

Il prit une bouchée de poulet et mâcha consciencieusement.

— Tu as l'air. Tu as accepté la situation. Je suis surpris.

— Comment croyais-tu que j'allais réagir ?

Daemon haussa les épaules.

— Avec les humains, les possibilités sont infinies.

Je me mordis les lèvres.

— Tu penses qu'on est plus faibles que vous parce qu'on est humains ?

— Je ne le pense pas. Je le sais. (Il m'observa pardessus son verre de lait.) Je n'essaie pas d'être prétentieux. C'est un fait, c'est tout.

— Physiquement peut-être. Mais mentalement ou... moralement, c'est une autre affaire, rétorquai-je.

— Moralement ?

Il avait l'air perdu.

— Oui. Par exemple, je ne révélerais jamais votre existence pour de l'argent. Et si un Arum me capturait, je ne le mènerais pas jusqu'à vous.

— C'est vrai ?

Offensée, je me laissai aller en arrière en croisant les bras.

— Bien sûr que oui.

— Même si ta vie était menacée ?

Son ton reflétait son incrédulité.

Je secouai la tête en riant.

— Ce n'est pas parce que je suis humaine que je suis lâche ou que je n'ai pas le sens de l'éthique. Je ne ferai jamais rien qui mettrait Dee en danger. Pourquoi ma vie serait-elle plus importante que la sienne ? La tienne… C'est discutable. Mais pas celle de Dee.

Il me dévisagea plusieurs secondes avant de reporter son attention sur son assiette. Je n'aurais pas droit à des excuses. Ô surprise.

— Combien de temps ça va prendre pour que la trace s'estompe ?

Mon regard s'était aussitôt posé sur lui. Ça commençait à devenir agaçant.

Les yeux de Daemon étaient clairs et brillants. Leur teinte verte me consumait de l'intérieur. Il prit une grande gorgée de lait.

J'avais la bouche sèche.

— Peut-être une semaine ou deux, peut-être moins, dit-il en plissant les yeux. Elle commence déjà à se dissiper.

C'était bizarre de l'entendre parler d'une lumière autour de moi que je ne pouvais pas voir.

— De quoi j'ai l'air ? D'une ampoule géante ?

Il secoua la tête en riant.

— C'est une lueur blanche autour de ton corps, un peu comme un halo.

— Ah, ce n'est pas si terrible que ça alors. Tu as fini ? (Lorsqu'il hocha la tête, je débarrassai son assiette par habitude. Pas pour la lui renverser sur la tête, mais pour m'occuper.) Au moins, je ne ressemble pas à un sapin de Noël.

— Non, tu es comme l'étoile au sommet.

Son souffle fit frémir mes cheveux contre ma joue. Je me retournai avec un hoquet de surprise.

Daemon se tenait juste derrière moi. Seuls quelques centimètres séparaient nos deux corps.

— Je déteste quand tu te sers de ta vitesse extraterrestre.

Il sourit.

— Dans quoi est-ce qu'on s'embarque, Kitten ?

Des milliers d'images me traversèrent l'esprit. Heureusement que la télépathie ne faisait pas partie de ses pouvoirs. L'air se chargea soudain autour de moi et un désir écrasant naquit au plus profond de mon être.

— Pourquoi est-ce que tu ne me livres pas à la Défense ? bredouillai-je.

Surpris, Daemon fit un pas en arrière.

— Quoi ?

Je regrettais déjà d'avoir abordé le sujet, mais il était trop tard. Je ne pouvais plus reculer.

— Ça ne serait pas plus simple pour toi, si tu me dénonçais ? Tu n'aurais plus à te soucier de Dee ou du reste.

Daemon resta silencieux. La couleur de ses yeux s'intensifia, étincela davantage. J'aurais voulu reculer, mais je n'avais nulle part où aller.

— Je ne sais pas, Kitten, dit-il à voix basse.

— Tu ne sais pas ? Tu risques tout ce que tu as sans savoir pourquoi ?

— C'est ce que je viens de dire.

Je le dévisageai, estomaquée par le fait qu'il mettait sa vie en danger sans comprendre pourquoi il le faisait. Je trouvais ça dingue, absurde, et aussi un peu déroutant parce que ça pouvait signifier beaucoup de choses à la fois.

Des choses sur lesquelles je n'osais pas mettre de nom.

Il tendit les bras pour les poser sur l'évier de chaque côté de mon corps. Ses muscles me retinrent prisonnière, m'empêchant de bouger sans même me toucher.

Quand il baissa la tête, ses boucles noires tombèrent devant ses yeux.

— Bon, d'accord. Je sais pourquoi.

Je ne compris pas tout de suite où il voulait en venir.

— Ah oui ?

Daemon hocha la tête.

— Tu ne survivrais pas une seule journée sans nous.

— Tu ne peux pas en être sûr.

— Oh, si. D'après toi, combien d'Arums ai-je combattus ? Des centaines. Parfois, j'ai même réussi à m'enfuir *in extremis*. Un humain n'a aucune chance contre eux ou la Défense.

— D'accord. Si tu le dis. Tu peux te pousser, maintenant ?

Daemon sourit. Mon Dieu, il me tapait sur les nerfs ! Deux choix s'offraient à moi : je pouvais rester ici à le regarder comme une idiote, ou me libérer. J'optai pour la deuxième solution. Mon plan était de me dégager le plus vite possible.

Je n'allai pas bien loin.

Autant se mesurer à un mur de brique. Seul un train de marchandises aurait pu le déloger. Son sourire s'élargit. Mon manque de succès semblait l'amuser.

— Connard, marmonnai-je.

Daemon éclata de rire.

— Quel vocabulaire ! Tu embrasses vraiment des garçons avec cette bouche ?

Le rouge me monta aux joues.

— Et toi, tu embrasses Ash avec la tienne ?

— Ash ? (Toute trace de sourire disparut de son visage. Son regard se voila et perdit de sa luminosité.) Tu aimerais bien le savoir, hein ?

Un sentiment de jalousie injustifié m'envahit, mais je le réprimai.

— Non, merci, répondis-je d'un air sardonique.

Daemon se pencha vers moi. Son odeur d'épices et de terre m'entoura.

— Tu ne sais pas mentir, Kitten. Tes joues rougissent quand tu mens.

Ah oui ? Et merde. J'essayai de me libérer encore une fois, mais il m'attrapa par le bras. Il ne me serrait pas, pourtant je sentis son contact jusque dans mes os. Sa main vibrait. La sensation vive et déroutante était pourtant plaisante. Je n'avais pas envie de le regarder dans les yeux, mais je fus incapable de m'en empêcher.

Nous étions très proches l'un de l'autre. L'atmosphère était tendue. Son regard me brûlait. Quand il baissa la tête, j'oubliai de respirer. Fascinée, j'observai ses lèvres s'étirer en un sourire. J'avais du mal à écouter ce qu'il disait, mais ses paroles atteignirent tout de même mon cerveau embrumé.

— J'ai l'étrange idée que je devrais essayer.

— Essayer quoi ?

Mes yeux se posèrent sur ses lèvres. Je me sentis chavirer.

— Je crois que tu aimerais le savoir. (Il s'approcha encore plus près. Sa main remonta le long de mon bras jusqu'à ma nuque.) Tes cheveux sont magnifiques.

— Quoi ?

— Rien.

Il écarta les doigts à l'arrière de mon cou et les enfonça lentement dans mes cheveux détachés.

D'un geste précis, il se mit à me masser la base du crâne. Les lèvres entrouvertes, j'attendis que quelque chose se passe.

Puis, il s'arrêta et tendit la main derrière moi. Je restai là, pressée, peut-être un peu trop, de découvrir s'il ressentait le même désir insoupçonné que moi, s'il était aussi touché que moi.

Au lieu de ça, Daemon attrapa une bouteille d'eau sur le plan de travail.

Je me laissai tomber contre l'évier. À quoi jouait-il ?

Il retourna vers la table avec des yeux rieurs.

— Qu'est-ce que tu me demandais, Kitten ?

— Arrête de m'appeler comme ça.

Il but une gorgée.

— Dee a loué un film, ou quelque chose ?

Je hochai la tête.

— Oui, elle m'en a parlé au lycée, tout à l'heure.

— Alors, viens, on va le regarder.

M'éloignant de l'évier, je le suivis, mais restai près de la porte. Lorsqu'il attrapa le DVD, il grimaça.

— Qui a eu l'idée de prendre ça ?

Je haussai les épaules tandis qu'il lisait les critiques à l'arrière de la pochette.

— Écoute, Daemon. Tu n'es pas obligé de rester ici et de regarder le film avec moi. Si tu as d'autres choses à faire, je peux très bien me débrouiller.

Il leva la tête et haussa les épaules.

— Je n'ai rien de mieux à faire.

— OK.

Je ne savais toujours pas quoi penser. L'imaginer passer une bonne soirée en ma compagnie était encore plus difficile à croire que l'idée que des extraterrestres vivent parmi nous.

Je me forçai à traverser la pièce et m'assis sur le canapé pendant qu'il s'occupait du DVD. Après avoir glissé le disque dans le lecteur, il s'installa à l'opposé de moi. Puis, la télévision s'alluma. J'étais persuadée qu'il avait laissé la télécommande à côté du poste. Heureusement que je n'avais pas les mêmes pouvoirs que lui. Je n'aurais même plus bougé le petit doigt.

Quand il jeta un coup d'œil dans ma direction, je me concentrai sur l'écran.

— Si tu t'endors pendant le film, tu me seras redevable.

Je me tournai vers lui d'un air perplexe.

— Pourquoi ?

Daemon m'adressa un sourire ravageur.

— Contente-toi de regarder.

Je grimaçai, mais je ne discutai pas. Daemon se déplaça légèrement. Le canapé s'enfonça sous son poids et la distance qui nous séparait diminua. Je retins ma respiration jusqu'à ne plus en être capable. Il ne sembla pas s'en rendre compte. Sur l'écran, le générique défilait.

En observant son profil, je me demandai pour la centième fois à quoi il était en train de penser. Comme d'habitude, je ne trouvai aucune réponse à ma question. Frustrée, je me concentrai de nouveau sur le film. L'étrange attirance que je ressentais pour lui était sans doute le fruit de mon imagination. Rien d'autre.

Tendue, ne sachant pas quoi faire avec mes sentiments, je comptai les minutes jusqu'au retour de Dee.

Chapitre 20

Le mercredi suivant, pendant le cours de maths, Daemon se montra étonnamment calme. Son coup de stylo habituel ne m'attaqua qu'une fois, et seulement pour me rappeler que les seuls projets que j'avais après l'école étaient avec lui.

Comme si j'aurais pu l'oublier.

En biologie, comme la veille, le regard de M. Garrison ne cessait de se poser sur moi. Je savais qu'il voyait la trace, mais j'ignorais ce qu'il en pensait. Daemon ne m'avait pas dit si lui et Dee avaient parlé de la situation aux autres Luxens. Toute la journée précédente, plusieurs professeurs m'avaient dévisagée bizarrement. Aujourd'hui, l'un des entraîneurs que j'avais croisé sur le chemin de la cantine s'était arrêté au milieu du couloir pour m'examiner de pied en cap. C'était soit un pervers, soit un extraterrestre. Ou les deux. Ce serait une combinaison du tonnerre.

En faisant la queue, je fis de mon mieux pour résister à l'envie de jeter un coup d'œil au fond du réfectoire. À force de fixer les différents plats, je faillis percuter une montagne de muscles.

Simon Cutters se retourna et baissa les yeux dans ma direction. Il sourit en me voyant.

— Salut, Katy !

Je tendis mon argent à la caissière, avant de porter mon attention sur Simon.

— Désolée.

— Aucun problème.

Il m'attendit au bout de la file avec son assiette remplie à ras bord. Il mangeait presque autant que Dee.

— Tu as compris ce que racontait Monroe en maths ? Il parlait en langue étrangère ou quoi ?

Sachant que j'avais passé la plus grande partie du cours à ignorer le garçon assis derrière moi…

— Aucune idée. J'espère que quelqu'un a pris des notes. On a un contrôle la semaine prochaine, c'est ça ?

Simon hocha la tête.

— Juste avant le match. Je crois que Monroe le fait…

Quelqu'un tendit le bras entre nous pour attraper une boisson, nous forçant à nous éloigner loin de l'autre… ce qui n'était pas nécessaire étant donné qu'il y avait un large espace entre nous. Je reconnus l'intrus à son parfum.

Daemon choisit une brique de lait et la lança en l'air avant de la rattraper. Après m'avoir adressé un regard cryptique, il se tourna vers Simon. Ils faisaient la même taille, mais Simon était plus carré. Pourtant, c'était de Daemon dont émanaient les ondes les plus dangereuses.

— Ça roule, Simon ? demanda-t-il en continuant de jouer avec sa brique de lait.

Clignant les yeux, Simon fit un pas en arrière et se racla la gorge.

— Oui, ça va. J'allais euh… m'asseoir. (Il me jeta un coup d'œil empli de nervosité.) On se voit en classe, Katy.

Fronçant les sourcils, je vis Simon trébucher sans raison. Je me tournai vers Daemon.

— C'était quoi, ça ?

— Tu comptes t'installer avec lui ? me demanda-t-il en croisant les bras.

— Quoi ? Pas du tout. (J'éclatai de rire.) J'avais l'intention de rejoindre Lesa et Carissa.

— Moi aussi, intervint Dee qui était apparue de nulle part. (Elle avait une assiette dans une main et deux verres dans l'autre.) Du moins, si tu crois que je suis la bienvenue.

— Évidemment !

Je jetai un coup d'œil à Daemon. Il retournait déjà vers sa table. Perplexe, je restai plantée là un instant. Que venait-il de se passer ? Les jumeaux Thompson et Ash étaient regroupés ensemble. D'autres élèves discutaient avec eux. J'ignorais s'ils étaient également des extraterrestres. Daemon s'assit près d'eux. Il sortit un livre et se mit à le feuilleter. Quand Ash releva la tête, elle ne parut pas particulièrement ravie.

— Tu es sûre qu'ils ne vont pas t'en vouloir ? demandai-je au bout d'un moment.

— Mais non. Je regrette de ne pas avoir mangé avec toi hier. Il est temps que les choses changent un peu. (Dee semblait pleine d'espoir. Je fus incapable de la contredire.) Pas vrai ?

Lesa et Carissa furent tellement choquées par la présence de Dee qu'elles ne parlèrent pas pendant plusieurs minutes, mais elle finit par les mettre à l'aise et tout le monde se détendit rapidement.

Tout le monde sauf moi.

La moitié du réfectoire avait les yeux rivés sur ma personne. Ils attendaient sûrement que je me batte encore une fois avec Blondie. L'incident avait eu lieu la semaine précédente, pourtant on me considérait toujours comme le ninja de la cantine. De temps en temps, Ash tournait la tête dans notre direction d'un air renfrogné. Elle portait un bustier bleu électrique de la même couleur que ses yeux. La chemise blanche qu'elle avait enfilée par-dessus était ouverte, révélant un corps sans défaut.

Qu'est-ce qui clochait avec l'ADN extraterrestre ? D'accord, ils n'étaient pas de ce monde, mais est-ce que cela signifiait qu'ils devaient avoir une poitrine parfaite pour autant ?

Dee me décocha un coup de coude pendant que Carissa et Lesa discutaient avec un garçon couvert de taches de rousseur au bout de la table.

— Quoi ? demandai-je.

Elle me chuchota à l'oreille :

— Qu'est-ce qui se passe entre mon frère et toi ?

Je pris une bouchée de ma pizza tout en réfléchissant à la meilleure façon de lui répondre.

— Rien. Tu sais bien... toujours la même chose.

Dee haussa un sourcil parfaitement épilé.

— Bien sûr... Il est resté dehors toute la journée, dimanche. Toi aussi. Et en son absence, une certaine personne est passée le voir.

Ma part de pizza me tomba des mains.

Elle attrapa son verre en souriant légèrement.

— Je n'ai pas pu t'en parler hier soir parce qu'il ne nous a pas lâchées d'une semelle, mais ne me dis pas que tu n'as pas remarqué les regards noirs que te lance Ash.

— Moi si, en tout cas, intervint Lesa en posant les coudes sur la table. On dirait qu'elle a envie de te tuer.

Je grimaçai.

— Super.

— Et tu ne sais pas pourquoi ? demanda Dee en se plaçant de façon à tourner le dos à leur table. Fais semblant de me regarder. Dépêche-toi.

— Je suis déjà en train de te regarder, je te signale, rétorquai-je en croquant dans ma pizza.

Lesa éclata de rire.

— Jette un coup d'œil par-dessus son épaule, Einstein. Vers leur table.

Exaspérée, je m'exécutai tout de même. La première chose que je remarquai fut qu'un des deux garçons blonds était assis en travers et parlait avec un élève à une table voisine. Je levai un peu plus la tête. Mon regard croisa celui de Daemon. Même si plusieurs mètres nous séparaient, j'en eus le souffle coupé. Il y avait quelque chose de... malicieux dans ces yeux émeraude. De brûlant. Je n'arrivais pas à m'en détourner. Lui non plus. La distance entre nous sembla s'évaporer.

Puis, il m'adressa un sourire moqueur et reporta son attention sur Ash qui lui parlait. Fébrile, j'inspirai un grand coup avant de me tourner vers mes amies.

— Voilà, murmura Lesa d'un air rêveur. C'est pour ça.

— Je... il n'y a pas de raison. (Mon visage était en feu.) Vous l'avez vu pourtant ! Il aime juste me faire ce truc avec ses lèvres.

— C'est terriblement sexy. (Lesa jeta un coup d'œil à Dee.) Désolée, je sais que c'est ton frère...

— Ne t'inquiète pas. J'ai l'habitude. (Dee appuya sa tête sur sa main levée.) Tu te souviens du jour sous le porche ?

Je plissai les yeux.

— Qu'est-ce qui s'est passé sous le porche ? demanda Lesa.

Elle était tellement curieuse que ses prunelles étincelaient.

— Rien du tout, répondis-je.

— Ils étaient à ça l'un de l'autre. (Dee montra un espace de moins d'un centimètre entre son pouce et son index.) Et je suis sûre qu'ils ont été encore plus proches.

Je la dévisageai, bouche bée.

— Ce n'est pas vrai, Dee. On ne s'apprécie même pas.

Carissa retira ses lunettes pour souffler dessus.

— Qu'est-ce qui se passe ?

À ma grande horreur, Lesa lui résuma la conversation.

— Oh, ça ne m'étonne pas. (Elle hocha la tête.) Ils ne se sont pas quittés des yeux en cours vendredi. C'était plutôt chaud. On aurait dit qu'ils se dévoraient du regard.

J'avalai de travers.

— Pas du tout ! On discutait.

— Katy, on l'a tous vu, affirma Lesa. (Elle attrapa une serviette et se mit à la rouler.) Tu n'as pas à avoir honte. Je ne m'en priverais pas s'il s'intéressait à moi.

Je l'observai avec de grands yeux avant d'éclater de rire.

— Vous êtes complètement folles. Il ne se passe rien du tout entre nous. (Je me tournai vers Dee.) Tu es bien placée pour le savoir.

— Je sais beaucoup de choses... répondit-elle d'un air innocent.

Je fronçai les sourcils.

— Qu'est-ce que ça veut dire, au juste ?

Elle haussa les épaules et désigna ma seconde part de pizza.

— Tu comptes la manger ?

Je la lui tendis. Elle la dévora sans prêter attention à mon regard inquisiteur.

— Vous avez entendu parler de Sarah, au fait ? (Carissa ferma le clapet de son téléphone, puis releva les yeux.) J'ai failli oublier.

— Non. (Lesa me jeta un coup d'œil en coin.) Ben, le frère aîné de Carissa est ami avec le frère de Sarah. Ils vont à la fac ensemble.

— Oh.

Je fis tourner ma bouteille et entrepris d'en retirer l'étiquette. Chaque fois que j'entendais le nom de Sarah, des souvenirs de l'hôpital et de l'annonce de sa mort me revenaient en mémoire. Je pensais ensuite aux Arums et à leur présence ici.

— Robbie a dit à Ben que la police ne croyait pas qu'il s'agisse d'une crise cardiaque ou d'une mort naturelle. (Jetant un coup d'œil autour d'elle, Carissa baissa la voix.) Ou du moins pas une cause naturelle qu'ils connaissent.

Dee baissa sa part de pizza. Preuve qu'elle était intéressée.

— Qu'est-ce que tu veux dire ?

— Apparemment, son cœur était tellement endommagé que la seule explication plausible aurait été qu'elle ait eu des antécédents cardiaques, expliqua Carissa.

Dee haussa les épaules.

— Qu'est-ce que ça pourrait être d'autre ?

Je jetai un coup d'œil à Dee. J'avais une petite idée de ce qui avait causé ça.

Après le déjeuner, je la pris à part.

— C'était l'un d'entre eux ? demandai-je. Un Arum ?

Dee se mordit les lèvres avant de m'éloigner de la cantine et de son frère. Elle s'arrêta dans le couloir.

— Oui, mais Daemon s'est occupé de lui.

J'hésitai.

— C'est le même qui m'a attaquée ?

— Oui. (Les lèvres pincées, Dee regarda par-dessus son épaule.) Daemon pense que c'est une coïncidence si un Arum l'a choisie. Elle ne nous connaissait pas. Je te le promets.

Ça n'avait aucun sens.

— Alors pourquoi ?

Dee plongea ses yeux dans les miens.

— Ils n'ont besoin d'aucune raison, Katy. Les Arums sont diaboliques. Ils nous tuent pour absorber nos pouvoirs. (Elle s'arrêta, le visage blême.) Et ils assassinent les humains pour le plaisir.

Chapitre 21

Étonnamment, les choses étaient redevenues plutôt... normales. La trace avait disparu en une semaine et demie. Sur le coup, Daemon avait réagi comme s'il avait été libéré d'une sentence de vingt ans de prison, et désormais, quand je passais du temps avec Dee, il ne restait plus avec nous. Le mois de septembre, puis celui d'octobre s'écoulèrent sans rebondissement. Ma mère continuait de travailler pour deux hôpitaux en même temps et elle avait eu plusieurs rendez-vous avec le Dr Michaels. Elle semblait beaucoup l'aimer. J'étais contente pour elle. Ça faisait longtemps que je ne l'avais pas vue sourire sans la moindre trace de tristesse.

Carissa et Lesa étaient venues chez moi. Nous étions allées plusieurs fois au cinéma et au centre commercial de Cumberland avec Dee. Même si je m'étais rapprochée des deux humaines et que j'avais beaucoup de choses en commun avec elles, je restais plus attachée à Dee. Nous faisions tout ensemble... sauf parler de Daemon. Elle avait pourtant essayé plusieurs fois.

— Je sais qu'il t'apprécie, m'avait-elle dit une fois lorsqu'on était censées étudier. Je vois bien la façon dont il te regarde. Et il se braque dès que je prononce ton nom.

Je soupirai et refermai mon cahier.

— Dee, la seule raison pour laquelle il m'observe, c'est qu'il cherche le meilleur moyen de me tuer et de dissimuler mon corps.

— Je ne crois pas.

— Alors, dis-moi, comment est-ce qu'il me regarde ?

Elle poussa son livre du lit et se mit à genoux, posant ses mains sur sa poitrine.

— Comme s'il voulait te dire « Je te déteste, mais je te désire ».

Je gloussai.

— C'est naze.

— Peut-être, mais c'est vrai. (Elle baissa les bras.) On peut sortir avec des humains si on veut, tu sais. Ça ne sert à rien, mais techniquement c'est possible. Et il n'a jamais accordé la moindre attention à une autre humaine.

— On l'y a forcé, Dee.

Je m'allongeai sur le dos. Mon ventre se serrait à l'idée que Daemon veuille secrètement sortir avec moi. Je savais qu'il était attiré par moi. Je l'avais senti. Mais le désir et l'amour étaient deux choses complètement différentes.

— Et toi ? Qu'est-ce qui se passe avec Adam ?

— Absolument rien. Je ne comprends pas comment Ash peut être attirée par Daemon. On a grandi ensemble. Adam est comme un frère pour moi. Je crois qu'il ressent la même chose. (Elle s'interrompit. Sa lèvre inférieure tremblait.) Je ne suis amoureuse d'aucun des miens.

— Et… parmi les humains, il y a quelqu'un qui te plaît ?

Elle secoua la tête.

— Non. Mais si c'était le cas, je n'aurais pas peur. J'ai le droit d'être heureuse. Que je choisisse l'un des nôtres ou l'un des vôtres ne devrait pas avoir la moindre importance.

— J'approuve à cent pour cent.

Dee s'était allongée près de moi.

— Daemon paniquerait si je tombais amoureuse d'un humain.

Je faillis sourire… avant de me rappeler ce qui était arrivé à leur frère. Il était évident que Daemon réagirait ainsi. Et à juste raison. Si leur frère ne s'était pas épris d'une humaine, il serait toujours en vie.

Pour le bien de Dee, j'espérais qu'elle trouverait chaussure à son pied parmi ses semblables. Faute de quoi, Daemon risquait de perdre la boule.

Vers la mi-octobre, j'eus l'impression de revenir dans le temps. J'allais confisquer ce satané stylo et le détruire. J'avais perdu le compte du nombre de fois où Daemon m'avait tapée dans le dos. Pourtant, la trace s'était estompée depuis longtemps. On aurait dit que son seul but dans la vie était de me foutre en rogne.

Une part de moi attendait ces moments avec impatience. Ça m'amusait… sauf quand l'un d'entre nous s'énervait pour de bon, en particulier lorsqu'il jouait à l'asocial de service.

Le vendredi précédent, par exemple, Simon m'avait demandé si je voulais qu'on étudie ensemble pour le contrôle de maths. Avant que j'aie pu répondre, son sac à dos était tombé de son bureau, répandant tous ses livres par terre, comme si quelqu'un l'avait poussé. Le rouge aux joues, perplexe, Simon avait oublié notre conversation pour ramasser ses cahiers et ses stylos sous les éclats de rire.

J'avais jeté un coup d'œil derrière moi car je soupçonnais Daemon d'être à l'origine de l'accident, mais il s'était contenté de me sourire innocemment.

— Qu'est-ce qui t'a pris ? demandai-je dans le couloir après le cours. Je sais que c'est toi qui as fait ça.

Il haussa les épaules.

— Et alors ?

Et alors ?

— C'était méchant, Daemon. Tu l'as humilié. (Je baissai la voix pour murmurer.) Je croyais qu'en utilisant... ce genre de choses, tu les attirais ici.

— Ce n'était qu'un coup d'épée dans l'eau. Ça n'a laissé de trace sur personne.

Il pencha la tête vers moi jusqu'à ce que ses boucles brunes frôlent ma joue. J'étais tiraillée entre l'envie de me coller à mon casier ou à lui.

— Et puis, je t'ai rendu service.

J'éclatai de rire.

— Comment ça ?

Daemon me sourit, puis baissa les yeux. Ils furent aussitôt dissimulés derrière ses longs cils noirs.

— Il ne voulait pas vraiment étudier avec toi.

Ça restait à prouver, mais je décidai de rentrer dans son jeu. Il était hors de question que je me laisse faire, même s'il aurait pu m'envoyer en orbite d'une simple pensée.

— Et alors ?

— Il te plaît ? (Quand il releva le menton, une lueur de colère apparut dans ses prunelles émeraude.) C'est impossible.

J'hésitai.

— Tu es jaloux ?

Daemon détourna la tête.

Profitant de mon avantage, je fis un pas en avant. Il se figea et arrêta de respirer.

— Tu es jaloux de Simon ? murmurai-je. D'un humain ? Tu devrais avoir honte, Daemon.

— Je ne suis pas jaloux. J'essaie simplement de t'aider. Les mecs comme Simon n'ont qu'une idée en tête : te mettre dans leur lit.

Le rouge aux joues, je le dévisageai.

— Pourquoi ? Tu crois vraiment que c'est la seule raison pour laquelle un garçon peut m'aborder ?

Daemon eut un sourire entendu avant de reculer lentement.

— Je dis ça, je dis rien…

Sur ces mots, il disparut dans le couloir, se fondant dans la foule. Heureusement pour lui car s'il était resté plus longtemps, je n'aurais pas hésité à le frapper. Lorsque je me retournai, je vis Ash qui se tenait debout près de la porte. Son regard aurait pu me carboniser sur place.

Personne ne parlait de Sarah. Ses camarades ne l'avaient pas oubliée. Ils se contentaient seulement d'avancer, comme tout le monde. Personnellement, j'essayais de ne pas penser aux conditions et aux raisons de sa mort. Quand j'y songeais, j'en avais des aigreurs d'estomac. Elle avait été assassinée parce que Daemon m'avait sauvée et que l'Arum avait eu besoin de reporter sa colère sur quelqu'un d'autre.

La nuit, je rêvais du parking derrière la bibliothèque. Je revoyais son visage et son regard glacial débordant de rage tandis qu'il m'étranglait. Je me réveillais toujours avec l'envie de hurler, couverte de sueur froide.

Cependant, mis à part les cauchemars et le numéro d'extraterrestre tyrannique de Daemon, tout était plutôt normal. J'avais l'impression de vivre à côté d'adolescents lambda.

Sauf qu'ils n'avaient pas besoin de se lever pour changer de chaîne sans télécommande et qu'ils se crispaient légèrement lorsqu'il y avait des pluies de météorites.

Dee m'avait expliqué que les Arums se servaient de ce genre de perturbations atmosphériques pour s'infiltrer sur Terre sans être détectés par le gouvernement. Je ne comprenais pas comment une telle chose était possible et elle ne m'avait pas expliqué les détails, mais à chaque pluie de météorites ou chaque étoile filante qui passait, les jumeaux étaient sur le qui-vive. De temps en temps, ils disparaissaient, s'accordant des week-ends de trois jours ou des mercredis de libres sans prévenir. Au bout d'un moment, Dee m'avait avoué qu'ils se présentaient simplement à la Défense.

Ils n'arrêtaient pas de me répéter que les Arums n'étaient plus un danger, mais je ne les croyais pas. Ils évitaient beaucoup trop le sujet pour être honnêtes.

Le jeudi suivant, Dee stressa pour une raison entièrement différente. Le bal de promo avait lieu le week-end suivant, et elle n'avait toujours pas acheté sa robe. Elle avait rendez-vous avec Andrew. Ou Adam ? J'étais incapable de les différencier.

Apparemment, tout le monde était excité à l'idée d'aller au bal. Des banderoles avaient été accrochées dans les couloirs. Des posters annonçaient le match contre une autre école et la fête. On vendait des tickets à droite et à gauche. Lesa et Carissa avaient trouvé un cavalier. Et à en croire la conversation que l'on avait eue à la cantine la veille, elles n'avaient pas non plus déniché la robe de leurs rêves.

Moi, par contre, je n'avais personne pour m'accompagner.

Mes amies avaient tenté de me convaincre que m'y rendre seule n'était pas le comble du ridicule, et j'en avais conscience, mais rester adossée au mur ou tenir la chandelle toute la nuit n'était pas ma tasse de thé.

Dans un lycée aussi petit que celui-ci, tout le monde se connaissait déjà. Des couples s'étaient formés dès la première année. Les amis se réunissaient pour aller au bal ensemble. Mais moi, comme je n'avais pas beaucoup de relations, je n'avais simplement pas trouvé de cavalier. Mon ego en avait pris un coup.

Après avoir passé le cours de maths à ignorer les tentatives de Daemon pour m'énerver, j'avais été surprise d'être approchée par Simon près de mon casier pendant que j'échangeais un livre lourd et inutile contre un autre.

— Salut, fis-je en souriant. (J'espérais que Daemon ne se trouvait pas dans les parages : Dieu seul savait de quoi il était capable.) J'ai l'impression que tu t'es endormi en cours, aujourd'hui.

Il rit.

— Plus ou moins. J'ai rêvé de théorèmes. Ça faisait peur.

Gloussant, je fourrai mon manuel dans mon sac à dos et refermai la porte de mon casier d'un coup de hanche.

— J'imagine bien.

Simon n'était pas désagréable à regarder, du moins, si on aimait les athlètes baraqués qui passaient leurs vacances d'été à soulever des bottes de foin. Il avait des bras de la taille de troncs d'arbre et un sourire enjôleur, ainsi que de jolis yeux bleus. Quand il souriait, de légères pattes-d'oie apparaissaient tout autour. Malheureusement, ils n'étaient pas verts. Et je n'aurais pas pu écrire une ode à ses lèvres.

— Je ne t'ai jamais vue à l'un de nos matchs, me dit-il en souriant. Tu n'aimes pas le foot ?

Simon était défenseur… ou bien arrière centre. Très franchement, je n'en avais pas la moindre idée.

— Je suis venue une fois, répondis-je. (J'étais partie à la mi-temps avec Dee. On s'était toutes les deux ennuyées à mourir.) Ce n'est pas trop mon truc.

Étant donné que le football américain était une forme de religion par ici, je m'attendais à ce qu'il m'abandonne sans un mot de plus, mais il s'appuya contre le casier voisin du mien et croisa les bras.

— Je me demandais si tu avais quelque chose de prévu samedi prochain.

Je levai les yeux vers le poster rouge et noir au-dessus de sa tête. C'était le jour du bal. Apeurée tel un animal acculé, j'écarquillai les yeux.

— Non. Rien du tout.

— Tu ne vas pas au bal ? s'étonna-t-il.

Est-ce que je pouvais admettre que je n'avais pas de cavalier sans passer pour une ratée ? Je me contentai de secouer la tête.

Simon eut l'air soulagé.

— Ça te dirait qu'on y aille ensemble ?

Ma première impulsion fut de refuser. Je le connaissais à peine, j'avais toujours cru qu'il sortait avec une pom-pom girl ultra souple et, de toute façon, il ne me plaisait pas. Toutefois, avoir un rendez-vous avec Simon ne signifiait pas que je devais l'épouser. Ni sortir avec lui. J'irais simplement au bal avec lui. Une pensée terrifiante me traversa l'esprit. J'avais hâte de voir la tête de Daemon quand il apprendrait que je m'étais trouvé un cavalier.

J'acceptai et on échangea nos numéros. C'était aussi simple que ça. Je me rendais au bal de promo. Moi aussi, j'avais besoin d'une robe, à présent. Ma mère allait être ravie. À la cantine, j'annonçai la nouvelle à Dee en croyant qu'elle serait excitée comme une puce.

— Simon t'a demandé de l'accompagner ? (Dee me dévisageait, bouche bée. Elle avait même arrêté de manger pendant cinq bonnes secondes.) Tu as dit oui ?

Je hochai la tête.

— Oui, et alors ?

— Il a mauvaise réputation, répondit Carissa en me regardant par-dessus la monture de ses lunettes. On dit qu'il veut être l'étalon du lycée.

— Il veut saillir tout le monde, clarifia Lesa en haussant les épaules. Mais il est mignon. J'aime bien ses bras.

— Ce n'est pas parce qu'il a mauvaise réputation qu'il va forcément m'ajouter à son tableau de chasse.

Je jouai avec les feuilles de salade dans mon assiette. Il y avait du pain de viande au menu du jour. Je ne me sentais pas assez forte pour tenter le diable.

— Et puis, la façon dont il me l'a demandé était plutôt mignonne.

— Kimmy et lui ont cassé la semaine derrière, dit Carissa. Il paraît qu'il la trompait avec Tammy.

Ah voilà : Kimmy. C'était le nom de la pom-pom girl ultra souple.

— Il aime les filles avec des prénoms en Y ?

Lesa ricana.

— Oh, comme toi ! Vous êtes le couple parfait !

Je levai les yeux au ciel.

— Bref, ce n'est pas très grave. Maintenant que tu as un cavalier, on va pouvoir aller faire les boutiques toutes ensemble ce week-end. (Carissa frappa dans ses mains.) Oh, et on pourrait même faire du covoiturage. Ça pourrait être sympa. Qu'est-ce que tu en penses, Dee ?

— Hmm ?

Dee cligna les yeux. Quand Carissa répéta sa question, elle hocha la tête d'un air absent.

— Je suis sûre que ça ne dérangera pas Adam.

On décida d'aller à Cumberland le samedi même. Lesa et Carissa ne tenaient pas en place. Dee, en revanche, n'avait pas l'air enthousiaste. Elle ne paraissait même pas heureuse. Le plus étrange dans l'histoire, c'est qu'elle ne termina pas son assiette et ne mangea pas la moitié de la mienne.

Quand je quittai l'école ce soir-là, il fallut que je marche longtemps pour rejoindre ma voiture parce que j'étais arrivée en retard et que je l'avais garée loin. Le parking qui longeait le terrain de football était vide. C'était l'enfer de stationner là. Un vent froid descendait des montagnes, battant les graviers.

— Katy !

En reconnaissant la voix qui m'appelait, je me retournai d'un coup, le cœur au bord des lèvres. Je ne sentais plus le vent. La main serrée sur mon sac, j'attendis qu'il me rejoigne.

Daemon s'arrêta devant moi et remit en place la bretelle tordue de mon sac à dos.

— Toi, tu sais choisir ta place de parking.

Prise au dépourvu par son geste, je mis un moment à lui répondre.

— Je sais.

On s'approcha de ma voiture. Daemon attendit près de moi, les mains dans les poches, pendant que je jetais mon sac sur la banquette arrière. Son regard était plus sombre que d'habitude et ses lèvres pincées. Je sentis mon ventre se serrer.

— Tout va bien ? Il est arrivé quelque chose de nouveau ?

— Non. (Daemon se passa la main dans les cheveux.) Rien de… cosmique.

— Ouf. (Soulagée, je soupirai et m'adossai à la voiture.) Tu m'as fait peur.

Quand il se tourna vers moi, on se retrouva à quelques centimètres l'un de l'autre.

— J'ai entendu dire que tu allais au bal avec Simon Cutters.

Je repoussai une mèche de cheveux tombée devant mes yeux. Un coup de vent me décoiffa de nouveau.

— Les nouvelles vont vite.

— Toujours, par ici.

Il tendit la main pour placer la mèche en question derrière mon oreille. Ses doigts effleurèrent ma joue. Cette simple caresse me causa un fourmillement étrange, ainsi qu'un frisson qui n'avait rien à voir avec le froid.

— Je croyais qu'il ne te plaisait pas ?

— Il n'est pas si mal que ça, répondis-je. (Des élèves s'échauffaient sur le terrain, se préparant à courir.) Il est sympa. Et il m'a invitée, lui.

— Tu y vas avec lui simplement parce qu'il t'a posé la question ?

Ça ne fonctionnait pas comme ça ? Je hochai la tête. Il resta silencieux. Je jouai avec mes clés de voiture.

— Et toi ? Tu y vas ?

Daemon se rapprocha ; son genou frôla ma cuisse.

— C'est important ?

Je ravalai une litanie d'insultes.

— Pas vraiment.
Il se tourna entièrement vers moi.
— Tu ne devrais pas sortir avec quelqu'un seulement parce qu'il t'a invitée.
Je considérai mes clés en me demandant si je pouvais m'en servir pour lui crever les yeux.
— Je ne vois pas en quoi ça te concerne.
— Tu es l'amie de ma sœur. Donc ça me concerne.
Je le regardai d'un air incrédule.
— C'est la logique la plus bancale que j'aie jamais entendue. (Je commençai à faire le tour de la voiture, mais m'arrêtai devant le capot.) Tu ne devrais pas plutôt t'occuper de ce que fait Ash ?
— Ash et moi, on n'est pas ensemble.
Une partie très stupide de moi-même aimait cette idée. Secouant la tête, je me dirigeai vers la porte du conducteur.
— Pas la peine de gâcher ta salive, Daemon. Je ne vais pas annuler maintenant parce que ça te pose un problème.
Jurant dans sa barbe, il me suivit.
— Je ne veux pas que tu t'attires des ennuis, c'est tout.
— Quel genre d'ennuis ?
J'ouvris vivement la portière de ma voiture. Il la rattrapa en haussant les sourcils.
— Te connaissant, la liste risque d'être longue.
— Oh oui, parce que Simon va laisser une trace sur moi qui attirera des vaches assoiffées de sang au lieu d'extraterrestres. Maintenant, lâche ma portière.
— Tu es vraiment incroyable, rétorqua-t-il, avec un éclat de colère dans les yeux. Il a mauvaise réputation, Kat. Je veux que tu te montres prudente.
Je le dévisageai. Daemon s'inquiétait-il sérieusement pour moi ? Je repoussai l'idée à l'instant où elle me traversa l'esprit.
— Il ne m'arrivera rien, Daemon. Je sais me défendre.

— Très bien. (Il lâcha la portière si rapidement que je partis en avant avec elle.) Kat...

Trop tard. Je m'étais coincé les doigts. Je gémis en sentant la douleur se répandre dans ma main et mon bras.

— Aïe !

Je secouai la main pour essayer d'atténuer la sensation. Mon index saignait. Les autres doigts seraient gonflés et couverts de bleus dès le lendemain. Des larmes coulaient déjà le long de mes joues.

— Putain ! Ça fait mal.

Sans prévenir, il enroula sa main autour de ma paume. Une vague de chaleur s'insinua dans ma chair, comme des fourmillements, s'étendant jusqu'au bout de mes doigts malmenés et mon coude. La douleur disparut en quelques secondes.

Je l'examinai, bouche bée.

— Daemon ?

Nos regards se rencontrèrent. Il lâcha ma main comme si je l'avais brûlé.

— Merde...

— Est-ce que tu as... laissé une nouvelle trace sur moi ? (J'essuyai le sang sur mon index. Ma peau était rose, mais la plaie s'était refermée.) Ce n'est pas vrai !

Il déglutit bruyamment.

— Elle est très légère. Je ne pense pas que ça aura la moindre conséquence. Je la vois à peine, mais tu pourrais...

— Non ! Tu as dit toi-même qu'elle était légère. Personne ne la verra. Je n'ai pas besoin que tu recommences à jouer les baby-sitters. Je sais me défendre, répétai-je.

Daemon m'observa un long moment.

— Tu as raison. Tant que tu ne t'approches pas des portières... Tu as déjà survécu plus longtemps que tous les humains qui ont connu notre secret.

Les paroles de Daemon me suivirent comme un nuage de mauvais augure pendant le reste de la soirée, jusqu'au samedi. J'avais survécu plus longtemps que tous ceux qui avaient su la vérité à leur sujet. Je ne pouvais m'empêcher de me demander quand mon temps à moi serait révolu.

Après déjeuner, je montai en voiture avec Dee et on alla chercher les filles. Il ne nous fallut pas longtemps pour atteindre Cumberland et trouver la boutique qui les intéressait. J'avais cru qu'il ne resterait plus de choix, mais les rayons étaient pleins.

Carissa et Lesa savaient ce qu'elles voulaient : quelque chose de moulant. Dee semblait avoir un penchant pour le rose et les volants. Moi, je cherchais simplement une robe qui ne me donnerait pas l'impression d'avoir croisé ma marraine la bonne fée ou d'être tombée dans une fabrique de nœuds papillon.

Dee finit par me trouver une robe grecque rouge cintrée, lâche au niveau des hanches et des jambes. Le décolleté était un peu osé, mais bien loin de ceux de Lesa et Carissa.

— Je donnerais tout pour avoir une poitrine comme la tienne, marmonna Lesa en observant d'un air dégoûté les seins de Carissa qui s'échappaient de sa robe. Ce n'est pas juste. J'ai des fesses, mais pas de poitrine.

Carissa s'observa dans le miroir tandis que Dee essayait une robe rose qui lui arrivait aux genoux. Relevant ses cheveux, Carissa sourit d'un air satisfait.

— Qu'est-ce que vous en pensez ?

— Tu es super sexy, répondis-je.

C'était la vérité. Elle avait des courbes parfaites.

Dee sortit de la cabine d'essayage. Le rose lui allait à merveille. Sa robe avait de fines bretelles et épousait son corps élancé. Elle se mira brièvement, hocha la tête, puis retourna derrière son rideau.

J'échangeai un sourire avec Lesa.
— Elle ne nous a même pas demandé notre avis.
— Comme s'il existait un vêtement qui ne lui allait pas...
Elle roula des yeux et attrapa sa robe.
Lorsque mon tour arriva, je dus admettre que Dee avait du goût. Elle avait eu l'œil. La robe tombait autour de mon corps comme si elle avait été faite pour moi. Et puis, grâce au soutien-gorge intégré, je pouvais me tenir près de Carissa sans avoir l'air d'une petite fille. Je me tournai devant le miroir pour jeter un œil à mon dos. Pas trop mal.
— Tu devrais te faire une coiffure haute, déclara Dee en apparaissant à côté de moi. (Elle souleva mes longs cheveux et les tordit de manière artistique sur ma tête.) Tu as une longue nuque. Il faut que tu la montres. Je peux le faire pour toi, si tu veux. Le maquillage aussi.
Je hochai la tête. Ce serait sûrement amusant.
— Merci. Je n'aurais jamais pensé à choisir cette tenue.
— Tu aurais été très jolie de toute façon. (Dee lâcha mes cheveux.) Maintenant, il te faut des chaussures. (Elle désigna le rayon dédié.) Quelque chose de rouge ou de clair devrait faire l'affaire. Avec le plus de lanières possible.
J'examinai les différentes paires en pensant à celle que j'avais à la maison. Cette robe allait me coûter jusqu'au dernier sou que ma mère m'avait donné avec joie le matin même. Toutefois, je ramassai une paire de chaussures rouges à talons. Elles étaient divines.
Tout à coup, un sentiment désagréable m'envahit. Je jetai un coup d'œil autour de moi. Les filles étaient dans le fond de la boutique en train de regarder les pochettes. La vendeuse était derrière la caisse. La porte s'ouvrit, faisant tinter un carillon. Il n'y avait personne.

La vendeuse dressa le menton et fronça les sourcils. Secouant la tête, elle se replongea dans la lecture de son magazine.

Je frissonnai en me tournant vers la vitrine à l'avant du magasin. Derrière les mannequins habillés se tenait un homme sur le trottoir. Il scrutait l'intérieur. Ses cheveux bruns étaient coiffés en arrière pour dégager son visage blême. Une grande partie de ses traits était cachée derrière d'énormes lunettes de soleil qui paraissaient incongrues par un temps aussi couvert. Il portait un jean sombre et une veste en cuir.

Il me donna la chair de poule.

Je me cachai derrière les portants en faisant semblant d'examiner une autre robe. Puis, l'air de rien, je levai la tête par-dessus.

Il était toujours là.

— Qu'est-ce que ça peut bien être ? marmonnai-je.

Soit il attendait quelqu'un, soit c'était un pervers. Ou un Arum. Mais je refusais d'y songer. Après avoir observé la boutique presque vide, je penchai pour le pervers.

— Qu'est-ce que tu fais ? (Lesa sortit de la cabine d'essayage en tirant sur la fermeture Éclair de la robe rose évasée qui parvenait à lui créer des courbes.) Pourquoi tu te caches derrière les portants ?

J'allais lui désigner l'homme en question, mais il avait disparu.

— Pour rien. (Je m'éclaircis la voix.) Vous avez fini ?

Elle hocha la tête. Je retournai dans la cabine d'essayage pour me changer rapidement. Quand on fit la queue pour payer, je n'arrêtai pas de regarder par la vitrine. La sensation désagréable était toujours là. Elle me suivit jusqu'à l'endroit où Dee s'était garée. Je m'attendais à ce que l'homme apparaisse tout à coup et me flanque la frousse de ma vie.

On plia nos robes avec précaution et on les plaça dans le coffre pendant que Carissa et Lesa s'installaient à l'arrière. Après avoir rabattu le hayon, Dee se tourna vers moi. Elle avait un léger sourire aux lèvres.

— Au fait, je ne te l'ai pas dit tout à l'heure parce que je savais que tu ne voudrais plus de la robe…

— Quoi ? (Je fronçai les sourcils.) Elle me fait de grosses fesses, c'est ça ?

Elle éclata de rire.

— Pas du tout. Elle te va comme un gant.

— Alors, c'est quoi le problème ?

Son sourire se fit espiègle.

— Oh, le rouge est la couleur préférée de Daemon, c'est tout.

Chapitre 22

Le soir du bal, je ne tenais pas en place. Une grande partie de moi voulait appeler Simon pour annuler. Le fait qu'il ait rejeté l'idée du covoiturage ne me disait rien qu'y vaille... Mais ma mère avait payé pour ma robe et Dee avait déployé ses talents de magicienne pour me faire belle.

Mes cheveux avaient été bouclés et relevés pour dégager ma nuque. Quelques mèches retombaient à des endroits stratégiques sur mes tempes, jusque sur mes épaules nues. Dee les avait même aspergés d'une lotion pailletée à la vanille. Quand je tournais sur moi-même, mes cheveux scintillaient. Grâce au maquillage qu'elle m'avait appliqué autour des yeux, mes iris avaient pris une teinte marron chaleureuse. J'étais également certaine qu'elle m'avait posé des faux cils parce que les miens n'avaient jamais été aussi longs et épais. La touche finale avait été une couche de *gloss* sur mes lèvres pour leur donner une couleur rubis parfaite. Elle s'était ensuite dépêchée d'aller rejoindre Lesa.

Je m'admirai une dernière fois dans le miroir avant de descendre au rez-de-chaussée. J'avais l'impression d'avoir une inconnue face à moi. Je me promis de me maquiller plus souvent.

Quand elle me vit, ma mère se mit à pleurer.

— Oh, mon Dieu, ma chérie, tu es magnifique ! (Elle fit mine de me prendre dans ses bras avant de s'arrêter.) Je ne veux pas te décoiffer. Laisse-moi aller chercher mon appareil photo.

Comme je ne voulais pas lui gâcher ce moment, j'attendis qu'elle revienne et la laissai prendre des dizaines de clichés. C'était bizarre de la voir jouer au paparazzi dans sa tenue d'infirmière.

— Bon, maintenant, parle-moi de ce Simon, commença-t-elle en plissant le front. Tu n'as jamais mentionné son nom.

Oh pitié.

— On est amis. Rien de plus. Tu n'as pas à t'inquiéter.

Elle m'adressa un regard maternel.

— Qu'est-ce qui s'est passé avec le voisin ? Daemon ? Tu es sortie avec lui une ou deux fois, non ?

Je haussai les épaules. Ce n'était pas une conversation que je voulais avoir avec elle.

— Euh, on est « amnemis ».

— Quoi ? demanda-t-elle, perplexe.

— Rien.

Je soupirai et examinai ma main. Je n'avais plus la moindre marque. Pourtant, je savais qu'une légère trace brillait autour de moi.

— On est seulement amis.

— Eh bien, c'est dommage. (Elle caressa une de mes mèches libres.) Il a l'air d'être gentil garçon.

Daemon ? Gentil garçon ? Pas vraiment, non.

Un bruit de moteur interrompit notre conversation. Je jetai un coup d'œil par la fenêtre. Mon Dieu. Le 4 × 4 de Simon avait la taille d'un sous-marin.

— Pourquoi est-ce que vous n'êtes pas allés au dîner dont parlait Dee ? demanda ma mère en préparant son appareil pour une autre séance photo.

Comme Simon avait refusé l'idée du covoiturage, je n'étais pas allée manger avec les autres. Il avait préféré venir me chercher ici. Ça ne m'enchantait guère, mais c'était toujours mieux que de se rejoindre au bal. En plus, c'était lui qui avait les tickets.

Je ne répondis pas. Je me contentai d'aller ouvrir la porte. Simon se tenait là, vêtu d'un costard. J'étais surprise qu'il en ait trouvé un à sa taille. Son regard, un peu trouble, me détailla des pieds à la tête d'une façon qui me fit rougir de la même teinte que ma robe.

— Tu es sexy, fit-il en me tendant une fleur à accrocher autour de mon poignet.

Je grimaçai en entendant ma mère se racler la gorge. Je fis un pas sur le côté pour le laisser entrer.

— Maman, je te présente Simon.

Il avança pour serrer la main que ma mère lui tendait.

— Maintenant, je comprends de qui Katy tient sa beauté.

Ma mère haussa un sourcil d'un air glacial. Simon ne s'était pas fait une fan.

— Comme c'est gentil…

Après avoir glissé la fleur à mon poignet, je me plaçai près de lui. Heureusement qu'il n'avait pas choisi une broche ! Simon se plia à la séance photo sans rechigner, passant un bras autour de ma taille et souriant à l'objectif.

— Oh, j'ai failli oublier.

Ma mère disparut dans le salon et revint avec un châle en dentelle noir. Elle m'en entoura les épaules.

— Tu auras moins froid, comme ça.

— Merci, répondis-je en le serrant davantage contre moi.

J'appréciai ce geste beaucoup plus qu'elle ne l'imaginait. Je n'avais pas eu honte de mon décolleté jusqu'à ce que Simon se mette à baver devant.

Ma mère me prit à part pendant que Simon m'attendait dehors.

— Fais-moi signe quand tu rentres à la maison. Et s'il y a le moindre problème, appelle-moi, d'accord ?

Je travaille à Winchester ce soir. (Elle jeta un coup d'œil à la porte en fronçant les sourcils.) Mais je peux m'arranger pour partir au cas où.

— Ça ira très bien, Maman. (Je me penchai pour l'embrasser sur la joue.) Je t'aime.

— Je t'aime aussi. (Elle m'accompagna jusqu'à la porte.) Tu es vraiment magnifique.

Je m'enfuis de la maison avant que les larmes lui montent à nouveau aux yeux.

Monter dans le 4 × 4 fut du sport. J'étais étonnée de ne pas avoir besoin d'un escabeau.

— Tu es vraiment canon.

Simon prit un bonbon à la menthe, puis sortit de l'allée.

J'espérais qu'il n'essayait pas de rafraîchir son haleine pour moi.

— Merci. Tu es très élégant, toi aussi.

Notre conversation s'arrêta là. Simon n'avait pas grand-chose à raconter d'intéressant. Étonnant. Le trajet jusqu'au lycée fut long et gênant. Durant tout ce temps, je m'accrochai aux pans de mon châle comme à une bouée de sauvetage. De temps en temps, il jetait un œil dans ma direction et prenait un autre bonbon à la menthe.

J'avais hâte d'arriver au bal.

Lorsqu'on se gara dans le parking, je compris les raisons de son manège. Il produisit une flasque argentée de la poche intérieure de sa veste et en prit une grande gorgée. Puis, il m'en proposa.

Il buvait. La soirée commençait bien. Je refusai, en réfléchissant déjà à qui j'allais demander de me ramener chez moi. Je n'avais rien contre l'alcool, mais je n'avais pas l'intention de me retrouver dans la voiture d'un conducteur ivre.

Il rangea sa bouteille sans remarquer ma gêne.

— Attends, je vais t'aider à descendre.

C'était gentil de sa part. J'étais en train de me demander comment j'étais censée y arriver seule. Il ouvrit la portière et je lui souris.

— Merci.

— Tu veux laisser ton sac ici ? me demanda-t-il.

Pas question. Je secouai la tête et laissai la pochette pendre à mon poignet. Après m'avoir pris par la main, Simon m'aida à descendre de voiture. Quand il tira un peu trop fort sur mon bras, je tombai contre son torse puissant.

— Ça va ? me demanda-t-il en souriant.

Je hochai la tête en essayant de ne pas prêter attention à la sensation de malaise qui commençait à m'envahir.

De dehors, on entendait les basses de la musique dans le gymnase. On s'arrêta devant les portes embuées. Simon me prit dans ses bras d'un geste maladroit.

— Je suis content que tu aies accepté de m'accompagner, dit-il.

Son haleine mentholée charriait une odeur d'alcool.

— Moi aussi, répondis-je en essayant d'avoir l'air sincère. (Je posai la main sur son torse pour le repousser.) On ferait mieux d'entrer.

Il sourit avant de me libérer. L'une de ses mains glissa le long de mon dos jusqu'à ma taille. Je me figeai en tentant de me convaincre qu'il s'agissait d'un accident. Il ne pouvait pas en être autrement. Il n'aurait pas osé me peloter comme ça. On n'avait même pas encore dansé.

Pour l'occasion, le gymnase avait été transformé en une salle de bal et décoré sur le thème de l'automne. Des guirlandes de feuilles mordorées pendaient du plafond et recouvraient les portes. Dans chaque coin et sur la scène reposaient des citrouilles et des cornes d'abondance.

Dès qu'on entra, les amis de Simon se précipitèrent vers nous. Certains m'examinèrent de la tête aux pieds avant de lui taper dans la main ou de le congratuler de façon peu discrète. J'avais des seins : à leurs yeux, ça suffisait pour être cool. Les garçons étaient vraiment des gamins. Pendant qu'ils se passaient la flasque que Simon avait apportée, j'échangeai quelques mots avec les autres filles. Uniquement des pom-pom girls. Super.

En inspectant la foule, j'aperçus Lesa et son cavalier.

— Je reviens.

Je me dirigeai vers elle avant que Simon puisse m'en empêcher. Quand son cavalier fit un geste de la tête dans ma direction, elle se tourna vers moi. Je souris.

— Tu es magnifique !

Je dus crier pour me faire entendre par-dessus la musique.

— Toi aussi ! (Elle me prit brièvement dans ses bras avant de reculer.) Il s'est bien comporté ?

— Pour l'instant, oui. Ça te dérange si je pose ça là ? (Elle secoua la tête. Je plaçai mon châle et ma pochette sur leur table.) Ils ont vraiment fait du bon boulot.

Lesa hocha la tête.

— Mais ça reste un gymnase. (Elle rit.) Il a toujours la même odeur.

Elle avait raison. Carissa nous rejoignit rapidement et toutes les trois, on se retrouva sur la piste de danse sans les garçons. Ça ne me dérangeait pas. On se trémoussa ensemble, en riant et en faisant les imbéciles. Lesa dansa comme une prostituée boiteuse et je crois qu'à un moment donné Carissa se mit à faire du hip-hop.

Soudain, j'aperçus Dee qui parlait à Adam près de la scène. Après avoir fait signe aux filles, je me dirigeai vers eux.

— Dee !

Quand elle se tourna vers moi, ses yeux brillèrent sous les lumières éblouissantes.

— Coucou, murmura-t-elle.

Je m'arrêtai net et les considérai l'un après l'autre. Adam m'adressa un sourire forcé avant de disparaître dans la foule de danseurs.

— Tout va bien ? demandai-je en lui prenant la main. Tu pleures ?

— Non. Pas du tout ! (Elle s'essuya sous l'œil avec son petit doigt.) C'est juste que... je ne pense pas qu'Adam avait envie de venir avec moi. Je ne suis même pas certaine de vouloir être ici. Et c'est... (Elle secoua la tête et libéra sa main.) Ce n'est pas grave. Tu es superbe ! Cette robe est à tomber !

Mon cœur se serra. Le fait qu'elle ne puisse pas décider avec qui elle voulait sortir était injuste. En plus, tous les hommes Luxens que j'avais rencontrés étaient des salauds.

— J'ai une idée, lui dis-je. On peut partir, si tu veux. On regardera des DVD et on mangera de la glace dans nos jolies robes. C'est plutôt cool comme programme, non ? On peut louer *Braveheart*. Je sais que tu adores ce film.

Les yeux pleins de larmes, Dee éclata de rire et me prit dans ses bras.

— Non. On va s'amuser ici. Comment est ton cavalier ?

Je jetai un coup d'œil autour de nous, sans le voir.

— Sûrement en train de cuver dans un coin.

— Oh non.

Elle repoussa une mèche de mes cheveux. Elle avait lissé les siens. Ils tombaient sur ses épaules comme une cascade sombre.

— C'est si terrible que ça ?

— Pour l'instant, ça va, mais je me demandais si vous pourriez me ramener, tout à l'heure.

— Bien sûr. (Elle m'attira sur la piste de danse.) On va sûrement au grand feu, après. Tu peux venir avec nous, sinon on te déposera.

Simon ne m'avait pas parlé d'une autre fête. Avec un peu de chance, il allait oublier ma présence. On longea la piste de danse main dans la main. J'avais commencé à abandonner l'idée de trouver Lesa quand soudain, je me figeai.

Une petite bougie sous cloche était posée sur une table blanche. Elle baignait d'une douce lumière les joues et les lèvres pleines de Daemon. Ash n'était pas avec lui et, très franchement, je me moquais de savoir où elle se trouvait.

Le regard de Daemon était tellement intense que je fis un pas en arrière sans m'en rendre contre, mais je ne détournai par les yeux pour autant. Une vague de désir me frappa comme un éclair ardent. C'était le genre de sensation qu'on ne pouvait forcer ou reproduire sur demande.

Puis, Simon apparut devant moi et me prit la main pour m'éloigner de Dee et me conduire sur la piste de danse. Ce n'était pas un slow, pourtant, il passa un bras épais autour de ma taille et me pressa contre son torse. Les contours abrupts de sa flasque s'enfoncèrent dans mes côtes.

— Tu m'as laissé seul, dit-il. (Ses lèvres effleurèrent mon oreille, imprégnant mon cou de vapeurs d'alcool.) J'ai cru que tu étais partie.

— Non, je suis juste allée dire bonjour à des amis. (J'essayai de reculer, mais j'étais coincée.) Où sont les tiens ?

— Hein ? cria-t-il. (Il ne m'avait pas entendue à cause de la musique.) Il y a une fête dans les champs, ce soir. Tout le monde y va. (Il glissa une main le long de mon dos jusqu'à la naissance de mes fesses.) On pourrait y faire un tour.

Merde.

— Je ne sais pas. J'ai un couvre-feu, répondis-je en tentant de me débarrasser de ses doigts baladeurs.

— Et alors ? C'est le bal de promo. Il faut faire la fête !

Je ne pris même pas le temps de lui répondre. J'étais trop occupée à éviter ses mains. Elles étaient partout à la fois. Une nouvelle chanson démarra avant que j'aie eu le temps de me libérer. Heureusement, Carissa vint à ma rescousse.

Puis, tout partit en vrille. J'espionnai Ash à la table de Daemon. Elle avait l'air agacé parce qu'il semblait plus intéressé par le parquet que par elle. Après plusieurs danses et pauses, je me retrouvai de nouveau avec Simon.

Pour un humain, il maîtrisait l'approche furtive à la perfection.

Cette fois, il ne puait pas l'alcool, mais ses mains étaient de plus en plus baladeuses tandis qu'il me serrait contre lui. Je sentais la moindre partie de son corps contre moi et ça ne semblait pas le déranger. Je commençais à transpirer quand ses doigts quittèrent mon épaule, manquant de peu ma poitrine.

Je reculai d'un coup en lui adressant un regard noir.

— Simon.

— Quoi ? (Il prit un air innocent.) Je suis désolé. J'ai glissé.

Sa main « glissa » aussi sur mes fesses. Je jetai un coup d'œil autour de nous en me demandant ce que je devais faire. Il fallait que je disparaisse, et vite.

— Je peux ? demanda une voix grave derrière moi.

Les yeux bleus de Simon s'agrandirent. Je me retournai. Daemon se tenait là, l'air énervé. Il ne me regardait pas. Il fixait Simon, comme pour le mettre au défi de refuser.

Il ne fallut qu'une seconde pour que Simon me libère.

— Tu tombes à pic. Je voulais aller boire quelque chose, dit-il en guise d'excuse.

Daemon haussa un sourcil avant de se tourner vers moi.

— On danse ?

Comme j'ignorais ce qu'il avait derrière la tête, je posai les mains sur ses épaules.

— Je ne m'attendais pas à ça.

Il ne dit rien. Il se contenta de passer un bras autour de ma taille et de prendre l'une de mes mains dans la sienne. La musique ralentit jusqu'à se transformer en une mélodie envoûtante, une chanson sur l'amour perdu, puis retrouvé. Je fixai ses yeux extraordinaires, étonnée qu'il puisse me tenir contre lui de façon si… tendre. Mon cœur se mit à battre plus fort. C'était sûrement à cause de la danse, de la robe… et du costard qui lui allait comme un gant.

Il me rapprocha de lui.

Un mélange d'excitation et de peur m'envahit. Les lumières éblouissantes se reflétaient dans ses cheveux couleur nuit.

— Tu t'amuses bien avec… Ash ?

— Et toi, tu t'amuses bien avec l'homme aux mains baladeuses ?

Je me mordis les lèvres.

— Il faut toujours que tu te moques de moi.

Son rire contre mon oreille me fit frissonner.

— On est venus tous les trois, Ash, Andrew et moi.

La main posée sur ma hanche n'avait pas du tout le même effet que celle de Simon. Ma peau picotait sous le tissu de ma robe. Daemon détourna la tête en s'éclaircissant la voix.

— Au fait, tu es… vraiment superbe. Bien trop belle pour cet idiot.

Le rouge aux joues, je baissai les yeux.

— Tu as bu ?

— Malheureusement non. Mais je suis curieux de savoir pourquoi tu me poses la question.

— Tu ne me fais jamais de compliments, d'habitude.

— Ce n'est pas faux. (Il soupira avant de se rapprocher. Quand il posa sa joue contre la mienne, je sursautai.) Je ne vais pas te manger. Ni te peloter, d'ailleurs. Détends-toi.

Ma repartie mourut sur mes lèvres lorsqu'il leva la main qui était posée sur ma hanche pour positionner ma tête contre son épaule. Au moment où ma peau entra en contact avec le tissu de son costard, une myriade de sensations me traversa. Il plaça de nouveau ses doigts contre mon dos et on ondula doucement au rythme de la musique. Au bout d'un moment, il se mit à fredonner. Je fermai les paupières. Ce n'était pas seulement agréable. C'était euphorisant.

— Sérieusement : comment est ton cavalier ? demanda-t-il.

Je souris.

— Un peu trop affectueux.

— C'est bien ce que je pensais. (Il posa le menton sur mes cheveux avant de relever la tête.) Je t'avais prévenue.

— Daemon, lui dis-je doucement. (Je ne voulais pas qu'il gâche l'ambiance. Je me sentais calme, rassurée.) J'arrive à le tenir à distance.

Il ricana.

— Ce n'est pas ce que j'ai vu, Kitten. Ses mains bougeaient si vite que je me suis demandé s'il était vraiment humain.

Je me crispai. J'ouvris les yeux et entrepris de compter jusqu'à dix. J'en étais arrivée à « trois » lorsqu'il reprit la parole.

— Tu devrais profiter de son absence pour rentrer chez toi. (Ses doigts serrèrent un peu plus les miens.)

Je peux même demander à Dee de prendre ton apparence au besoin.

Choquée qu'il puisse en arriver à de telles extrémités, je reculai légèrement pour le regarder.

— Et ce n'est pas grave s'il pelote ta sœur ?

— Elle est capable de se défendre. Tu ne sais pas dans quoi tu t'embarques avec ce type.

On s'arrêta de danser sans se soucier des autres couples. Un sentiment d'incrédulité m'envahit.

— Pardon ?

— Écoute. J'ai pris ma voiture. Je peux demander à Dee et Andrew de te ramener. (On aurait dit qu'il avait déjà tout planifié. Son regard se fit sévère.) Tu ne comptais pas vraiment aller à la fête avec cet idiot ?

— Tu y vas, toi ? demandai-je en lui lâchant la main.

L'autre était toujours sur son torse et il avait encore son bras autour de ma taille.

— Ça n'a aucune importance. (Ses paroles trahissaient son impatience.) Tu n'iras pas à cette fête.

— Ne me dis pas ce que je dois faire, Daemon.

Il plissa les yeux. Ses pupilles se dilataient de plus en plus.

— Dee te ramène. Point final. Je n'hésiterai pas à te porter hors d'ici sur mes épaules, la tête à l'envers s'il le faut.

Je serrai les poings contre son torse.

— J'aimerais bien voir ça.

Il sourit. Ses yeux se mirent à luire dans l'obscurité.

— J'étais sûr que ça te plairait.

— N'importe quoi, répondis-je sans prêter attention aux regards qu'on nous lançait.

Derrière Daemon, je vis que M. Garrison nous observait. Pour une fois, ça m'arrangeait.

— Si tu me portes hors d'ici, c'est toi qui vas causer une scène.

Daemon émit un son qui ressemblait à un grognement. N'importe quelle personne sensée aurait été terrifiée. Moi-même, je savais de quoi il était capable. Pourtant, je n'avais pas peur.

— Notre professeur extraterrestre nous surveille au moment où l'on parle. D'après toi, qu'est-ce qu'il va penser en nous voyant comme ça ?

Son corps se tendit contre le mien.

Je souris à pleines dents.

— C'est bien ce que je me disais.

Contre toute attente, il me rendit mon sourire.

— Je n'arrête pas de te sous-estimer, Kitten.

Malheureusement, avant que j'aie eu le temps d'apprécier ma victoire, Simon réapparut.

— Tu es prête ? demanda-t-il en nous considérant l'un après l'autre. Tout le monde va à la fête.

Le regard de Daemon me mettait au défi de ne pas l'écouter. Alors, j'acceptais. Ce n'était pas lui qui contrôlait ma vie.

Chapitre 23

La fête en question se trouvait à quelques kilomètres à la sortie de Petersburg en direction de chez moi. Il s'agissait d'un gigantesque champ de maïs moissonné. D'énormes bottes de foin avaient été installées là et s'étendaient à perte de vue, se consumant en flammes orange et rouges. Je ne pouvais m'empêcher de penser que l'association de paille sèche et de feu était une très mauvaise idée.

Quelqu'un servait à boire à partir d'un fût de bière.

Correction : l'association paille sèche, feu ET alcool bon marché était une très mauvaise idée.

Simon n'avait pas essayé de me toucher pendant tout le trajet jusqu'ici. Je commençais à croire que j'avais pris la bonne décision... si on oubliait le problème susmentionné. Il me mena à travers les tiges de maïs piétinées jusqu'au feu de joie.

— Les filles sont là-bas, dit-il en désignant plusieurs camarades réunies autour de verres en plastique rouges. Tu devrais aller leur dire bonjour. Faire un peu mieux connaissance.

Je hochai la tête, sans avoir la moindre intention d'y aller.

— Je vais nous chercher à boire.

Il me massa brièvement les épaules avant de s'éloigner. Dès qu'il atteignit le fût de bière, il tapa dans la main de quelqu'un d'autre et cria :

— Hourra !

Une foule plutôt importante s'était regroupée autour du feu. Elle s'étendait jusque dans les bois environnants. Quelqu'un avait garé son 4 × 4 ici et allumé la radio à fond avec les portes ouvertes. On ne s'entendait plus. Serrant le châle contre mes épaules, je me mis à avancer à la recherche d'une tête connue. Je fus rassurée quand j'aperçus Dee avec les triplés Thompson. À côté d'eux, Carissa et Lesa partageaient une couverture. Daemon n'était nulle part en vue.

— Dee ! m'exclamai-je en évitant une fille qui avait du mal à marcher sur ses talons hauts. Dee !

Elle se retourna et me fit aussitôt de grands gestes. Alors que je faisais un pas dans sa direction, Simon apparut soudain avec deux verres à la main.

— Oh, mon Dieu ! fis-je en reculant. Tu m'as fait peur.

Simon rit en me tendant un verre.

— Je ne comprends pas pourquoi. Je t'ai appelée.

— Désolée.

J'acceptai la bière. L'odeur me fit grimacer. Quand je pris une gorgée, je pus constater que le goût était à l'avenant.

— C'est difficile d'entendre quoi que ce soit avec ce raffut.

— Je sais. On n'a pas encore eu l'occasion de discuter. (Simon m'étreignit par les épaules en titubant légèrement.) C'est dommage. J'ai voulu parler avec toi toute la soirée. Les fleurs te plaisent ?

— Elles sont magnifiques. Merci encore. (C'était une jolie combinaison de roses rouges et roses.) Tu les as achetées en ville ?

Il hocha la tête avant de vider le contenu de son verre. On s'éloigna du 4 × 4.

— Ma mère travaille chez un fleuriste. C'est elle qui l'a fait.

— Waouh. C'est la classe. (Je caressai mon bracelet fleuri en essayant de ne pas renverser de la bière dessus.) Ton père travaille en ville, lui aussi ?

— Non. Il va tous les jours en Virginie. (Il jeta son gobelet et attrapa sa flasque.) Il est avocat, se vanta-t-il en dévissant le bouchon d'une main. Il s'occupe des plaintes de dommages à la personne. Son frère est médecin en ville, par contre.

— Ma mère est infirmière. Elle travaille en Virginie aussi.

À cause des mouvements qu'il faisait à côté de moi, mon châle commençait à tomber. Il dévoilait mes épaules à moitié.

— Tu sais où tu vas aller à la fac ? demandai-je en essayant de trouver un nouveau sujet de conversation. Mains baladeuses mises à part, il était plutôt gentil.

— À l'Université de Virginie-Occidentale avec mes potes. (Mon verre plein lui fit froncer les sourcils.) Tu ne bois pas ?

— Si si.

Je pris une gorgée pour le rassurer. Il sourit et tourna la tête en m'expliquant que certains de ses amis avaient l'intention de continuer leurs études à Marshall. Comme il ne me regardait pas, je vidai la moitié de mon verre par terre.

Simon continua de me poser des questions, interrompu toutes les cinq minutes par un de ses amis. Comme je jetais la plus grande partie de ma bière, il me resservait chaque fois. Il me demandait de l'attendre et il faisait l'aller-retour vers le fût. Au bout du troisième verre, Simon devait penser que j'étais une pochtronne, mais au moins, ça lui faisait faire du sport.

Sans que je m'en rende compte, on se retrouva loin du feu, au milieu des premiers arbres. J'avais de plus en plus de mal à avancer à cause du sol accidenté et de mes talons hauts. Même le léger poids de Simon contre moi était difficile à supporter.

Lorsqu'il se redressa et ôta son bras de mes épaules, il fit tomber mon châle derrière moi. La pièce de tissu se confondit aussitôt avec le sol plongé dans l'obscurité et les sous-bois denses.

— Merde, jurai-je en me retournant.

— Quoi ?

Il commençait à avoir du mal à articuler.

— Mon châle. Je l'ai fait tomber.

Je fis deux pas en direction du feu.

— Hmm. Tu es mieux sans, de toute façon, rétorqua-t-il. Cette robe... Miam.

Je lui adressai un regard agacé par-dessus mon épaule avant de reporter mon attention sur... quelque chose de noir.

— Peut-être, mais il est à ma mère. Elle va me tuer si je le perds.

— On le retrouvera. Ne t'inquiète pas de ça maintenant.

Tout à coup, il m'attrapa par la taille pour me presser contre lui. Surprise, je lâchai mon verre de bière et émis un rire nerveux en me libérant.

— Je préférerais le retrouver tout de suite.

— Ça ne peut pas attendre ?

Simon fit un pas en avant. J'en fis un en arrière. Il se tenait devant moi. Je me rendis compte que j'étais coincée entre lui et un arbre.

— On était en train de discuter. Et il y a quelque chose que j'aimerais faire.

Je jetai un coup d'œil au feu. Il paraissait bien trop éloigné à présent.

— Quoi ?

Il posa une de ses grandes mains sur mon épaule. Il avait beaucoup de force. La sensation qui m'envahit était plus intense qu'une simple gêne. C'était autre chose. Elle était puissante, elle me laissait un arrière-goût étrange dans la bouche, comme lorsque l'Arum m'avait parlé devant la bibliothèque. Simon se pencha en avant et m'attira à lui.

L'espace d'une seconde, je me figeai. Ce fut suffisant. Sa bouche rencontra la mienne. Elle empestait la bière et les bonbons à la menthe. Quand je protestai et me débattis, je me retrouvai aussitôt pressée contre le tronc. Il continua de me serrer contre lui et d'embrasser mes lèvres fermées. Je n'arrivais plus à respirer. Posant les mains sur son torse, je le repoussai jusqu'à ce qu'il éloigne son visage du mien.

— Simon, ça suffit ! dis-je en reprenant mon souffle.

J'essayai de me libérer de son étreinte, mais il refusa de bouger.

— Allez, c'est rien...

Il fit glisser sa main entre le tronc et moi pour la poser sur mes reins et me maintenir en place.

Énervée, je martelai son torse de coups de poing.

— Je ne suis pas venue ici pour ça !

Simon éclata de rire.

— Tout le monde vient ici pour ça. Écoute, on boit, on s'amuse. Il n'y a rien de mal à ça. Ça peut rester entre nous, si tu veux. Tout le monde sait que tu l'as fait avec Daemon cet été, de toute façon.

— Quoi ? m'écriai-je. Simon, lâche-moi.

Ses lèvres humides m'empêchèrent de continuer. Quand je sentis sa langue s'insinuer dans ma bouche, j'eus soudain envie de vomir. Mon rythme cardiaque s'accéléra. À cet instant, je regrettai de ne pas avoir écouté Daemon et accepté son offre de me faire raccompagner. Il avait raison : ça me dépassait complètement.

Je réussis à rejeter la tête en arrière.

— Simon, stop !

Contre toute attente, il s'arrêta réellement. Le souffle court, déboussolée, je me laissai aller contre l'arbre derrière moi. J'entendis quelqu'un tomber par terre et un cri de souffrance.

Un garçon était penché sur Simon qui était étalé sur le sol. Il le souleva par le col.

— Tu ne comprends pas quand on te parle ?

J'aurais reconnu cette voix rauque entre mille. C'était le même ton que Daemon avait emprunté le jour où j'avais jardiné avec sa sœur. Synonyme de danger, de calme avant la tempête. Il respirait fort tandis qu'il regardait Simon se recroqueviller sur lui-même.

— Je suis désolé, fit Simon qui avait du mal à parler à cause de l'alcool. (Il attrapa Daemon par le poignet.) J'ai cru qu'elle...

— Que quoi ? (Daemon le mit debout.) Que non voulait dire oui ?

— Non ! Enfin si ! J'ai cru...

Quand Daemon leva la main, Simon... se figea, les bras en l'air, les doigts écartés devant son visage. Le sang qui coulait de son nez s'était arrêté au-dessus de sa bouche ouverte. Ses yeux écarquillés ne cillaient plus. Son visage était figé en une expression de terreur et de perplexité que l'abus d'alcool n'avait pas arrangée.

Daemon avait immobilisé Simon. Littéralement.

Je fis un pas en avant.

— Daemon... Qu'est-ce que tu as fait ?

Il ne se tourna pas vers moi. Ses yeux restèrent fixés sur Simon.

— C'était soit ça, soit le tuer.

Dans mon esprit, il ne faisait aucun doute qu'il en aurait été capable. Je touchai le bras de Simon du bout du doigt. Il paraissait réel mais raide. Comme un cadavre. Ma gorge se serra.

— Il est vivant ?

— Est-ce qu'il le mérite ? demanda-t-il.

On échangea un regard empli de connivence et de regrets.

La mâchoire de Daemon se contracta.

— Il va bien. C'est comme s'il dormait.

Simon ressemblait à une statue. Une statue ivre et perverse.

— Je n'arrive pas à y croire ! (Je reculai en croisant les bras.) Combien de temps est-ce qu'il va rester comme ça ?

— Aussi longtemps que je l'aurai décidé, répondit-il. Je pourrais l'abandonner ici, laisser les daims lui pisser dessus et les corbeaux lui chier sur le crâne.

— Tu ne peux... pas faire ça, tu le sais ? Rassure-moi.

Daemon haussa les épaules.

— Il faut que tu lui rendes son état normal, mais d'abord, j'aimerais faire quelque chose.

Curieux, Daemon haussa un sourcil.

Je pris une grande inspiration. Je sentais toujours la bière, les bonbons à la menthe et la langue de Simon dans ma bouche. Puis, j'assenai à Simon un coup de pied entre les jambes de toutes mes forces. Il n'eut aucune réaction, mais je ne doutais pas qu'il le sentirait plus tard.

— Waouh. (Daemon laissa échapper un rire étranglé.) J'aurais peut-être mieux fait de le tuer, finalement.

Il se retourna alors vers Simon et fit un geste de la main.

Le garçon se plia en deux, les mains entre les jambes.

— Putain !

Daemon le bouscula de nouveau.

— Casse-toi d'ici. Si je te vois ne serait-ce que poser les yeux sur elle, ce sera la dernière chose que tu feras.

Blanc comme un linge, Simon essuya son nez ensanglanté. Son regard alla de moi à Daemon.

— Katy, je suis désolé...

— Dégage ! cracha Daemon en avançant vers lui d'un air menaçant.

Simon se retourna et s'enfuit en sautillant pardessus les broussailles. Un silence de mort tomba entre nous. Même la musique semblait être en sourdine. Lorsque Daemon se mit à partir à son tour, je restai là, à frissonner.

Il allait m'abandonner ici.

Je ne lui en voulais pas. Il m'avait mise en garde plusieurs fois et j'avais refusé de l'écouter. Des larmes de colère et de frustration me brûlaient les yeux.

Pourtant, contre toute attente, Daemon revint vers moi avec mon châle à la main. Il me le tendit en grommelant. Je l'acceptai avec des doigts tremblants. Ses yeux luisaient. Avaient-ils été ainsi tout ce temps ? Je sentais son regard sur moi : pesant et intense.

— Je sais, murmurai-je en serrant le morceau de tissu contre ma robe déchirée. Ce n'est pas la peine de le dire.

— Dire quoi ? Que je t'avais prévenue ? (Il avait l'air écœuré.) Je sais que je me conduis parfois comme un salaud, mais pas pour ce genre de choses. Tu vas bien ?

Je hochai la tête en tâchant de recouvrer mon calme.

— Merci.

Daemon jura encore une fois et s'approcha pour déposer quelque chose de chaud qui avait son odeur sur mes épaules.

— Tiens, dit-il d'un ton bourru. Mets-ça. Ça... cachera tout.

Je baissai la tête. Le châle en dentelle ne dissimulait nullement mon corsage déchiré. Le rouge aux joues, je passai les bras dans sa veste de costume. Des sanglots commençaient à se former dans ma gorge. J'en voulais à Simon. Je m'en voulais à moi-même. J'avais honte. Je resserrai la veste et le châle autour de moi. Daemon n'allait jamais me laisser oublier cet épisode.

Il ne se moquait pas pour l'instant, mais demain serait une autre histoire.

Les doigts de Daemon effleurèrent ma joue avant de replacer une mèche de cheveux derrière mon oreille.

— Allez viens, murmura-t-il.

Je levai la tête. Il y avait une tendresse inattendue dans ses prunelles. Je ravalai mes larmes. Voilà qu'il se montrait gentil...

— Je te ramène chez toi.

L'heure des ordres arrogants et des suppositions était révolue. Son ton était neutre. Je hochai la tête. Après ce désastre qui m'avait sûrement dotée d'une nouvelle trace, je ne comptais pas discuter. Toutefois, une idée me traversa l'esprit.

— Attends une minute.

Il avait l'air d'avoir envie de mettre sa menace à exécution et de me renverser par-dessus son épaule pour me porter hors d'ici.

— Kat...

— Simon ne va pas avoir une trace sur lui, comme moi ?

Cette pensée ne semblait pas le déranger.

— Si.

— Mais...

Daemon apparut devant moi en un clin d'œil.

— Ce n'est pas mon problème.

Il me prit par le bras. Sa poigne n'était pas douloureuse mais ferme. On n'échangea aucun mot tandis qu'il me conduisait dans la nuit fraîche jusqu'à son 4 × 4 garé près de la route principale. Plusieurs voitures avaient les vitres embuées. Il y en avait même qui bougeaient. Chaque fois que je le regardais, Daemon plissait les yeux et serrait les dents.

La culpabilité me rongeait de l'intérieur. Et si les Arums étaient toujours dans le coin et apercevaient la trace sur Simon ? D'accord, il avait dépassé les bornes, mais qui savait ce qu'un Arum aurait pu lui infliger ? On ne pouvait pas le laisser se balader dans la nature comme ça.

Daemon me lâcha et ouvrit la portière côté passager. Après être montée, je retirai la pochette accrochée à mon bras et la posai près de moi. Je le regardai faire le tour de la voiture en tapant un SMS.

— J'ai écrit un message à Dee pour lui dire que je te raccompagnais. Quand je suis arrivée, elle m'a dit qu'elle ne te trouvait plus.

Hochant la tête, j'attrapai la ceinture de sécurité, mais elle refusa de bouger. Toutes les émotions que j'avais accumulées se déversèrent soudain en moi et je tirai dessus d'un coup sec.

— Merde !

Daemon se pencha vers moi et me força à écarter les doigts. Dans un endroit aussi confiné, il n'y avait pas beaucoup de place pour bouger. Avant que j'aie eu le temps de protester, il avait déjà attrapé la ceinture. Sa mâchoire effleura ma joue, suivie de ses lèvres. Le contact fut bref et accidentel, mais il me laissa sans voix.

Daemon réussit à décoincer la ceinture et la tira vers mon ventre. Ses doigts frôlèrent l'avant de ma robe. Je sursautai.

Surpris, il releva la tête. J'étais aussi étonnée que lui. Nos lèvres se touchaient presque. Son souffle était chaud et doux. Enivrant. Quand son regard se posa sur ma bouche, mon cœur s'emballa.

On resta ainsi pendant ce qui sembla durer une éternité.

Puis, il m'attacha et se rassit sur son siège, haletant. Il agrippa le volant quelques minutes tandis que j'essayais de reprendre une respiration normale.

Au bout d'un moment, sans un mot, il démarra. Un silence lourd et gêné était tombé dans l'habitacle. Le trajet jusqu'à la maison fut une vraie torture. J'aurais voulu le remercier encore une fois et lui demander ce qu'il comptait faire au sujet de Simon, mais j'avais le sentiment qu'il ne le prendrait pas très bien.

Alors, je posai la tête contre mon siège et fis semblant de dormir.

— Kat ? m'appela-t-il à mi-chemin de la maison.

Je prétendis de ne pas l'avoir entendu. C'était puéril, je sais, mais je ne savais pas quoi lui dire. Il était une véritable énigme pour moi. Chacune de ses actions contredisait la précédente. Je sentais son regard. C'était difficile à ignorer. Comme ce qu'il y avait entre nous.

— Merde ! s'écria Daemon en écrasant la pédale de freins.

Surprise, j'ouvris aussitôt les yeux. Un homme se tenait au milieu de la route. La voiture s'arrêta violemment, me propulsant vers l'avant. La ceinture qui s'enfonça dans mon épaule me retint en arrière. Alors, tout s'éteignit : le moteur, les phares… tout.

Daemon prononça quelques mots dans une langue douce et mélodieuse. Celle que j'avais entendue lorsque l'Arum m'avait agressée derrière la bibliothèque.

L'homme qui nous faisait face m'était familier. Il portait le même jean, les mêmes lunettes et la même veste en cuir que le jour où il m'avait espionnée dans le magasin de robes. Un autre homme, identique en tout point, apparut soudain à ses côtés. Je ne l'avais pas vu arriver. On aurait dit une ombre qui s'était faufilée hors des arbres. Un troisième les rejoignit, se positionnant derrière le premier. Ils restèrent immobiles.

— Daemon, murmurai-je, le cœur au bord des lèvres. Qui est-ce ?

Une lumière vive, presque blanche, s'alluma dans ses yeux.

— Des Arums.

Chapitre 24

La peur m'envahit si rapidement qu'elle me fit tourner la tête. Je me sentais comme anesthésiée. Étrange. J'aurais pourtant dû éprouver une dizaine d'émotions différentes.

Daemon tira sur la jambe de son pantalon. J'entendis un bruit qui ressemblait à du scratch, puis il brandit un long objet noir et brillant. Ce n'est que lorsqu'il me força à le prendre entre mes mains tremblantes que je compris qu'il s'agissait d'une pierre taillée en forme de dague, pointue d'un côté et enveloppée de cuir de l'autre.

— C'est une obsidienne, une roche volcanique. La lame est très aiguisée. Elle peut couper n'importe quoi, m'expliqua-t-il rapidement. À part nous, c'est la seule chose sur cette planète qui peut tuer les Arums. C'est leur kryptonite.

Je refermai les doigts sur le manche en cuir sans le quitter des yeux.

— Allez viens, mon joli ! cria l'Arum à l'avant.

Sa voix était gutturale et tranchante comme un rasoir. Il avait un fort accent qui paraissait étranger.

— Viens jouer avec nous !

Sans leur prêter la moindre attention, Daemon prit mon visage entre ses mains solides et fermes.

— Écoute-moi bien, Kat. Quand je te dirai de courir, tu courras sans te retourner. Si l'un d'entre eux te prend en chasse, tu n'auras qu'à le frapper n'importe où avec l'obsidienne.

— Daemon...

— Non. Tu t'enfuiras quand je t'ordonnerai de le faire. Dis-moi que tu as compris.

Il y avait trois Arums contre un seul Daemon. Les chances n'étaient pas de son côté.

— Je t'en prie, ne fais pas ça ! Enfuis-toi avec moi.

— Je ne peux pas. Dee est à cette fête. (Il me regarda un instant dans les yeux.) Cours quand je te le dirai.

Il se retourna et ouvrit la portière avec un soupir résigné. Les épaules bien droites, il avança avec une démarche pleine d'assurance. Le sourire prétentieux qui m'avait agacé tant de fois apparut sur ses lèvres.

— Waouh, fit Daemon. Vous êtes encore plus laids en humains que sous votre véritable forme. Je ne pensais pas que c'était possible. Vous vivez dans une grotte ou quoi ? Vous voyez le soleil, de temps en temps ?

L'homme à l'avant, sûrement le chef, retroussa les babines.

— Tu te raccroches à ton arrogance comme tous les Luxens, mais où sera-t-elle quand on aura absorbé tous tes pouvoirs ?

— Au même endroit que mon pied, rétorqua Daemon, en serrant les poings.

Le chef eut l'air perplexe.

— Tu sais bien : dans ton cul. (L'air outré des Arums le fit sourire.) Attendez une minute. Votre tête me dit quelque chose. Ah ça y est, je sais : j'ai tué votre frère. Désolé. Comment est-ce qu'il s'appelait ? Vous vous ressemblez tous à mes yeux.

Leurs formes se mirent à vaciller. D'humains, ils se transformèrent en ombres, et vice versa. La dague serrée dans la main, j'attrapai la poignée de la portière.

Mon cœur battait si vite que tout semblait avoir ralenti autour de moi.

— J'absorberai ton essence corporelle, grogna l'Arum. Tu me supplieras de t'épargner.

— Comme ton frère ? répondit Daemon d'une voix grave et froide. Parce qu'il m'a supplié. Il a pleuré comme une petite fille avant que je mette un terme à sa piètre existence.

En réponse à sa provocation, les Arums crièrent à l'unisson ; on aurait dit le hurlement du vent qui charriait la mort. Je m'arrêtai de respirer.

Daemon leva les mains au ciel. Un grondement s'éleva sous la voiture, secouant la route et les arbres. Une détonation retentit, comme un coup de tonnerre, rapidement suivie par d'autres. La terre tout entière semblait trembler et grogner.

En me tournant vers la vitre, je hoquetai de surprise. Les arbres sortaient du sol les uns après les autres. Des blocs de terre humide tombaient de leurs racines épaisses et noueuses. Une odeur végétale emplit l'air.

Oh, mon Dieu : Daemon déracinait des arbres.

L'un d'eux frappa un Arum dans le dos, le faisant voler sur plusieurs mètres. Puis, les troncs retombèrent. Certains atterrirent sur la route pour éviter à un conducteur innocent d'interrompre la scène. Leurs branches se brisèrent, fendant l'air comme des lames. Les deux autres Arums les évitèrent en continuant de changer d'apparence tandis qu'ils avançaient vers Daemon. Le bois traversait leur forme d'ombre sans rencontrer la moindre résistance.

Sous le 4 × 4, la terre trembla. Une partie de l'accotement se souleva. D'énormes morceaux de bitume volèrent dans le ciel et prirent une teinte orangée, comme s'ils se consumaient de l'intérieur, dirigés droit vers les Arums.

Dorénavant, j'allais réfléchir à deux fois avant d'énerver Daemon.

Esquivant les arbres et le bitume, les Arums répliquèrent avec ce qui ressemblait à du pétrole. La route se mit à fumer aux endroits où le liquide visqueux retombait. Une odeur de brûlé emplit l'air.

Daemon se changea alors en lumière blanche étincelante, un être vivant, beau et terrifiant à la fois, qui ne ressemblait à aucun autre et qui n'appartenait pas à ce monde. Son éclat augmenta au niveau de ses bras tendus, formant une boule d'énergie crépitante qu'il lança vers l'avant. La lumière se déversa sur la route. Au-dessus de leur tête, les lignes à haute tension se rompirent puis explosèrent. Les Arums reprirent leur forme initiale, mais leurs ombres ne pouvaient pas se cacher de la luminosité de Daemon. Je les voyais avancer vers lui. L'un d'eux l'attaqua sur le côté.

Daemon plaqua ses mains l'une contre l'autre. La détonation qui suivit fit trembler la voiture. De la lumière s'échappa de son corps, frappant son ennemi le plus proche de plein fouet et l'envoyant voler dans le ciel où il reprit son apparence humaine. Ses lunettes noires se brisèrent. Les débris flottèrent, suspendus dans les airs. Un autre coup retentit et l'Arum explosa, retombant comme une pluie d'étoiles étincelantes.

D'un bras, Daemon projeta l'autre Arum plusieurs mètres plus loin. Malgré le mauvais traitement qu'il subit, il atterrit sur ses pieds.

Cours, retentit une voix dans ma tête. *Enfuis-toi maintenant, Kat. Ne te retourne pas. Cours !*

Ouvrant la portière à la volée, je sortis de la voiture et rampai à genoux jusqu'au fossé. Les cris des Arums me faisaient frissonner. Mon instinct me disait de détaler comme me l'avait ordonné Daemon, mais je me sentais incapable de l'abandonner ici. Je ne pouvais pas m'enfuir.

Au bord de la nausée, je me retournai. Les deux Arums restants décrivaient des cercles autour de lui, se fondant dans l'ombre, avant de reprendre leur forme humaine, grande et imposante.

Des flaques de pétrole épaisses frôlèrent Daemon, manquant de peu le halo lumineux qui l'entourait. L'une d'elles frappa un arbre de l'autre côté de la route. Il s'ouvrit en deux.

Daemon répliquait avec des boules de lumière mortelles extrêmement rapides. Elles fendaient l'air en sifflant, érigeant des murs de flammes qui disparaissaient lorsqu'ils ne touchaient pas d'Arums. Ceux-ci étaient plus lents, mais ils réussissaient tout de même à éviter ses attaques. Au bout d'une trentaine d'assauts, je me rendis compte que la forme lumineuse de Daemon commençait à perdre de son éclat. Ses tirs étaient de plus en plus espacés. Je me souvins alors de ce qu'il m'avait dit lorsqu'il avait arrêté le camion pour me sauver. Utiliser ses pouvoirs l'épuisait. En d'autres termes : il n'allait pas tenir longtemps.

Un sentiment de terreur m'envahit lorsque je vis les Arums se rapprocher de Daemon, leur obscurité enveloppant presque entièrement sa luminosité. Une boule de flammes rouges se forma et se dirigea vers eux, mais Daemon rata sa cible. Le missile ardent s'éloigna de l'autre côté de la route et se désagrégea sans avoir causé le moindre dégât.

L'un des Arums se fondit entièrement dans l'ombre tandis que l'autre continua de jeter des bombes de pétrole en direction de Daemon sans jamais ralentir. Daemon disparaissait et réapparaissait un peu plus loin pour les éviter. Il bougeait si vite que j'avais l'impression de regarder la scène sous un stroboscope.

Concentré sur son adversaire, Daemon ne vit pas l'autre Arum se matérialiser derrière lui. Les bras obscurs s'enroulèrent autour de ce qui ressemblait à sa tête et le força à s'agenouiller par terre. Mon cri de détresse fut noyé sous les rires des Arums.

— Prêt à supplier ? le nargua l'Arum devant lui en reprenant sa forme humaine. Vas-y. Ça me fera plaisir d'entendre le mot « pitié » sortir de tes lèvres pendant que je puiserai toute ton énergie.

Daemon ne répondit pas, mais sa lumière flamboya et crépita.

— Silencieux jusqu'à la fin, hein ? Comme tu voudras. (L'Arum fit un pas en avant et leva la tête.) Le moment est venu, Baruck.

Baruck obligea Daemon à se lever.

— Vas-y Sarefeth !

Une partie de mon cerveau se déconnecta. Je me mis à avancer sans réfléchir, me précipitant vers ce que Daemon m'avait ordonné de fuir. La pierre d'obsidienne chauffa dans ma main, me brûla comme du charbon ardent. Le talon de ma chaussure se brisa en se prenant dans les branches qui jonchaient la route, mais je ne ralentis pas.

Je n'étais pas courageuse. J'étais désespérée.

Sarefeth se changea en être d'ombre et enfonça un bras à l'intérieur du torse de Daemon. Son cri me serra le cœur, transformant ma peur en colère et en désespoir. La lumière de Daemon se fit éclatante, aveuglante. Une violente secousse fit trembler le sol.

À quelques pas de Sarefeth, je levai le bras, l'obsidienne à la main, avant de sauter et de l'abattre sur lui de toutes mes forces. Je m'attendais à rencontrer une résistance, de la chair et des os, mais la pierre s'enfonça dans l'ombre, comme si l'Arum n'était composé que d'air et de fumée. Je tombai à genoux.

Sarefeth retira son bras du corps de Daemon en reculant. Il se retourna et essaya de me toucher, mais je rampai en arrière pour lui échapper. L'obsidienne luisait dans ma main, frissonnait d'énergie.

L'Arum s'arrêta. Il explosa en minuscules morceaux qui s'envolèrent petit à petit dans le ciel où ils formèrent un voile par-dessus les étoiles.

Baruck lâcha Daemon et fit un pas en arrière. Pendant un instant, il resta sous sa forme humaine avec son jean sombre et sa veste. Il regardait, horrifié, l'obsidienne qui brillait dans ma main. Ses yeux croisèrent les miens l'espace d'une seconde, pendant laquelle il me promit clairement de se venger. Puis, il reprit sa forme d'ombre, aspirant l'obscurité autour de lui, et il s'enfuit de l'autre côté de la route comme un serpent disparaissant dans la nuit.

Je me frayai frénétiquement un chemin à travers les branches et les morceaux de bitume pour accéder à Daemon. Il était encore sous son apparence lumineuse. Je ne savais pas où le toucher, ni s'il était gravement blessé.

— Daemon, murmurai-je en tombant sur mes genoux ensanglantés. (Mes lèvres, mes mains... je tremblais de partout.) Daemon, je t'en prie, dis-moi quelque chose.

Son éclat flamboya, m'envoyant une vague de chaleur, mais il n'émit aucun son et ne fit pas le moindre mouvement. Il ne murmura pas non plus dans mon esprit. Et si quelqu'un passait par là ? Comment aurais-je pu expliquer la situation ? Que se passerait-il s'il était blessé et qu'il soit en train de mourir ? Un sanglot se forma dans ma gorge.

Mon téléphone portable ! Je pouvais appeler Dee. Elle saurait quoi faire. Il le fallait. J'allais me lever lorsque je sentis une main se poser sur mon bras.

Je me retournai vivement. Daemon avait repris sa forme humaine. Il était à genoux sur le sol, la tête baissée, mais sa poigne était forte.

— Daemon, oh, mon Dieu, tu vas bien ? (Je m'agenouillai devant lui et posai la main sur sa joue chaude.) Je t'en prie, dis-moi que ça va. S'il te plaît.

Il leva doucement la tête et posa son autre main sur la mienne.

— Rappelle-moi... (il s'interrompit pour prendre une inspiration haletante)... de ne jamais plus te mettre en colère. Tu es un ninja, ou quoi ?

Je ris et pleurai en même temps, puis passai mes bras autour de lui, manquant le renverser sur le dos. J'enfouis mon visage dans son cou pour respirer son odeur musquée. Il n'eut pas d'autre choix que de répondre à mon étreinte. L'une de ses mains s'enfonça dans mes cheveux détachés.

— Tu ne m'as pas écouté, murmura-t-il contre mon épaule.

— Je ne t'écoute jamais.

Je le serrai plus fort. Reculant légèrement, j'examinai son visage toujours aussi beau malgré la fatigue.

— Tu es blessé ? Je peux faire quelque chose ?

— Tu en as déjà assez fait, Kitten.

Il se leva et m'entraîna avec lui. Il reprit son souffle avant d'observer les alentours.

— Il faut qu'on parte d'ici avant que quelqu'un vienne.

Je ne comprenais pas quelle différence ça pouvait faire. On aurait dit qu'une tornade était passée par là. Daemon recula. D'un geste de la main, il souleva les arbres de la route et les fit rouler sur le côté pour libérer le passage. Cet acte le fatigua à peine.

— Allez viens, me dit-il.

Lorsqu'on se dirigea vers la voiture, je me rappelai que j'avais toujours l'obsidienne à la main. À notre grand soulagement, le moteur démarra au quart de tour.

— Tu vas bien ? Tu n'es pas blessée ? me demanda-t-il.

— Ça va. (Je frissonnai.) Ça fait... beaucoup à encaisser, c'est tout.

Il eut un rire sans joie avant d'abattre son poing sur le volant.

— J'aurais pourtant dû me douter que d'autres viendraient. Ils voyagent toujours par groupes de quatre. Putain !

J'agrippai l'obsidienne un peu plus fort en regardant droit devant moi. L'adrénaline se dissipait petit à petit. Je commençais à comprendre la gravité de ce qui s'était passé ce soir.

— Il n'y en avait que trois.

— Oui, parce que j'en avais déjà tué un. (Il sortit son portable de sa poche.) Ça ne leur a pas plu.

Étant donné qu'on en avait tué deux autres, le dernier devait être très en colère. Des extraterrestres énervés. Un léger rire hystérique m'échappa. Je fermai aussitôt la bouche.

Daemon appela sa sœur pour lui ordonner de rejoindre les Thompson et de rester avec M. Garrison jusqu'au matin. Les Arums étaient plus forts la nuit. Ils se servaient de l'obscurité pour avancer sans se faire repérer et se nourrissaient de l'ombre. À l'inverse, la puissance des Luxens augmentait durant la journée. Daemon lui raconta brièvement ce qui s'était passé et je l'entendis assurer à Dee que j'allais bien.

— Kat, tu es sûre que ça va ? me demanda-t-il, inquiet, après avoir raccroché.

Je hochai la tête. J'étais vivante. Lui aussi. On n'était pas blessés. Pourtant, je n'arrêtais pas de trembler. Les hurlements de Daemon étaient restés gravés dans ma mémoire.

Daemon voulait que je passe la nuit chez lui. Son raisonnement tenait la route. Il n'y avait personne chez moi et, jusqu'à ce qu'on retrouve le dernier Arum, j'étais davantage en sécurité près de lui. Pour la seconde fois de la soirée, je ne discutai pas. Je ne me fis pas non plus la moindre illusion : il ne s'inquiétait pas vraiment. C'était simplement une nécessité.

J'appelai ensuite ma mère pour lui dire que je restais dormir chez Dee. Elle protesta, mais finit par accepter. Daemon me guida jusqu'à la chambre d'amis où je m'étais réveillée après avoir découvert la vérité à leur sujet. J'avais l'impression qu'une éternité s'était écoulée depuis.

Daemon était resté silencieux depuis qu'on était arrivés chez lui. Il semblait avoir l'esprit ailleurs. Il me laissa dans la pièce avec un vieux bas de pyjama en flanelle et un tee-shirt qui devait appartenir à sa sœur. Une fois dans la salle de bains, je retirai rapidement ma robe déchirée avant de la mettre en boule et de la fourrer dans la poubelle. Je ne voulais plus jamais la revoir.

L'eau chaude ne fit rien pour apaiser ma douleur. C'était la première fois que je ressentais une telle sensation. Tous mes muscles protestaient et mon esprit était épuisé. Je sortis de la douche, les jambes flageolantes. Malgré la chaleur de la vapeur qui saturait l'air, j'avais froid.

En essuyant la buée sur le miroir, je fus choquée par mon reflet. J'avais les pupilles dilatées. Mes joues étaient d'une pâleur à faire peur. J'avais les traits tirés : en gros, je ressemblais davantage à un extraterrestre que mes amis.

J'éclatai de rire, puis grimaçai aussitôt. Le son me paraissait étranglé, affreux, voire choquant dans le silence de la pièce.

Baruck allait revenir. N'était-ce pas la raison pour laquelle Daemon était si calme ? Même s'il savait que l'Arum allait essayer de se venger de sa famille, il ne pouvait rien faire. Moi, encore moins.

— Tout va bien là-dedans ? me demanda Daemon de l'autre côté de la porte.

— Oui. (Je me passai la main dans mes cheveux humides pour dégager mon visage.) Oui, murmurai-je encore une fois.

J'enfilai les vêtements qu'il m'avait prêtés. Ils étaient chauds et sentaient bon la lessive et le propre.

Quand je retournai dans la chambre, il était assis sur le lit. Il avait l'air fatigué et très jeune tout à coup. Il avait enfilé un survêtement et un tee-shirt.

— Ça va ? lui demandai-je.

Il hocha la tête.

— Chaque fois qu'on utilise nos pouvoirs, c'est un peu comme si... on perdait une partie de nous-même. Alors, ça nous prend un peu de temps pour recharger les batteries. Dès que le soleil se lèvera, ça ira beaucoup mieux. (Il s'arrêta et me regarda dans les yeux.) Je suis désolé que tu aies dû subir tout ça.

Je me plaçai devant lui. Les excuses ne faisaient pas partie de son vocabulaire habituel. Les mots qui suivirent non plus.

— Je ne t'ai pas remerciée, poursuivit-il en me dévisageant. Tu aurais pu t'enfuir, Kat. Ils t'auraient... tuée sans le moindre remords. Mais tu m'as sauvé la vie. Alors, merci.

Les mots me manquaient. Je l'observai.

— Tu veux bien rester avec moi ce soir ? (Je me frottai les bras.) Je ne te fais pas des avances et tu n'es pas obligé, mais...

— Je sais. (Le front plissé, il se leva.) Laisse-moi juste faire le tour de la maison une dernière fois. Je reviens tout de suite.

M'allongeant dans le lit, je remontai les couvertures jusqu'à mon visage, tout en fixant le plafond. Les yeux fermés, je comptai les secondes dans ma tête jusqu'à ce que j'entende les bruits de pas de Daemon. Lorsque je rouvris les paupières, il se tenait dans l'encadrement de la porte et me regardait.

Je me poussai vers le bord du lit pour lui laisser le plus de place possible. Une pensée étrange me traversa l'esprit pendant que je l'observais m'examiner. Avait-il déjà partagé le lit d'une humaine ? L'idée me parut soudain très stupide. Les relations avec les humains n'étaient pas interdites. Elles ne menaient tout simplement à rien. Et après tout ce qui s'était passé ce soir, pourquoi est-ce que je pensais à une chose pareille ?

Daemon ferma la porte à clé et jeta un coup d'œil par la baie vitrée avant de s'installer sans un mot dans le lit, les bras croisés sur le torse, comme moi. On resta allongés ainsi, les yeux rivés sur le plafond. Mon cœur battait la chamade. C'était peut-être à cause de ce qui s'était passé ou de la proximité de Daemon, bien vivant près de moi. Dans tous les cas, je remarquais davantage de choses que d'habitude. Sa respiration lente et régulière. La chaleur qui émanait de son corps. Mon désir d'être enveloppée par cette énergie.

Un silence gêné nous envahit tandis que je faisais courir mes doigts sur le bord de la couverture. Puis, malgré moi, je tournai la tête vers lui. Daemon me regarda également, avec un sourire triste sur le visage.

Je laissai échapper un éclat de rire.

— C'est... vraiment gênant.

Des ridules se formèrent autour de ses yeux tandis que son sourire s'élargissait.

— Oui, hein ?

— Oui.

Je haletai tout en gloussant. Ça me paraissait déplacé de rire après tout ce qui venait de se passer, mais je ne pouvais m'en empêcher. J'étais incapable de m'arrêter. En une soirée, j'avais affronté un possible violeur et une horde d'extraterrestres prêts à tout pour aspirer l'essence vitale de Daemon. Un mélange détonant.

Son rire se joignit au mien jusqu'à ce que je me mette à pleurer. Se calmant aussitôt, il tendit la main vers moi pour essuyer mes larmes. Je me figeai et le dévisageai. Ses doigts quittèrent ma joue, mais il ne se détourna pas pour autant.

— Pourquoi est-ce que tu es revenue ? C'était incroyable, murmura-t-il.

Une douce vague d'excitation me parcourut.

— Je pourrais te dire la même chose. Tu es sûr que tu n'es pas blessé ?

Daemon me fit un sourire en coin.

— Ça va, merci. Grâce à toi.

Il tendit le bras pour éteindre la lampe de chevet avant de se rallonger.

Je cherchai désespérément un sujet de conversation.

— Je brille ?

— Comme un sapin de Noël.

— Pas seulement l'étoile ?

Le lit bougea légèrement. Je sentis sa main frôler mon bras.

— Non. Tu es éblouissante. J'ai l'impression de regarder le soleil.

C'était une pensée bizarre. Je levai la main. Dans l'obscurité, j'en distinguais à peine les contours.

— Tu vas avoir du mal à dormir, alors.

— Ça a un effet rassurant sur moi, en fait. Ça me rappelle mon peuple.

Je tournai la tête. Il était allongé sur le côté et me regardait. Mon cœur se gonfla.

— Et pour l'obsidienne ? Tu ne m'en avais jamais parlé.

— Je ne pensais pas que ça te serait utile. Du moins, je l'espérais.

— Est-ce qu'elle peut te blesser ?

— Non. Et avant que tu me poses la question : on n'a pas l'habitude de dire aux humains ce qui nous tue, répondit-il d'une traite. Même la Défense l'ignore. Mais l'obsidienne dissipe les pouvoirs des Arums. Tout comme le bêta-quartz de Seneca Rocks qui dissimule notre énergie. La seule différence, c'est qu'il suffit de les toucher avec la roche pour que… Tu sais. C'est une question de lumière, la façon dont l'obsidienne la fracture.

— Les cristaux sont tous nocifs pour les Arums ?

— Non, seulement ce type. Ça a sûrement un rapport avec la fonte et le refroidissement. Matthew me l'a expliqué un jour mais, très franchement, je n'ai pas écouté. Je sais que ça peut les tuer et ça me suffit. On en a toujours sur nous, dissimulé quelque part. Dee la garde dans son sac.

Je frémis.

— Je n'arrive pas à croire que j'ai tué quelqu'un.

— Tu n'as pas tué *quelqu'un*. Tu as tué un extraterrestre malintentionné qui t'aurait assassinée sans le moindre remords. Et qui était sur le point de me buter, ajouta-t-il en se frottant le torse d'un air absent. Tu m'as sauvé la vie, Kitten.

Ça ne m'empêchait pas d'avoir le ventre noué.

— Tu as agi comme Oiseau des Neiges, poursuivit-il au bout d'un moment.

Ses yeux étaient fermés, son visage détendu. C'était la première fois que je le voyais aussi... ouvert.

— Dans quel sens ?

Un léger sourire se dessina sur ses lèvres.

— Tu aurais très bien pu m'abandonner et t'enfuir comme je te l'avais demandé. Mais tu es revenue pour m'aider. Tu n'étais pas obligée de le faire.

— Je... je ne pouvais pas te laisser. (Je détournai les yeux.) Je n'aurais pas pu. Je ne me le serais jamais pardonné.

— Je sais. Dors, maintenant, Kitten.

J'étais fatiguée, épuisée même, mais j'avais l'impression que le croquemitaine m'attendait derrière la porte.

— Et si le dernier revenait ? (Je m'interrompis tandis qu'une nouvelle crainte m'envahissait.) Dee est avec M. Garrison. Il sait que j'étais avec toi quand ils ont attaqué. Et s'il me livrait à eux ? Et si la Défense...

— Chut, murmura Daemon en me prenant la main. Il me caressa les doigts. Je ressentis ce simple contact jusque dans mes orteils.

— Il ne reviendra pas. Pas tout de suite. Et je ne laisserai pas Matthew te livrer à qui que ce soit.

— Mais…

— Je l'en empêcherai, Kat. D'accord ? Je te le promets. Je ne laisserai rien t'arriver.

Mon cœur enfla de nouveau, mais cette fois, j'avais l'impression qu'il allait exploser. J'essayai de me calmer. Histoires d'extraterrestres mises à part, Daemon et moi… nous étions comme des aimants qui se repoussaient. Je n'arrivais pas à ressentir autre chose que de l'agacement envers lui, pourtant ce sentiment-là était bien réel.

Je ne laisserai rien t'arriver.

Ma poitrine se serra. Ma peau brûlait à son contact. Ses mots m'emplissaient d'un désir aussi irrésistible qu'inattendu. J'aimais être près de lui, c'était agréable. Mon corps se détendit. Quelques secondes ou peut-être quelques minutes plus tard, je m'endormis près du garçon que je ne supportais pas.

Juste avant de tomber dans les bras de Morphée, ma dernière pensée fut de me demander si j'allais me réveiller près de ce Daemon-ci ou de son alter ego arrogant.

Chapitre 25

Lorsque j'ouvris les yeux le lendemain matin, le soleil était haut dans le ciel au-dessus de la montagne qui entourait la vallée. Je n'étais plus du bon côté du lit. Je n'étais même plus sur le lit du tout. J'étais à moitié allongée sur le torse de Daemon. Nos jambes étaient emmêlées sous la couverture. Il avait passé un bras autour de ma taille et me retenait avec une poigne de fer. J'avais la main posée sur son ventre. Je sentais les battements de son cœur contre ma joue, forts et réguliers.

Allongée ainsi, j'avais du mal à respirer.

Il y avait quelque chose d'intime à être lovés ainsi l'un contre l'autre dans un lit. Comme des amants.

Une douce sensation de chaleur me caressa la peau. Je fermai les paupières. La moindre parcelle de mon corps avait pris conscience de sa présence, de la façon dont j'étais collée à lui, mes cuisses contre les siennes, son ventre musclé sous mes doigts.

Quand mes hormones se réveillèrent, j'eus l'impression qu'on m'avait frappée en plein ventre. Un feu intense se déversa dans mes veines. Pendant un moment, je m'autorisai à faire semblant. Je n'imaginais pas que nous étions tous les deux humains, ce n'était pas le problème. Non, je prétendis simplement qu'on s'appréciait.

Puis, il bougea et roula sur le côté. Je me retrouvai sur le dos. Il enfouit son visage dans l'espace entre mon cou et mon épaule et se frotta légèrement contre ma peau. Mon Dieu… Son souffle chaud dansait contre moi, me donnait des frissons. Son bras était lourd contre mon ventre. Son genou s'insinua entre mes jambes et remonta toujours plus haut. Mes poumons me brûlaient.

Daemon murmura quelque chose dans une langue que je ne comprenais pas. La sonorité était douce et belle. Magique. Extraterrestre.

J'aurais pu le réveiller, mais je n'en fis rien. Le plaisir que me procurait son contact était plus fort que tout.

Sa main était posée à la naissance du tee-shirt que j'avais emprunté. Ses longs doigts caressaient ma peau nue entre celui-ci et le vieux bas de pyjama. Quand ils se faufilèrent sous le tissu, mon ventre se contracta. Les battements de mon cœur s'emballèrent de manière dangereuse. Le bout de ses doigts frôla mes côtes. Il pressa son genou contre moi.

Je hoquetai.

Daemon se figea. Pendant un moment, aucun de nous ne bougea. On n'entendait que le tic-tac de l'horloge suspendue au mur.

J'aurais voulu me cacher.

Il leva la tête. Ses yeux verts comme de l'herbe liquide se posèrent sur moi avec confusion. Toutefois, ils s'éclaircirent rapidement et devinrent sérieux et concentrés en quelques secondes.

— Bonjour ? dis-je d'une petite voix.

Sans me quitter du regard, il se releva à l'aide de ses bras puissants. Il eut l'air de prendre une grande inspiration, mais je ne le vis pas expirer. Quelque chose passa entre nous, lourd de non-dits. Ses yeux s'assombrirent. J'avais l'impression étrange qu'il examinait la situation (qui avait été fort agréable) et qu'il semblait penser que j'en étais la seule coupable.

Que tout était ma faute.

Il disparut alors en silence. La porte s'ouvrit et claqua derrière lui sans que je l'aie vu bouger.

Le cœur battant à tout rompre, je restai allongée ainsi, les yeux rivés sur le plafond. J'avais les joues rouges et la température de mon corps était bien trop élevée. J'ignorais combien de temps s'était écoulé. Au bout d'un moment la porte se rouvrit à une vitesse normale.

Dee passa la tête dans la pièce, les yeux écarquillés.

— Vous avez... ?

Après tout ce qui s'était passé durant les dernières vingt-quatre heures, je trouvais amusant que ce soit la première question qu'elle me pose.

— Non, répondis-je en reconnaissant à peine ma voix. (Je m'éclaircis la gorge.) Enfin, on a dormi ensemble, mais pas couché, *dormi*.

Je me retournai pour enfouir mon visage dans l'oreiller. Il avait son odeur : chaude et fraîche à la fois. Comme les feuilles en automne. Je grognai.

Si quelqu'un m'avait dit que je me retrouverais dans une pièce remplie d'une dizaine d'extraterrestres un samedi après-midi, je lui aurais dit d'arrêter la drogue. Pourtant, j'étais bel et bien assise dans un fauteuil chez les Black, les jambes repliées sous moi, prête à m'enfuir à tout moment.

Daemon était perché sur l'accoudoir à côté de moi, les bras croisés sur son torse. Le torse contre lequel je m'étais réveillée. Je me sentis rougir. Nous n'en avions pas parlé. Pas du tout. Et c'était très bien comme ça.

Son choix de siège n'était pas passé inaperçu. Dee avait l'air étrangement ravi. Une grimace d'agacement profond marquait les traits d'Ash et d'Andrew. Toutefois, ma simple présence semblait les énerver davantage que la raison pour laquelle Daemon aurait pu jouer les chiens de garde.

M. Garrison fut le premier à le faire remarquer.

— Qu'est-ce qu'elle fait ici ?

— Elle brille comme une boule disco, ajouta Ash d'un ton accusateur. Je suis sûre qu'on peut la voir jusqu'en Virginie !

À l'entendre, on aurait dit que j'étais couverte de furoncles. Je ne tentai même pas de dissimuler mon regard assassin.

— Elle était avec moi hier soir quand les Arums m'ont attaqué, répondit Daemon d'une voix posée. Vous le savez. Les choses ont été un peu… explosives. Je n'aurais jamais pu lui servir un mensonge convaincant.

M. Garrison passa une main dans ses cheveux bruns.

— Daemon, j'aurais cru que, plus que n'importe qui, tu serais conscient des dangers et que tu te montrerais plus prudent.

— Qu'est-ce que j'étais censé faire, au juste ? L'assommer avant que les Arums me chargent ?

Ash haussa un sourcil. À son expression, il était clair qu'elle pensait que c'était une bonne idée.

— Katy sait tout depuis la rentrée, déclara Daemon. Et crois-moi, j'ai fait tout ce que j'ai pu pour l'éviter.

L'un des frères Thompson hoqueta de surprise.

— Elle est au courant depuis tout ce temps ? Comment tu as pu nous faire ça, Daemon ? Nos vies à tous sont entre les mains d'une vulgaire humaine ?

Dee leva les yeux au ciel.

— Elle n'en a visiblement parlé à personne, Andrew. Calme-toi.

— Me calmer ?

L'air renfrogné d'Andrew était la copie conforme de celui d'Ash. J'avais compris comment distinguer les jumeaux. Andrew avait un piercing à l'oreille gauche. Adam, le plus réservé des deux, n'en avait pas.

— Elle est stupide et...

— Fais attention à ce que tu dis. (Daemon ne criait pas, mais sa voix avait quand même un fort impact.) Tu ne sais rien. Tu ne peux pas comprendre. Et tu risquerais de te prendre un éclair dans la tête.

Comme la plupart des personnes présentes dans la pièce, j'écarquillai les yeux. Ash se détourna, laissant ses cheveux couvrir son visage.

— Daemon, reprit M. Garrison en faisant un pas en avant. Tu menaces les tiens pour elle ? Je ne t'en aurais jamais cru capable.

Il se crispa.

— Ce n'est pas ce que tu crois.

J'avalai une grande goulée d'air avant d'intervenir.

— Je n'ai pas l'intention de trahir votre secret. Je connais les risques pour vous et pour moi. Vous n'avez pas à vous inquiéter.

— Pourquoi est-ce qu'on devrait te faire confiance ? demanda M. Garrison en se tournant vers moi. Ne le prends pas mal. Je suis sûre que tu es une fille très bien. Tu es intelligente et tu sembles avoir la tête sur les épaules, mais c'est une question de vie ou de mort pour nous. Il en va de notre liberté. On ne peut pas se permettre de faire confiance à un humain.

— Elle m'a sauvé la vie, hier soir, intervint Daemon.

Andrew éclata de rire.

— Je t'en prie, Daemon. Les Arums ont dû te frapper un peu trop fort sur la tête. Une humaine ne pourrait pas nous sauver la vie, c'est impossible.

— C'est quoi ton problème à la fin ? m'emportai-je. (Je ne pus m'en empêcher.) À t'entendre, on dirait que je ne suis pas capable de faire quoi que ce soit. D'accord, vous êtes super balèzes, mais ça ne veut pas dire qu'on est des organismes unicellulaires.

Adam s'étrangla de rire.

— Elle m'a vraiment sauvé la vie. (Daemon se leva, attirant l'attention de tous.) Trois Arums nous ont attaqués. C'étaient les frères de celui que j'ai tué. J'ai pu anéantir l'un d'entre eux, mais les deux autres étaient trop forts pour moi. Ils m'ont mis au tapis et ils avaient déjà commencé à ponctionner mon énergie. J'allais mourir.

— Daemon, fit Dee, soudain très pâle. Tu ne nous avais pas parlé de ça.

M. Garrison avait conservé son air sceptique.

— Je ne comprends toujours pas comment elle aurait pu t'aider. Elle est humaine. Les Arums sont puissants, amoraux et méchants. Comment une fille comme elle aurait-elle pu les affronter ?

— Je lui avais confié mon obsidienne pour qu'elle puisse s'enfuir.

— Tu lui as donné ta dague alors que tu aurais pu l'utiliser ? (Ash paraissait estomaquée.) Mais tu ne l'aimes même pas !

— Peut-être, mais je n'allais pas la laisser mourir juste parce que je ne l'aime pas.

Je tressaillis. *Merde*. J'aurais dû avoir l'habitude, pourtant une douleur se répandit dans ma poitrine, me brûlant comme du charbon ardent.

— Tu aurais pu être blessé, protesta Ash. (La peur avait rendu sa voix rocailleuse.) Tu aurais pu être tué en lui cédant ton seul moyen de défense efficace !

Daemon soupira et se rassit sur l'accoudoir de mon fauteuil.

— J'ai d'autres moyens de défense. Pas elle. Et elle ne s'est pas enfuie comme je le lui avais demandé. Elle est revenue sur ses pas et elle a abattu l'Arum qui était sur le point de me tuer.

Une faible lueur de fierté s'alluma dans les prunelles de mon professeur de biologie.

— C'est... admirable.

Je levai les yeux au ciel. Je commençais à avoir mal à la tête.

— C'est bien plus qu'admirable ! intervint Dee en me regardant. Elle n'était pas obligée de faire ça. Vous devez bien admettre que c'est absolument héroïque de sa part !

— C'était courageux, admit Adam d'une voix calme en fixant le tapis. Elle s'est comportée comme on l'aurait fait.

— N'empêche qu'elle est au courant pour nous, rétorqua Andrew en adressant un regard dédaigneux à son jumeau. On n'a pas le droit d'en parler aux humains.

— On ne lui a rien dit, répondit Dee d'un air agité. C'est arrivé comme ça.

— Oh, comme la dernière fois, alors ? (Andrew leva les yeux au ciel en se tournant vers M. Garrison.) Je n'arrive pas à y croire.

Le professeur secoua la tête.

— Le lundi matin, tu m'as dit que quelque chose s'était produit, mais que tu t'en étais occupé.

— Qu'est-ce qui s'est passé ? demanda Ash. (Il était clair qu'elle n'avait jamais entendu parler de cette histoire.) C'est la première fois qu'elle a eu une trace, c'est ça ?

Apparemment, j'étais comme un ver luisant à ses yeux.

— Qu'est-ce qui s'est passé ? répéta Adam, curieux.

— J'ai traversé alors qu'un camion arrivait.

Je m'attendais à ce qu'ils m'adressent des regards affligés. Ça ne rata pas.

Ash dévisagea Daemon. Ses yeux bleus s'étaient arrondis comme des soucoupes.

— Tu as arrêté le camion ?

Il hocha la tête.

Le visage de la jeune femme se décomposa. Elle se détourna.

— Il est clair que tu aurais eu du mal à trouver une excuse. Elle est au courant depuis tout ce temps ?

Le moment était sans doute mal choisi pour leur avouer que j'avais eu mes doutes avant.

— Elle n'a pas eu peur, affirma Dee. Elle nous a écoutés, elle a compris pourquoi il était capital que ça reste un secret, et c'est tout. Jusqu'à hier soir, ça n'avait posé aucun problème.

— Vous m'avez menti. Tous les deux. (M. Garrison s'adossa au mur entre la télévision et la bibliothèque surchargée.) Comment suis-je censé vous faire confiance, à présent ?

Je commençais à avoir mal au crâne.

— Écoutez, je connais les risques. Plus que n'importe qui dans cette pièce, répondit Daemon en se frottant le torse à l'endroit où l'Arum avait enfoncé son bras obscur. Mais ce qui est fait est fait. Il faut qu'on aille de l'avant.

— En contactant la Défense, par exemple ? suggéra Andrew. Je suis sûr qu'ils sauront quoi faire d'elle.

— J'aimerais te voir essayer, Andrew. Vraiment. Parce que même si je n'ai pas retrouvé toutes mes forces, je peux encore te mettre une raclée.

M. Garrison s'éclaircit la voix.

— Daemon, ce n'est pas la peine de nous menacer.

— Ah oui ? fit-il.

Un lourd silence tomba sur la pièce. Adam était apparemment de notre côté, mais il était évident qu'Ash et Andrew ne l'étaient pas. Quand M. Garrison reprit la parole, j'eus du mal à le regarder dans les yeux.

— Je ne pense pas que ce soit très judicieux, dit-il. Pas en sachant… ce qui s'est passé la dernière fois. Mais je n'ai pas non plus l'intention de te livrer à eux. Sauf si bien sûr tu me donnes une raison de le faire. Peut-être que ce ne sera jamais le cas. Je n'en sais rien. Les humains sont des créatures… changeantes.

Ce que nous sommes, ce que nous pouvons faire doit être tenu secret à tout prix. Je crois que tu l'as bien compris. (Il s'interrompit et s'éclaircit la voix.) Tu es en sécurité. Pas nous.

La décision de M. Garrison ne semblait pas enthousiasmer Andrew et Ash, mais ils ne discutèrent pas. Après avoir échangé quelques regards, ils commencèrent à réfléchir à ce qu'ils devaient faire avec le dernier Arum.

— Il n'attendra pas longtemps. Ils ne sont pas connus pour leur patience, reprit M. Garrison en s'asseyant sur le canapé. Je pourrais contacter d'autres Luxens, mais je ne suis pas sûr que ce soit pertinent. Ils ne lui feront peut-être pas autant confiance que nous.

— Et il ne faut pas non plus oublier qu'elle ressemble à une ampoule géante, ajouta Ash. On aura beau garder le secret, dès qu'elle ira se promener en ville, les autres sauront que quelque chose de grave s'est encore produit.

Je grimaçai.

— Eh bien, qu'est-ce que je suis censée faire, au juste ?

— Des suggestions ? demanda Daemon. Plus vite elle sera débarrassée de cette trace, mieux ce sera pour tout le monde.

Il n'avait sûrement pas hâte de recommencer à jouer les baby-sitters.

— On s'en fout, rétorqua Andrew en levant les yeux au ciel. Il faut d'abord qu'on s'occupe de l'Arum. Il la repérera n'importe où. On est tous en danger. Tous ceux qui s'approcheront d'elle le seront aussi. On ne peut pas attendre sans rien faire. Il faut qu'on le retrouve.

Dee secoua la tête.

— Si on arrive à faire disparaître la trace, on gagnera du temps pour le chercher. Ça devrait être notre priorité.

— Moi je dis qu'on devrait l'abandonner au milieu de nulle part, marmonna Andrew.

— Merci, répondis-je en me massant les tempes. Tu nous aides beaucoup.

Il me sourit.

— Hé, c'était juste une proposition !

— La ferme, Andrew, lui dit Daemon.

L'intéressé roula des yeux.

— Quand on aura réussi à faire disparaître la trace, elle sera en sécurité, insista Dee, les lèvres pincées, en coiffant ses cheveux en arrière. Les Arums n'ont pas l'habitude de s'en prendre aux humains. Sarah… se trouvait juste au mauvais endroit au mauvais moment.

Ils se lancèrent de nouveau dans un grand débat pour savoir ce qui était le plus important : m'enfermer quelque part, ce qui était ridicule puisque la trace pouvait être vue à travers n'importe quel matériau, ou essayer de trouver un moyen de dissiper la luminosité sans me tuer. Andrew semblait sérieusement penser qu'échouer dans cette tâche serait une bonne idée. Connard.

— Je sais ! intervint Adam. (Tout le monde se tourna vers lui.) L'aura qui l'entoure a été créée par l'utilisation de nos pouvoirs, pas vrai ? Et nos pouvoirs sont de l'énergie à l'état pur. On s'affaiblit quand on utilise trop de pouvoir et donc trop d'énergie.

M. Garrison cligna les yeux. Un éclat d'intérêt était apparu dans son regard.

— Je crois comprendre où tu veux en venir.

— Pas moi, grommelai-je.

— Nos pouvoirs s'estompent à mesure qu'on les utilise et qu'on dépense de l'énergie. (Adam se tourna vers Daemon.) Nos traces fonctionnent sûrement de la même manière, puisqu'elles sont constituées de l'énergie résiduelle que l'on laisse sur quelqu'un. Si Katy se dépense, la trace devrait s'estomper petit à petit. Peut-être pas complètement, mais suffisamment pour ne pas attirer tous les Arums de la Terre jusqu'à nous.

Je ne comprenais pas grand-chose, mais M. Garrison hocha la tête.

— Ça devrait fonctionner.

Daemon se gratta le torse, l'air sceptique.

— Et comment est-ce qu'on doit s'y prendre pour lui faire dépenser de l'énergie ?

De l'autre côté de la pièce, Andrew eut un grand sourire.

— On pourrait l'emmener dans un champ et la courser avec nos voitures. Ce serait drôle !

— Va te faire...

Daemon m'interrompit avec un éclat de rire.

— Je ne pense pas que ce soit une bonne idée. Drôle, mais pas très approprié. Les humains sont fragiles.

— Je vais te mettre mon pied fragile dans le cul et après on verra ! rétorquai-je, énervée.

J'avais mal à la tête et ils ne me faisaient pas rire du tout. Je poussai Daemon de l'accoudoir avant de me lever.

— Je vais boire quelque chose. Appelez-moi quand vous aurez trouvé une solution qui ne me tuera pas.

Leur conversation continua pendant que je me précipitais hors de la pièce. Je n'avais pas soif. Il fallait simplement que je m'éloigne d'eux. J'étais sur les nerfs. En entrant dans la cuisine, je me passai les mains dans les cheveux. Un silence agréable atténua la douleur au niveau de mon crâne. Je fermai les yeux jusqu'à ce que des points lumineux se mettent à danser derrière mes paupières closes.

— Je savais que tu te cacherais ici.

Je sursautai en entendant la voix basse d'Ash.

— Désolée, dit-elle en s'appuyant contre le plan de travail. Je ne voulais pas te faire peur.

Je n'étais pas certaine de la croire.

— Pas grave.

De près, Ash était tellement belle qu'elle me donnait envie de perdre dix kilos et de courir vers le magasin de maquillage le plus proche. Elle le savait. La façon dont elle se tenait trahissait sa confiance en elle.

— Ça a dû être difficile d'encaisser tout ce que tu as appris et ce qui s'est passé hier.

Je la dévisageai d'un air las. Même si elle n'essayait pas de m'arracher la tête, je ne comptais pas me détendre en sa présence.

— C'est… différent.

Un léger sourire étira ses lèvres pulpeuses.

— Qu'est-ce que disait la série déjà ? « La vérité est ailleurs ? »

— *X-Files*, dis-je. Depuis que Daemon m'a tout raconté, j'ai envie de regarder *Rencontre du troisième type*. Ça a l'air d'être le film le plus réaliste.

Elle sourit de nouveau, puis releva la tête pour me regarder dans les yeux.

— Je ne vais pas prétendre qu'on peut devenir les meilleures amies du monde ou que je te fais confiance. Ce n'est pas le cas. Tu m'as renversé des spaghettis sur la tête, après tout. (Je grimaçai, mais elle continua.) Et d'accord, peut-être que je l'avais mérité, mais tu ne comprends pas. Ils sont tout ce que j'ai. Je ferais n'importe quoi pour les protéger.

— Je ne ferai jamais rien qui puisse les mettre en danger.

Elle avança d'un pas et, malgré mon instinct qui me criait de m'enfuir, je ne bougeai pas.

— C'est déjà fait. Combien de fois Daemon est-il intervenu à ta place ? Combien de fois a-t-il pris le risque de dévoiler notre identité et nos pouvoirs ? Ta seule présence est une menace pour nous.

Je m'enflammai sous le coup de la colère.

— Ce n'est pas ma faute ! Hier soir…

— Hier soir, tu as sauvé la vie à Daemon. Super. Je suis contente pour toi. (Elle replaça une mèche derrière son oreille.) Bien sûr, Daemon n'aurait pas eu besoin de ton aide si tu n'avais pas guidé les Arums jusqu'à lui. Et si tu crois qu'il y a quelque chose entre vous, tu te trompes.

Oh pour l'amour du ciel...

— Je ne crois rien du tout.

— Tu es amoureuse de Daemon, non ?

J'attrapai une bouteille d'eau sur le comptoir avec un sourire moqueur.

— Pas vraiment.

Ash pencha la tête sur le côté.

— Moi, je sais que tu lui plais.

Mon cœur ne venait pas de faire un bond dans ma poitrine. Pas du tout.

— Il ne m'aime pas. Tu l'as dit toi-même.

— J'avais tort. (Elle croisa ses bras fins en m'examinant intensément.) Il est curieux. Tu es différente des autres. C'est la nouveauté qui l'attire. Les mecs, même ceux de notre peuple, adorent les joujoux flambant neufs.

Je bus une grande gorgée d'eau.

— Je t'assure qu'il n'a pas l'intention de jouer avec moi. (Du moins, pas quand il était éveillé.) Quant aux Arums...

— Les Arums finiront par le tuer. (Sa voix resta la même, totalement dénuée d'émotions.) À cause de toi, petite humaine. Il mourra en voulant te protéger.

Chapitre 26

— Tu es sûre que ça va aujourd'hui, ma chérie ?

Ma mère se pencha au-dessus du canapé d'un air inquiet. Depuis mon réveil, elle n'avait pas arrêté de me questionner.

— Tu as besoin de quelque chose ? D'un bouillon de poule ? D'un câlin ? D'un bisou ?

Je ris.

— Non, Maman, ça va.

— Tu es certaine ? demanda-t-elle en me posant une couverture sur les épaules. Il s'est passé quelque chose au bal ?

— Non, non, rien du tout.

Si on mettait de côté le milliard de messages que Simon m'avait envoyés pour s'excuser de son comportement et l'attaque de dangereux extraterrestres qui avait suivi... Non. Rien du tout.

— Je vais bien.

J'étais simplement fatiguée. J'avais passé la plus grande partie de mon samedi dans une maison pleine d'extraterrestres qui se disputaient. Deux d'entre eux ne me faisaient pas confiance. Une autre pensait que Daemon allait mourir par ma faute. Et Adam ne me détestait pas mais il n'était pas non plus mon meilleur ami. Je m'étais enfuie avant que les pizzas qu'ils avaient commandées arrivent. Ash avait raison. Ils formaient une famille. Je n'avais pas ma place parmi eux.

Lorsque ma mère partit travailler, je m'emmitouflai dans la couverture et tentai de regarder *Syfy*. Comme par hasard, il y avait un film sur une invasion extraterrestre. Leurs extraterrestres n'étaient pas des êtres de lumière, mais des insectes géants qui mangeaient les humains.

Je changeai de chaîne.

Dehors, il pleuvait des cordes. J'entendais à peine la télévision. Je savais que Daemon n'était pas loin. Ils avaient enfin trouvé un moyen de me faire dépenser de l'énergie pour faire disparaître la trace. Toutes leurs suggestions impliquaient que je sorte en pleine nature et que je m'épuise physiquement. Vu la météo, c'était impossible pour le moment.

Le bruit de la pluie me berçait. Je commençais à avoir du mal à garder les yeux ouverts. J'allais fermer les paupières lorsqu'un coup sur la porte me fit sursauter.

Je retirai la couverture et me dirigeai vers l'entrée. Comme je doutais que les Arums annoncent leur arrivée ainsi, j'ouvris sans regarder de qui il s'agissait. Daemon se tenait là, à peine mouillé malgré le rideau de pluie qui tombait derrière lui. Il y avait seulement quelques taches rondes gris foncé sur son tee-shirt à manches longues. Il s'était sûrement déplacé à la vitesse de la lumière. Un parapluie ? Pour quoi faire ? Et qu'est-ce qu'il fabriquait en survêtement, au juste ?

— Qu'est-ce que tu veux ?

— Tu ne m'invites pas à entrer ? demanda-t-il.

Les lèvres pincées, je fis un pas sur le côté. Il me dépassa et jeta un coup d'œil aux différentes pièces.

— Tu cherches quelque chose ?

— Ta mère n'est pas là, pas vrai ?

Je refermai la porte.

— Sa voiture n'est pas garée devant.

Il plissa les yeux.

— Il faut qu'on travaille sur ta trace.

— Il pleut des cordes.

Alors que j'allais récupérer la télécommande de la télévision, Daemon fut plus rapide que moi. Il arrêta le poste avant que j'aie pu toucher le moindre bouton.

— Frimeur.

— On m'a traité de pire que ça. (Il fronça les sourcils avant d'éclater de rire.) C'est quoi, ces vêtements ?

Le rouge aux joues, je baissai la tête. Je ne portais pas de soutien-gorge. Comment avais-je pu oublier d'en mettre un ?

— La ferme.

Il rit de nouveau.

— C'est quoi ? Les sept nains ?

— Mais non ! Ce sont les elfes du Père Noël ! J'adore ce pyjama. C'est mon père qui me l'a offert.

Son sourire moqueur s'effaça.

— Tu le portes en souvenir de lui ?

Je hochai la tête.

Il ne répondit rien. Au lieu de ça, il fourra les mains dans les poches avant de son jean.

— Mon peuple pense que lorsqu'on meurt, notre essence se fond avec les étoiles pour les aider à briller. Ça peut paraître stupide, mais quand je regarde le ciel, la nuit, j'aime croire qu'au moins deux de ces étoiles sont mes parents. Et que Dawson en est une autre.

— Ce n'est pas stupide du tout.

Je m'interrompis. Cette croyance était incroyablement belle. Elle n'était pas très éloignée de la nôtre, puisque nous pensions que nos êtres chers veillaient sur nous depuis le Paradis.

— Peut-être que l'une d'entre elles est mon père.

Il me regarda dans les yeux avant de détourner la tête.

— Bref, les elfes sont sexy.

Et en un clin d'œil le moment profond et sérieux capota.

— Vous avez trouvé un autre moyen d'atténuer la trace ?

— Pas vraiment.

— Tu as l'intention de me faire suer, c'est ça ?

— Ouais, c'est une des façons de s'y prendre.

Je m'assis sur le canapé. Je commençais à m'énerver.

— On ne peut pas faire grand-chose aujourd'hui, de toute façon.

— Tu n'aimes pas sortir sous la pluie ?

— On est presque en novembre et il fait froid, alors pas trop, non. (Je plaçai la couverture sur mes genoux.) Il est hors de question que j'aille courir aujourd'hui.

Daemon soupira.

— Ça ne peut pas attendre, Kat. Baruck se promène toujours dans les parages. Plus on attend, plus il sera dangereux.

Je savais qu'il avait raison, mais courir sous une pluie glaciale... ?

— Et Simon ? Tu en as parlé aux autres ?

— Andrew garde un œil sur lui. Comme il y avait un match hier, sa trace est presque entièrement partie. Elle est très faible, maintenant. Ça prouve que notre idée était la bonne.

Je l'observai en coin. Au lieu de son expression neutre, je revis celle qu'il m'avait montrée la veille, le regard qu'il m'avait adressé lorsqu'il avait compris qu'il était dans le même lit que moi. J'eus soudain très chaud. Saletés d'hormones.

Sa main disparut derrière lui et il produisit la dague en obsidienne.

— Je suis aussi passé te donner ça.

La lame noire étincela lorsqu'il la posa sur la table basse. Les points rouges qui étaient apparus en présence des Arums s'étaient estompés.

— Je veux que tu la gardes au cas où. Emporte-la avec toi partout dans ton sac à dos ou dans ton sac à main.

J'observai un instant la pierre.

— Tu es sérieux ?

Daemon évita mon regard.

— Oui. Même si on réussit à atténuer la trace, conserve-la jusqu'à ce qu'on ait éliminé Baruck.

— Mais tu n'en as pas plus besoin que moi ? Ou Dee ?

— Ne t'inquiète pas pour nous.

C'était plus facile à dire qu'à faire. J'examinai l'obsidienne en me demandant comment j'étais censée la cacher dans un sac.

— Tu penses que Baruck est toujours là ?

— Il est toujours dans le coin, oui, répondit-il. Le bêta-quartz ne lui permet pas de nous repérer, mais il sait qu'on est là. Que *je* suis là.

— Tu penses qu'il va essayer de se venger ?

Pour une raison que j'ignorais, le savoir en danger me rendait malade.

— J'ai tué deux de ses frères et je t'ai donné le moyen de te débarrasser du troisième.

Il ne semblait pas perturbé par le fait qu'un extraterrestre qui voulait sa peau se baladait dans la nature. Il avait du cran. J'aimais ça chez lui.

— Les Arums sont des créatures rancunières, Kitten. Il ne s'en ira pas tant qu'il ne m'aura pas tué. Et il se servira de toi pour m'atteindre, parce que tu es revenue me sauver. Ils habitent sur Terre depuis suffisamment longtemps pour comprendre ce que ça implique. Ce serait handicapant pour moi.

— Je ne suis pas un handicap. Je peux me débrouiller seule.

Il ne répondit pas, mais l'intensité de son regard me toucha au plus profond de mon être. Ma confiance en moi s'envola en fumée. À ses yeux, je représentais une faiblesse. Dee le pensait peut-être aussi et c'était sans nul doute le cas des autres Luxens.

J'avais tué un Arum… en l'attaquant par-derrière. Je ne m'étais pas vraiment battue comme un ninja.

— Assez discuté. On a du pain sur la planche, dit-il en jetant un coup d'œil autour de lui. Je ne sais pas ce qu'on pourrait faire ici. On joue à saute-mouton ?

Je n'avais pas la moindre intention de sauter alors que je ne portais pas de soutien-gorge. Sans lui accorder la moindre attention, j'ouvris mon ordinateur portable sur la table basse pour regarder mon dernier article. J'avais filmé une vidéo sur les livres que j'avais reçus en rentrant chez moi la veille. J'avais eu besoin de la présence réconfortante de mes livres et de mon blog pour me sentir de nouveau normale. La vidéo était courte puisque je n'avais que deux romans à commenter et j'avais une tête affreuse. Qu'est-ce qui m'avait pris de me faire des couettes ?

— Qu'est-ce que tu regardes ? me demanda-t-il.

— Rien. (J'essayai de baisser l'écran, mais il refusa de bouger.) Arrête de te servir de ton putain de pouvoir sur mon ordi. Tu vas le casser.

Visiblement amusé, Daemon haussa un sourcil et s'assit à côté de moi. Je n'avais toujours pas réussi à refermer le clapet et la souris refusait de fonctionner. Je ne pouvais même pas réduire la page. Daemon pencha la tête sur le côté.

— C'est toi ?

— D'après toi ? crachai-je.

Un léger sourire se forma sur ses lèvres.

— Tu te filmes ?

J'inspirai profondément pour me calmer.

— À t'entendre, on dirait que je fais des vidéos porno.

Daemon émit un léger bruit de gorge.

— C'est ce que tu fais ?

— Arrête de dire n'importe quoi. Je peux fermer maintenant ?

— Je veux regarder !

— Pas question !

L'idée qu'il me voie en train de m'extasier sur des livres que j'avais achetés la semaine précédente m'horrifiait. Il ne pouvait pas comprendre.

Daemon me jeta un coup d'œil en biais. Les sourcils froncés, je me tournai de nouveau vers l'écran. La petite flèche remonta le long de la page et cliqua sur le bouton « lecture ».

— Je vous déteste, toi et tes putains de pouvoirs, marmonnai-je.

Quelques secondes plus tard, la vidéo se mit en route et j'apparus dans toute ma splendeur de *geek*, montrant couverture après couverture à ma webcam. Il y avait plusieurs marque-pages et je faisais même de la pub pour Pepsi Light. Dieu merci, je ne m'étais pas mise à chanter, pour une fois.

Je restai assise, les bras croisés, en attendant qu'il se moque de moi. Je n'avais jamais autant détesté Daemon qu'à cet instant-là. Dans ma vie de tous les jours, personne ne connaissait mon blog. Les livres étaient une passion que je partageais avec mes amis virtuels. Pas avec Daemon. L'idée qu'il regarde cette vidéo me mettait mal à l'aise.

Quand elle toucha à sa fin, il reprit la parole à voix basse :

— Tu brilles même sur l'écran.

Je hochai la tête sans rien dire. J'attendais.

— Tu aimes vraiment les livres. (Comme je ne répondais pas, il referma mon ordinateur sans le toucher.) C'est mignon.

Je tournai vivement la tête.

— Mignon ?

— Oui. J'aime ton enthousiasme, dit-il en haussant les épaules. C'est mignon.

Je crus que ma mâchoire allait tomber par terre.

— Mais même si tu es très jolie avec des couettes, ça ne change pas grand-chose à la trace.

Il se leva et s'étira. Quand son tee-shirt remonta légèrement, je ne pus m'empêcher de regarder sa peau nue.

— Il faut qu'on s'en débarrasse.

J'étais toujours abasourdie par le fait qu'il ne s'était pas payé ma tête. Je n'arrivais plus à parler. J'étais surprise. Il venait de gagner des bons points.

— Quand on l'aura fait disparaître, on ne sera plus obligés de passer du temps ensemble.

Je pouvais oublier ce que je venais de dire.

— Tu sais, si l'idée de traîner avec moi te répugne autant, tu peux toujours demander à quelqu'un d'autre de s'en occuper. Je préférerais n'importe qui plutôt que toi. Même Ash.

— Tu n'es pas leur problème. (Il me regarda dans les yeux.) Tu es le mien.

J'eus un rire étranglé.

— Je ne suis pas ton problème.

— Bien sûr que si, rétorqua-t-il. Si j'avais réussi à convaincre Dee de ne pas t'approcher, rien de tout ça ne se serait produit.

Je levai les yeux au ciel.

— Je ne sais pas quoi te dire. On ne peut pas faire grand-chose ici, alors autant laisser tomber l'affaire pour aujourd'hui et s'éviter la torture de respirer le même air.

Il m'adressa un regard inexpressif.

— Ah oui, c'est vrai. Tu n'as pas besoin d'oxygène. Au temps pour moi. (Je me redressai d'un bond. Je voulais qu'il s'en aille.) Tu ne peux pas revenir quand il se sera arrêté de pleuvoir ?

— Non. (Daemon s'adossa au mur et croisa les bras.) Je veux qu'on en finisse. M'inquiéter pour toi et les Arums, ce n'est pas très drôle, Kitten. Il faut qu'on trouve une solution maintenant. Je suis sûr qu'on peut faire quelque chose.

Je serrai les poings.

— Quoi, par exemple ?

— De l'aérobic pendant… une heure ou deux devrait faire l'affaire. (Il baissa les yeux. Un éclat particulier s'était allumé dans ses yeux.) Tu ferais peut-être mieux de te changer.

L'envie de me cacher derrière mes mains m'envahit, mais je m'en empêchai. Il était hors de question que je lui donne cette satisfaction.

— Je refuse de sauter dans tous les sens pendant une heure.

— Tu peux aussi courir dans la maison et monter et descendre les escaliers.

Il s'interrompit. Quand son regard croisa le mien, son sourire se fit malicieux.

— On peut aussi coucher ensemble. J'ai entendu dire que ça faisait dépenser beaucoup d'énergie.

Je le dévisageai, bouche bée. Une part de moi aurait voulu lui rire au nez. Une autre se sentait offensée qu'il puisse suggérer une chose aussi ridicule. Mais la dernière appréciait l'idée. Ce n'était vraiment pas drôle.

Daemon attendait ma réponse.

— Tu peux toujours rêver, mon pote. (Je fis un pas vers lui en levant un doigt.) Même si tu étais le dernier… Hé ! Je ne peux même pas dire « le dernier homme sur terre » !

— Kitten, murmura-t-il doucement avec une lueur de menace dans le regard.

Je n'y prêtai pas attention.

— Pas même si tu étais la dernière chose qui ressemble à un humain sur Terre. Compris ? *Capiche ?*

Quand Daemon inclina légèrement la tête, ses cheveux lui tombèrent sur le front. Il sourit. La façon dont ses lèvres s'étaient soulevées était inquiétante, mais j'étais incapable de m'arrêter.

— En plus, je ne suis pas attirée par toi. (*Mensonge. Ding ! Ding ! Mensonge.*) Pas du tout. Tu es…

Daemon apparut soudain en face de moi, à quelques centimètres de mon visage.

— Je suis quoi ?

— Un attardé, répondis-je en reculant.

— Quoi d'autre ?

Il avança à son tour.

— Tu es arrogant. Manipulateur. (Je fis un autre pas en arrière, mais il empiétait toujours sur mon espace vital.) Et tu… tu es un salaud.

— Oh, je suis sûr que tu peux faire mieux que ça, Kitten.

Sa voix était grave tandis qu'il me faisait reculer. Je l'entendais à peine par-dessus la pluie et les tambourinements de mon cœur.

— Je doute sérieusement que tu ne sois pas attirée par moi.

J'eus un rire forcé.

— Tu ne me plais pas du tout.

Un autre pas. J'avais le dos contre le mur, à présent.

— Tu mens.

— Et toi, tu es bien trop sûr de toi.

J'étais envahie par sa présence. Ça avait un drôle d'effet sur mon ventre.

— Tu sais, quand je dis que tu es arrogant, je veux dire que ce n'est pas séduisant du tout.

Daemon posa une main de chaque côté de ma tête et se pencha en avant. Je me tenais entre une lampe et la télévision. J'étais coincée.

Lorsqu'il reprit la parole, son souffle caressa mes lèvres.

— Quand tu mens, tu rougis.

— Non, non.

Ce n'était pas ma réponse la plus éloquente, mais j'étais incapable de penser de façon cohérente.

Il fit glisser ses mains le long du mur jusqu'à mes hanches.

— Je parie que tu penses à moi tout le temps. Sans arrêt.

— Tu es dingue.

Le souffle coupé, je me pressai contre le mur.

— Tu rêves de moi. (Ses yeux se posèrent sur ma bouche. Je sentis mes lèvres s'entrouvrir.) Je suis certain que tu écris mon nom sur tes cahiers, encore et encore, et que tu dessines des petits cœurs autour.

J'éclatai de rire.

— Dans tes rêves, Daemon. Tu es la dernière personne à laquelle...

Il m'embrassa.

Il n'hésita pas un instant. Dès que ses lèvres touchèrent les miennes, j'arrêtai de respirer. Je frissonnai et laissai échapper un son à mi-chemin entre le grognement et le gémissement. Des frissons de plaisir et de panique me parcoururent tandis qu'il approfondissait le baiser. J'arrêtai alors de penser. M'éloignant du mur, je franchis l'espace qui nous séparait encore et me pressai contre lui, les doigts perdus dans ses cheveux. Ils étaient doux, soyeux. C'était la seule partie de son corps qui me procurait cette sensation. Je me sentais vivante. Mon cœur se gonfla à tel point que je crus qu'il allait exploser. La myriade de sensations qui m'envahit était folle, effrayante, enivrante.

Les mains posées sur mes hanches, il me souleva comme si j'étais aussi légère qu'une plume. J'enroulai mes jambes autour de sa taille et on bougea sur la droite, renversant la lampe. Je n'y prêtai pas la moindre attention. Une lumière clignota quelque part dans la maison. La télévision s'alluma, puis s'éteignit. On continua de s'embrasser. On n'arrivait pas à se détacher. On se consumait, on se perdait l'un dans l'autre.

C'était le résultat de mois de frustration. Et ça avait valu la peine d'attendre. J'en voulais toujours plus.

Lorsque je tirai sur son tee-shirt, je me rendis compte qu'il était coincé sous mes jambes. Je me débattis jusqu'à ce que Daemon me repose par terre. Puis, j'attrapai de nouveau le morceau de tissu et le soulevai. Il recula suffisamment longtemps pour le retirer et le jeter sur le sol.

Posant la main derrière ma tête, il me rapprocha de nouveau de lui. Un crépitement d'électricité retentit dans l'air. Un éclair passa dans la pièce. Quelque chose se mit à fumer. Mais je m'en moquais. On reculait, à présent. Ses mains descendaient plus bas, sous mon tee-shirt. Ses doigts frôlaient ma peau, faisant battre mon cœur de plus en plus vite. Je poursuivis également mon exploration. Son ventre était parfaitement plat et musclé.

Bientôt, mon tee-shirt rejoignit le sien par terre. Peau contre peau. La sienne semblait vibrer, débordante de pouvoir. Je fis courir mes doigts sur son torse jusqu'aux boutons de son jean. Mes jambes rencontrèrent le canapé et on tomba dessus, enchevêtrés, sans cesser de se caresser. Je crois que je murmurai son nom. Ses bras se resserrèrent sur moi, m'écrasant contre son torse. Ses mains s'insinuèrent entre mes cuisses. Je nageais dans un océan de sensations intenses.

— Tu es tellement belle, chuchota-t-il contre mes lèvres gonflées.

Puis, il m'embrassa de nouveau. C'était le genre de baisers qui laissaient très peu de place aux pensées cohérentes. Je ne pouvais que sentir, en vouloir plus. J'enroulai mes jambes autour de ses hanches pour le rapprocher de moi, lui disant ce que je voulais avec mes gémissements sourds.

Nos baisers ralentirent, devinrent tendres, beaucoup plus profonds. J'avais l'impression qu'on apprenait à se connaître sur le plan intime. J'étais étourdie, j'avais le souffle coupé. Personne ne m'avait préparée à ça. Pourtant, mon corps voulait toujours plus de baisers, de contact… plus de Daemon. Je savais qu'il ressentait la même chose. Son corps puissant tremblait contre le mien. C'était facile de me perdre en lui, dans ce lien qui nous unissait. Le monde, l'univers cessèrent d'exister.

Puis Daemon se figea. Quand il recula et releva la tête, il haleta violemment. Surprise, j'ouvris lentement les yeux. Ses pupilles étaient blanches, luisaient de l'intérieur.

Il prit une profonde inspiration. Une éternité sembla s'écouler tandis qu'il me dévisageait, les yeux écarquillés. Quand il reprit le contrôle de lui-même, la lumière disparut. Il serra les dents et cacha de nouveau son expression derrière un masque : le sourire arrogant que je détestais tant releva le coin de ses lèvres gonflées.

— Eh bien voilà : tu ne brilles presque plus.

Chapitre 27

Je détestais Daemon Black – était-ce seulement son vrai nom ? – d'une force qui avoisinait l'énergie d'un millier de soleils. *Tu ne brilles presque plus*. Après avoir prononcé ces mots, il avait ramassé son tee-shirt et s'était enfui de chez moi.

Cet enfoiré avait fait exploser mon ordinateur portable.

C'était de ça qu'était provenue la fumée. Apparemment, ses pouvoirs extraterrestres avaient une incidence sur les lampes et l'électronique en général. Maintenant, il allait falloir que je me serve des ordinateurs du lycée pour mettre mon blog à jour. Génial. Quand j'avais réussi à me relever du canapé, j'avais passé une bonne heure à remplacer toutes les ampoules de la maison. Heureusement, la télévision n'avait pas grillé.

Mon cerveau, si. À quoi avais-je pensé ? Qu'avais-je fait ? Nos disputes constantes étaient sûrement à blâmer. C'était la seule explication logique à ce débordement. Et il avait été plus affecté par tout ça qu'il ne voulait bien l'admettre. Personne ne pouvait simuler ce genre de choses.

À la surprise générale, la trace s'était presque entièrement dissipée. Imaginez comment expliquer ce qui s'était passé. Je suis sûre que Daemon avait hâte de s'en vanter.

Je le détestais.

Pas seulement parce qu'il avait prouvé que je mentais, ou parce que je devais attendre mon anniversaire pour recevoir un nouvel ordinateur ou encore parce que Dee se doutait de quelque chose… mais parce qu'il m'avait fait ressentir toutes ces émotions et m'avait forcée à admettre leur existence.

S'il me tapait encore une fois avec son stylo, je le balançais devant un Arum.

Tandis que je marchais vers ma voiture, la tête baissée en avant pour contrer le vent impitoyable qui descendait de Seneca Rocks, je sentis mon téléphone vibrer à l'intérieur de mon sac à dos. Sans regarder, je savais qu'il s'agissait d'un message de Simon. Depuis une semaine, il n'arrêtait pas de s'excuser. Il n'osait pas me parler en classe ou en public à cause de la menace de Daemon qui planait au-dessus de sa tête. Personnellement, je ne comptais pas lui pardonner de sitôt. Bourré ou non, ce n'était pas une raison pour se comporter comme un connard de première qui ne comprenait pas le mot « non ».

— Katy !

La voix de Dee me fit sursauter. Je me retournai et l'attendis.

Comme d'habitude, elle était absolument splendide. Elle portait un jean noir délavé près du corps avec un pull fin à col roulé. Avec ses cheveux noirs soyeux et ses yeux clairs, elle était magnifique. Son grand sourire avenant disparut quand elle s'approcha de moi.

— Je commençais à croire que tu n'allais pas t'arrêter, dit-elle.

— Désolée, j'étais perdue dans mes pensées. (Je me remis à avancer en cherchant ma voiture des yeux.) Qu'est-ce qui se passe ?

Dee s'éclaircit la voix.

— Est-ce que tu m'évites, Katy ?

Je les évitais tous et croyez-moi : ce n'était pas évident. Ils vivaient à côté. Ils étaient dans ma classe. Je mangeais avec eux à midi. Mais Dee m'avait manqué.

— Pas du tout.

— Tu es sûre ? Tu n'es pas très bavarde depuis samedi dernier, me fit-elle remarquer. Lundi, tu ne t'es même pas assise à notre table à midi parce que tu devais réviser pour un contrôle. Et hier, tu n'as pas dû aligner plus de deux mots.

La culpabilité me rongeait de l'intérieur.

— Je... ne me sens pas très bien en ce moment.

— C'est trop pour toi, c'est ça ? Ce qu'on est ? (Elle avait une petite voix, presque enfantine.) J'avais peur que ça n'arrive. On est des monstres...

— Vous n'êtes pas des monstres ! répondis-je, sincère. Vous êtes beaucoup plus humains que vous ne voulez bien le croire.

Mes paroles semblèrent la rassurer. Elle se plaça devant moi.

— Les garçons sont toujours à la recherche de Baruck.

Je la dépassai pour ouvrir la portière de ma voiture. La dague en obsidienne claqua dans le compartiment sur le côté de la porte. La trimbaler dans mon sac à dos me donnait l'impression d'être une terroriste, alors, je l'avais laissée ici.

— C'est bien.

Elle hocha la tête.

— Ils continuent de surveiller la situation. Ta trace et celle de Simon sont à peine visibles, maintenant. (Dee s'interrompit.) J'aimerais quand même savoir comment vous vous y êtes pris.

Mon estomac se serra.

— Euh, on a fait beaucoup... d'exercice.

Elle haussa les sourcils.

— Katy...

— Bref, repris-je rapidement. Tout s'arrange. C'est bien que la trace de Simon disparaisse, étant donné qu'il ne sait rien de la situation. Je suis rassurée. Même s'il a agi comme un salaud.

— Tu cherches à tout prix à changer de sujet, me fit-elle remarquer en souriant.

— Euh oui, un peu.

— Qu'est-ce que tu fais demain ? me demanda-t-elle, pleine d'espoir. On est samedi et c'est Halloween. Je me suis dit qu'on pourrait louer quelques films d'horreur.

Je secouai la tête.

— J'ai promis à Lesa de distribuer des bonbons avec elle. Elle habite dans un lotissement et...

Dee eut l'air blessé. Qu'est-ce que j'étais en train de faire ? Je laissais tomber une amie à cause du comportement de son frère ? Ça ne me ressemblait pas.

— Je peux venir regarder des films après, si tu veux ?

— Si tu en as envie ? murmura-t-elle.

Je me penchai vers elle pour la prendre dans mes bras.

— Bien sûr que oui. Mais n'oublie pas le pop-corn et les bonbons. Ce n'est pas Halloween, sinon.

Dee me serra contre elle.

— Aucun problème.

Je m'écartai en souriant.

— OK, on se voit demain soir, alors ?

— Attends une seconde. (Elle m'attrapa par le bras. Ses doigts étaient froids.) Qu'est-ce qui s'est passé entre Daemon et toi ?

Je me forçai à ne laisser transparaître aucune émotion.

— Rien du tout, Dee.

Elle plissa les yeux.

— Je ne suis pas idiote, Katy. Pour faire disparaître la trace aussi vite, il aurait fallu que tu coures tout l'après-midi sans t'arrêter.

— Dee…

— Et Daemon est encore plus insupportable que d'habitude. Il s'est passé quelque chose entre vous. (Elle tira ses cheveux en arrière, mais ils retombèrent aussitôt devant ses yeux.) Je sais que tu m'as dit que vous n'aviez rien fait la dernière fois, mais…

— Il ne s'est rien passé. Je te le jure. (Je montai dans ma voiture avec un sourire forcé.) On se voit demain soir.

Elle ne me croyait pas. Je ne me croyais pas moi-même, mais qu'aurais-je pu lui dire ? Ce que nous avions partagé n'était pas quelque chose que je voulais admettre devant sa sœur.

Chaque année, à Halloween, je regrettais de ne plus être une enfant pour pouvoir me déguiser et manger des tonnes de bonbons. La seule chose que je pouvais encore faire, c'était… manger des tonnes de bonbons. Bon, d'accord, je n'avais pas beaucoup perdu au change.

Lesa éclata de rire en me voyant ouvrir un énième sachet de Dragibus.

— Quoi ? fis-je en lui balançant un coup de coude. J'adore ça !

— Et les Twix, les Kit-Kat, les chewing-gums, les…

— C'est toi qui dis ça ? (Je désignai la pile de papiers sur les marches à côté de ses pieds.) Tu es la terreur des bonbons !

On arrêta de discuter lorsqu'un enfant monta l'escalier habillé en membre de Kiss. Drôle de choix pour un costume.

— Les bonbons ou la vie ! s'écria le petit garçon.

Lesa le complimenta pour son accoutrement et lui donna plusieurs friandises.

— Tu n'es pas là pour les gosses, dit-elle en regardant le petit garçon retourner vers ses parents en courant.

Je plaçai un morceau de caramel dans ma bouche.

— Qu'est-ce qui te fait dire ça ?

— Tu l'as trouvé mignon ?

Elle éloigna le récipient de moi.

Je haussai les épaules.

— Je suppose. Même s'il sentait comme... Je ne sais pas. Un gamin.

Lesa éclata de rire.

— Tu n'aimes pas les enfants ?

— Ils me foutent les jetons. (Une momie et un vampire s'approchèrent de nous. Lesa s'occupa d'eux jusqu'à ce qu'ils déguerpissent.) En particulier les plus petits, poursuivis-je en grimaçant parce qu'il n'y avait plus de Dragibus. Ils n'arrêtent pas de baragouiner, et je ne comprends pas ce qu'ils racontent, mais ton petit frère est trop chou.

— Mon petit frère se chie dessus.

Je ris.

— En même temps, il n'a qu'un an...

— C'est dégueulasse quand même. (Elle tendit des bonbons à un cow-boy qui avait une flèche à travers la tête. Adorable.) Alors, qu'est-ce qui se passe ?

— De quoi tu parles ? (J'attrapai un rouleau de Smarties avec la dextérité d'un ninja.) Il n'y a rien du tout.

— Tu ne sais vraiment pas mentir.

Il faisait très sombre à présent, je n'arrivais pas à voir ses yeux. Son lotissement ne semblait pas aimer les lampadaires.

— Tu n'as pas arrêté de broyer du noir toute la semaine, comme les filles des romans à l'eau de rose que je lis.

Je levai les yeux au ciel.

— N'importe quoi.

Elle tapa son genou contre le mien.

— Tu n'as parlé avec personne, surtout pas avec Dee. Et c'est bizarre, parce que vous étiez très proches.

— On l'est toujours.

Je soupirai et plissai les yeux pour voir à travers la nuit tombante. Les silhouettes des parents et de leurs enfants se détachaient le long de la rue.

— On ne s'est pas disputées ni rien. Je vais même chez elle tout à l'heure.

Lesa serra le saladier contre elle.

— Mais ?

— Mais il s'est passé quelque chose avec son frère, répondis-je en cédant au besoin de me confier à quelqu'un.

— J'en étais sûre ! s'exclama-t-elle. Oh, mon Dieu, il faut que tu me racontes tous les détails ! Vous vous êtes embrassés ? Vous avez couché ensemble ?

La mère d'une petite fée adressa un regard mauvais à Lesa en éloignant sa fille de son jardin.

— Du calme, Lesa.

— Si tu le dis. Mais il faut que tu me racontes ! Sinon je te détesterai à vie. Il sent comment ?

— Il sent comment ? répétai-je en grimaçant.

— On dirait qu'il sent bon, c'est tout.

— Oh. (Je fermai les yeux.) Oui, oui, il sent bon.

Lesa laissa échapper un soupir rêveur.

— Des détails !

— Ce n'est rien de bien excitant.

Je ramassai une feuille morte et la fis tourner entre mes doigts. Je sentis mes lèvres picoter en repensant à ses baisers.

— Il est venu chez moi dimanche. On s'est embrassés.

— C'est tout ?

Elle semblait déçue.

— Je n'ai pas couché avec lui. Mais... C'était plutôt intense. (Lâchant la feuille, je me passai une main dans les cheveux pour les recoiffer en arrière.) On était en train de se disputer, et puis d'un coup, PAF, on s'est sauté dessus.

— Waouh. C'est... chaud bouillant.

Je soupirai.

— Oui, ça l'était. Mais il s'est enfui en plein milieu.

— Évidemment. Vous êtes liés par une passion destructrice. Il n'a pas supporté la pression.

Je lui adressai un regard sceptique.

— On est liés par rien du tout.

Lesa ne m'écouta pas.

— Je commençais à me demander combien de temps vous alliez tenir avant d'ouvrir les hostilités.

— On n'a rien ouvert, marmonnai-je.

— Pourquoi est-ce que vous vous disputiez, à la base ?

Comment aurais-je pu lui expliquer qu'on s'était emportés parce que je lui avais dit qu'il ne me plaisait pas et parce qu'il devait faire disparaître ma trace ? Impossible.

— Katy ?

— Je ne crois pas qu'il ait fait exprès de m'embrasser, répondis-je finalement.

— Quoi ? Il a trébuché et il est tombé sur ta bouche ? C'est vrai que ça arrive souvent.

Je gloussai.

— Non, mais il avait l'air de s'en vouloir après coup. Non, il s'en voulait vraiment.

— Tu lui as mordu la langue ou quelque chose ? (Lesa replaça une mèche de ses cheveux derrière son oreille en grimaçant.) Il y a sûrement une raison à son comportement.

Comme il commençait à se faire tard et que les visites des enfants devenaient de plus en plus rares, je lui pris le saladier des mains et examinai ce qui restait.

— Je ne sais pas. On n'en a pas discuté. Il est parti tout de suite après. Et depuis, il n'a rien fait d'autre que de m'enfoncer son stylo dans le dos.

— Sûrement parce qu'il aimerait t'enfoncer autre chose ailleurs, rétorqua-t-elle.

J'écarquillai les yeux.

— Je n'arrive pas à croire que tu aies dit ça.

— Bref. (Elle fit un geste de la main.) Il ne s'est pas remis avec Ash, au moins ? Je veux dire, ces deux-là…

— Ne savent pas ce qu'ils veulent. Je sais. Je ne crois pas. Ça n'a aucune importance de toute façon. (J'avalai un autre bonbon. À ce stade, j'allais devoir rouler du perron de Lesa pour partir.) C'est juste que…

— Tu l'aimes bien, finit-elle pour moi.

Je haussai les épaules en attrapant un Snickers. Est-ce que je l'aimais ? Peut-être. Est-ce qu'il me plaisait ? C'était évident. J'avais failli me retrouver à poil devant lui.

— C'est du grand n'importe quoi. Personne sur cette planète n'arrive à me foutre autant en rogne que lui, mais… Ah, je n'ai pas envie d'en parler. (Je récupérai le sachet de Smarties.) Comment ça se passe avec Chad, au fait ?

— Tu essaies de changer de sujet. J'ai bien compris.

Je fouillai dans le saladier sans relever la tête.

— Vous êtes sortis ensemble hier soir, non ? Il t'a embrassée ? Il sentait bon ?

— Chad sent très bon, si tu veux tout savoir. Je crois qu'il porte une nouvelle version de Scorpio. Pas celle que mon père met, ce serait trop glauque.

Je ris. On continua de discuter un peu avant que je rentre. Dee avait décoré toute la maison de citrouilles creusées. Elles n'avaient pas été là lorsque j'étais partie. Quand je mis le pied à l'intérieur, une odeur étrange emplissait l'air.

— Qu'est-ce que c'est ? demandai-je en plissant le nez.

— Je fais rôtir des graines de citrouille, s'exclama-t-elle. Tu as déjà goûté ?

Elle secoua la tête.
— Non. Ça a quel goût ?
— Un goût de citrouille.
Elle les faisait réellement rôtir. Les graines pâles étaient posées sur du papier cuisson. La seule différence, c'était qu'elle se servait de ses mains pour le faire, pas d'un four. Des entrailles de citrouille jonchaient le papier journal qui recouvrait la table.
— Je t'emprunterai tes mains en hiver lorsque mon pare-brise sera gelé.
Dee éclata de rire.
— Aucun problème.
Tout sourire, je me dirigeai vers la pile de DVD posée sur le plan de travail. Je lus les titres en riant.
— Oh, mon Dieu, Dee, tu as super bien choisi !
— Je savais que la combinaison de *Scream* et de *Scary Movie* te plairait.
Elle plaça les mains au-dessus du papier cuisson. Les graines crépitèrent en tressautant. Une odeur de cannelle emplit l'air.
— On gardera les *Halloween* pour plus tard.
Je jetai un coup d'œil à la porte.
— Euh... Daemon est là ?
— Non. (Elle fit tomber les graines dans un bol décoré avec des chauves-souris et des têtes de mort.) Il est sorti avec les garçons pour voir s'ils peuvent déloger Baruck de sa cachette.
En emportant les en-cas et les films dans le salon, je réfléchis au sens de ses paroles.
— Ils veulent vraiment qu'il se montre ? Pour le combattre ?
Un DVD vola jusqu'à la main de Dee. Elle hocha la tête.
— Ne t'inquiète pas. Daemon et Adam jettent un œil en ville. Matthew et Andrew s'occupent de la campagne. Tout ira bien.
Mon estomac se serra.

— Tu es sûre ?

Dee sourit.

— Ce n'est pas la première fois qu'ils mènent ce genre d'enquête. Ils savent ce qu'ils font. Ça va bien se passer.

Je m'assis sur le canapé en essayant de ne pas m'inquiéter, mais c'était difficile. Surtout après avoir regardé Baruck dans les yeux. Dee s'installa près de moi et je goûtai aux graines de citrouille. Ce n'était pas mauvais. On venait de terminer le premier *Scream* lorsque son téléphone sonna.

D'un simple geste de la main, Dee attira le portable à elle. Elle leva les yeux au ciel, avant de répondre.

— J'espère que tu as une bonne excuse, Daemon, parce que… (Elle écarquilla les yeux. Se levant d'un bond, elle serra les poings.) Qu'est-ce que tu veux dire ?

En la regardant faire les cent pas autour de la table basse, je sentis mon sang se figer dans mes veines.

— Katy est avec moi, mais sa trace n'est pratiquement pas visible. (Une nouvelle pause. Elle pâlit.) OK. Sois prudent. Je t'aime.

Dès qu'elle jeta son téléphone sur le fauteuil, je me levai.

— Qu'est-ce qui se passe ?

Dee se tourna vers moi.

— Ils ont trouvé Baruck. Il se dirige par ici.

Chapitre 28

Ça ne voulait pas forcément dire que Baruck venait ici, mais la coïncidence aurait été incroyable. Dee arpentait le salon comme un lion en cage. Elle n'avait pas peur. Elle était simplement prête à la bataille.

— Si Baruck vient ici, est-ce que tu peux le combattre ? demandai-je.

Dee me décocha un regard d'acier. Elle était devenue une tout autre personne. Elle se transformait en princesse guerrière. Pourquoi n'avais-je jamais vu cet aspect de sa personnalité ?

— Je ne suis pas aussi rapide et puissante que Daemon, mais je serai capable de le retenir jusqu'à ce que le renfort arrive.

Mon estomac se serra. Ce n'était pas suffisant. Et si Daemon n'arrivait pas ici à temps ? Dee s'arrêta devant la fenêtre, les épaules bien droites. La réalité me frappa alors de plein fouet. Toutes les craintes de Daemon se matérialisaient. J'étais une faiblesse, un danger pour Dee. Je ne pouvais pas laisser une telle chose se produire.

— La trace est assez brillante pour qu'il me voie ici ?

Elle réfléchit.

— Pas vraiment.

— Et depuis la route principale ? Dans les bois ?

Elle marqua une pause.

— Je n'en sais rien, Katy, mais je l'arrêterai avant qu'il ne t'approche.

— Pas la peine, j'ai une idée. (En faisant un pas en avant, je faillis renverser la pile de DVD.) C'est un peu dingue, mais je pense que ça peut marcher.

Elle plissa les yeux.

— Quoi ?

— Si tu renforces ma trace, je pourrai le conduire loin d'ici. Comme ça, il ne viendra pas chez vous et Daemon...

— Hors de question ! rétorqua-t-elle en se détournant vivement. Tu es folle ?

— Peut-être, répondis-je en me mordant les lèvres. Écoute, c'est toujours mieux que de rester ici les bras croisés alors que je pourrais l'éloigner de votre maison. S'il vient ici, il saura où vous vivez ! Et après, vous ne serez plus jamais en sécurité. Il faut que je trouve un moyen de le distraire.

— Non. (Dee secoua la tête.) Je ne peux pas te laisser faire ça. Je vais me battre...

— C'est tout ce dont je suis capable ! Je ne suis pas de taille à me mesurer à eux. Que se passera-t-il s'il s'échappe ? S'il dit aux autres où vous habitez ?

Les paroles de Daemon me revinrent en mémoire. *Tu serais une faiblesse pour moi*. Sauf que je n'allais pas être la sienne, mais celle de Dee. Je ne pouvais pas vivre avec ça.

— Je serai un handicap pour toi. Baruck le saura. Tu dois rester ici. S'il nous trouve ensemble, il se servira de moi pour te détruire. Le mieux, c'est que j'éloigne l'Arum d'ici et que vous me rejoigniez dans le champ pour le vaincre.

— Katy...

— Pas de discussion ! On n'a pas beaucoup de temps. (Je me dirigeai vers la porte en attrapant mes clés et mon téléphone.) Allume-toi. Fais le truc avec les boules de lumière. Ça a l'air d'avoir fonctionné la dernière fois. Je vais aller... où il y a eu la fête la dernière fois. Dis-le à Daemon. (Comme elle continuait de me dévisager sans rien faire, je criai :) Vas-y !

— C'est de la folie.

Dee secoua la tête, avant de faire un pas en arrière. Les contours de son corps se mirent à disparaître. Un instant plus tard, elle se retrouva sous sa véritable forme, une magnifique silhouette de lumière.

C'est de la folie, répéta-t-elle dans mes pensées.

J'avais déjà arrêté de réfléchir aux conséquences.

— Dépêche-toi.

Des boules de lumières crépitèrent en se formant au bout de ses bras tendus. Elles se répandirent dans la pièce, faisant griller les lampes et la télévision, puis rebondirent contre le mur sans faire de dégâts supplémentaires. Tous les poils de mon corps se hérissèrent sous l'effet de l'électricité statique.

— Je brille ? demandai-je.

Comme un soleil.

Alors, ça avait marché. Je pris une profonde inspiration avant de hocher la tête.

— Appelle Daemon et dis-lui où je vais.

Sois prudente. Je t'en prie.

Sa lumière se mit à décroître.

— Toi aussi.

Me retournant, je fonçai hors de la maison vers ma voiture.

J'étais absolument dingue. C'était la chose la plus folle que j'avais jamais faite. C'était pire que de donner une mauvaise note à un bouquin, plus effrayant que de demander une interview à un auteur pour lequel j'aurais sacrifié mon premier-né, plus stupide que d'embrasser Daemon.

Mais c'était la seule chose que je pouvais faire.

Les mains tremblantes, je mis le moteur en route et sortis de l'allée, manquant percuter de peu la Volkswagen de Dee. Appuyant sur la pédale de l'accélérateur, je m'insérai sur la route principale dans un crissement de pneus. J'agrippais le volant comme une grand-mère, mais je roulais comme si j'auditionnais pour *Fast & Furious*.

Je n'arrêtais pas de regarder dans le rétroviseur, m'attendant à trouver l'Arum derrière moi. Mais la route restait déserte.

La ruse n'avait peut-être pas fonctionné. Oh, mon Dieu : et si Baruck était arrivé à la maison et avait trouvé Dee ? J'en eus un pincement à la poitrine. C'était une idée stupide. Je relâchai la pression sur la pédale. Au moins, il ne pouvait pas se servir de moi pour atteindre Dee.

Sur le siège passager, mon téléphone portable se mit à sonner. Numéro inconnu ? Maintenant ? La boîte vocale manqua s'enclencher. Je répondis *in extremis*.

— Allô ?

— Non, mais ça ne va pas la tête ? cria Daemon à l'autre bout du fil. (Je tressaillis.) C'est sûrement la chose la plus stupide…

— La ferme, Daemon ! rétorquai-je. (J'empiétai légèrement sur la voie d'en face.) Ce qui est fait est fait, OK ? Dee va bien ?

— Oui, elle est en sécurité. Mais pas toi ! On a perdu Baruck de vue et Dee nous dit que tu brilles comme une putain de pleine lune. Je crois qu'il t'a prise en chasse.

Les battements de mon cœur s'emballèrent sous le coup de la peur.

— C'était le but.

— Je le jure sur toutes les étoiles dans le ciel : dès que je te retrouve, je t'étrangle. (Daemon s'interrompit. Il respirait fort.) Où es-tu ?

Je jetai un coup d'œil par la fenêtre.

— Je suis presque arrivée au champ. Je ne le vois pas.

— Évidemment que tu ne le vois pas. (Il eut l'air exaspéré.) Il est composé d'obscurité, de nuit, Kat. Tu ne le verras pas tant qu'il ne l'aura pas décidé.

Oh. Merde.

— Je n'arrive pas à croire que tu aies fait ça, dit-il.

Ma colère reprit le dessus.

— Ne commence pas ! C'est toi qui m'as dit que j'étais une faiblesse et que je mettais Dee en danger. Et s'il était venu chez vous ? Tu m'as dit qu'il se servirait de moi pour l'atteindre. Je n'ai pas pu faire mieux. Alors, arrête ton char !

Le silence dura si longtemps que je crus qu'il m'avait raccroché au nez. Quand il reprit la parole, il avait la gorge serrée.

— Je ne voulais pas te pousser à faire ça, Kat. Ce n'était pas mon intention.

Son ton me fit frissonner. Mon regard se posa sur les formes floues des arbres.

— Ce n'est pas ta faute.

— Si.

— Daemon...

— Je suis désolé. Je ne veux pas qu'il t'arrive quelque chose, Kat. Je ne peux pas... Je ne peux pas vivre avec ça. (Le silence retomba pendant que je digérais ses paroles.) Reste en ligne. Je vais trouver un endroit où me garer et je viens te rejoindre. Ça ne me prendra que quelques instants. Ne sors pas de la voiture.

J'acquiesçai tout en m'arrêtant dans le champ. La lune venait de se cacher derrière un nuage, plongeant les environs dans les ténèbres. Je n'y voyais plus rien. Un horrible sentiment de terreur me prit au ventre. Baissant la tête, j'attrapai la dague en obsidienne et la serrai dans ma main.

— Bon d'accord, ce n'était peut-être pas l'idée du siècle.

Daemon éclata d'un rire rauque et bref.

— Pas possible.

Les lèvres pincées, je jetai un coup d'œil dans le rétroviseur.

— Alors, tu disais que tu ne pouvais pas vivre avec...

Une ombre paraissait plus... solide que les autres. Elle avançait dans les airs comme une flaque de pétrole épaisse, glissant sur les arbres et se répandant sur le sol. Ses extrémités vinrent lécher l'arrière de la voiture, jusqu'au coffre. La gorge sèche, j'entrouvris les lèvres.

La lame était chaude contre ma main.

— Daemon ?

— Oui ?

Mon cœur s'emballa.

— Je crois...

Le verrouillage automatique des portes se déclencha et ma portière s'ouvrit à la volée. Un cri s'échappa de ma gorge. Je tombai par terre, manquant lâcher la dague. Une douleur intense se répandit dans mon bras et le long de mon flanc tandis que je cachais l'arme dans mon dos.

Je levai les yeux. Mon regard se posa sur un pantalon noir et le bas d'une veste en cuir. Un visage pâle. Une mâchoire carrée et des lunettes de soleil qui ne servaient à rien dans la nuit.

Baruck sourit.

— Comme on se retrouve.

— Merde, murmurai-je.

— Alors dis-moi, dit-il en se penchant pour soulever une mèche de mes cheveux. (Il balançait sa tête d'un côté et de l'autre pendant qu'il parlait, comme un oiseau.) Où est-il ?

La gorge nouée, je me relevai avec difficulté.

— Qui ça ?

— Tu comptes jouer à l'ignorante ?

Il fit un pas en avant et retira ses lunettes. Il les rangea à l'intérieur de sa veste. Ses yeux étaient complètement noirs.

— Ou les humains sont-ils simplement stupides ?

Je respirai profondément. La lame n'avait d'effet que sur sa forme originelle. Elle me brûlait à travers le cuir, me faisait mal à la main.

— Je veux que tu me livres celui qui a tué mes frères.

Daemon. Mon corps tout entier se mit à trembler. Quand j'ouvris la bouche, aucun son n'en sortit.

— Et toi... tu en as tué un pour le protéger.

Il disparut. C'était le moment où jamais. Malheureusement, il se rematérialisa devant moi avant que j'aie pu bouger.

— Emmène-moi à lui ou tu me supplieras de te tuer.

Secouant la tête, je resserrai ma prise autour de la dague.

— Allez vous faire voir.

Il s'estompa en une masse d'ombres obscures entremêlées. Me levant d'un bond, je laissai échapper un cri de guerre en brandissant la dague, visant le centre de la substance noire. La lame étincela comme du charbon ardent.

Mon coup n'atteignit jamais sa cible.

Une main de fumée m'attrapa par le bras. Son contact me glaça jusqu'au sang. Sa voix n'était qu'un murmure insidieux à l'intérieur de mon esprit. On aurait dit un serpent qui s'était faufilé dans ma tête. *Tu croyais que je me laissssserais avoir ? Pitié...*

Il me tordit le bras. J'entendis le craquement avant de sentir la douleur. Mes doigts convulsèrent et la lame tomba par terre, se brisant en une dizaine d'éclats comme un vulgaire morceau de verre. Je criai lorsqu'une vague de souffrance m'envahit.

Çççа, ccc'était pour mon frère.

Une main vaporeuse entoura mon cou et me souleva.

Et çççа, parccce que tu m'agaccces.

Baruck me jeta en arrière. Je percutai violemment le sol puis glissai sur quelques mètres sur des plants de maïs piétinés. Hébétée, j'observai le ciel noir d'encre.

Dis-moi où il ssse trouve.

Haletante, je roulai pour me remettre debout et me précipitai vers les arbres. Je m'enfuis à toute vitesse. Mon bras blessé collé contre mon torse pour le protéger, je courus le plus vite possible. Mes baskets martelaient la terre battue, écrasaient l'herbe et les feuilles mortes. Pas une fois je ne regardai en arrière. Ça aurait été un mauvais calcul de ma part. Je m'enfonçai dans les bois, repoussant les branches les plus basses. Un air de déjà-vu m'envahit tandis que je trébuchais sur les racines protubérantes et le terrain accidenté.

Baruck réapparut tout à coup, ombre parmi les ombres, se solidifiant devant moi pour m'empêcher d'avancer. Je m'arrêtai et me retournai. Il était partout. Il réussit à me faire tomber.

— Tu en as assez ? (Un sourire cruel se forma sur ses lèvres.) Ou est-ce que tu veux courir encore un peu ?

Respirant bruyamment, je rampai dans la terre. La terreur que je ressentais m'empêchait de me contrôler. Le temps m'était compté.

Baruck me frappa. Il n'y eut pas le moindre contact physique, pourtant, je me sentis partir en arrière. J'atterris sur le sol dans un bruit sourd. J'en eus le souffle coupé. De petits cailloux s'enfoncèrent douloureusement dans ma chair à travers mon jean.

Se baissant, il referma son poing autour de mes cheveux, avant de me tirer derrière lui. Je me mordis les lèvres pour ne pas hurler. Autour de mes genoux, le tissu de mon pantalon se déchira. La peine s'intensifia dans tout mon être, menaçant de me consumer. J'étais certaine qu'il allait m'arracher les cheveux et la peau des jambes.

Quand il tira un peu plus fort, je ne pus m'empêcher de crier.

— Oups. (Il s'arrêta.) J'oublie parfois à quel point ton espèce est fragile. Je ne voudrais pas t'arracher la tête par mégarde. (Il rit à sa propre remarque.) Pas tout de suite, en tout cas.

Je saisis son bras avec ma main valide pour essayer de diminuer la pression, en vain. Il continua d'avancer parmi les branches, les racines et les pierres. Mes muscles protestaient. Je commençais à me sentir mal. J'étais à deux doigts de m'évanouir.

— Comment tu te sens, en bas ? me demanda-t-il sur le ton de la conversation.

Il me souleva la tête sans prévenir. Une douleur aiguë s'empara de mon cou et de mon dos.

— Plutôt bien, apparemment.

Il s'arrêta. Je m'effondrai par terre. On était de nouveau à l'orée du bois. Il se pencha vers moi.

— Dis-moi où il est.

Je posai ma main écorchée par terre en suffoquant.

— Non.

Il me donna un coup de botte dans le flanc. Je sus tout de suite qu'il m'avait cassé quelque chose. Et que c'était grave, car une substance chaude coulait sous mon tee-shirt.

Dis-le-moi.

Je me recroquevillai sur moi-même en frissonnant. La froideur de sa véritable forme me glaçait jusqu'à l'âme.

Il s'approcha davantage.

Il y a des chozzzes bien pires que la sssoufranccce phyzzzique. Çça te motivera peut-être.

Baruck me saisit de nouveau par la gorge et me souleva sur la pointe des pieds. Se penchant en avant, il me pressa violemment contre lui. Son visage n'était plus qu'à quelques centimètres du mien, emplissant mon monde.

Je peux absssorber ton esssenccce ; te vider jusssqu'à ccce que ton cœur sss'arrête. Ccce n'est rien pour moi, mais imagine la douleur lente et infinie que tu resssentirais. Dis-moi où il est.

Je n'étais pas courageuse, mais je n'avais pas l'intention de lui livrer Daemon. Si Baruck le vainquait, il s'en prendrait ensuite à Dee. Je ne pourrais jamais continuer à vivre avec ça sur la conscience. Je n'étais pas aussi faible. Je ne voulais être un handicap pour personne.

Je ne répondis pas.

Il enfonça une main dans mon ventre. Je le sentis tout de suite. Ses doigts vaporeux étaient à l'intérieur de moi, glaçant la moindre de mes cellules. Le simple fait d'exhaler me faisait souffrir.

Il n'en fallut pas plus pour que je cesse de respirer.

Mes poumons arrêtèrent de fonctionner. L'Arum me volait mon air. La brûlure que je ressentais au niveau de la gorge et des poumons devenait de plus en plus ardente. La douleur s'étendait à tous mes membres. La moindre parcelle de mon corps protestait, suppliait qu'on la laisse tranquille. Mon cœur battait de façon anormale. Ce n'était pas seulement mon précieux oxygène qu'il me dérobait, mais l'énergie qui me maintenait en vie. Mes forces me quittaient rapidement. La panique qui me consumait ne m'aidait pas. Je n'avais plus de sensation dans les mains et mon bras valide pendait contre mon flanc. Le temps sembla ralentir. La douleur s'atténua légèrement. Je sentis vaguement sa main quitter mon cou, mais j'étais incapable de bouger. Il m'avait connectée à lui avec ses pouvoirs pendant qu'il se nourrissait.

Il s'adressa à moi, mais je n'entendais déjà plus rien. J'étais tellement fatiguée, tellement lourde, que seule l'intense souffrance au creux de mon ventre m'empêchait de m'évanouir. Mes yeux se fermèrent de leur propre chef. Je sentis Baruck prendre une longue inspiration, puis la douleur redoubla.

Quelque chose se brisa alors à l'intérieur de moi, comme une fine corde sur laquelle on aurait trop tiré. Le choc fut extrêmement soudain. Un éclat de lumière bleu pâle explosa derrière mes paupières closes. Pendant un instant, je me retrouvai aveuglée. Puis, un rugissement m'emplit les oreilles. La faucheuse était venue me chercher.

La mort semblait en colère, triste, désespérée. Elle n'avait rien de paisible. Ce n'était vraiment pas juste. Après tout ce qui venait de se passer, ne pouvait-elle pas m'accueillir dans ses bras chaleureux en me montrant des images de mon père qui m'attendait ?

Soudain, quelqu'un nous percuta sans prévenir, me faisant tomber à terre, les membres dans tous les sens. Au coût d'un effort surhumain, je réussis à ouvrir les yeux. Une silhouette se dessinait devant moi, accroupie comme un animal.

Daemon se leva en émettant un grognement de fureur. Debout au-dessus de moi, il ressemblait à un ange vengeur, baignant dans une lumière divine.

Chapitre 29

Le rire de Baruck résonna à l'intérieur de mon crâne. Il y fit même des ricochets.

— Tu es venu mourir avec elle ? Parfait. Tu tombes à pic. Je crois que je l'ai cassée.

Daemon suivait les mouvements excités de Baruck. Il revêtit sa véritable forme, l'apparence sous laquelle il pouvait être tué.

— Elle était délicieuse. Différente, le nargua-t-il. Rien à voir avec un Luxen, mais ça valait le coup.

Tendant le bras, Daemon envoya Baruck plusieurs mètres plus loin grâce à une puissante explosion de lumière.

— Je vais te tuer.

L'Arum roula sur le dos. Il rit tellement qu'il faillit s'étouffer.

— Tu crois que tu fais le poids, Luxen ? J'en ai dévoré de bien plus forts que toi.

Ces paroles furent noyées sous le cri de colère de Daemon, qui lui envoya une nouvelle déflagration lumineuse. Je sentis le sol trembler sous mon corps tandis que je réussissais à me hisser sur mes coudes. Chaque mouvement, même infime, me causait des flèches de douleur. Mon cœur luttait pour continuer de fonctionner. Des rais de lumière dansaient dans l'obscurité. Arum et Luxen échangeaient des coups sans se toucher.

Des boules de feu orangées et brillantes se formèrent au bout des doigts de Daemon. Elles manquèrent Baruck, crépitèrent avant de percuter les arbres. Le monde prit une teinte ambrée et dorée. La chaleur se diffusa jusqu'à moi. Des braises étincelèrent dans l'air, se dissipèrent, puis touchèrent le sol.

Chaque coup secouait la terre ferme et me faisait retomber la tête la première dans l'herbe humide et urticante, avec un grognement. Quand je me redressai de nouveau, j'aperçus un rayon de lumière avancer à travers le champ, un peu comme une étoile filante, mais au ras du sol et à une vitesse étourdissante.

Elle passa entre Daemon et Baruck, puis s'éteignit en arrivant devant moi. Des mains chaudes me saisirent par les épaules pour me soulever.

— Katy, dis quelque chose, me supplia Dee. Parle-moi !

Lorsque j'essayai de m'exécuter, rien ne se produisit. Les mots refusaient de sortir.

— Oh, mon Dieu !

Dee pleurait. Des larmes coulaient le long de son magnifique visage et tombaient sur ma poitrine presque silencieuse. Elle me serra contre elle tout en appelant son jumeau.

Daemon se détourna de la bataille en même temps que Baruck. Comprenant la situation, ce dernier envoya un jet d'ombre dans notre direction qui repoussa Dee en arrière. Elle hurla de douleur et se mit à genoux. Lorsqu'elle releva la tête, ses yeux brillaient d'un blanc intense.

Elle s'accroupit. Sa forme humaine se dissipa pour laisser place à une masse d'énergie bourdonnante.

Daemon riposta de plus belle. Le sol trembla. Baruck esquiva son attaque pour se précipiter vers Dee. Avec un cri de fureur, celle-ci s'élança à sa rencontre.

Il réussit de nouveau à la toucher. Pendant un instant, l'obscurité l'avala, puis Dee s'effondra par terre, secouée de spasmes. Daemon chargea Baruck. Il le tacla avec une telle rage qu'elle semblait influer sur tout ce qui l'entourait : les branches qui tremblaient, les feuilles mortes qui tombaient comme une pluie macabre, le sol sous moi. L'air crépitait sous l'effet de son pouvoir.

Je le sentais dans ma chair. Grognant, je réussis à me lever et à prendre une grande inspiration. Je n'allais pas mourir ainsi. Mes amis non plus.

Dee était debout. Son apparence vacillait. Du sang coulait de son nez. Elle secoua la tête avant de trébucher en avant.

Je vis ce qui se passa ensuite de très loin. Le temps sembla ralentir. Je me mis à courir tandis que Daemon jetait un coup d'œil à sa sœur derrière lui. Baruck replia le bras pour se préparer à frapper de nouveau. L'image de l'arbre qui s'était fendu en deux sur le côté de la route la fois précédente me revint en mémoire.

Je m'écrasai contre la forme lumineuse de Dee au moment où Baruck lançait un nouvel éclair d'énergie. L'obscurité m'enveloppa. J'entendis un cri, un hurlement perçant qui ne m'appartenait pas. Puis, je me mis à voler, pour de vrai. Les étoiles et la noirceur se succédèrent dans le ciel. Le monde entier étincelait.

Quand je m'effondrai sur le sol, je sus qu'il était déjà trop tard.

Un corps tomba contre le mien. Un bras fin, sans force, m'effleura. Dee. Je n'avais pas été assez rapide. Sa peau se fit plus chaude, moins… solide. Sa lumière se déversa sur moi. La douleur me déchira de l'intérieur, comme si on m'avait blessée avec un millier de lames de rasoir. Elle ne bougeait plus, mais je voyais sa poitrine se soulever doucement, légèrement.

Distrait, Daemon tourna la tête et commit ainsi une erreur fatale. *Il mourra en voulant te protéger,* m'avait dit Ash. Baruck replia son bras. Son attaque atteignit Daemon dans le dos. Il s'éleva dans l'air en tourbillonnant, sans cesser de changer de forme, puis s'effondra à un mètre de nous.

Baruck éclata de rire en reprenant son apparence originelle. *Trois pour le prix d'un.*

La joue contre l'herbe humide, je sentis des larmes me brûler les yeux. Daemon essaya de s'asseoir, mais il retomba aussitôt en arrière, le visage déformé par la douleur.

Ccc'est fini. Vous allez mourir.

Baruck avança.

Daemon tourna la tête vers moi. Nos regards se croisèrent. Il y avait énormément de regrets dans ses yeux. Son visage s'estompa, flou, méconnaissable. Il n'arrivait plus à rester humain. En l'espace de quelques secondes, il retrouva son véritable aspect : la plus belle et la plus intense des lumières, délimitée par la silhouette d'un homme.

Quand il tendit un bras vers moi, des doigts apparurent à son extrémité. Le cœur brisé, je le rejoignis à mi-chemin. Ma propre main disparut dans sa lumière. Une douce chaleur enveloppa ma peau. Lorsqu'il resserra sa prise, comme pour me rassurer, je ravalai un sanglot.

La lumière de Daemon vacillait, mais elle continuait de s'insinuer dans mon bras, m'entourant d'une chaleur intense. Comme lors de la première attaque d'Arum, grâce à ses soins, mon corps se mit à cicatriser aussitôt. Daemon se servait de ses dernières forces pour me sauver.

— Non ! criai-je.

En réalité, je ne réussis à émettre qu'un murmure rauque. J'essayai de retirer ma main, mais Daemon refusait de me lâcher. Le pire, c'était qu'il ignorait ce que j'avais compris moi-même... Mon corps était trop endommagé. Je ne pouvais pas être sauvée. Il aurait dû garder les pouvoirs qui lui restaient pour lui-même. Ou pour Dee.

Je le suppliai du regard, mais il se contenta de presser ma main un peu plus fort.

Ce n'était pas juste. Ce n'était pas bien. Ils ne méritaient pas ça. Moi non plus. Un mélange de douleur et de haine s'éleva en moi. J'allais mourir, mes amis allaient mourir, ma mère allait être dévastée et Daemon… Je ne comprenais rien. La soif de pouvoir des Arums valait-elle la peine de sacrifier tant de vies ? L'injustice de la situation me bouleversa. Un sursaut d'énergie monta en moi et se déversa dans mon corps.

Je ne mourrais pas comme ça. Daemon et Dee non plus. Pas au beau milieu d'un champ dans un trou paumé de Virginie-Occidentale.

En me servant de la force que Daemon m'avait donnée, je réussis à m'asseoir sans rompre le contact et à saisir le bras brûlant de Dee. Je voulais qu'ils se relèvent, qu'ils se battent.

Baruck s'approcha de la lumière de Daemon. Ce n'était pas une surprise : il était plus stratégique de tuer le plus puissant en premier. Avec tout le pouvoir qu'il s'apprêtait à puiser, il allait planer pendant des heures. À ce stade, je n'étais plus qu'une tache sur son radar.

Lorsque l'obscurité de Baruck s'approcha de lui, la main de Daemon eut un soubresaut et sa lumière flamboya.

C'est alors qu'une chose incroyable se produisit.

Un éclair de lumière aveuglant parcourut Daemon. Il décrivit une courbe dans les airs en crépitant, jusqu'à entrer en contact avec la forme de Dee près de moi. Même si elle était inconsciente, la même chose se produisait de son côté. Sa lumière brilla de mille feux et alla à la rencontre de celle de Daemon.

L'ombre de Baruck se figea.

L'arc d'énergie flamboya avant de retomber et de me frapper en pleine poitrine. L'impact aurait dû m'enfoncer six pieds sous terre, pourtant… il me souleva du sol. Mes cheveux volaient autour de moi. Le pouvoir qui nous liait se fit de plus en plus fort. Il étincela. Du coin de l'œil, je vis les deux Luxens reprendre forme humaine. Dee s'effondra par terre en gémissant doucement. Daemon, lui, s'agenouilla et se tourna dans ma direction.

Moi, je… flottais. Du moins, c'était ce que je ressentais. Je ne cherchais pas à comprendre ce qui était en train de se passer ou ce que Daemon faisait. Il n'y avait plus que Baruck et moi.

Je voulais qu'il parte, qu'il disparaisse. Je voulais effacer sa présence de la surface de la Terre. Je le souhaitais plus que tout. La moindre parcelle de mon corps était concentrée sur lui. Je puisai tout ce que je trouvai à l'intérieur de moi : chaque peur, chaque larme que j'avais versée pour mon père, chaque moment de ma vie où je n'avais été qu'une spectatrice.

Le pouvoir s'éleva en moi, s'enroula autour de mon âme. Puis, avec un cri de guerre enflammé, je le libérai. La corde qui le retenait lâcha et il se déversa hors de mon corps.

Au-dessus de nous, des éclairs blancs strièrent le ciel. Je le sentis partir. J'entendis les vieux arbres craquer et grogner autour de nous sous sa puissance. Incapables de se mettre à l'abri, les chênes imposants ployèrent sous son poids. L'éclat de lumière qui suivit repéra sa cible, passa à travers Daemon et Dee et vint frapper Baruck en plein torse.

Sa forme obscure trembla. Un violent craquement retentit, puis une nouvelle explosion l'avala dans son intégralité.

Reculant, Daemon se protégea le visage. L'énergie flamboya avant de diminuer. Baruck avait disparu sans un mot. Daemon baissa le bras et observa longuement l'endroit où il s'était tenu. Quand il se tourna vers moi, sa voix ne fut qu'un murmure.

— Kat ?

Je me retrouvai allongée sur le dos avant que je m'en rende compte. Au-dessus de moi, le ciel nocturne se brouilla. J'ignorais ce qui s'était passé ou ce que j'avais fait, mais toute trace de pouvoir était en train de me quitter, ainsi qu'autre chose... Quelque chose de plus important.

Je ne ressentais plus rien. Je laissai échapper un soupir las. Le chuintement que je produisis aurait dû m'inquiéter, mais j'étais arrivée à un stade où je m'en moquais. L'obscurité m'envahissait de nouveau, différente de celle de l'Arum. Celle-ci était douce, engourdissante.

Daemon tomba à genoux près de moi et m'enveloppa de ses bras forts et solides.

— Kat, insulte-moi. Je t'en prie.

Au loin, j'entendis Dee se réveiller et se lever. Sa peur transparaissait dans sa voix. Sans la regarder, Daemon me caressa le visage.

— Dee, retourne à la maison. Retrouve Adam. Il est quelque part dans le coin.

Dee croisa les bras. Vu l'angle que formait son corps penché en avant, elle avait sûrement une ou deux côtes cassées.

— Je ne veux pas partir. Elle saigne ! Il faut qu'on aille à l'hôpital.

Je saignais ? Ah bon ? Je ne m'en étais pas rendu compte. Je sentais de l'humidité sur mon visage : sous mes lèvres, mon nez, et autour de mes yeux, mais ça ne me faisait pas mal. Était-ce des larmes ou du sang ? Je sentais Daemon contre moi, mais comme s'il était très loin.

— Rentre à la maison tout de suite ! s'écria Daemon en resserrant sa prise sur moi. (Puis, sa voix s'adoucit :) S'il te plaît. Laisse-nous. Pars. Elle va bien. Elle a... juste besoin d'une minute.

Sale menteur. Je n'allais pas bien.

Daemon lui tourna le dos et repoussa les mèches qui tombaient devant mon visage. Il attendit qu'elle ait disparu pour me parler d'une voix tendre.

— Kat, tu ne vas pas mourir. Ne bouge pas. Détends-toi. Fais-moi confiance. Ne te débats pas.

Je regardai Daemon baisser la tête. Il posa son front contre le mien. Sa forme humaine céda place à sa véritable apparence. Aveuglée, je fermai les yeux. La chaleur était presque trop intense. J'étais trop proche.

Tiens bon. Ne pars pas. Sa voix résonnait dans mon esprit. *Tiens bon.*

Je me sentais partir. Il me prit la tête entre ses mains et respira longuement, de façon continue, contre mes lèvres. Son souffle chaud se déversa en moi, pénétrant dans ma gorge, jusque dans mes poumons. La sensation était tellement agréable que je n'aurais pas rêvé mieux pour mes derniers instants.

Puis, comme un ballon que l'on gonfle lentement, je me mis à m'élever dans les airs. Mes poumons se remplirent d'oxygène. Sa chaleur se répandit dans chacune de mes veines. Mes doigts me picotèrent. La pression disparut à l'intérieur de ma tête. Je flottais dans cette sensation enivrante qui m'inondait. Petit à petit, je repris conscience de ce qui m'entourait. Je n'étais plus dans un monde engourdi et obscur.

Daemon continua ainsi jusqu'à ce que je puisse bouger dans ses bras. Je m'accrochai à lui pour le suivre hors de l'abysse ténébreux. Je m'approchai de lui à l'aveugle. Lorsque mes lèvres effleurèrent les siennes, mon monde explosa en une myriade de sensations. Elles se mélangèrent, s'espacèrent jusqu'à ce que je puisse y mettre de l'ordre et les comprendre. Ce n'était pas les miennes. Du moins, pas toutes.

Qu'est-ce que je fabrique ? S'ils découvrent ce que j'ai fait... Mais je ne peux pas la perdre. C'est plus fort que moi.

Je haletai, stupéfaite d'entendre les pensées de Daemon. Il me parlait, mais pas comme lorsqu'il était sous sa vraie forme. Ses pensées et ses sentiments semblaient danser autour de moi. La peur m'envahit, mêlée à autre chose, une chose bien plus puissante.

Je t'en prie. Pitié. Je ne peux pas te perdre. S'il te plaît, ouvre les yeux. Ne m'abandonne pas.

Je suis là. J'ouvris les paupières. *Je suis là.*

Daemon eut un mouvement de recul. La lumière se dissipa lentement, s'éloigna de mon corps, de ma peau pour retourner en lui.

— Kat, murmura-t-il.

Sa voix me donna des frissons. Il se rassit et m'entraîna avec lui, lovée contre son torse. Je sentais son cœur battre violemment, à la même vitesse que le mien, en rythme.

Autour de nous, tout semblait... plus clair.

— Daemon, qu'est-ce que tu as fait ?

— Tu as besoin de repos. (Il marqua une pause. Sa voix était rauque, fatiguée.) Tu n'es pas à cent pour cent de tes capacités. Il va te falloir quelques minutes pour te remettre. Je pense. C'est la première fois que je soigne de cette façon.

— Tu m'as soignée à la bibliothèque, murmurai-je. Et à la voiture...

Il posa son front contre le mien.

— Ce n'étaient que des égratignures. Rien à voir avec ça.

Quand je levai le bras que l'Arum m'avait cassé, je ne ressentis aucune douleur. Je tournai la tête vers Daemon. Ma joue caressa la sienne. Ébahie, j'observai les arbres penchés qui s'étaient refermés sur nous en un cercle parfait. Puis, mon regard se posa sur le sol à l'endroit où Baruck s'était tenu. À sa place, il ne restait que des cendres.

— Comment est-ce que j'ai fait ça ? chuchotai-je. Je ne comprends pas.

Il enfouit sa tête dans mon cou et inspira profondément.

— Je t'ai sûrement changée en te guérissant. Je ne sais pas. Ça n'a aucun sens, mais il s'est passé quelque chose lorsque nos énergies se sont unies. Ça n'aurait pas dû t'affecter étant donné que tu es humaine.

Je commençais à me poser la question.

— Comment tu te sens ? demanda-t-il.

— Ça va. Fatiguée. Et toi ?

— Pareil.

Je l'observai en silence tandis que ses yeux emplis de curiosité suivaient le cheminement de son pouce sur mon menton, puis sur ma lèvre inférieure.

— Je pense qu'il serait judicieux de garder tout ça pour nous : cette histoire de guérison et ce que tu as fait tout à l'heure. D'accord ?

Je hochai la tête avant de me figer lorsque ses mains parcoururent mon visage pour effacer les traces de la bataille.

Ses boucles noires tombèrent devant son front et un sourire se forma sur ses lèvres. Ses yeux s'illuminèrent, prenant une teinte verte éclatante. Quand il se pencha vers moi, je ne pus m'empêcher de repenser à ce que j'avais entendu… et ses lèvres frôlèrent les miennes. Il y avait quelque chose de très tendre dans ce baiser. Il me toucha au plus profond de moi-même, faisant battre mon cœur à cent à l'heure. C'était innocent, intime. Dévorant. Daemon pencha légèrement ma tête en arrière pour explorer ma bouche, comme si c'était la première fois que l'on s'embrassait. Et quelque part, c'était peut-être le cas. Notre premier vrai baiser.

Lorsqu'il s'écarta, il eut un rire nerveux.

— J'avais peur de t'avoir brisée.

— Pas encore. (J'examinai la moindre parcelle de son visage fatigué.) Et toi ?

Il ricana.

— Presque.

Prise de vertiges, j'inspirai profondément.

— Et maintenant, qu'est-ce qu'on fait ?

Un sourire las étira lentement ses lèvres.

— On rentre à la maison.

Chapitre 30

Ne pas pouvoir poster mon article du mercredi fut douloureux. Dire qu'il restait encore plusieurs semaines avant mon anniversaire ! Dee aurait accepté de me prêter son ordinateur, mais je ne voulais pas l'utiliser pour ça. Boudant, j'attrapai une canette de soda dans le réfrigérateur des Black et retournai dans le salon.

Les extraterrestres mangeaient comme quatre.

— Tu veux encore de la pizza ? me proposa Dee.

Elle convoitait la dernière part avec un tel désir que je commençais à croire qu'Adam et elle devaient remettre en cause leur relation.

Je secouai la tête. Dee avait suffisamment mangé pour nourrir un petit village terrassé par la famine et, pour être franche, je n'avais pas faim. Les œillades de Dee et Adam commençaient à me mettre mal à l'aise. Dee pensait sûrement que je ne m'en étais pas rendu compte et Adam reprenait sans cesse son souffle avant de me poser une nouvelle question sur ce qui s'était passé cette nuit-là avec Baruck.

La version officielle était que Daemon avait tué l'Arum et que je n'avais pas été aussi blessée que Dee l'avait cru. Daemon avait réussi à la convaincre que je m'étais évanouie. Je leur jetai un regard en coin.

Pourtant, tout avait été mon œuvre. J'avais tué quelqu'un. Encore une fois.

Étonnamment, cette pensée ne m'emplissait plus d'épouvante et de dégoût. En deux jours, j'avais fini par faire la paix avec mes actes. J'étais arrivée à un niveau d'acceptation qui me permettait de respirer plus facilement, sans pour autant oublier ce qui s'était passé.

Ça avait été une question de vie ou de mort.

Ce salaud d'extraterrestre avait mérité de mourir.

En attendant, tout le monde continuait de me dévisager. Génial.

Dee s'assit près de moi et prit une gorgée de soda. Convaincue ou pas, elle avait compris que quelque chose clochait lorsque j'étais rentrée avec Daemon au matin… et elle avait raison.

Elle me donna un coup de genou pour attirer mon attention.

— Tu vas bien ?

Si elle m'avait donné un dollar chaque fois qu'elle me posait cette question, j'aurais déjà pu m'acheter un nouvel ordinateur. Je savais que je devais m'estimer heureuse et que j'aurais sûrement dû souffrir de stress post-traumatique, mais je me sentais en parfaite santé. Physiquement, pour être honnête, je ne m'étais jamais sentie aussi bien. J'avais l'impression que je pouvais courir un marathon ou escalader une montagne sans problème. Toutefois, je n'avais pas envie d'en chercher la raison. J'avais eu assez peur ces derniers jours.

Quelqu'un se racla la gorge, me sortant de mes pensées. Quand je relevai la tête, Dee et Adam semblaient attendre quelque chose. Je ne me souvenais pas d'avoir entendu ce qu'ils me voulaient.

— Quoi ?

Le sourire de Dee était un peu trop éclatant pour être honnête.

— On se demandait comment tu prenais tout ça et si tu t'inquiétais pour les autres Arums.

— Vous croyez que je devrais ? rétorquai-je aussitôt.

— Non, me rassura Adam.

Depuis le combat avec Baruck, il s'était mis à me parler. Ça me changeait. Ash et Andrew, en revanche, c'était une autre histoire.

— On ne pense pas, en tout cas.

Mal à l'aise, je changeai de position. Je ne savais pas combien de temps j'allais pouvoir supporter d'être examinée ainsi, comme un rat de laboratoire.

— Je croyais que tu avais dit que Daemon serait bientôt là ? demanda Adam en s'asseyant sur le fauteuil.

Dee le regarda avant de poser les yeux sur moi.

— Il devrait arriver d'une minute à l'autre.

Je n'avais plus vu Daemon depuis ce matin-là. J'avais demandé plusieurs fois à Dee où il était passé, mais elle ne m'avait jamais répondu. Au bout d'un moment, j'avais arrêté de l'interroger.

Le couple commença à discuter de leur projet pour Thanksgiving et les vacances. Je perdis le fil. Ça m'arrivait souvent depuis trois jours. C'était étrange. Je n'arrivais pas à me concentrer. Je me sentais incomplète, comme s'il me manquait une partie de moi-même.

Tout à coup, une vague de chaleur me caressa la peau, comme une brise chaude. Elle arriva de nulle part. Je levai la tête pour voir si quelqu'un d'autre s'en était aperçu. Dee et Adam continuaient de parler. Je m'enfonçai plus profondément dans mon siège tandis que la sensation s'accentuait.

Quand la porte d'entrée s'ouvrit à la volée, j'en eus le souffle coupé.

Quelques secondes plus tard, Daemon pénétra dans la pièce. Il avait les cheveux en bataille et des cernes violacés. Sans un mot, il se laissa tomber sur le canapé. Ses longs cils dissimulaient ses yeux, mais je sentais son regard posé sur moi.

— Où étais-tu ? demandai-je d'une voix qui avait l'air désespérée à mes propres oreilles.

Un silence s'ensuivit. Dee et Adam m'observèrent également. Les joues en feu, je me laissai aller en arrière. Je me sentais idiote. Je croisai les mains et gardai les yeux rivés dessus. Je n'aurais pas pu trouver mieux pour attirer l'attention.

— Salut, chérie, je suis allé boire et voir les putes. Je sais, je n'ai pas le sens des priorités.

Sa réponse sarcastique ne me fit pas rire.

— Connard, marmonnai-je.

Dee grogna.

— Daemon, ne sois pas désagréable.

— Oui, Maman. J'étais avec un autre groupe. On a passé l'État au peigne fin pour s'assurer qu'il n'y avait pas d'autres Arums, répondit Daemon.

Sa voix grave sembla apaiser une douleur lancinante à l'intérieur de moi, mais l'envie de le frapper continua de me démanger.

Adam se pencha en avant.

— Rassure-moi, il n'y en a pas ? On vient de dire à Katy qu'elle n'avait rien à craindre.

Daemon me considéra brièvement.

— On n'en a pas vu un seul.

Dee cria de joie et frappa dans ses mains. Quand elle se tourna vers moi, elle m'adressa enfin un sourire sincère.

— Tu vois, tu n'as rien à craindre. Tout est fini.

Je lui rendis son sourire.

— C'est rassurant.

J'entendis Adam parler du voyage à Daemon, mais j'avais du mal à rester concentrée. Je fermai les paupières. Toutes les cellules de mon corps avaient conscience de sa présence, comme ce jour fatidique dans mon salon, mais la sensation était différente.

— Katy ? Tu es toujours avec nous ?

— Je crois.

Je m'obligeai à sourire pour faire plaisir à Dee.

— Vous l'avez rendue folle, c'est ça ? demanda Daemon en soupirant. Vous l'avez bombardée de millions de questions ?

— Pas du tout ! s'écria Dee. (Puis, elle rit :) Bon, OK, peut-être.

— J'en étais sûr, marmonna Daemon en étendant ses longues jambes.

Je me tournai vers lui sans pouvoir m'en empêcher. Nos regards se rencontrèrent. L'air qui nous séparait semblait chargé de chaleur et d'électricité. La dernière fois que je l'avais vu, on s'était embrassés. J'ignorais où on en était.

Je sentis Dee bouger à côté de moi. Elle s'éclaircit la voix.

— Adam, j'ai encore faim.

Il rit.

— Tu es pire que moi.

— C'est vrai. (Elle se leva d'un bond.) Et si on allait au *Smoke Hole* ? Je crois qu'ils ont du pain de viande aujourd'hui. (Elle me contourna pour embrasser Daemon sur la joue.) Je suis contente que tu sois de retour. Tu m'as manqué.

Daemon sourit à sa sœur.

— Tu m'as manqué aussi.

Lorsque la porte se referma derrière Adam et Dee, je repris mon souffle.

— C'est vrai ? Tout va bien ? demandai-je.

— En gros, oui. (Il tendit la main vers moi pour me caresser la joue. Il prit une grande inspiration.) Mince !

— Quoi ?

Il se redressa et se rapprocha. Sa jambe toucha la mienne.

— J'ai quelque chose pour toi.

Je ne m'étais pas attendu à ça.

— Ça va me sauter au visage ?

Se penchant en arrière, il enfouit la main dans la poche de son jean en ricanant. Il en sortit une petite pochette en cuir qu'il me tendit.

Curieuse, je tirai sur la petite ficelle et vidai son contenu avec précaution dans ma paume. Je relevai la tête. Quand il me sourit, mon cœur eut un soubresaut. Il s'agissait d'un morceau d'obsidienne poli de cinq centimètres de long, monté en pendentif. La pierre était d'un noir éclatant. Froide au toucher, elle semblait vibrer contre ma peau. La chaîne en argent à laquelle elle était accrochée était délicate et s'entortillait au-dessus du pendentif. L'autre extrémité de la pierre était façonnée en pointe.

— Crois-le ou non, dit Daemon, mais une chose aussi petite que celle-ci peut transpercer la peau d'un Arum et le tuer. Lorsqu'elle chauffera, tu sauras que l'un d'entre eux se trouve dans les parages, même si tu ne le vois pas. (Il souleva doucement la chaîne.) Il m'a fallu une éternité pour trouver un morceau comme ça après que la dague s'est brisée. Je veux que tu le gardes tout le temps sur toi, d'accord ? Du moins quand… La plupart du temps.

Surprise, je relevai mes cheveux et me tournai pour qu'il accroche le collier autour de mon cou. Lorsqu'il fut en place, je fis de nouveau face à Daemon.

— Merci. Je suis sincère. Merci pour tout.

— Ce n'est pas grand-chose. On t'a posé des questions à propos de la trace ?

Je secouai la tête.

— Ils pensent sûrement que ce sont les conséquences logiques de la bataille.

Daemon acquiesça.

— Tu brilles comme une comète… J'espère que ça va s'estomper ou on va se retrouver à la case départ.

Une légère chaleur monta en moi. Et elle n'était pas agréable.

— Qu'est-ce que tu veux dire par là, au juste ?

— Tu sais bien... Le fait d'être coincés ensemble jusqu'à ce que cette putain de trace disparaisse.

Il ne me regardait pas dans les yeux.

Coincés ensemble ? J'enfonçai les doigts dans mon jean.

— Après tout ce que j'ai fait, c'est tout ce que tu trouves à me dire ?

Daemon haussa les épaules.

— Tu sais quoi ? Va te faire voir. C'est grâce à moi que Baruck n'a pas trouvé ta sœur. J'ai failli mourir. Tu m'as soignée et j'ai hérité d'une trace. Ce n'est pas ma faute.

— C'est la mienne, peut-être ? J'aurais dû te laisser mourir ? (Ses yeux flamboyaient comme des émeraudes.) C'est ce que tu aurais voulu ?

— Arrête de dire n'importe quoi ! Je ne regrette pas que tu m'aies soignée, mais j'en ai marre que tu souffles constamment le chaud et le froid !

— Je trouve que tu parles beaucoup de ce genre de choses. (Un sourire moqueur se forma sur ses lèvres.) On dirait bien que quelqu'un essaie de se convaincre qu'il n'y a rien entre nous.

J'inspirai profondément, avant d'exhaler doucement. Même si j'avais du mal à l'avouer, une partie de moi le désirait vraiment.

— Je crois que le mieux, c'est que tu restes éloigné de moi.

— Impossible.

— Un autre Luxen peut me surveiller, protestai-je.

Il me regarda dans les yeux.

— Tu es sous ma responsabilité.

— Je ne suis rien pour toi.

— Bien sûr que si.

Mes paumes me démangeaient. Elles rêvaient de faire connaissance avec ses joues.

— Si tu savais comme je te déteste !

— Non, ce n'est pas vrai.

— OK. Il faut qu'on se débarrasse de cette trace. Tout de suite.

Un sourire malicieux se forma sur ses lèvres.

— On peut réessayer de s'embrasser, pour voir ce que ça donne. Ça a marché la dernière fois.

Mon corps aimait l'idée. Pas moi.

— Pas question. Ça ne se reproduira pas.

— Ce n'était qu'une suggestion.

— Qui n'arrivera plus jamais, rétorquai-je en hachant chaque mot.

— Ne fais pas semblant de ne pas avoir aimé ça...

Je lui donnai un coup sur le torse. Il rit, mais alors que j'allais m'écarter... *Attendez une minute*. Je pressai la main contre son cœur et le dévisageai.

Daemon haussa un sourcil.

— Tu ne serais pas en train de me peloter, Kat ? J'aime la direction que prend cette conversation.

Effectivement, il avait un très beau torse... mais ce n'était pas le problème. Son cœur pulsait contre ma paume, à un rythme constant, légèrement plus rapide que la normale. *Boum. Boum. Boum. Boum.* Je posai mon autre main sur ma propre poitrine. *Boum. Boum. Boum. Boum.*

Soudain, je me sentis mal.

— Les battements de nos cœurs... ce sont les mêmes. (Ils s'étaient emballés au même moment, parfaitement synchrones.) Oh, mon Dieu. Comment est-ce possible ?

Daemon pâlit.

— Oh merde.

Je levai les yeux. Nos regards se rencontrèrent. L'air chargé de tension sembla crépiter autour de nous. C'était le cas de le dire.

Il posa la main sur la mienne et la serra.

— Ce n'est pas si terrible que ça. Je suis plus ou moins sûr de t'avoir transformée en quelque chose et cette histoire de pouls prouve qu'on est connectés. (Il sourit.) Ça pourrait être pire.

— Qu'est-ce qui pourrait être pire, au juste ? demandai-je, soufflée.

— Nous. Ensemble. (Il haussa les épaules.) Ça pourrait être pire.

Je n'étais pas certaine de l'avoir bien entendu.

— Attends une seconde. Tu es en train de me dire que tu penses qu'on devrait être ensemble à cause d'un putain de pouvoir extraterrestre qui nous a reliés ? Alors qu'il y a deux minutes tu te plaignais d'être coincé avec moi ?

— Mais non, je ne me plaignais pas. J'exposais seulement le fait qu'on était coincés ensemble. Ça, c'est différent... et tu es attirée par moi.

Je plissai les yeux.

— Je reviens là-dessus dans une minute. Tu veux être avec moi parce que tu t'y sens... obligé ?

— Ce n'est pas exactement ça. Je... t'aime beaucoup.

Je le dévisageai. C'était facile de me souvenir des pensées que j'avais entendues lorsqu'il m'avait soignée. Une part de moi croyait sincèrement que ses sentiments avaient été réels, mais peut-être était-ce seulement le fruit de cette transformation. Considérant ce qu'il était en train de me dire, ça paraissait logique.

Daemon fronça les sourcils.

— Oh non, je connais ce regard. À quoi tu penses ?

— Je pense que c'est la déclaration la plus ridicule que j'aie jamais entendue, répondis-je en me mettant debout. C'est vraiment nul, Daemon. Tu veux être avec moi à cause du truc étrange qui s'est passé entre nous ?

Il leva les yeux au ciel avant de me suivre.

— On se plaît. C'est la vérité. Il faut arrêter de se voiler la face.

— Et c'est le gars qui m'a laissée sur mon canapé les seins à l'air qui dit ça ? (Je secouai la tête.) On ne s'aime pas.

— Bon d'accord, je devrais sûrement m'excuser pour ça. Je suis désolé. (Daemon fit un pas en avant.) On était attirés l'un par l'autre avant que je te soigne. Tu ne peux pas le nier. J'ai toujours... Tu m'as toujours plu.

Je reculai.

— Être attirée par toi n'est pas une raison suffisante, c'est comme cette histoire d'obligation.

— Tu sais que ça va plus loin que ça. (Il s'interrompit.) Quand tu as frappé à ma porte, j'ai tout de suite su que tu ne m'apporterais que des ennuis.

J'eus un rire sans joie.

— Le sentiment était mutuel, mais qu'est-ce que ça a à voir avec ton côté schizophrène ?

— J'espérais que ça expliquerait les choses, mais apparemment non... (Il me sourit.) Kat, je sais que je te plais. Je sais que tu...

— Ça ne suffit pas, rétorquai-je.

— On s'entend bien.

Je lui adressai un regard peu convaincu.

Son sourire s'élargit, dévoilant ses dents.

— Parfois.

— On n'a rien en commun, protestai-je.

— On a plus en commun que tu ne le penses.

— Si tu le dis.

Le souvenir du tendre baiser qu'on avait partagé dans le champ me revint en mémoire. Excédée, je me passai la main dans les cheveux et me forçai à rester concentrée.

— Tu ne sais pas ce que je veux. Tu n'en as pas la moindre idée. J'aimerais un mec qui veut être avec moi pour ce que je suis, pas parce qu'il se sent obligé de le faire à cause d'un sens tordu des responsabilités.

— Kat...

— Non ! l'interrompis-je en serrant les poings.

Allez, Kittycat, ne passe pas à côté de ta vie. Je ne comptais plus être une simple spectatrice. Et pour ça, il fallait que je tienne tête à Daemon. Ses raisons pour être avec moi figuraient dans le top dix des plus ridicules de l'histoire.

— Non. Je suis désolée. Tu t'es conduit en parfait connard pendant des mois. Tu ne peux pas décider de m'aimer comme ça et croire que je vais oublier tout ce qui s'est passé jusqu'à présent. Je cherche quelqu'un qui m'aimera autant que mon père aimait ma mère. Et ce n'est pas toi.

— Comment peux-tu le savoir ?

Ses yeux étincelèrent comme des pierres précieuses.

Secouant la tête, je me tournai vers la porte de derrière. Daemon apparut devant moi pour m'en bloquer l'accès.

— Mon Dieu, je déteste quand tu fais ça !

Il ne riait ni ne souriait comme d'habitude. Ses yeux écarquillés brillaient intensément.

— Tu ne peux pas continuer à faire semblant de ne pas vouloir être avec moi.

Si. Même si, au fond de moi, je savais qu'il avait raison, j'allais essayer. Je voulais qu'il me désire pour ce que j'étais réellement, pas parce qu'on était coincés ensemble ou parce qu'on était soi-disant connectés. J'avais toujours apprécié les parties de sa personnalité qu'il ne révélait à personne. Ce Daemon-là... j'aurais pu en tomber amoureuse. Mais il ne restait jamais longtemps à la surface, repoussé par son sens des responsabilités auprès de sa famille et de sa race. Attristée par cette pensée, je pinçai les lèvres.

— Je ne fais pas semblant, lui dis-je.

Il sonda mon regard.

— Tu mens.

— Daemon.

Il posa les mains sur mes hanches et m'attira doucement à lui. Son souffle souleva mes cheveux autour de mes tempes.

— Si je voulais être avec toi, tu ne me rendrais pas les choses faciles, pas vrai ?

Je levai la tête.

— Tu ne veux pas être avec moi.

Un léger sourire se forma sur ses lèvres.

— Moi, je crois que si.

Certaines parties de mon corps apprécièrent sa réponse. Ma poitrine se gonfla. Mon ventre se serra.

— « Croire », ce n'est pas « savoir ».

— Non, c'est vrai, mais c'est un début. (Il baissa les paupières, ses cils dissimulant ses yeux.) Non ?

Repensant à l'amour qui avait lié mes parents, je me libérai en secouant la tête.

— Ça ne suffit pas.

Daemon me regarda dans les yeux avant de soupirer.

— Tu vas vraiment me compliquer la tâche…

Je ne répondis pas. Je le dépassai et me dirigeai vers la porte. Mon cœur battait la chamade.

— Kat ?

Je pris une longue inspiration et me retournai vers lui.

— Quoi ?

Il souriait.

— Tu as conscience que j'adore les défis ?

Riant doucement, je fis volte-face en lui adressant un doigt d'honneur.

— Moi aussi, Daemon. Moi aussi.

Remerciements

Sans Liz Pelletier, *Obsidienne* ne serait jamais sorti de mon imagination. Pour faire court : tu es la meilleure. Je suis sérieuse. C'est fou comme un petit e-mail peut donner des idées pendant des minutes, des heures... puis des jours. Sans oublier que tu es un ninja de la correction. Merci.

Merci également à la merveilleusement merveilleuse équipe d'*Entangled Publishing*. Heather Howland, j'adore ton chignon sur ton avatar Twitter, je te l'ai déjà dit ? Merci à Suzanne Johnson d'avoir transformé mon manuscrit en un très joli sapin de Noël après l'*editing*. Un grand merci aussi à Heidi Stryker pour avoir été la première stagiaire à lire *Obsidienne* et à penser que ce n'était pas si nul que ça.

Une petite pensée pour mon attaché de presse, Lewis Pollak. Merci d'avoir fait un aussi bon boulot.

Merci à mon agent Kevan Lyon, tu es un rêve devenu réalité. Un remerciement tout particulier aux agents Rebecca Mancini et Stephanie Johnson. Dès que j'entends vos noms, je me sens toute chose.

À ma famille et à mes amis : merci de ne pas m'avoir reniée quand je ne vous ai pas rappelés et quand je n'écoutais pas ce que vous disiez. Je sais que je me perds dans mes pensées de temps en temps, alors merci pour votre patience. Lesa Rodrigues et Cindy Thomas : vous m'avez fait garder les pieds sur terre pendant l'écriture d'*Obsidienne*. Merci à Carissa Thomas pour sa passion pour les photos d'hommes sexy et pour avoir fait monter la température sur mon blog.

Julie Fedderson : tu es la meilleure partenaire d'écriture et pom-pom girl du monde.

Enfin, un énorme merci à tous les blogueurs littéraires qui ont parlé du livre et qui m'ont aidée à révéler la couverture. Je vous aime tous autant que vous êtes.

Composition
NORD COMPO

Achevé d'imprimer en Espagne
par CPI
le 18 août 2014

Dépôt légal août 2014
EAN 9782290070468
L21EDDN000470N001

ÉDITIONS J'AI LU
87, quai Panhard-et-Levassor, 75013 Paris

Diffusion France et étranger : Flammarion